起初

绝地天通

王朔 著

新星出版社 NEW STAR PRESS

新经典文化股份有限公司
www.readinglife.com
出　品

自序

一

绝地天通是发生在上古大约四五千年间帝颛顼时代一个治安事件。因被我国最古老典籍《尚书 · 吕刑》引用讲述五刑因何而设而为世所知。绝地天通是断绝天地也即人神感通的意思。彼时正值涿鹿战后，蚩尤所部南系氏族九黎三苗在炎黄联军及神——这里的神指的是天灾——女魃的共同抗击下归于瓦解。瓦解后的散兵游勇（尚书概称为三苗）沦为寇贼，在冀地一带抢掠杀戮，到处作乱。制定五刑就是后来尽人皆知的劓刵宫黥加上大辟当作法律制裁他们，效果也不好。效果不好原因是什么呢？《尚书》没讲。《尚书》固然古老，再古也要有文字之后，也就是殷以后。这个“吕刑”更晚，是内个西行三万里著名的爱旅行的周穆王发表的讲话，隔着少说两千年，他怎么知道的？守藏室可能有甲骨文版《五典 · 颛顼谟》。总之就是不在场，人家说什么是什么，情况没法了解得更多。我也不可能知道得更多，只能从颛顼随后展开的行动逆推事委。

穆天子说（吕刑全篇即是他的口气）：民兴胥渐，泯泯棼棼，罔中于信，以覆诅盟。人民互欺，纷纷扰攘，完全不顾信义，背弃诅咒发誓的盟约。这里的民、背盟者应指南军散兵。依从此句，本人有理由认为涿鹿战非如世人所言是一方压倒一方歼灭战，而是通过订立盟约达成停战。石器时代木石装备军队本来也只具驱散对方能力，打完架讲和、赌咒发誓服了或结为兄弟也是这类事通例。据以判断南军士众滞留当地似也应是服了之后基于盟约给予之合法地位。颛顼之前不能有效管制他们可能也是受限诅盟。故而当他决定采取断然措施前必须指出南人背盟在先。也许这个理由还不足够。

穆天子接着说：虐威庶戮，方告无辜于上。受虐刑被残害的人，纷纷向上帝申诉冤屈。上帝监民，罔有馨香德，刑发闻惟腥。上帝下来考察情况，没有闻到任何德行散发的馨香，只闻到刑杀带来的血腥。

这里要多说几句，因为此处正是颛顼随后为什么要采取那样一种行动交关处。也才能回答之前为什么五刑那样严酷手段都不能控制局面之根结点。了解一点涿鹿之战的人都知道，内场战争有神介入，炎黄一方有女魃，蚩尤一方有应龙。应龙管发大水，女魃管干旱。刨去先民朴素世界观且不去管他，战争期间先后发生水旱灾害应是事实。今天我们都知道，大灾之后必有大疫。在内个缺医少药几乎肯定没有防疫知识也无洁净饮用水一切都因陋就简的上古，瘟疫发生几无可避免，而且我可以百分之九十认定是肠道传染病。

不知各位了不了解在我大中医尚在发轫，还不成其为行当，只是得自一些猿人时代经验，有病尝百草，黄帝还没遇到岐伯还没开展内场著名谈话，大家手里只有石头之新石器时代，一个人得了绝症，拉泻吐快死了，靠什么、谁，给自己一点希望？——对喽，巫，巫医，信仰疗法，向神明祷告。我以为我是在合理推论，受迫害者绝非贸然向上帝求告，而是一向有困难就找上帝——此上帝非外邦所传造物主，而是中国源远流长本土上神之称谓，为外邦人僭用——而且不是一位，具体到涿鹿古战场双方士众祷告之上帝，至少两位，太昊、太一。另五位二级上帝黄帝、赤帝、青帝、黑帝、白帝此时都还活着，尚未升格为神。这里情况比较复杂，详情参见本书，恕不在此过多解释。

唉内喂！官民有困难找上帝在当时是一种普遍刚需，而上帝也不端着，虽非有求必应，却也积极回应下民呼唤，每常亲自下凡解决问题，当然不是天门大开，仙乐飘飘，闪出无数天兵天将，上帝您老人家驾着祥云降落，那样会吓死人，而是借助神媒，附体于巫，问这问那，给出指示，这在我老家东北叫跳大神。

所谓上帝监民，大发牢骚：未闻德馨，惟闻血腥。应该也是巫借附体对颛顼等负责人发出严厉指斥。颛顼惶恐，心理压力很大，他也信这个可能比任何人都信，继而忿怒。随之展开迅雷行动，史称大整顿；报虐以威，以死亡威胁，悉数驱逐南人，不使其在他势力范围之古冀州境内一人存留。同时任命重叔主管神事，黎叔主管民事，禁绝人民私下请神，将请神权收归帝有，绝地天通，罔有降格，不要再胡乱下凡了。也就是说同时严厉打击了巫，禁止这个群体再行飞升降神等类高级精神活动，将她们（当时大部分是女巫）降低为舞雩乞雨、望祀招弭、厌劾妖祥的小祝。再后沦为穷乡僻壤寻物招魂、魇镇扎小人儿的神婆神棍。

嗖！一场旨在扫荡顽匪贼人治安行动为什么会扩大为对巫事全面取缔？这里要讲一下君权神授这个事。

上古，君权神授不是一个概念，而是实打实现场操演，巫要把神真请下来，当着众人面认可某人，说此人是我待见的，我悦纳的，授予此人领导众人资格。这么做当可收立竿效果，令众人顺服。也很危险，今天你在这里降一个神，任命一个领导；明天我在那里降一个神，又任命一个领导。实际上当时冀地就出现这种数帝并立混乱局面，至少青帝、黑帝来路不明，兴起莫名其妙，这也是法令不彰，五刑不能治乱，总有人托言上帝庇护群小，令颛顼颇头疼真正要命之根结。

故而他这么做了，不是以遏绝苗民于世，而是以废巫、断绝人神感通，维护君权神授严肃性，留下政必出一、法必出一、惟一为大政治遗产或称法统于等下数千年，权且但是起到了大一统始终在我国深入人心之养促作用，而留名于世。我是这么看这个事的。

二

忘了哪年，当时有一档电视节目叫凤凰大讲堂，里面有一位老师在讲，因为是从半截儿看，也不知老师名字，只记得几句，中国古代是有宗教，老师命名为宗法式上帝教，特点是在上、与天——诸上帝沟通内部分只许皇帝一个人信，故有天子七庙，天坛什么的；在下、伦理部分则是儒学，人人得以习之（大意）。

深以为然。大概就是从绝地天通开始的吧，到汉补入伦理我这么想。

三

就我阅读范围，绝地天通全部文献止吕刑小二百字。写小说也只能以一当百、当千了。困难在于这个事重点不在南军作乱，而在巫。而巫事所涉关联自古语焉不详。有学者引萨满语义指巫本义为激动不安和疯狂的人，多出自身体残疾、精神错乱和大病不死者，其中女性尤多，在古汉语中巫即指女巫，男巫称觋。神经过敏、疯疯癫癫、富于献身精神、敢聊是这类人特点，因能言人所不能，被视为具深智慧，能通鬼神。

再就是甲骨卜辞里提到伐巫、取巫、用巫，都被认为以巫作人牲，杀之献祭。其他就不甚了了了。巫在降神、预言、激动不安时说什么、怎么说，无从得知。我以为这一定不能乱讲的，即便在旁人看来疯疯癫癫，她也一定有内在自洽逻辑，或称另一世界出世理则，覆盖于此间纷攘现象俨然自成套路，似从来处说，归处说，高观渺，俯观微，降维说。虽听者摸不着头脑，亦足令大恍范儿以为洞见窈冥。否则纯胡说别人一下听出来，早把她踹出去。我也不知疯了怎么还能自成套路，我也没出世，本分呆在人间，每日醒得跟个鬼似的。只能依此间规则将其体制化，我意思参照其他出世思想将巫世界分门别类，逐一宗派化。这样她们说的话既飞又能听懂。人类终极之想也不过那几问，掰开揉碎真可一以当万。我过去叫王岩，人家说叫妄言，现在叫王朔，人家说叫妄说。就当妄言妄说吧，是写小说，自己头脑风暴，万勿视作史实。

另，正如我在《起初·纪年》的序中曾经说过的，我是拿口语所谓新北京话写作的作者，检查文字也须拿口语来回溜。北京方语很多有音无字，以象声代形容，我就自作主张添上几个字，秉承古汉语同音通假旧例及国家语言文字委员会在读音上一向坚持的“从俗”精神，从音不从字。有时会憋几句不地道夹生外地话，如吴语、粤语和貌似关中人应说的陕西话破一下，其实古代关中人所说的话应当也不是今天的陕西话，这只说明今天我国各方语强省文化交通影响所及，及小说文体自带所谓游戏性，与特定历史人物及其语言环境无关。书中凡涉外语，皆以中文音译之，以尽量不使汉字中出现字母，破坏方块字整体美感。

二〇二三年七月

1

曰若稽古。燕北之野，海坨之东，山泉踊集，汇奔出一条无岸漫浸河，水至清近于无，人常以为过干沟，一脚踏入碧咚中，故称其水曰：清夷。不知何年何月，妫姥姥行至河边，在清夷河阳台地上挖一窖穴苫茅草栖身，每日砸核桃、摘酸枣，摸螺蛳、小蛤蜊糊口。鸟蛋不掉地上磕散黄了不拣，小型哺乳动物不自个撞树尸首干硬不食，时还有把蹦上石滩鱼放回水，将新飞坠地鸟雏归还枝头老鸟行举，像个对自己有要求的人。此地正是西来南下两趟历史班车交汇点——延怀盆地，能活着下车的都是千锤百炼的坏人。坏人跟踪过姥姥几回，把姥姥家窖顶苫草偷摸撤光拢火，姥姥也不急，还给他们火苗添把柴。坏人见姥姥窖徒四壁偷无可偷，人老天拔地，别的想法也不可能有，都跟姥姥成了朋友。赶上天响炸雷下大雹子，正在野地闲逛臭流氓都知道钻姥姥穴中躲雷劈，姥姥也跟着蹭吃蹭喝蹭聊天，用大岁给的世故给臭流氓算命。正在发育的说他容易磕着，身体好的说他女朋友多，好交朋友的提醒他防小人。还有一些心理小伎俩，把一些人未必具备但是特愿意具有的品质廉价奉送，比如你有点大大咧咧，但又超敏感，别人对你不好你不记，别人对你的好你老记着，所以特爱相信人，容易受伤。比如孟子式陈述，玩大概念，你最大的问题是没安全感，但是心里有梦，你吃亏就吃在太善。臭流氓都觉得神准，流着眼泪说是是，我是这样，怎么弄阿。从此河上姥姥名号叫开了。清夷河因姥姥易名。有想不开的去找姥姥解心宽，都说去妫水。也有说老太太鬼的，管老太太叫鬼姥姥。

时，公孙玄猿已悄然长成少年，按部落传统，要独自去荒野与虎狼为伴三年，活下来就算成年。少年公孙只身前往妫水，在漫漶泗流间遇见素女。素女是姥姥拣的孩子，说起来也是故事，当年正是晚秋，刮一夜风，早起下了场罕见薄雪。姥姥出窖拣落果，忽听林下有婴儿啼哭，雪地印着一行狼爪印，姥姥循迹前往林下，只见一大灰狼正舔舐一具人类婴儿，方欲开牙，姥姥大喝一声：放开那孩子，冲我来！三步奔过去以身护婴横躺狼牙下，以目视狼。说来也奇，只怕是夙昔有恩，那狼闻了闻姥姥，舔了舔姥姥皮，打了个臭嗝儿，呜咽数声，竟头也不回怏怏而去。姥姥托起婴儿，见婴儿肤白如雪，通体无痣，加之又是狼口夺下的一块嫩肉，因起名曰：素儿。意思叫她莫负狼恩，日后也少吃肉。

素儿起小在河里摸螺蛳，碰到臭流氓就上树，拿硬核桃砍他们，臭流氓都跟素儿熟，也喜欢跟她逗。素儿稍大，出落成新葵般少女，在渡口摆缝纫摊，磨骨针认鱼肠线给过往渔夫猎人缝皮裤兜皮坎肩，捎带脚换点肺头鱼肚补贴家用。野孩子公孙经常一人在林子里上树下树掏鸟蛋摘果实，动辄扯了绔兜，就去素儿摊儿上缝补，爱跟素儿逗：将来跟谁呀。素儿不理他。公孙说跟我吧将来，顿顿有肉吃。素儿说嘁，没瞧见你吃肉净瞧见你挨打了。

时，妫水一带是海坨戎风后部出没地界。风后有名的护喇，不是他的喇，也护，一直暗恋素儿，跟兄弟们逐一交代，素儿是我的人，都别惦记阿。被素儿当面骂过，也曾狠心扑过素儿，都摁草里了，素儿一句话：有你这样当哥的么。——臊了，翻身跑了。但还是把着素儿，把素儿当树上新结的生枣——看着，时谓看青的。尤特见不得公孙跟素儿起腻，逢着便打。公孙占便宜少，吃亏多，经常冒着烟就跑了。一日妫水枯瘦，公孙摘俩熟杏，涉水献给素儿，过岸发现被石斧弹弓团团围住。风后手掂名曰石斧实则片儿石的硬家伙流泪说：我曾立志联合燕北各山头土闹，一统延庆，将来南下去搞神农氏，没想到今天这片儿斧就要切你头上，服了，咱就是一头的。公孙也流泪道：服，那是不可能的。当下脑瓢浑开红嘴唇，脊娘乱飞花蝴蝶，一头仆倒河滩。素儿说你干嘛不把他打死啊还留口气。风后说：哥已经把丫废了。

风后得脸自去，素儿不由气噎心疼，轰开苍蝇猫腰扛起公孙，驮回窨穴。姥姥捉土鳖焙干取研，嚼烂八角与净黄土祸泥，为公孙止血抗感染。平日一把桑葚就混一天的素儿，为了公孙，见天下妫水潜底摸蛤蜊，手指头蘸血钓小白虾，采象谷，熬象谷蛤杂汤，嘴对嘴喂公孙。七日公大醒，对蛤杂汤上瘾，亦对素儿产生深度依赖，攥着手不让走。素儿说咱们是医患关系。公说恩恩。姥姥说姆啥也没瞧见，姆睁眼瞎。素儿说妈，那您再刨一窨去。

公疗养期间，风后几次带人来抄窨穴，都被姥姥拦下。姥说小风子，瞧把你能的。风后是姥姥崇拜者，曾拜姥为师，食百草，白日飞升，看人下菜碟本事多一半跟姥学的，敬重姥姥，跟姥姥说不是，瞧他跟我妹那腻虎劲，我心里不逮劲。姥说你有啥不逮劲的，风栖于枝但是属于天空，蜜跟你熟但是属于人类。

公能爬了，爬出窨口晒蛆，在姥姥主持下，跟风后和了，互相含了血指头，上古歃盟因为没有碗，都是砬了手指互相嘬。

姥姥高兴，当即给公相了面，看过手掌事业线，说这一带数你抗揍，你能称帝了。公不明白，说啥叫帝。姥说姆么这儿民风强悍，有古风，外人来了，先见个眉高眼低，打得过就一拥而上，见着怂人压不住火，打不过就派一人出去挡横，也叫扛雷，雷响了，必须炸一人——炸你！别人扇你左脸，你就把右眼抠给他，别人剁你左手，你就把肝挖给他，看谁狠得过谁。公说这……

姥说这也是一种要挟、讹人，不信没人疼。这伟大的扛雷者，就叫帝，递葛的递。《古北方言》考：葛，多年生藤本植物，茎皮可制葛布，通称葛麻，粗布，贱物，递人以贱物，有犯贱，成心找麻烦的意思，亦称贱招，书语挑衅。强烈递葛，曰犯葛。

公说我想想，这活儿不好干。素儿说你不用想，我替你想过了，这事一点好处没有，你也别想别人，想你自己，能不能真把自己不当东西。公说今天我能躺在这儿，何尝把自己当过东西？但是，一点好处没有，我不相信。风后说真一点好处没有，连句好话也不给，还当贼防着，为众人做事，这是规矩，吃肉，先紧着姆么（《古北方言考》：姆：我。高古母系时代姐大专有第一人称。如朕。姆么，也作姆俄，复数：我们。极古老的口音，一听就是女娲以前老贵族家孩子。世代微贱者，如男，自称：啊。啊们。至今燕北远县人氏仍姆么啊们不分，人谓之侉），剩下的归你。姑娘，先紧着啊们使，没人待见的归你，你还不能够嫌弃，态度必须好，逮像对天仙式得上赶着。啊们打家劫舍，偷鸡摸狗，全打你的旗号，人家找后账全找你。无私无欲无口碑，至脏至累至无辜，是谓帝——第一冤。亦作剩，老拣别人剩下的，剩人。

姥说太古都是这么过来的，大猫跟上来了，跑，谁也跑不了，总要有个傻子不知利害，回身上前逗开大猫，奋不惜命与之周旋，拿自个填了虎口，大伙才脱得了身。千古名帝都是这么产生的。重要品质就是认活该，不冤不乐。姆小时候，神多具猛兽相，每个神像后面有一个故事，老人们经常指着神像讲哪春哪秋一个傻子，大家跑他不跑，叫这猛兽吞了他，他的灵就化为这猛兽的血骨，老人称之为化腾。老人叮咛，谁的肉都可以吃，独这兽的肉不能吃，是祖宗。猛兽常在，祖宗常在，故言古而无死。(《天放啄翮录》云：黄帝寿八百。帝娲寿九千。帝妫寿万二。古之名人，愈近荒邈愈多寿，身死名传盖其因之一。以姓夺氏，前灭后继，子孙承其祖讳，盖其因之二。故言古而无私，又言古而无死。)

公说傻子为人而死，我觉得啊们不该轻薄他，不冤不乐姆听着不舒服。姥姥说：好话流成河，能抵得上傻子性命么？一个人做点好事，就要称赞他，是将无私作价，口惠以赏来者，实际是贬低牺牲，将义勇承兑为邀买，是堕落。夸你多少句让你去死你觉得值阿？名至实归的颂扬也是逢迎，发自肺腑的马屁还是马屁。屁者，声若布谷，味若嚼疮，实为人渣发泡，发泡者，无氧呼吸也，醪糟类也，浅酌解颐，深饮销魂。公说闻过，闻过，嘴越香屁越臭，虽不致中毒，亦足令窒息，然饮屁销魂，未曾与闻。

姥姥说咱这还是历史开端，不惯这毛病，将来日后你把马屁换作隆誉，吹牛叉翻作巨大成功，辄可见举世滔滔皆骇屁之人。

公说我能掇掇问一句，上一位帝何时故去？风后说上一位帝，在家俗名若苦，世为灵山巫咸部樵夫，一级级挨打上来，练就铜头功，可捣药石，可舂枣蓉，岩瓦拍之俱粉崩，名动九山，遂在十渡称帝，因半边脸乌青，号：青帝。我部西来海坨，若苦挺身挡横，遭我部反复毒打，岁数大了，骨质疏松，竟至颅脑损伤，愈后不良，痴痴呆呆，不辨饮食，啃鹅头经常啃了手指头，一日离巢，不慎落入熊掌。呜呼，域中不见帝已多年矣。公曰你是见人就打。风后曰我也在检讨，自青帝故去，没了说和的，各部都是群殴，老大和老大互相没面儿，遇事还得跟小弟一样上去玩命——唉！朋友，你若有意，啊们愿拥戴你老称帝。公拿眼瞟素儿：你表个态，姆听你的。素儿说你可别糊涂。姥说你别听她的，也别听姆的，姆净馊主意，听你自己的，心里那个尖叫小人，它叫你上哪儿你就上哪儿，那是你的命，你的小命在叫你。

明年，风后三不差五背着深昏迷公来找姥姥，请姥姥急救。跟素儿说让大鸿打的，给力牧说和，整块瓦檩嗨脑袋上了。素儿说我跟这儿这么熟，都不知道力牧和大鸿有茬迸儿，他一个外路没遛儿的孩子，要里儿没里儿，要面儿没面儿，哪儿都不挨着哪儿，谁那么嘴欠，给他报丧？风后说妹，不用抹着弯子骂我，这不为了给他扬腕儿么，你还别说，腕儿一点点攒起来了，到哪儿，提公孙，小半扇知道，只是还不尿他。素儿说照这么下去，多半扇认识他，他倒不认识自己了。

公醒来，伴随脑震荡和失忆，吃都忘了，只能喝奶。时，牛牛尚在西来路上，燕北古人类钓鱼打鸟，采杏摘枣，有掏鸟蛋的，有捞蝌蚪的，养殖，不会，奶，只有人奶。姥姥是指不上了，素儿有奶，起小两年三胎，都是不足月的，周围这些男的太坏，隔三年能生下个把囫囵的，姥姥接生，拿牙撕脐带，才还拿牙嚼蜻蜓呢，孩子生下来就是高烧，烫一手泡，一个没留住，眼皮子没抬就夭了。素儿也是年年从生死线上挣巴回来，抵抗力倍儿出类，身子骨有点亏，到今儿还是姑娘，但是有奶。奶着公，不免生出母爱。公能吃鱼丸了，公能嘬涩柿子了，公说梦话：他们要劈了姆。素儿流下长长泪串，咸得能腌香椿。公能翻身了，坐起来了，会喊人了，蝴蝶成了斑秃，蹬着土往窖口爬。素儿说公，你这是又要上哪儿阿。公说小人又叫了，姆的小命催姆了。素儿坐在窖穴里伤心，抽自己嘴巴子：你个没遛儿的，心疼他干嘛！

又明年，素女产下一子，一露头就嚷嚷，震耳哭声引得远外狼嗥四起。姥说这孩子嗓门大。问谁的孩子。素女说不知道，谁都有可能。姥叹口气，看着麻黑夜色说：就叫他玄嚣吧。

山乐红见红，有流浪汉被独狼追捕，慌不择路爬上一棵老柿子树，姥姥正搂草拣松子，受到连累，仓皇爬上同一棵树。狼往树上蹿，姥姥揪柿子往下拽，狼张嘴呱唧呱唧嚼了，涩得吧嗒嘴，坐在树下耷舌舔牙，等人掉下来。姥姥说行者，你准是外地人，你看狼了，要不它们不会撵你。行者说我是看狼了，它们就在那里，您老这儿狼能认出谁是外地人谁不是外地人。姥姥说狼聪明着呢，姆么这儿本地人和它们都是老辈儿结下的交情，共同维护生态平衡，互相都特默契，大家都是食物链顶端朋友，平时见面不对眼神，假装没看见就过去了，一对眼神不咬就不合适了。

行者说是是，姆么那儿食肉动物也有联防协定，停止内斗，共同欺负食草动物。不这样不行阿，历史上发生过几次惨烈对决，两败俱裂，没必要嘛，说到底是个吃饭问题，餐具和餐具之间老打什么呀。姥姥说听口音，也是打西边望着北斗个人长征过来的倒霉孩子。行者说我还不分东南西北呢，生下来就是怒走，前方永远是地平线，走多少年了地平线纹丝没动，正想跟您老打听呢，哪儿是北呀。姥姥说你后脑勺那边是北，一扭脸你又找不着了。

行者流下眼泪：太晕了，走到哪儿都没地名，老围着天转，跟活在转盘上似的。姥姥说苛别埋怨天，你自己是不是也没名阿。

行者说没人给我起呀，碰着的人都躲着我，要不就想吃了我，跟您，是我这辈子说过最多的话。姥姥说又是一没妈孩子，老跟自己说话来着吧，懂你，你是幸运的，很多你这秧儿生下来单过的孩子，见着人也成哑巴了。行者说我妈呢，人是必须有一妈么。

姥姥说人，必须有妈，还有一种叫爹的玩意。但是你妈可能大出血死了，你爹也一直在单过，你好好想想，你不可能生下来就在狂走，一定还有别的事，你忘了。行者说真的是在狂走，手里拄着一根棍，赶脚也不是走一天两天了，脸上都是老皴，脚上都是老茧。姥姥说你闭眼，有木有一个女的泡在血里。行者说有，有，像您，为什么我一见您就觉得亲呢。姥姥说别跟姆套近乎，姆这儿从天上看，就是东大洋一死胡同，没妈孩子都堵这儿了，姆确实生过很多孩子，都被狼吃了，他爸吃了两个，为什么姆现在见了男的绕着走，银阿，活着就是遭罪。行者说狼什么时候走阿。姥姥说现在就看谁熬得过谁了，你吃口柿子，保存体力。

午后响雷天，素儿去河边汲水，姥姥踏枝上狂吼：素儿！素儿！嗓子喊劈了，声儿叫雷声盖过去了，素儿头顶水罐袅袅远了。

雨下来了，狼在雨中一动不动，眼神忧郁。姥姥行者也就势洗了把脸。雨跟着风过了，妫水淋湿一路——对岸山脚草青近于黛。一下午没人，狼也蜷尾睡了。天擦黑，狼忽然抬头，才听到有人哼歌，——风后打林子外经过，不好好走路，踢土揪叶，地下捡了个硬核桃，拿后槽牙歪着脸较劲。姥姥喊小风子小风子。风后四下乱瞅：谁喊我呢。姥姥喊姆！姆！风后低头摸进林子，嚷：姥，姥，你在哪儿呢。姥说姆这儿呢，摘柿子呢。风后欢蹦出来：给姆来俩甜的呗。下一眼整跟狼脸对脸……风后扭头就跑，狼后腿齐发，伸开腰扑上去。一会儿就见风后援竹而出，攀着竹梢，就着竹竿劲道十足弹性掉下去又荡上来，惨叫声达晚霞。

姥姥带着行者匍匐进地窖，窖穴已掏成两居室，一明一暗，新掏的没通天，纯地下室。素女在里间摸着黑编草裙，眼瞅天凉了，得裹上点了。姥姥说咱家鼠干还有么。素女说又不过节，肿么想起吃肉了。姥姥说来客了，可能是你哥。素女爬出里间，瞅着一脸泥行者说我哥就长这样阿。姥姥给行者介绍：这也是一直单过的孩子，狼嘴里抢下来的，您说，狼年年吃人，姆抢得过来么。行者说不管怎么说，我有家了。姥姥说跟姆来不拿自个当外银这套是么。跟素女说闺女，妈替你想了，白挨这儿混了，这儿男的都不是东西，吃大姐睡大姐心里没大姐，你跟上你哥，当农民去得了。行者说啥叫农民。姥姥说就是一帮跟地过不去的人，老钓不着鱼，烦了，开始刨地，种一种草，叫庄稼，每天就吃这个。素女说不想当农民。姥姥说傻闺女，农民多好阿，虽说吃得惨点，但是论顿，一天两顿，有早点，有午餐，晚上还能喝口稀汤，不像咱这儿见天都逮扛着。素女说农民每天都逮拔草，还不如扛着呢。姥姥说你不爱干活，理解，你可以偷懒。但这是方向，咱们不幸生活在大时代，社会狂转型，大家都在奔，想吃饱就不能闲着，听说西不喇开始养牛了，以后咱们也要每天挤奶了，留在这儿也不轻省，我老了，准备饿死，你还年轻，挺招人稀罕，先行一步，去农村闯个路子。

行者说我乐意干活，别看我穷得连根绳都没有，每天流浪手不闲着，哪么拣根草呢也觉得没白来世上走一趟。姥姥说你适合当农民，农民自个屎都往家拣。行者说我喜欢农民，农民在哪儿呢。姥姥说面向太阳，永远奔右手走，过一倍儿黄的河，就见着农民了，到那儿可别说咱们认识阿。素女说舍不得您。姥姥说咱们就别互相心疼了，听说农民特知道心疼自个，已经把性交私有化，发明一种叫结婚的连坐制度，喜欢上谁了，就必须跟谁睡一辈子，不想睡都不行，找你们全家麻烦。素女说一辈子跟一个人，再喜欢姆也不乐意。姥姥说那你吃一个挎一个，不信他们能把所有人看死，关键是生了孩子知道是谁的了，想讹人找得着人，农民都富裕，一辈子不挪窝，能攒点农具，死了传给孩子，让孩子接着当农民。素女说谁要图他内点农具。姥说你瞧你，还是母系社会那股傲劲儿，到农村你可收着点，再让人打了。

行者说黑得都瞧不见眼珠了，还聊呢。姥说你困你先睡。行者说那我跟谁睡呀。姥说跟姆。行者说我怕狼一会儿还来，我上洞口替你们盯着点。姥说狼怎不把你叼走阿。

柿子在枝头活活冻成孤影灯，风后背着深昏迷公再来古人类遗址，地窖黑咕隆咚，喊也没人应。风后往窟窿里砍土坷垃，说再不出来滋尿了阿。黑咕隆咚直起腰，嗷一声，是只正打算冬眠还没睡踏实黑熊，风后立刻就地卧倒。

风后脱险后有点半疯，逮谁跟谁说姥姥真身是黑熊。公作证说昂，舔过我，瞧背上这坑。姥姥这时已带着小玄嚣搬到台地高处大柳树搭树屋居住，莫名其妙，被乡亲们传为熊姥姥。后公尽收荒山野水立国，尊姥姥为国姥。初无国名，皆自称：姆么国。不像话。海西野人称其国：有熊国。此为一说。

又明年，素儿和行者游泳来到大庭，上岸时穷得只剩头发了。

2

曰若稽古。起初，天未生禹，山东不是今天这个样子，早更新世，华北平原形成，环岱皆汪洋，曰：岱泽。岱泽浩森，西接黄河，东引泗水，南注淮河。湖口就是出海口，盛产基围虾，也是驼背马哈鱼前往黄河上游产卵重要洄游路线。古猿啼曰：羞羞羞。译成现代汉语是首童谣：岱泽清，飞远天。岱泽浊，落满山。岱山者，湖心岛也。岛，象形，鸟落满山也。当时还有其他的岛，峄山岛、梁山岛、沂山岛什么的，都是候鸟栖息地。整个山东古称千岛泽。中晚更新世，地壳强烈运动，峄山断裂，岱泽面积缩小，黄河长年夺泗入淮，时汛时淤，形成沂泊、崄泊、寥泊、汶泊北四湖和刁阳、南阳、微山南三湖。素女南来之际，北四湖已发育成四条季节河，伟大的东方城市大庭就坐落在泗水、沂河冲积三角洲上。泗水时常改道，城市也几经水漫，老窝棚都夯地底下去了，有点像土坯版姑苏，雨季进城出城还得游泳。

素女冒着大雨跳进沂河游向大庭，水底趴的全是锦鲤，一蹬踹一脚油鳞，不时还有白鲢穿耍跃水，往复蹭刮腿股，跟老有人拿手扒拉你似的，心底或一惊。生有毛发处，草鲫竞相追啮，耳后小腹被鱼嘴嘬得全是痒点，麻电烫。素女边游边说：舒服阿。

岸上大庭，正值神农邦联兴旺世代，史称立克之治。七世炎帝立克台上在位百年（《骨辞正义》：百，通白，一以下一片空白，是不清楚的意思，不是计数单位），带领人民放火烧荒，在森林灰烬之上点种豆粟，是有记载最早定居务农的人。在那之前六帝，虽也种地，并不定居，今天在这里烧一片荒，秋后收把豆，明年迁徙到他处，换一片林子再烧再耕，亦称：游耕。天大地大，有的是荒地。也是观念，人活着就是行走。也是没办法，河泽年年泛滥，今夜这还是块菽麻地，晚上眯觉还嗅着豆花香，早起就在水中央。是，大水漫过旷野，泥黑泥肥，春上点种子，秋下过来采穗，树蹿得比庄稼高，已成幼林。人就这样水里来泥里蹚，林子里摸黑春种秋收，还不如上树采蜜呢，还不如下河摸虾呢。所以那时的农民，都是二混子，主业还是采摘渔猎，闲了，捎带脚，种点粟，调剂一下口味。有证据显示，当时大庭居民食谱很丰富，有相当比例甜食，对野枣、蜂蜜依赖很大。《九丘 · 良枣》记曰：采彼阳兮，阳有良枣。枣子多蚜，弃去来兮。一日无枣，犹可怀之。三日无枣，食不惹味。采彼阴兮，阴有累巢。蜂子来袭，爽辣无比。一日无蜜，犹可怀之，三载无蜜，如斩四肢。

可能就是这么一个偏爱甜食的嗜好，使得大庭人对淀粉有了成瘾反应，不吃饭没劲，想，还是得种地。立克把大伙召集起来说我决定种地了，让人民碗里有饭有鱼，到时候你们可别喊累。

起初，神农诸氏合部，男生部分来自烈山氏——特别会放火烧山一群人。女生太半出自两个著名母系氏族，连山氏——女巫群体，长年住在山上，就怕崖不险壑不深，善辨植物。此氏中人望气问祥，圆梦寻物，找人约砲儿打的一些卦，流传到夏，成为《连山易》源头之一。魁隗氏——膀宽腰方面目凶恶女汉子。膀宽腰方因为老干活，是最早凿井挖渠的人，老低着头跟地过不去，经常干到无氧状态，肌肉近乎溶解，猛抬头——显得凶恶。

种过地的人都知道，伺候庄稼是重活里最细的活儿，要算日子，早起，每天忍受强制姿式劳作，累腰。女的心细，跟草熟，心里有事就睡不着，对日子敏感，腰好，不嫌烦，见小猎而欣喜。多少回了，出去打猎男人一去不返，女人带着孩子只能吃草，这不能吃那不能吃，都是祖祖辈辈幸存者回忆。连山氏出的精神病最多，很多食草中毒者心灵受到开启，醒来成为通灵者，话密，神神叨叨，曰神农。农，通浓，密也；上古招魂专用语。形容一个降神者深深陷入谵妄。神浓是最早的博物学家、灵媒、暴侃者、药剂师。听老人说，史上几代神农都是被毒死，总赶上一株草没见过，花开得妖，揪下来塞嘴里，没醒过来，骇着去了。

立克年轻时当过兵，练的是弹弓和棍术，放火——行，这不用教，凿井汲水堆肥点种这一套农活，不太熟。既然坐到农业国帝这个位子，不会不行。古国法统都一样，选帝不但恭谨懂事，还要有体力，动手能力强，什么活儿一过眼就能上手，捡得起来，女帝亦如是。纯耍嘴皮子，心眼治国，还要若干世代很久以后。

立克一心扑在生产上，跟连山氏后人学习辨蕊识株，跟魁隗氏后人学怎么选种，像猫埋粑粑那样埋在草木灰里和怎么合理密植、蹲着小步快走间苗和追肥，很快成为大庭有名庄稼把式。

今天我们讲他是最早定居务农的人，不是指他不挪窝，只耕种庭前屋后这二亩地，还是游耕，每年选毗邻草深林茂生地放火烧荒。这样讲是基于东北亚，立起来看，没出山东，是定居。

老人家还是泥瓦匠祖爷，大庭城市奠基人，从小好玩泥，跟着老人烧陶。古法烧陶就是把泥拍扁，捏出碗边儿，埋火里，跟烤叫花鸡一个系列，经常燔着一半飘来朵皴云，把柴浇了，净冒烟，扒拉出一堆瓦片，也能凑合使，主要是舀水和……刮痧。

也常剩一堆泥，晒干成了坯。立克老师脱坯，垒起史上第一座土窑，可拒风雨，大大提高了胶泥利用率。时，泗水两岸人民还生活在穴居时代，所谓屋不过是窝，主体部分在地下，是个坑，结绳捆扎树枝糊之以泥为穹，顶苫苇草，一窝连一窝，其形也似蚁穴，也似趴地张大嘴披毛犀。土窑已经是一屋子了，知不道，就拿它当炉子，还忍窝里。后来连下大雨，河水暴涨，窝泡了，大家沦得跟水煮蛋似的，挤在土窑里过夜。谁第一个反应过来的，已失确考，但是大庭从此有了新气象，立起来了。人民从阴烂霉湿土坑里走出来，家家脱坯，户户建窑，还是苫草，讲究的苫海带，冬暖夏凉，开门朝阳，推窗见光，可避风雨又不得头疮股癣。

土坯，这在石陶时代无疑是材料界创举，犹如后世发明塑料。其实砖，那一刻也已问世，老窑工立克他们的窑已就是砖窑了，可是他们不重视，住土窑里已经很开心了，觉得土坯有机，透气，还是不确定自己真能住一地儿就不走了。砖，首先是作为兵器走上历史舞台。阪泉、涿鹿战后，剩余大量军火，砖一下臭了街，俯拾皆是，一些退伍伤残老兵无处栖身，暂时忍砖堆里，后来就住下去了。科技进步总是这样，军转民。《九丘·摔泥》记有当时建窑热火朝天景象和喜悦心情：摔泥脱坯，嗲嗲其浆。矩之以方，累以筑堂。摔泥脱坯，煌煌若姜。劬劳日蒸，予以养疮。

疮，皮肤病总称。高古流行病。腹泻、动物咬伤、皮肤溃烂是穴居时代人民三大致死病因。这里有久居潮湿环境引起的真菌霉菌感染，也有真正的性病。高古通家司马谈先生认为，先民从多毛长毛走向短毛少毛经过一段漫长演变，中间发生过突变，造成人类大面积脱毛，出现像硝过的皮子一样光华人种，肇因是皮癣。毛人长了皮癣或疮，痒，老挠，抠破生发层细胞间桥，继发感染，伤到真皮，好了也不再长毛。这一进程可追溯到篆书以前的世代。考查仙人形书至篆书，梳，这个字，一向画成一绺绺弯曲的毛儿，同体异义字还有“水”“飘”和“云”。上古语没有“梳头”这个词，所谓梳，就是全身通毛，就像给猫梳毛，必至背腹四肢头脚。文皇帝训梳，左形右声，梳假舒，舒坦的舒。

立克世代，正是大脱毛时代。大庭街面飘柳絮一般四时滚动着一卷卷人毛儿，行人皆如换季牦牛也似浑身鬼剃头，裸露的皮肤布满红溃银屑。人们彼此厌弃，性交急剧减少，造成严重社会问题——人口下降。大庭神社覆坛圮石啄刻一段祷词记录了严峻现实，后收入《九丘·天爷》：天爷！我欲与君交，长夜无绝歇。无红肿，焕烂之疥。无使我裂，生狼疮，大梅花，乃敢与君接。

大脱毛时代流行病学上叫大梅花时代。司马谈先生认为，高古人口长期上不去，与大梅花时代历久有关。很多强壮富有本来享有交配优势的贵人因无法保持社交距离，喜获梅疮，红肿败露，自绝——绝于人。一些出身低微本来处于社会隔离之辈，反因不可接触躲过传染，依旧皮糙毛厚，很雄蛮，形成新的复古审美，大受异性欢迎，多毛相隔至少心理带套，还有海参效应。

《连山·端卦》曰：风过涉底，趋之不及，逆守反征，无咎。传说就出自大梅花时代，说给两边着道的人宽心。没有什么了不得，时代就是风，跟风如过河，浪下还有泥，赶也未必赶得上，赶不上、原地不动或可自成一端，都没大毛病，得之不足喜，失之不足惧。实际两下遗传特征也都传至当代，一类只剩小撮阴毛，一类胸毛浓似毛背心，都性感，冰棍发菜各有所爱，在性文化上继续发挥各自影响。文化丰富进化，从头到脚都有发生。

素女和行者在建设中的大庭很快找到工作。行者当了窑工，在立克台上家新窑脱坯，吃住在窑上。素女则走街串巷给奶水不足人家当上门奶妈。夏晴天也去窑上卖冷饮，光膀子蹲井里拔透了，上来，一口奶换一块土坯，攒着，多早晚凑四堵墙，糊弄一小窑，可以开间自己奶站。立克儿子少年山戬当时也在窑上干活，和行者处得不错。来窑上卖奶外地人挺多，竞争厉害，有时卖的不如买的多，想出一口，还得排半天队。素女做生意实诚，量足，原汁——好多奶妈下井拔凉先灌一肚子井水，卖掺水的。山戬和其他小伙伴就订了她的奶。德高肾衰的立克有一次来窑上掌握火候，差点中暑，喝了素女冰奶才解过来，感其绵黏膻美，特赐名：大醒。素女有了品牌，每天早上没醒就有一帮人在奶站外拿号，太阳还没出全，就卖断货了。素女奶站火了，附近卖私奶的就想跟她联营或加盟也行，都挂“醒”牌。

素女说我也不了解你们，我也不知你们奶的质量，不行！坚持只卖自己的奶。这就要招个伙计，也不要他站柜台，也不要他送外卖，只要保证自己每年出奶。行者去年就叫她连铺盖卷扔大街上赶出去了，脱坯起窑这种工作和出奶不能兼职。城里很多无业小青年来报名，其中也有山戬，素女试工之后，收了山戬。

又明年，大庭发生一件牵动人心大事，七世炎帝立克得了老年痴呆，巫医叫茶迟，人格化为齑粉，回归物种本来面目—— 一头无思无虑、极端自私类人猿。每日活在梦游里，裸裎放诞，行于街头，捡东西吃，翻垃圾堆，虽不能举，见老妇亦嬉皮笑脸，掏嘚儿扯蛋，喜则大笑，悲则长哭。贵族——也就是老亲戚们，决定立即让他退位，同时派出长跑选手通知各地远房亲戚——诸侯，马拉松来大庭选举新一届共主——炎帝。

相当于公爵的大舅和相当于太妃的二姨被推举担任提名委员会男女主委——母后已经被生生熬死。山戬因为是立克之子，天然被排斥在候选人名单之外。这是一条刻在《鱼甜男女万古媾和碑》上的成文法：帝崩，退位，嫡庶子孙不得继位。古称燧人法。神农代燧人，制多因循，也就流传下来，成为习惯法。

司马谈《华夏旧俗考》指出：此一法理源头可指向太初混芒，猴儿王之世，新王入群，首要便是换血，尽屠旧王子孙，使雌母发情，新生一拨自己孩子。孩子没长大，自己被逐了，孩子又被屠了。客观上起到了虽不可禁绝还是减少了母子兄妹不伦交，久之将致种群退化之果效。后世相交替，女主衰落，男生大量入群，人得增寿，王亦不全凭力取，老尤在位，见怜子孙，屠孙令乃止，乃有家天下存心发萌。但是习俗尤在，人或不从其俗，于甥男辈擢拔新帝，与姨、姥交，乃遭天谴。《天放啄翮录》记载，赫胥部曾连续发生孙姥同遭雷劈之惨剧。其中一双，孙尚幼，抱于怀中，姥至冤，以致一段时期天下姥姥不敢给闺女看孩子。

季伯辄先生《华夏旧礼览要》记载，燧人氏传至五世，忽兴一奇特风俗，先帝传位，新帝要去势，曰骟让。每闻帝萌退意，巨室大族子俱闻风鼠遁。后屡有新帝跨性别，其俗为母后所废。

习惯法规定，新帝必须从姑爷里挑——也是母系遗风，到底是权位，总不能八竿子打不着，至少睡过，也算验过。立克当年也是姑爷，耍单小伙儿，倒插在六世炎帝姜来门下，跟姜来闺女来凤成了傍家儿。（《古北方言考》：傍家儿，神农时代俗语，特指依傍女性家族生活之男性。太初，有族无家，人类生活中心就是群雌围坐内个火堆，家内个意思——围火半蹲吃肉聊天温暖景象曰：聚。从暗黑处冒出来恬着脸挨着女家长坐下蹭吃曰：傍。左啣右取，炊饮相递，人相交，曰夹；取擒住之意。后来有了寮棚，养了猪，家——这个私密生活单位轮廓逐渐清晰，除了猪，还有新成员，拿腿夹来的，方音读如哈。后有文字，始称：家。）

《天放喙翩录》云：男子自古无家，自鱼甜迄始得近雌亲，随女子入赘人家，称姑野——姑娘的野男人。后得孙，正其名曰：姑爷。大庭有儿童谜语：不是瓜，犹多籽；不是爷，胜似爷——打一家庭常见之物。谜底是姑爷。时，姑爷已经成为一般男子新的社会身份和主要政治面目，人或云：天下男子无不是姑爷。神农之政，司马谈先生一语道破个中秘辛：选帝，就是选姑爷。

帝立克茶迟确诊不可逆后，大庭有新姑爷人家连夜搬走数十户。提名委员会派大嗓门可街嚷嚷：有意选帝者可报备公门。大庭姑爷只剩病得下不来炕和名声不佳者，前来帝寮踊跃报名者都是在家不受待见上外边要得眼珠子发蓝大耍子，姥姥不疼舅舅硌硬指的就是他们。二姨儿都熟，一见面就告他们：你们甭想！

山戳去窑上看出砖，行者正在弯腰脱坯，一窑砖，上千坯，密密匝匝一大片。山戳说你有兴趣当我们这儿帝么。行者说我，行么。山戳说你乐意你就行。行者说我还没名呢。山戳说没名起呀，谁让有文化呢。于是给行者取名揄罔，当天给他报了名。

揄，牵引、提升。罔，不通、没准，懵懂、没心眼的意思。鼓励揄罔提高心眼儿。又连夜给他订了门亲，是山戳姐家孩子，大表妹，这样揄罔户口就落进了帝室，有了竞争新帝资格。

又明年，远房亲戚呼哧带喘都到了，揄罔在立克家族支持下当选八世炎帝。新帝登基之日即欢送先帝上路之时，也是辞旧迎新的意思。送立克走那天，大庭人漆面文身头栽角翎涌上街头，打着手鼓，载歌载舞形同大祭之日。七个武士肩扛小筏子，立克头戴花冠丘在上面，诸侯手拉手唱着古老骊歌跟在后面往泗水边走：何英不凋？何木不老？悠悠苍天，生子于郊。子生之初，尚寐不觉。子生之后，劬劳弗挠。何英不凋？何人不老？济济魁星，生子于宵。昔子独来，且猖且骄。今子独往，永住秘好。

立克挺欢乐，以为大伙跟他玩呢，啃儿搂在武士肩头手舞足蹈。百姓也由衷为他高兴，这一辈子终于拿下，我们还且一关一关过呢。沿途妇女不时向顽皮立克献上解渴的荼罗甘荷汁，这给递张煎饼，内给拿根葱，都蚩尤给收着，一会儿下水连人放筏子上。素女也来了，腆着肚子，捧着罐酸奶。山戬没让来，嫡亲子侄送到家门口就算礼尽了，怕勾起什么，破坏欢乐气氛。

揄罔给素女介绍蚩尤：姥爷。蚩尤辈分高，早年来大庭走亲戚，泡过立克三姨，从揄罔这儿论，就是姥爷了。蚩，山下虫，土鳖。尤，特别、突出。全名翻译过来叫天下第一土闹。当时人皆畏天，越牛叉名儿越往寒碜走，生怕无故托大，被小鬼拖住脚。

素女见姥爷及其随员皆束发涂油，下勒鳄鱼皮丁字裤，因问：姥爷您这是要送克老一程。蚩尤说回国，我们游泳来的，还游回去，绕点远，陪老爷子漂一段黄河，看着他入东海，顺便晒点盐回去。素女说你们水性够好的。蚩尤指着黑不溜秋随员说这、这、还有这，你瞧他们个儿矮吧，都是娃娃鱼后代，史前结的亲。这位，高外祖母是白鱀豚，老家长江，年年探亲漂趟吴淞口，还跟一群表妹去过重庆。素女说我不懂阿姥爷，我老在湖里游，这江，分顺水逆流么。蚩尤说你们岸上走的人，分。我们水里走的，不分。就跟你们在陆上走一样，有南来有北往，分顺风逆风么？

素女说那你们回国还得跳龙门吧。蚩尤说跳，不跳到不了家。我们这一路事儿多着呢，各流域情况都不太一样，表面平静，浪底下好多赶路的，比你们大街热闹。素女说知道，有鱼，还有虾。

蚩尤说你知鱼多成什么样么有的河道，淮入洪泽那段鱼能把河道全堵了，非得一条条把它们咬死，才能蹚开一条路，每回过那儿我都犯怵。素女说那您快走吧，别耽误您回国，头明年到得了到不了都不一定。姥爷说惯了，边撕边游，潮推浪催何为家，水下无声手撕虾。不瞒你说妹妹，姥爷把河泥当家，虾作亲人。

素女说姥爷您太会聊了。蚩尤说别叫姥爷，咱不横着论，咱单论。素女说那叫您什么呀。蚩尤说叫哥，头回见，以后怎么发展谁也不知道。前边手鼓骤然打得磅礴织促，人群已抵河岸，一片吵嚷喊尤！尤！蚩尤给素女留大方向：什么时候想去南国玩，找哥，淮河流域，提我都知道。然后提提绔兜，收腹向人群走去。

蚩尤搂着立克腻歪在小筏子上头影渐入烟波。大庭人悯帝立克一世凉薄，其生也操劳，其死也无踪。为其设坛，谥号：哀。

时，岸上送行男女见辰光正好，不肯散去，三三俩俩没入草中，抟抟响嘘，扞格接形。素女看了会儿虎游兔骛，觉得无趣，扭脸回到城中，径去奶站。山戬正在打奶油，一个眸如烟、腰如弓少女头顶陶甑立在窗外跟他说话，见素女来了，少女一低头扭腰摆臀撤了。素女说这就是你姐内孩子阿。山戬说还行么。

素女说脸有点歪。山戬说二姨说了，发送完我爸就给她办，昨儿已经安排他们炝锅了，揄罔哭了，我妹说还行。二姨说情况特殊，帝不可一日无妃，老礼儿三年试婚等不了，先进宫，参加日常起居巡幸，三年之内生不了孩子再废。妃的名号巫师已经占出来了：嫖。素女用木勺从陶盆往碗里捞奶渣，说他一激动就哭，泪点很低，还行已经是极致了，担心他身体。山戬说看着砖砌的似的，大舅母二姥姥也说没问题。素女说老人宽容。哎哟一声，扶着墙拧那儿了。山戬忙低头查看：没扯着哪儿吧，别乱扑腾了，回头娃又该掉了。素女靠着门框慢慢坐地上：你说我生么。山戬说你也不能跟酸梨似的，结一回果掉一地，树也有累弯腰的时候，瞧你脸这煞白，跟石膏似的，丝瓜瓤子也比你多二两筋。素女说还不是为产量么，生意刚好起来。山戬说生意是做不完的，周围小孩都起来了，听说她们都卖奶粉了。素女说不实诚，把角玄儿家听说还掺猪奶，早晚这行业让她们把牌子砸了。山戬说你还是老观念，卖诚信，个人产量再大也管不了满街的嘴，不是那岁数了，你这奶质也有下降，去年一斤出三钱油，现在也就二钱五。素女叹：有卖不动那天。

山戬说我想再开一分店，点儿都踩了，城南望河街太阴庙，前二年难产死了孩子，闹鬼，没人敢拜了，拾搂拾搂扫扫地，现成。素女说你也打算像她们，去收野奶。山戬说没敢跟你说，怕你不同意，二姨是养猪大户，我想也做点猪的生意，不卖鲜奶，专轧奶酪，咱们真逮跟上点时代了，眼瞅着猪奶开始流行，这样一年四季都能给市民提供奶制品。素女说你太可笑了，谁要跟上时代，猪让你挤么。山戬说不让，试过一次，还没挨着边呢，让大猪咬了一口。素女说喝牲口奶作孽呀。山戬说主要还是不熟，我这两天天天去，给母猪带点豆饼。素女说我不想再聊这事了。

又明年，素女产下一女，生下来一脸惭愧，山戬为女儿取名：媿。两口子把闺女抱进宫给揄罔看。揄罔说像姥姥。山戬说奈姥姥。素女说你不认识。又明年，大庭流行猪瘟，一窑工喝猪奶粉中瘟，也可能跟猪没关系，他自己乱吃东西得了霍乱，但是最后进食喝的是猪奶冲小米糊，喷的哪儿都是，巫医不能分辨，赖猪身上了。跟着人传人，大庭壮劳力躺下一半，人都去泗水搞卫生，流域都黄了。揄罔传谕把猪奶及其制成品禁了，乳品业受到打击，人奶飞涨，很多混营兽奶（包括狗奶）小奶站倒闭，业主只得又去站街。素女自己奶也有点接不上，孩子经常夜哭，小脸寡绿。山戬为了让孩子多吃口，不得不去跟人换工，半罐奶要帮寡妇榜一晌午地，有时碰上不好说话的还得饶一砲儿，走道打晃，为了孩子，一跺脚，扛根毛竹投河，下东海拣贝去了。

揄罔在大庭中塘召见素女，请她喝鲫鱼汤，跟她讲：公孙在清苑称帝了。素女奶着孩子不嗳嗳。揄罔又讲：牛人氏听说过么。

素女说听姥姥提过，葱岭内头的牛倌么。揄罔说过来了，头前儿已经到了康西草原。素女说噢，那不挺好么。揄罔说是挺好，草原上饿不死人了，都喝上了奶。素女说草原日子一天比一天好，我为家乡高兴。揄罔说我也不盼着别人倒霉。然后就垂着头在呢儿添柴，叹气：唉，唉——素女也不抻茬儿。揄罔说有个事想请你帮忙，你可以答应，也可以不答应。素女说我不答应。

揄罔说你还不知道什么事呢。素女说讨厌你这种假装给人选择的说话方式，你现在越来越像大依巴狼了。揄罔说我变了么，我没觉得我有什么变化，我还是过去的我。素女说好吧，我错了，过去你就很讨厌。揄罔说您就别挑礼儿了姐，情况你也都看见了，大庭奶业垮了，市民生活受到很大影响，问题出在人身上，根子在猪身上，猪奶不靠谱。我想——也不是我个人意见了，是大家的请求，积极扩大新奶源，寻找可替代人畜。昨天元姥院已经开会，决定派出部队，去森林湖沼捕捉野人少女，成立国家储备奶基地，派我跟你谈话，希望你回一趟河北，偷一只奶牛回来。

素女说什么叫偷。揄罔说牵，我用辞不当。放牛娃没瞧见呢，您就悄默唧儿牵一只走，要让人逮着呢，您就去找你老熟人，请他们支援一只。不会让你空手去，这犁头，这把燕儿锄，我还让人包了儿包黍子豆菽种子，你给公孙带去，是个意思，农民向他致敬。素女说你都替我想到了。揄罔说哎呀，我这个位子不都想到了，最后麻烦还不全是自己的。指不嗳声一直蹲在旁边往陶鬲里下鸡爪子、猪皮和卷耳芫荽女子说：玄儿你认识吧，过去也是经营奶站的，现在宫里当催钵儿（《骨辞正义》：钵儿，古语饭盆。催钵儿，催着上饭的人，古司膳官名，今一般指佣人。高级佣人曰高催），跟你一起去，她负责牵羊，一旦被逮着负责向公孙使美人计。还有一个叫采儿的，今儿没在，也是主力使美人计的。这个小组你当组长，一会儿你们仨开一会，你向她们介绍一下公孙命门和偏好。元姥院还有一个深远计划，有没有可能招募公孙，成为我国卧底，将来向我方秘密出口种牛，也想听听你的意见。

素女说信息量太大，你让我消化消化。低头给媿擦嘴，哄她入睡，闭上眼哼摇篮曲：月儿高，狼在笑，寒窑静悄悄……

玄儿说姐你吃猪皮。素女说姐没胃口，姐现在脑子特乱，能再想想么这事我？素女看揄罔。揄罔说能，你就在这儿想，什么时候想明白了什么时候回家，这儿有热鱼汤，也有地方伸开了腿躺，山戬不没跟家呢么，你回家也是凉炕。素女说我求你们了，孩子小，我想回家。揄罔说也行，我跟你一起回，陪你想。

下一个月圆，山戬背着袋贝壳，发了财回来。白骨般月光洒了一地，家——那个土窑黑黢黢。山戬轻轻拨开柴门，往炕上一扑：我回来了！蹭一脸土。啪啪拍遍炕头，手都硌疼了，窑里没人。山戬下炕，出门愣在街上，猛拔腿往宫里跑，贝壳在他手上哗啦啦响。街上全是呼噜声，震动着城市，还有嘿咻。半间窑整铺炕人家只只黑脚丫子蹬在窗洞上。一只猫快步溜过街角。

大庭中塘火苗烂旗般蛐蛐瑟瑟，陶鬲里咕嘟着漆黄小米汤。嫖像件新出窑黑陶尊，釉亮皮光伏在火塘边沉睡。揄罔脸上印着泪痕抱着小小的媿对嘴喂糊糊，抬眼看到跨过横竖卧在地上人体奔来的山戬，鼻侧展开深长笑纹。

3

炎帝站了一会儿才慢慢适应眼前黑暗，姥姥鸟喙猿腮一头蚕茧般白毛，蹲地上，两只奶袋耷拉在膝。炎帝说多年不见，你还好吧。姥姥说不成人样了。炎帝说你一走就没了消息。

姥姥说没有消息是因为我们刚到就让人破获了。姆么还没出发，黄帝就做了一梦，梦见三只蝴蝶绕着桃花飞，然后桃花谢了，黄帝请风后占梦，这个错别字大王占出蝶，间谍的谍，犯桃花。扭脸姆仨到了，还跟人使计呢，人中完计就跟姆翻儿了，罚姆么立正，东寅西申南巳北亥近身站四个人，没白晴没黑夜瞪着姆么，没办法，姆么只好用叛变这种方式潜伏下来，宣誓成为有熊人，永不返大庭。炎帝说怪我，这个梦其实是我做的，不留神托给公孙。哥以白手得天下，不能以空拳治天下，终日思虑，得了严重精神衰弱，日有所闻，夜间必得一梦，以射虎得壶推窗见床这样支离岔迷剧情重演。《连山》曰：同心共梦。这个我是知道的，只是不知同心者谁，有没有这么个人，也曾邀可交心者同睡以期共梦，不得要领，哪里晓得同心者得乎千里之外，公孙也！请你吃猪皮火锅交代任务那晚，我坐着打了一盹，梦见庭前桃花开，三只蝴蝶飞舞，公孙卧于树下，也在做梦，梦里桃花开，三只蝴蝶绕舞。醒来我还想呢，什么意思呢，莫非桃花时节我与公孙有共坐一庭赏花之谊？哪里想到报应在你那儿。我们的谋略就是这样会者定离、残心射吼——透露给了公孙。怪我！交代任务思想不集中，总是希望暗中有命相助，往两手啐口吐沫就能想啥来啥。

姥姥说不好意思，事隔这么多年我已忘了咱们的谋略是什么了，您能给我点提示么。炎帝说不好意思我也忘了，好像是放羊。

姥姥说如果是这个，我做到了。采儿因为活儿好，留在黄帝帐中扫炕。玄儿因为会端盘子，分配到夏廷大食堂当服务员。只有我，年老色衰，被判七年劳动教养，发配贝海尔湖放羊。

姥姥举起骨节畸突牛蹄一般粗大的手，说这双手，见了树，必须撸叶。羊见发愁，奶头发涨，必须挤。狼，冲上来，一巴掌一个滚儿。我都会了，接羔、挤奶、剪羊毛。大风雪，与白毛风搏斗！关于羊，你有什么想问我的，我都熟。

炎帝怜惜捧起姥姥那双瘢痕累累硬若磐石大手抹挲：不需要了，姐，咱不是缺奶吃那个时代了，咱大部队到了，现在已不是羊的问题，羊，全都吃喽！抓人，公开抓人！判他们全国劳教。

姥姥干涸的眼窝更干了，抽回自己手，说：放羊的日子，我天天盼大部队来，第一年没来，我哭。第二年你们没来，鸿雁来了，喊着北京话：瞅你瞅你。我深思，我一姑娘，延庆蒂根生蒂根长，为什么跑贝海尔成了羊倌，思来想去，被你们坑了。炎帝说这么说就不好了。姥姥说第三年，我泪干了，我忙，我打草，我起羊圈，我上境界，我生造了俩字，写景摹意，曰美，曰義。

炎帝说都是你和羊在一起。姥姥说哦对！我变女仓颉了，恨不得有四只眼才能看得过来这十几只羊。多少个毛风横吹昏天，我怒奔在齐腰雪中靠辨认羊蹄子拓下花脚印去找羊。多少个静若海底夜晚，天上流星像白色烟火灿然四坠，我——只有我，抱着小羊独立冰原，为这太元之美震悚。羊长大了，我心也大了。

炎帝说你吃了很多苦，我都门儿清，给你记功，隐蔽战线一枝花。姥姥说你拉倒吧，我放下了，无羊无美，无羊无義，说的就是我之前过的懵懂日子。(《骨辞正义》：美，上羊下岔着双腿的人。義，上羊下手执粪叉的人。都是干活的场景，剪羊毛，起圈，劳动产生美和哥们儿义气。文皇帝训義，利也；我的羊摆在头前，人持戈捍护私利。公義，私利之合。主持公義，犁分私利权界者也。三人曰众，众人之利，曰公益。文皇帝在他私人日记里颤颤巍巍写下这样八个字：利，義之体。義，利之用。)

炎帝说恭囍你，你的事迹再次证明，遭罪使人深刻。山戳也来了，正在桑林里安排部队宿营，我怕他失控，没敢告他你在这里，当年你失踪，他差点没疯了，我说你不辞而别，回国了，他现在还恨你，你自己定，要不要见他。姥说就别给他再添恶心了，我如今人不人鬼不鬼，他看着更拧心了，你就说我被你们坑死了。

炎帝说魄也来了，前些天我派她和公孙联络，现在应该就在公孙大营，你没听说么。姥说听说了，那小押艇的，眼里没人。(《古北方言考》：押艇，水手术语。舟行于浪，橹人押于后。意谓重心、重要，有老大之义。初囿于业内，后传于世，民口多前缀“装”——装押艇的，以讽冒称有来历，能主控局面，其实出身行径皆可疑者，流布市井，以致新义尽僭旧义，凡言押艇即装押艇者。又称压艇，丫挺。世风流转，语随境迁，丕义穷反，是为一例。)她在黄帝帐中洗澡，采儿给她搓背掏耳朵，连声谢都没有。采儿跟她说你妈在这儿呢。小丫居然说我没妈！炎帝说都是我的过儿，我负责给你找补回来。劳您驾带我去看看熊姥登霄的地方，我攘把土，祝祷祝祷，也算姥当年没白疼我一场。

素姥带揄罔爬出迷宫般地窨，来到台地高冈。败草丛中散落着几根白骨，向阳坡长着几棵栗子树，几只鹫在天上滑翔，山脉如天糊边。草甸远远生出三两股巨人般黑烟柱，那是夏军在烧制军器。妫水上一些战士在涉河，一些人站在河滩东张西望。

素姹说：从我被捕——我们这案子也是当年清苑轰动一时的大案——熊姹姹拣榛子晒杏干，上清苑四处走门子，给嫘母婚夫人送礼，招了人讨厌了。黄帝风后两个人亲自跟我谈，你这个事不大，我们本来考虑讲清楚就放你走，但是熊姹姹这么一搞，姆么必须严肃处理了。姆么国是个熟人社会，自定都以来，也制定了刑罚，但到目前为止，一个案子判不下去，有点事就一堆人来托关系，都跟姆么连着亲，这次希望你带个头，扭转一下这个风气，希望你配合。我说好吧，我也不喜欢大家一直假熟，没事乱托人，一个国搞得跟个家似的，早就想过，我要摊上事，谁也别捞我，就让我坐塌牢底。说吧，让我怎么配合，我能在法庭上供我是来行刺你的么，这样怎么都不能饶了我。黄帝说也不要乱讲，还是要相信人心有秤。现在可以给你交个底，刑是一定要判的，判完找个背静地方给你居住，只是远一点，先避免和任何人接触，等大家都不聊这事了，再把你赦回来。风后说到时候你改个名字，学个一技之长，也别蹉跎岁月，你不是对畜牧业有兴趣么，这个我们可以安排。

炎帝说这就说得通了，才我还有点小纠结，何以专办老熟人，方才解悟。姐，你是对我们两国制度建设有功的人。素姹说都是弟弟，就盼着你们都好。之后还安排我和熊姹见了一面，让我做熊姹工作，不要再闹了，闹下去只会对我不利。熊姹听了劝，把身上皮草都扒下来给了我，佝偻着走了，那是我和熊姹最后一面，倍儿辛酸。我刚走到霍林郭勒，熊姹就登霄了。黄帝派人拿着赦令去追我，赶上暴风雪，信使冻成冰雕。我傻呵呵到了贝海尔湖，认真劳改，黄帝他们也不知道，以为我不爱回来呢。这一耽搁就是七年，我刑满归来，妫水孩子见我都喊熊姥姥。我低头照河，熊姥面容果真出现在水中，连我也以为我是熊姥变身，你知道我不是姥亲生的，可如今，鬼使神啄，我不但顶了姥姥名号，也阴袭了她的容貌。

炎帝说刚见你我也吓一跳，一个人对一个人思念至深，相随痴转也是有的。当年女娲之子葛天为了给母报仇，到处寻找庖牺，但是他不晓得庖牺长什么样，走遍天下一无所获，一日来到黄河渡口，遇见一个老者也不知哪儿显得那么亲切，二人同船过渡，河水映出两张一模一样面容——之前葛天也不甚清楚自己长什么样在那个无镜的时代——于是认出庖牺，当刻拔出石刀刺入老者肋下。素姥说为什么跟他像就是庖牺，也可能是兜兜。炎帝说也可能。当然在这个传说中，庖牺是把女娲焗得半熟啃了条膀子的，女娲基因组就此改变了庖牺多肽链也未可知，还需要研究。

素姥说我想研究这个现象。炎帝说首先我们要改变食用敌人尸体的陋习，这个故事教育意义在这儿呢。其次，我这个话说得可能早点，要有个科究以学的态度，不可致诘者不信。有识浅者胡乱称信，零产生前猜想的宇宙常数也敢信，把自己困在怎么乘也不过百穷境里寻个人定位，馊可笑！素姥说姆不当那种人。

两个人陷入散漫游思，午后老阳热辣辣烘着人脸，天上的鹫不知何时飞走，渡河人不知去向，混和着尘土味儿的干草香熏得人一阵阵皮紧一阵阵魂儿飘，草甸上黑烟稀薄，渐成游霭，远川有风呼唱，栗子树一动不动。素姥脸靠在炎帝肩上，小心挽起他胳膊，沙声说：我忽然不知道自己身在什么时代了。炎帝拍着素姥手说相信时间，我们把自己都交付时间。合同踏着草浪踊跃奔来喊报——，黄帝台上到。炎帝说到哪儿了？合同喘匀了气说：到对岸看地形，又回去了。炎帝说你怎么说话大喘气阿。

4

起初，公孙部收了玉泉戎大鸿部，势力延伸到今北京市区什刹海沿岸。什刹海，古称寒水淖。石渠阁留用前朝图书馆地理部研究员已故伯益先生根据馆藏夏禹治水笔记《文命潭》整理所作《大荒平原东经》记曰：东北海之内，大荒偏隅，有冰川不合，六峰连缀，雪水注焉，石隙皆泉，名曰玉泉。有黄鼠狼狸猫镇守。有丈夫之国，名曰大鸿。鹰脸猿臂，食空气，饮甘露。射者不敢北射，畏泰壹之威。山之阳有淖曰寒水。南通宣崇淖，北毗海昌淖，东至朝顺淖。枯水季四大淖湖底见日，或为草甸，驱鹿羊可达津唐湾著名古渡口通舟角。有姐大之国，名曰女累。猪头豹足，食桑吐丝，善玩跤，号曰大别子。每与人交，必上座，群雌咸至，致精绝方休。四方丈夫莫不胆寒。其国百里无立桩。津唐湾又称津唐滩，日月出入，旦为桑田，暮为沧海，朔望时潮脊线能推抵通舟角，平潮浪去线尽退至宝坻、武清。环海皆滩涂，有鸟之国，鸟王白羽胜雪，秋冬万鸟来朝，雁鸥相歌，鹂鹤率舞。滩三百里，蟹贝累累，骸壳陈如银坝，古称天坝。民谚老天爷饿不死瞎家巧儿，即指此地丰饶。宋庄至廊坊，遍布盐淖卤池，沙丘梭草间卓立已成粉笔之蛟龙骨架。有姐大之国，名曰早婚。猩脸蛇身，食鱼、鸟卵，渴则饮海。尝与鳌交，生巨蛋，坐孵三年，生女汉子，曰夔拔。能凌波行走，潜水数月不出，甩精于海，众女裸泳受孕，生虎皮蛋，黑黄相间者为雌蛋，黄白杂驳为雄蛋，雌蛋坐孵为婴，雄蛋正午暴日磕于凹石，曰摊黄菜。煎蛤吞服，曰蛤仔煎。时人视为神味。故举国皆处子，不与世通，曰锁国。后归轩辕，乃破。

伯益先生老友李鼻先生曾面指其作：谬也。女累、早婚皆古国，轩辕时即已国除，何禹导水行迹尤存？若非你老臆造便是禹不可靠。伯益先生时眼已瞎，舌癌晚期，闻言踧踖，啁啾不已，再四顿首。鼻老意会惨然，说此乃你老呕沥之作，我怎好越宰夫代为制味。伯益老蘧然改容，盲脸一头撞向壁端，当下气绝。伯益夫人一把薅住鼻老，喊冤道：怎么话说的，我们家老头被你一席疯话说得撞墙，你到底和他说石马了。遂令家人执住鼻老，一干人吵吵嚷嚷入衙署见官。上当时正是太子，见习法务，每日掖庭丞、中尉府、左右内史大案要案皆有要目抄送，对这个案子还有印象，因苦主状告文人相争致人死命，丞相卫绾老师亲自出动主持问案。卫老很谨慎，支派右内史仵作前往验尸，确认死因为外力撞击颅骨骨折致脑血肿而亡。又传司马谈先生以专家证人身份作证，兹证二人原是诤友，对话仅是议论成书得失，并无讥惹之辞，伯益老撞壁之举实为文人肝胆，方家本色，嗜学如命，以死相托，遂将案件定性为佳话。驳回益嫂间接故意杀人求偿千金诉讼请求，当庭开释了鼻老，私与嘱勉，少说多做，莫负亡友。

司马谈先生回忆，鼻老还是深拧了很久，旋复振作，废神劳形，以史学家应有的较劲，仔细检视了伯益先生编纂大荒诸经时参照之禹笔记《文命潭》——多半筐刻着颛顼文卦辞犀牛胛骨，将牛骨一块块掸了，清空了筐，筐底扫了，还扫了库房地，发现了更原始材料，一小撮败絮绒灰。经仔细择株植丝，爬梳析分，又经半年巧手编穿纳归，复原绳纬旧貌，依稀可辨一只二搂结及一只拉脱结窠臼，由可认定此败絮来自一条史前记事绳，材质为牦牛毛，考虑到华北牦牛灭绝于涿鹿战前，这条毛绳应不晚于黄帝中期，本年的，老的。鼻老又调眼神锐尖侍妾，白日逆光，夜间高挑灯，搜索凝视绳脐数日，终于毫厘间检出一末禽羽。鼻老亲执禽羽赴渔阳上谷之野张网捕隼，端了燕山、太行余脉各绝壁鹰巢，逐一拔翎比对，最后坐实为灵山鹫之羽。

灵山，京西门头沟第一高峰。上古著名巫师家族，史称“天放十巫”巫家十兄妹本座。《文命潭》记曰：有灵山，巫咸、巫即、巫盼、巫彭、巫姑、巫真、巫礼、巫抵、巫谢、巫罗十巫，从此升降，百药爰在。十大仙虽同出灵山，惟老大巫咸为黄帝近臣，主作筮，参加了黄帝建国前后历次重大战役，每于阵中为黄帝算前程。老四巫彭与老八巫抵则同为黄帝门下医恙工人，开炼石煎草以制丹方之端芽，史称神医，后为草药界尊为祖爷。五妹巫姑，亦为神医，曾与四哥八弟同去昆仑参加抢救被贰负神所杀弱水名兽窫窳。《文命潭》记曰：……夹窫窳之尸，皆操不死之药距之，终不能起。后与阳合，生履、凡，反沃野不归。兄妹几位围着窫窳之尸，以才试火炼就不死丹石外敷，被证明无效。巫姑后与西方另一巫师家族代表人物巫阳恋爱，生巫履、巫凡，回到喀喇撒戈海沿岸草原生活。十大仙余者史无赘述。汉初我们钩沉史料秉持这样一个原则：施为重于名头。徒有其名者一般不认为史上当真有这个人，古人信口劈山那是经常的。于此可断此绳为巫咸旧物，本年的，老的。

又二年，鼻老神会古趣前尘，意淫空山绝响，勘破牛毛绳纹，拿出结论，酌定此物为巫咸遗作《北大荒往事》残篇，《文命潭》部分神句骥附于彼。此物与《文命潭》风解尘化于一筐，可知是禹当年随身之物。李鼻先生《天放啄翮录》语：夏初，一班祝觋卜师尚能破读绳文。至孔甲，邙山崩，绳文出，已无人能识。伯益老《大荒经》总跋中说：天生烝民也众，其国也林立，国除史灭，寻常事也。司马谈先生感慨：鼻老做完这件事眼也瞎了，吃小菜逮拿鼻子寻味儿，经常一筷子戳地上。老一辈学人不泥古，不畏大人，无惮史迹荒渺，敢疑信史，为求真眸齿可掷，不疯魔不得活的精神永远令我们后来者神往。

李鼻老校勘本《北大荒往事》一直深藏《希声堂》——鼻老书斋堂号。谈叔几次上门求借，均不得要领，鼻老百般搪塞，托诿辞令未工，尚待斟夺——严拒。后有二抄本流出，一本鼻老亲携至伯益府连同一长篇诔文祭告于伯益先生灵前，被伯益夫人一并烧了。一本即周太尉家藏小周抄本，世称通行本。据说是小周老师特派秀慧家奴勾搭了鼻老平日最爱、专司喂饭听写侍妾，从李鼻老眼皮底下盗出原版，连夜誊写所得。鼻老闻知委托家人严正声明，此抄本无句墨出自李家，全系狂徒恣肆臆制。世人不以为意，皆曰：写得好就行。问到卫绾老师，卫老光笑不说话。

司马谈阅后当面向小周老师请教：我这里给你改了几个错别字，那么……你写成嫩么云云。小周老师说司马大师，这可是您老在太学经外班教授高古语发音——课上讲的：高古发音茶迟夹缠，常不能与现代汉音卯合，读录只恨规范汉字少，老实的做法是尽量保持原音貌，不要以今日庙台腔去正他那古音，从音不从字，是学术规范。司马谈说我立的规矩？我立的规矩我给忘了。

小周老师说听说是三代以前那些老先生立的，颛顼时有好事之徒抄录五典擅加增损，还被斫了，罪名是媚雅。司马大师说那就木石马好说的了，讲下大天来，我是不赞成有人垄断史料，搞无声堂。我说太学现在都设经外班了，怎没人跟我这校长说呀。

小周老师说他们把您忘了。我说都讲什么呀他们。小周老师说神话、传说、野史，只要五经论不到的——都讲。主要面对社会上闲得蛋疼的公子哥和无事忙的太太小姐。我说你去了。小周老师说我去了，我不是蛋疼么。也不考试，交钱就上。一年三节大课，谈叔主讲，三节课两节是他上，要不怎叫他大师呢？平时想聊，把先生约家聊去，按时辰收铜或等值生猪肉。两年结业，授经外博士，无品，赏戴绿方巾；社会上叫品外博士。我说嗐。

现经无品博士小周老师准允摘抄通行本《北大荒往事》部分章节如下，文责小周老师自负：

起初，玉泉大鸿尊女累氏母邦上部，世为子部，又称支部。枝傍上部，四时应役，出力曰恩工，交贡曰恩课。每于春交献童子，夏秋驱虎围鹿，贡时令干鲜果品枣梨杏柿松蘑榛子核桃不等，冬贡柴炭并狐狍獭狸各色上等皮肉。寒水女累氏与海西早婚氏世仇，互有征伐。支部成年男子，两丁抽一，长年戍守通舟角，白头不得归。公孙部兼合燕北诸部，势力沿太行余脉小清凉山东来，声闻达玉泉，大鸿星夜逾险岭往迎，至瓮山之崖，遇公等，屈膝就地十指环锁公胫，长哭不起，泣曰：可把你们盼来了。

大鸿归公孙，遂停恩课，尽抽边卒役夫回山。女累氏姐大姜震怒，遣公举嫘前来质问（李鼻注：上古女部旧制，姐大所生诸女，不以齿序，选美选能，经嫡亲公会推举一人为长，曰公举。主姐妹和气，闺中诸秘事教引立范儿，平怨妒，记刻是非短长，曰秘淑；秘书。战则首发，张旆引军，第一个上，又曰首张；首上；首长。姐大崩，选补顺位亦居首，地位近于储君）。时，公举嫘年方二七，面如满月，轻盈丰坠，登山至腰已是喘呼急涨，周环澎湃如汐。公等身著北基尼立于松下说说笑笑也是给大鸿戳着的意思。（《骨辞正义》：基尼，古夏语，原指早婚氏海上捕捞披挂的一种带状作业服，有基本昵装之义。时，燕北人民夏日多赤裸，上层人士则著短衫，尤不耐酷暑，撸起至乳，袒脐，曰北基尼。）一照面，公有点眼直，嫘也有点似傲似娇，跟公睫来眸去。

嫘说夏天快过去了，姆内杏还没尝着味儿呢。大鸿指着树下一地黄烂山杏说：杏采了，但是姆决定留下自个吃了，对不起阿。

嫘还是很和婉，笑吟吟瞟着公向大鸿说：你这么做想到后果了么。大鸿说我就是奔后果去的姆还明告你，今年你们吃不上杏，明年你们还吃不上杏，从今致远你们这口儿就算掐了，别想了！

公在松下搭腔：干嘛呀，几个杏，我妹来一趟容易么。弯腰倒踢腿拾起俩杏，走过来塞给嫘：拿着，想吃还有。嫘啪一把打掉杏，说：拿开你的臭手！风后力牧哄笑：哟哟喝——还挺横。公举一言不发低头下山。一帮人在后边给公起哄：叫人臊着了吧。

秋晚天高，几场秋雨过后，中午光膀子也凉了。嫘穿着坎肩皮裙再次来到玉泉，一路上拣黄栌叶，捏了一把在手里，见了大鸿就一句：改主意么。大鸿昂首道：不改！嫘说：冬下冰场见。话音未落，起了一串风，满山红叶飘飘——落了。一时万木萧疏，翳荫皆成秃枝，似栅栏，似排户，目力也一下送得远了，从坡起可一路投往山根儿，公目送尐昳偲影，伸颈立足，渐成鹤姿。

风后说这是你喜欢内款吧。公说才不是，我正在想一个国也不能全是男的，逮有女的，才有奔头，才兴旺，不叫人说成社团。

风后说哦您想大事呢。嫘来之前，他们正聊建国之事，风后力牧大肆劝进，力陈有个国家的好处，说成了国，就能名正严肃向周边人民收保护费，曰税。建立起可靠的饭钱，曰财政。这样大家就不用每顿饭现搞——去抢了。风后说咱逮当规则制定者而非守规矩那个人。力牧说我考虑的是以后咱们就可以叫军队了。

公说道理我懂，再也没比成立一个国家更合算买卖了。这时公举颠儿颠儿来了，大伙扭脸一齐抻着脖子看果儿。

起初，燕北各山果儿就少，山里本不产果儿（《古北方言考》：果儿，女孩子，譬喻枝间新果，有艳羡之义。后泛指青年女子。貌美者曰尖，色衰者曰苍。诸如此类），果儿都逮下山拣。那些年，正是女主社会由盛转衰之世，草原果部受新兴男部压迫，陆续东迁。这些果儿都是战斗果，从西方一路打过来，手里有弹弓、抛投器，遇截道队形不乱，边走边射，放出阵阵羊拐兽骨弹雨；再来就是远程打击，一排臀方腰宽壮果儿健步出列，抖开牛毛长绳软兜，抡圆一送，碎石鹿角，挨上就是血窟窿。这些风烟滚滚战斗果儿管公孙风后这些山娃叫山里哄，笑娃们攻无梯次，掷无射程，稍与还击，崩坏一地，根本不视之为对手。哈！——像猫那样哈他们。

然后果儿就整队南下了。年年看过果儿，跟看雁似的，一指头挨不上。零碎拣上山掉队果儿都是病果儿残果儿，当神供着，叫供果儿。供果儿身体不好，生下娃不是腿瘸就是眼斜，还有大舌头。风后就有点对眼，力牧大舌头，反应有点慢，跟他说什么跟没听见似的，隔几天才想起到处找人问谁跟我说什么来着。但他们都不承认自己是供果儿生的。山区人民近亲交配，智力多停留在萌娃水平，为人误会善装傻。年年有好小伙子憋出毛病，去操石头。素儿当年是军都山以西最尖的果儿，所以风后护喇也是蛮辛酸的。素女走后燕北山水黯然失色，各部渣男一片叹息。

公拿事以来也曾想过办法，派力牧去大马群山、句骊河寻他父亲少典，请他带其果部到此发展。力牧走了二年，回来疯疯癫癫，瘦得跟树杈似的，小腿上净是狼挠爪印，说没找着人——就没见着人！大马群山已是狼天下，狼和熊、大猫正在争地盘。

公称帝及涿鹿战后又两次派人去大马群山、句骊河寻找乃父少典下落，最北走到贝海尔湖，均一无所获。由此可断，黄帝出身那个玄猿部恐烟消于世久矣，今人所称公部应是少年公孙只身在燕北拉起这一杆子男票与后来收服女累氏早婚氏诸果部之合。

公部日见坐大，战略思想也是向西、向北防御，向南发展，到清苑草场建立根据地，再图向黄淮做进一步延展。南方有粮，南方有果儿，是历代北方人深入苦胆的想法。此次东来，公之本意原是收编玉泉大鸿部，连山下海，在东海之角建立一个桥头堡，封住一旦南下后方可能出现左翼缺口。在公等知见中，过了玉泉就是海，这在万年前却也没错，但是环境起了变迁，公等见界过了景，如今发现山之阳、海之西有大片湖泽湿地，湖上有尖果部落，公遂下决心，在这里打一个大仗，先解决果儿问题。

冬日有晦，北风怒号数日。清早起来，山林里到处都是摧枝折干老树，水洼子都上了冻。头场雪飘过，冰上已可以走鹿。

各部男生陆续集结于玉泉，由大鸿手下木匠带领去林子里拾长柴修枝以为矛，下河滩拣片儿石以为斧。公下达指示：此次冬季出动，不同既往，各部务必注意保暖，务特使每名战斗员脚上有毛窝，身上有毛氅，才不致在严寒条件下发生重大非战斗减员。所以男生备战主要活动是抟毛窝。（李鼻注：毛窝，俗称毛孩儿，兽皮小口袋也，反毛朝上，足陷于中，葛系于踝，比托桦皮，以为橐底，可凌冰雪。相传为女娲过大雪山所创，实为北方苦寒民族不传自通之专技。）毛氅大家都有，好的是整张熊虎豹皮，次等獾狐拼併，再次兔鼠连缀，翻毛连头到脚捂上都跟烧麦似的。

公率众至香山脚对眼湖，在湖边对部众发表讲话：来吧！尔等小子，都听我说。自开山以来，我部与果部大小数十战，无一胜绩，细考败因，非我小子力不如人，实乃我山哥谨循山礼，怀友爱之心，怜果儿，惜果儿，不忍见果儿投地，成果酱，宁为天下果儿笑：山里哄拘小仁，不知在军之礼。在军之礼曰杀，曰争强。山礼曰养，曰博采。杀伐争强，非我山哥不能，不取也。古谚云：射牛取半。（李鼻注：另一半归狼鹫，得食不尽啮，以让来者，此人兽之契，古礼也。）古谚又云：不食不杀。古谚复云：唯美是从。（李鼻注：此皆禽兽礼。）皆山礼所本。今复特告尔等小子，此番军行寒水，不是我小子好战，是因为寒水有果儿，上天指示我：那是你们的果儿，应取来做你们的妻，让她们变成家常果儿。你们大家常说：果儿从不正眼瞧啊们一眼，令啊们无后，啊们都快早死了。姆听了你们的话，知道是果儿不义。姆敬畏上帝，不敢不去纠正这件事。今天你们说：果儿做下这么多轻侮男生的事，使啊们自卑，生活失去欢乐，整个人都不好了，她们就是太阳，啊们也愿意和她们一起熄灭。姆很同意你们的话，果儿太瞧不起人了！今天姆必须前往。今复特告尔等小子，你们只要协助姆，完成上天的使命，都会得到多多的奖赏——不止是一顿烤全鹿哟。姆现在把话搁这儿，打下寒水，一人发一果儿。你们做得到，姆也一定做到，决不食言。但是，不要伤果儿，啊们是去采果儿，不是毁果儿，勿忘山礼。现在请大家跟着姆发誓：姆，山娃，愿在战斗中遵礼，宁伤自己一肢，不伤一果儿一指。有违此誓伤果儿者，自愿降为奴小，重伤致命愿斫！天不赦我！

公讲完话就带领烧麦队出发了。

巫咸注：这篇谈话我原原本本记录在一根牦牛绳上，都是我当时亲耳听到的，以天上鹰作证，没半句瞎话，若有半句瞎话，灯灭我灭。因为是在湖边发表的讲话，故称湖边谈话。又称湖誓。

5

曰若稽古。寒水冰场，古之大码头。混芒以前，九州一涸，太平洋诸岛有一条海路直达大陆极东——西之表，即顺时针流动北太平洋环流。所谓第一世代先民——二十万年前出非洲小矮人和早婚氏都是经由这条海上快速路先后靠帮欧亚美联合大陆。矮人盘桓流连于本九海岸，早婚氏千蹭百蹬踏上津唐台地。洪积世末晚冰河期结束，冰原消融，冻土浆解，东海大陆架崩坍沉海，对马海桥、白令海桥亦相继坍没，大陆瓦裂，峡屿仳离，海平面陡涨数百丈，鼓荡冲刷津唐台地，使屈为平阔津唐湾，由海入陆可径达通舟角，过朝顺淖入寒水登岸。时，也不分海陆，只辨咸潮淡水，大荒之内也是勃浪滔天，万算融冰刷洗大地，南北无通途，所望皆天堑，抔壤如浆，其浆甚滑，富含冰碴，走一日牛马亦为之趾裂，蹄足不能举。交通皆仰水路，由岱泽入海，沿途停靠各岸礁，每见退潮一人、一队人拉纤拖拽树舟在泥滩上跋涉。

夏秋入津唐湾须等信潮，因陆洲洪水东泻，于河海交汇处与源源而来咸水争锋，形成潮头，当此刻片桨入港，无异顶牛，常见一人一舟搏于中流，欲迎又还，陷入进退皆浪催之穷窘。或遇白水大出，叠被离岸，推舟至浑黄，复送至碧青，至墨蓝，入环洋快流，不复再见陆地矣。唯待月圆潮满，海浪峰起连峦，舟子方趁势便，一鼓作矢，直入通舟角。冬季事缓，激流复归琼脂，河泽复归冰甲，津唐外海亦积凌筑玉，如砌如镜，行脚人可以木为橇，驱狗奔策，数日可达寒水冰场。也没什么货物，只是人执拗地来来往往，上岸就讨要，偷东西。岸上居民甚恶之，在码头下套，捕捉游客，将他们捆作一团缚予山民交换山珍。冬客淤，人至贱，一只灵猱可换一只南佬最多再饶一把榛子。春客稀，奴价儿与狸等身——人卧地并脚拉直，换等长山猫果狸。夏倍之。故寒水初为人贩子市场，主营奴小交易，海外游客在市场上很受欢迎，因凡能活上岸者身子骨底子都好，有自己品牌，曰海捞。

神农立国，河南（此河南包括今鲁南鄂北）生五谷，有河南客背着半口袋小米和成捆南麻到市上切换熊皮和玉。初，北人不识稼穑，小米昂贵，南客欺哄北人此乃朱雀感日月精华含唾所生，朱雀夜啼，唾液滴于枝，要赶头遍露水下来前攀枝收集，否则就混染了，就不黄了。一只雀，一生唾液不过盈掌，故言珍稀，在燕窝之上。食之益气，滋阴除湿，养肝生血，又有护颜之效，尤特适合产妇开肠胃，补虚亏，神仙餐风饮露饮的就是这个东西，古称仙粮，是神仙粮食。遂以粒计数售贩，一粒小米换一张熊皮或璞玉数坯。北人待客，煮一大锅鹿骨肉，放数粒小米，环座皆曰有异香，食之不能自已。后事发，有南行者携谷穗检举同道，姐大姜震怒，连坐捉拿市肆米贩数百人，逐一拔舌，作一堆吊打，一把枣卖与大鸿为伐木奴。公至玉泉，此辈中人尚存生者，腰悬石锁赤裸身子在陡岩密林中以玉锯木，满脸饿纹，俱瘪嘬老矣。

南货走得俏的还有麻，一材数用，抽丝可以制衣，扭约可以结绳，舂捣可以提油，大项用处是燔祭。北地之冬，植被秃芜，女累氏告天，多堆果木松枝，焚以春采晾干之臭椿、白茅、九节草，味甚恶，烟蹿高且高矣，人熏得不上不下，巫祝每须助食干菌，始得通神。初有南麻，整捆投火，果儿们当下心旌魂恍，齐说这个好，这个味儿正，来得快。小米事件后，南客一时绝迹，谷麻罢市，告祭几不成局。姐大姜借神之口传谕，约法六章：一、行商无故不受逮捕。二、公平买卖，货品明验，价比自议，交易既成，不得追悔。三、虚幻吆卖，刻意欺哄，客卖为奴，无涉其他业者。四、货品损失，海淹失藏，概由自负，讹人吵闹，以寻衅滋事论。杖三十，逐市。五、贝珠石玉不得作一般等价物，代货流通，凡约定贝值，私相授信，甫经发现，贝货没收，逐市。累犯杖七十，卖为奴。六、虬角鹿筋鱼齿等军用物资不得入市交易。此口谕为世上第一部商业法，史称谷麻法。又称女姜法。此法一出，即由宣谕官教给八哥，八哥飞入丛林，传话百鸟，鹩哥先飞，说与鸿雁，雁行河南，丢下一路雁语：阿秋谷。译成河南话是：北姑熬不住了，求咱们去做生意。

年下黄河结冰，冰上走的都是毛窝——二人一套，双肩挎辔，合力拉拽竹排，又称人橇。橇上堆着大庭的粟、王城岗的麻、龙山堡的驴皮、田旺城的枣和大汶口的彩陶。转年春交，冰欲解未软，货都到了寒水。女累氏在岸边组织了盛大开市暨喜迎春交嘉年华，烹了鹿胎，熬了小米粥，姐大姜亲执火把点燃麻垛，果儿一人卷一熊皮褥子挎走一南客，尽欢之后褥子送南客了。

翌日，除了田旺城的枣没人要，粟麻驴皮彩陶一抢而空。果儿跟田旺城老赶说你把姆这儿当什么了，枣都不趁？还是龙山堡人照顾老乡，跟果儿说枣是配俺们这驴皮的，补血养颜七分靠它。才得以搭售出净。南客在寒水耍了一年，岁末归乡，冰河上跑着双套人橇堆满虎皮羊毛熊胆鹿茸、当砖料换的山玉和毛裤。世人皆知丝织自女嫘始，殆不知毛纺先于丝出于西凌。西凌先民久困北极，穿什么都不暖和，尤其是这腿，出门要迈，一迈迈雪堆里了，雪半人深，光不跐溜一腿插下去，如插冰壶也似，雪一人深，直接埋里边了，扒出来都是紫的。小姑娘蹚不了几年雪都成了老寒腿，别说放鹿，蹲都蹲不下来，还有老寒腰、老寒肩。古歌云：西凌皆少妹，生不满十四。朝走西海子，暮葬海子西。风湿心脏病和类风湿是主要致死因。故西凌氏万年前即开始研究毛纺，必须有贴身的！先是纺北极熊毛，后纺北极狐，北极狗——雪橇三傻；鹿毛、海狗须子，试遍了，都不行，油性忒大，毛囊中空，纺出来还是氅，不贴身。直到晚近，少妹南迁，到了京唐草原，见到了羊，毛纺技术才获重大突破。女姜是第一个根据编辫子原理织出毛毯的人。会织毛毯了，毛裤呼之欲出，公举嫘七岁，织出第一条毛裤，作为伟大发明献给已经行动不便母亲。至于丝织，那要等女嫘践位，与公孙部实行大联合，携手去清苑建国，清苑之野长着大片野桑林，——才发生的故事。

时，球已转至全新世，洪水势稍减，通舟角至津唐湾内海渐成弱水，或可覩蛟鱼搁浅，塘泥晒日。海西果部早婚氏崛起，遮蔽海道，断了盐供，遇客辄杀之，摘取其精囊捶扁与鼋蛋合煎以强补，闻者莫不裆寒。女累部吊民伐罪，几次攻打她们丫的，她们丫退到海上，等剿匪部队收队，又升帆重来，与女累部相持于通舟角。由此南北商途止陆路一径矣。春夏秋三季，陆径难行，郊土浃沥，龙蛇当道，走人行，带货带不了，有南客就在寒水岸掘穴覆茅住下，安等数九冰封可行橇时走货。久之，在窖穴口支一舌微火，舂些粟面，用石锅底摊煎饼，一慰思乡之苦，二教北地阿乡多会些粗粮吃法。夏暑煎红枣阿胶汤，搁水里湃了当冷饮让食，可以换羊绒。秋寒又拾些本地人不吃的头蹄下水，洗净治羊杂汤，可以换牛皮。湖中鲤蹦上岸来，活宰了卖生脍，留下一把芥菜也行，留下一只鹰也行，图个乐儿。山民新猎兔狍挑到市上，现剥了皮做烤肉，白饶粟麻汤，皮留下做饭钱。渐渐就在寒水北岸形成小吃一条街。一些没本钱做货贸南人闻风来到此地做服贸——卖手艺，王城岗的麻师傅在这儿开了麻摊儿，大汶口的陶师傅在这儿建了窑，用本地胶泥现烧现卖各种器形朱绘豆尊。

有南客携妻来北地趸货，忽得暴病亡故，妻流落异乡不得已开了窑子，主要接待老乡。还有些大庭年轻神女到这里跳巫会友，各种卖。都是靠手段挣些皮毛，够一橇货了，托相好老乡拉回去贩卖，给老乡抽个头做脚钱，自己并不走，继续在这儿做她的营生，来年再托相好运回些谷麻，一来二去，积滗成池，变身坐贾，卧处作了商号，专雇一班穷极无畏的人替她行脚。北人不太会做生意，只卖一种穷酸吃食，叫大红果，就是后来有大名的糖葫芦，当时也没糖，就是拿树枝串几粒带虫眼红果，咬一口酸掉大牙，就拿这个考是不是当地人，爱吃的，老寒水！

后坐贾渐成主流，出了几家大商号，“本利合”“就是火”什么的。他们联名向女姜请愿，愿意二十抽一向女累部交税，条件是允许珠贝玉石载物流通。女姜老派人，并不知有税一说，听说南商自愿上贡，也觉得是件好事。当初不许贝珠流通也只是认为这些玩意原是生物疴蜕不当吃不当喝百无一用，玉石则是通神之物，不容亵玩，生怕奸人以此浮表之物诈了老实人贵重谷米，如今他们自己哭着喊着乐意，她也没什么不乐意，就准了。修改女姜法第五条，允以贝珠代物（玉石还是不准），约价不符，滋生争议，上人概不受理，有吵闹不服者，杖七十，逐市。累犯卖为奴。新增第七条：不得利者不税。得利者二十抽一。均须以对价谷麻上缴，不得以贝珠滥充，犯者逐市。还是不信任货币。

女姜法自此辟有七章，俗谓姜七条。公孙率烧麦队来犯寒水，寒水就是这么一火红局面。

《北大荒往事》记载是役：初战寒水，公遭横扫。

今颍川阳城一户专卖羊汤俪姓人家，自称千年老汤，汤底子取自古寒水冬市一处南客摊儿。老俪当年在灶上掌勺，正赶上寒水之战爆发，家中祖祖辈辈流传嫘母战黄帝故事。小俪媳妇——现在当街主勺的是她——对前去采访司马迁胡逼咧（《古北方言考》：胡说八道同义语，喻嘴如逼，道不出人话。又称忽逼咧，胡逼车，胡逼扯。相关词：蛋扯）：……俺家俪老先人，那当年，可是给黄帝嫘母都做过饭，嫘母做姑娘时就爱喝俺家老先儿熬的羊汤，每日头晌必来一海碗，一天不喝就不逮劲。干架那天，（司马迁插话：是打仗吧。）哦对，是干仗。嫘母大早起就跑俺家来，跟俺老先儿嚎：老俪叔，今儿买卖别做了，在家好生待着，不叫可别出来。俺家老先儿说弄啥哩，一锅好汤才滚开，咋又不叫弄哩。嫘母说别问了，要出大事。俺家老先儿早年在炎帝卫队干过，舞得一手好棍，小伙年轻长的也排场，炎帝重视他，要把闺女许他，可是俺家先儿在老家有个相好，是个放猪滴闺女，人熊可长的俊，不能答应炎帝。（马迁：乃情，明白。）（《骨辞正义》：乃情：基于性吸引导致的心理偏执和生理紧张、同时伴有单向性幻象的一种精神疾病。其心理峰值与生理紧张度成正比，愈不曾得手或虽得一时之欢终一拍两散，偏执幻象愈坚韧巨大不退，极端症状可作终身痴乃至因之轻生。因有别于婚内性关系和婚外行淫惯生之焦虑、嫉妒、算计等种种利己行为且临床表现主要为精神障碍，常被误诊为高级精神活动。古人无以科状，故拟代名之，曰乃情；又称耐情。）炎帝木咋着，可把炎帝闺女得罪哈了，卫队木法干咧，一跺脚，回忘城岗！可放猪滴嫁给放驴滴咧，俺家老先儿咽不哈这口气，上门找银家理论，放驴滴也不是个好惹滴，嚎着嚎着就呛呛起来，抄家伙咧，俺家先儿一镐把，把放驴的揳死个球咧。（马迁：这也不大好吧。）谁说不是捏，打死银啦，忘城岗也呆不哈咧，俺家老先儿一跺脚，走！闯河北。胡承想放猪滴又撵上他咧……（马迁：姐，姐，特别好的一个乃情故事，特别想另找个时间听恁细聊，可是……）咋？瞧八起放猪滴，放猪咋咧，放猪就八配有乃情？俺家先儿娶下炎帝闺女恁是八是就耐听？（马迁：木瞧不起放猪，木说不耐听，俺是听不够，盼着多听。不瞒恁嚎，俺小时候跟公主也很熟，可俺娶了个烙饼滴，恁嚎，俺瞧八起过谁。）可嚎的是捏，娶个烙饼滴，跟俺这煮汤滴算是一家子，姐敬重恁，这碗汤算姐送恁的……（马迁：真喝不下了姐，再喝从鼻子冒出来了。）不喝就是瞧不起姐！（马迁：慢点喝行么，肯定今天都喝了，后来咋咧我老俩叔。）后来……（马迁注：此处删去八千字。）街里人都出来观战，公孙部正在冰上布阵，有曾经老兵认出他们布的是长虫阵，即一个挨一个比肩而立，听吼同进，闻哨同退，击首则尾相救，击尾则首相救，击腹则首尾相救，又称截道式，多用于开阔草原兜抄牧人畜群。时，岸上人来人往，有果儿有群众，有挑粮的，有赶羊的，有抬锅的，有端笸箩过罗的，还有忙着衔枝架劈柴的。公孙说她们干嘛呢。大鸿说她们准备早饭呢。公孙说这都几时了她们还没吃。大鸿说这些饭都是街里商户赞助的，女累部传统，每逢在家门口打仗，军队不开伙，饮食都由地方供应，以自助形式摆在阵地后面，战士随到随吃，打仗打饿了，扭脸也全是饭，说是早饭，其实午饭晚饭都在了，永远是热的，有肉有汤有粥，白吃！别提多过瘾了。公孙说听上去有点怀念阿。

大鸿说不瞒您说，我部早年甘作支部，替果儿卖命，有时真就是冲着内顿饭去的，内会儿特盼着山贼来打她们。公说今日怎么没见其他支部人。大鸿说可能她们觉得不需要。公说好吧。

大鸿说哥，不知您发现没有，一打仗人饿得特别快。公说发现了。风后说我也发现了。大家不由提提绔。岸上起烟了，传来彭彭鼓声，果儿都跪下低头叉着手，女姜彩衣焕烂，蹦蹦跳跳。

公说她们干嘛呢。大鸿说祈神。公说灵么。大鸿说挺灵的，有回早婚氏趁着潮大攻上岸，一阵龙卷风把她们全吹河北去了。

果儿忽然散开，纷纷脱下翻毛老皮袄，露出里面紧身黑毛衣毛裤，曲线玲珑下到冰上。公说她们干嘛呢。大鸿说换冰鞋呢。

马迁注：冰鞋者，木屐下缚海象牙系于踝，可一日千里。

一健果儿头戴雉尾簪缨弯腰背手开始在冰上跑圈儿。大鸿说你内情儿。公说她干嘛呢。大鸿说开冰呢。

又有几个果儿陆续上冰，跟嫘一起背手跑圈，圈越跑越大，雉尾毵毵儿拂公面，冰渣呲一毛窝。继而嫘腾空，后外点冰三周跳，大鸿惊叫：冰舞！公说要打啦？大鸿说谄神。风后说奶奶滴，花样还真多。众果儿相率起舞，或单人，或双人，螺旋步、联合旋转、蛇形托举、后结环一周跳什么的，往去如飞燕，倏尔大腿耻骨俱开，看得公等愕目惊心，脚下暗暗较劲，毛窝尽透湿矣。

少顷，众果儿归岸。公举一人执丈八曲杆，左蹬右呲乌阿，飘飘然取公而来。公说：她要干嘛？大鸿说：致军。风后说啥意思。大鸿说单挑。风后说弟，你别来了，我来吧。才出列，臂尚未舒，人已坐空——脚踝挨了一杆，毛窝脱飞，人重重跌在冰上。

风后怒曰：姆不伤果儿，果儿却伤姆！再看公举，惟见臀扭，径自掠阵而去，俄而复返，排头打去，乓嚷乓嚷——专扫底踝。

公等山里哄脚蹬毛窝身垂毛氅，状似孕妇，在油光酥亮冰上举步趄趔，掉腰尤难，振臂亦不过耳，几经梃击，蛇阵如遭寸磔，击首首瘸，击尾尾跛，满地找牙，各种屁蹲，颠踬蹭蹬，毛窝稀烂，烧麦皆赤足，卓立若群鸡，俄而惊骇，袋鼠一般跳跃四蹿。

冰场中圈，止公孙力牧大鸿背膀相依，猥聚成簇，作螃蟹科八面招架。风后扑向公举：你打死姆得了！失重触冰，昏沉不醒。

时，一直左手举兰花指立于岸观阵之姐大姜猝放手，有七壮果儿并立叉腰吹响闷屁般海螺，顿刻释出无算虬角冰车（马迁注：冰车者，冰屐加双也，长宽七指，远观臀方，如跪冰上），众果儿背插海狗皮皂旗，手握天匕——齿鱼獠牙，奋身刨冰，臀下抹油，绝屑沫群往。公曰我去！大鸿曰我去！力牧曰我去！须臾众人身腾手舞，未及打挺已磕头，每人背上跨仨果儿，一果儿镇手；一果儿压腿，以鱼牙抵睾；一果儿打散公等头发——揪起，俯仰再四，强向岸上姐大姜叩首。岸上观者皆以双手越顶击掌，三击合一声呜哈，斯谓西波尔战吼。

我说下半文你做了摭采？司马迁说上半文我也做了摭取。俪氏语如汤扑，三手十箕不能撮其漏，其音之匪夷，之岔迷，非鸟类不得善解，错别字用尽亦不得不任其坠地，臣与之一日谈，口音凌乱至今，梦中尤呼恁噱是八是。我说这都哪儿的口音那？迁儿说俪氏自云：神农官话。我说好吧。

《夏书·高后本纪》记曰：……公举擒公于胯下，质曰：奈何来犯？曰：夙有思，特来亲上部。公举笑而起，尽遣之。

李鼻注：黄帝百战百败，终得天下，殆非力取，善攻心也！上获首长莞尔，下为百代兵家攻心者说揭橥，是以可观。

有汉，嫘母黄帝相好故事尚流传于寒水九岸。阿老马迁去延庆凭吊古战场，本可经清苑、涞水、涿州，越房山、门头沟，直下延庆，特地绕大兴入寒水，逆公孙当年东进路线踏遍西山。

清苑，黄帝故都，今青草尤长，桑林不再，马骡游行于上，狐獾潜隐其下，有轩辕丘。国中轩辕丘也忒多，假则假矣，从一侧面也印证了古者天子牧天下，真是带着百官四处周游，冢宰百乘，载驮于途。——行至涞水，有风后坡。至涿州，有颛顼井、素女坟。独不闻嫘母消息。及至寒水，古宣崇淖、朝顺淖、海昌淖俱已壅废，或为坦途，或为边民牧围，止存寒水一泓陈碧，湖心岛石磊落出泥，连阡成堤，裁围南北中西东前后七海，与大哉东海相较不过脚盆尔。中海塘前有柳曰公孙柳，侧畔有合抱大槐树曰嫘母槐。前海有女姜手植千秋柏，柏上陵苕累累，花开若朱唇含嗔，当地村人称女累花。后海有遮岸野海棠林，春开万朵黄蕊白花，风吹离枝率舞，当地人称冰舞。北海有池曰嫘母池，南海有池亦曰嫘母池，村人称北池南池，村人说北池是洗手的，南池是洗脚滴。村人还带他们去西海岸参观一牛背青石，说是嫘母当年晾衣石，瞧这石上的白，奏是水没投净碱咬的，都出鹅凛了。还拿出家里穿了底的筐箩，说这是当年嫘母养蚕铺桑叶使过的，燕太子丹曾出百金想端走爷们儿愣没答应。又费筋八力从小黑屋里挪出一瓦缸，说这是嫘母黄帝当年试婚小俩口居家过日子用过的米缸。孔子西行往北兜了一圈专门来看过这缸，眼泪差点下来当场，说：靡不有初，鲜克有缸。为黄帝嫘母开头并不友好，最终走到一起这样虽不罕见亦属难得的乃情——感动。

阿老一句下茬儿不敢接，生怕多说一句当地人把筐箩缸让给他。至于嫘母穿过的冰鞋，用过的冰杆，黄帝戴过的獭帽，耍过的大刀、红缨枪、青铜剑，家家能捧出一大堆。都知道黄帝追嫘母，黄帝打不过嫘母，怎么好上的隔三五家一个版本，有讲嫘母三擒两纵的——末尾儿那次擒住就没放。有三擒三被擒。还有夜儿个对阵改月黑约会，啪啪啪内土窖还在，现而今居民还使着，冬储个青口菘莱菔什么的——都知道。

当地人口音驳杂，南调北腔，与周圈燕人明张有别，管看叫徐顾，新鲜叫出奇，霸道叫强梁，小叫可宁年儿。阿老初判是上古音，黄帝当初就这么说话。村人说可不咋地，俺这一绺子全是帝族，黄帝南下叫俺们守寒水，万一不中退回来还有个落脚歇马滴跨界儿。这老汉姓宫，这老婆儿姓孙，论起来全管黄帝喊爷。

街口公孙柳下一个女疯子一直乱嚷嚷。村人拖她过来，说这孩儿，老先儿奏是黄帝卫队喊好滴，打涿鹿伤了呼歇顶咧，抬下来寄拜在俺这儿养伤，伤白养好咧，部队木影儿咧，撩丫子过黄河咧，左寻不捉，硬在俺村安住下咧——妮儿，给恁叔喊个好儿。

女疯子眼直勾勾盯着阿老，抡臂过颅击掌：呜哈！

马迁拉上阿老就走，小声说：我知道他们是哪儿的了。当地人相跟着撵上来，赔笑说：两位贵银鬼乍这半天，当真啥也不捉光牛走哈，哪么给俺留根草捏。阿老从褡裢掏把碎铜塞村人手里，随手拣了根嫘母用过的柞木扁担扛肩上。村人说再饶您老一桶。

后来，马迁作《五帝本纪》，并没有把颍川寒水行访得的笔记用上，手稿在几个很近的朋友中传阅，大家都反映单薄。我也曾问过他，为什么不用呢。迁儿说想来想去还是不好用，黄帝的名声太大，时代又太遥远，我走遍天下，到处都有人谈论他，自称他的子孙，可是人们口中的黄帝似乎不是同一个人，一百个人有一百个黄帝，太多大言和假熟，有头脑的人读了会笑。孔子传的《宰予问五帝德》和《帝系姓》也不知依据是什么，亦有借魂言志之嫌，他门下弟子也不全信。我没有经过深入思考，不敢把那些传说当确曾发生过的事实讲给那些知迷信执的人听，只怕更耽误他们。

我说可是，你拿出来的这一点，能保证都是真实的么。迁儿老实回答：也不能。

6

曰若稽古。黄帝纪年五年，夜间的露水已经变得寒凉，使人畏瑟。炎帝率军抵妫水之阳，派出军使魄向避于鹿丘的黄帝发出会面邀请。魄到达鹿丘已是灯晚儿，黄帝连日召开军事会议，部署战法，疲劳且兴奋，年轻时闯荡涝下的旧伤发作，头疼如钻，刚服下岐伯调制的风茄核桃榨汁，强撑着寒暄了几句，这边厢为魄热的羊汤还没开锅就脸一沉，安眠了，有点把魄晾在呢儿的意思。颛顼按照草原传统，将尊贵的客人安排在黄帝左手第一张铺位就寝，为她铺上羊皮、狼皮、熊皮三层褥子，盖上狐皮长衾，对她说先休息，天大的事早起说。魄夜里热得睡不着觉。（李鼻按：此传统原出女主天下，客至，主人有伴寝义务，曰致客。高古，生活极简，人至实诚，除了吃好、睡好，实在也不知怎么对人好了。）

颛顼与魄有旧好，军中人都知道，他卧铺离客铺也不远，仅隔着玄嚣和昌意，负责礼仪的风后就请他受累代为致客。颛顼抱着自己虎皮大衣跨过父、伯，连声说有劳有劳，钻进魄被窝挨着她躺下。（李鼻按：《五典 · 轩辕典 · 外交》曰：致以序。按身份排队意思。玄嚣昌意皆有恙在身，故，在礼。）

魄一脚把被窝蹬了，说我今天来不是冲你。颛顼说知道。

魄说我捎来我国大帝一个口信，自古两帝相见都是在战场，我国大帝希望开一个先例，与贵国大帝相见在欢乐宴会上。颛顼说刚你一到就说了。媿说我说一半你们大帝就着了。颛顼说他还醒呢。

媿说你们是不是有点拿我不当回事啊。颛顼说没有啊，不拿你当回事，就不让你住这儿，就让你住军厩了。媿说还当你们牧区住得多宽绰呢，合着也都挤块儿堆。颛顼说不老这样，这不战时么，大家住一块警卫方便，谈事也方便，相信我宝贝儿，与贵国大帝一起好好吃顿饭，也是我的愿望。

媿说热！颛顼说我可一直等着你呢。媿说一夏天没起痱子，到这儿起了一身。颛顼说你能别老聊么。媿说我能出去凉快凉快么。颛顼说外面也全是人儿，再进来还逮搜身。媿说我必须出去！我让他们搜。颛顼说你披上点！

啊！一声惨叫，睡大帐门口小喾腾地坐起。帐中人同时惊起，抽斧摸刀，一片喊：怎么回事怎么回事。媿裹着狐衾尖声道歉：对不起，不是故意的，我没瞧见，踩了您一脚。

昌意说炎帝怎么派个女的来，说的都是真的么。颛顼说爸您都听见了。昌意说我倒不想听呢，架不住往耳朵里钻。

玄嚣说我这儿都听见了，本来挺困的，一点都睡不着了。颛顼拿手在黄帝鼻前测鼻息，黄帝说醒了。

颛顼说您头疼好点了？黄帝说你不跟我说话我就好点。

昌意说你，抱上褥子——出去！今晚别回来了。

媿正蹲帐外跟负责倒尿桶的采儿聊天：……仿佛在哪儿见过你。采儿说在骇里。

颛顼卷着一张熊皮出来，说他们把我轰出来了。

采儿把他们带到堆放物资的军厩，在一垛军用皮甲后面找了块空地，说你们先住这儿，这儿吵不着人。媿说冷。

颛顼一边铺熊皮一边说：一会儿让你热。三致而寐。第二天早上没能起来参加部队跑操。有熊国战士说：无礼！

李鼻按：礼不能颠倒。《轩辕典·羁军》曰：在军之礼，首约，次阅，复次应接。第一纪律，第二训练，第三迎宾。颛顼，上将也；媿，客使也；废阅致客，颠倒也。《夏歌》云：胡谓孔武，知其所止。颛顼是为不武。

军厩，又称军藏，藏所。篱笆草泥，间以木柱，覆以兽皮，半厩半帐，主要用于存放军用物资牛角鹿筋麻绳鱼鳔长短杂木燧石藤甲什么的，因其长阔，各部队来人，出公差的兵、役夫多安排在此过夜。小卒干犯军纪挨完军棍也架进来养伤带蹲禁闭。外军使节跟包没地儿歇脚，也打发到这儿来跟出差的兵挤一宿。抓获间谍、战俘亦羁押于此。总之除了藏货，也藏人，是个公共场所。媿早上醒来，发觉周围都是当兵的，进进出出，拿着部队发的黑陶钵，上食堂打来荤粥——羊油小米粥，蹲她头前左右犀利秃噜地喝。脚跟前不远，还蹲着两个脖子系套背后拴着双手暗肤色人，看发型——那一脑袋已经凌乱小辫子，像她们国人，也没饭吃，只拿眼睛不时贼她。她刚起身，几只脏屁股立刻坐熊皮上。她说起开起开，谁让你们坐了。那几个兵也挺老实，撅着屁股又蹲回原地。媿说跟我一起来内人呢，上哪儿了？一地人不理她。

媿东寻西看，从一捆牛角下抽出一截绳子，拦腰扎紧狐衾，撩开大腿迈过一个个蹲地下埋头舔碗的兵，出了门。

外面秋阳甚好，媿一时找不着来路，周围营帐看上去都很相像，一些随军家属在自家门口挤奶轧奶酪，晾垫子掸毯子，打孩子扯闲篇儿。她向她们打听黄帝大帐，按那些妇女所指方向左拐西绕，每次总是走进更大、更密集战士营区。

各营兵卒正在帐前徒手列队点名，有的队官笑嘻嘻，当兵的也三道弯，不时发出哄笑。有队官一脸正经，吐沫星子四溅，当兵的前两排也一本正经，后排有兵掏耳挠腮，抠鼻揉眼，还有蹲地上的。有队官勃筋大怒，暴跳如猴，当兵的鞭杆溜直，目光如惧；忽从队中拖出一人，七手五脚摁在地上，露出屁股用军棍抽打。

一支骆驼牦牛混编运输队进入营区，苍老役夫牵着头驼，驼背两侧挂着麻编网袋，袋里坠着成摞军用红砖，菱形或腰果形，色泽艳若李，一看就是新出窑的。令人惊啧的是队里竟然有一只小犀牛，老实八脚驮着两兜红砖，跟在青牛后面走，队伍停下来低头吃两口路边荒草，用肥厚嘴巴斯文咀嚼，瞪着一双无辜小眼看人。媿从一个正在舂谷炊事兵那里讨了枝谷穗，一边喂小犀牛一边捏它吻上硬硬的有点像笋的角。

有人从后重重拍了下她——差点把肩拍塌，回头一瞅，是长发披肩，歪扣一顶高筒灰鼠皮帽，斜插一枝雁翎，项上一圈臼齿绿松石海珠串，上身五寸袖无领鹿皮号褂，下身嘎新超短豹皮军常裙，光着脚的舟毛毛。

毛毛说你在这儿干嘛呢？媿说找不着路了，你们这儿营区也太大了。毛毛说你住哪儿啊，我带你去。媿说我住黄帝大帐。毛毛说黄帝在北头，你怎么转西头来了。

毛毛带着媿往回走，媿说你够精神的，差点没认出来。毛毛说刚从前边回来，给老乡带了点东西。媿说你戴的这是什么。毛毛说人牙。媿说你的？毛毛说各种人的，杀一个拔一颗，有人爱攒耳朵，有人爱攒嘚儿，我就喜欢牙。毛毛向一个路过头插雉尾军官躬身行抚胸礼：给将军请好儿。将军说毛毛啊，回来了，前边怎么样啊？毛毛回答：前边挺好的，没什么动静，一天到晚就呆着。将军噢噢噢走过去。

道旁一些妇女在挤奶和晾晒牛粪饼。几间匠作坊，皮匠正在用罂粟花浆染甲；木匠正在哨棒上斫槽，安装鹿角、石斧——忽端起哨棒作了个跨步突刺接劈砍动作。一个老人在圆木芯掏眼儿，然后用一根直棍穿过两截圆木，拿脚一踢，圆木滚将起来。忽然一头驯鹿拖着一具竹橇冲进巷子，发出劈咔摩擦，橇上驭人上蹿下跳，鹿急停，人飞出去，整拍一垄妇女刚贴好牛粪饼上，爬起来掌心都是缰勒的血印子。

舟毛毛说看见内旄尾旗了么，到旗右转就是黄帝大帐正门。魄说你不跟我一起进去？毛毛说我就别进去了，黄帝认识我是谁呀，再摆我抡出来。魄说不会的，他们对人挺好哒。

毛毛说他们对人好不好，我比你知道。毛毛说你要还呆几天，可以找我玩去，我告你我们单位啊——出这片家属区，见一大操场，过大操场东部垃打听鼠区，到鼠区问虎灶——右营一队二什舟什长，就找着我了，请你吃鹿肝撸串。

魄说你们部队够有文化的，都数字化了。毛毛说刚改的，原来也乱叫，头儿叫什么就叫什么队，特别派教员教兵识数，从十个手指头开始，要求十天内必须会报一到十。魄说原先不会？毛毛原先都不拿指头当数，叫大哥、小哥、无名哥。

魄说当兵的知道太多不好，越有文化越怕死。毛毛说噢你也这么想啊，我也这么想。上面本来还想给我们起名，每个兵都起，干部赐姓。兵都不干了，集体去闹，说我们祖祖辈辈叫外号怎么了？名多绕嘴呀，谁记得住啊？没推行下去。

魄说你不有姓么？毛毛说嗐，我也觉得特麻烦，老得跟人解释，为什么有姓，舟怎么讲。刚到部队我都没敢露，就叫家里的外号：二。这多省事，一听就懂。后来我们伍给我起了个外号，叫肘子，因为我刚到部队头顿会餐抢了全伍唯一一根肘子，给大伙留下不好印象，部队这帮孙子坏着呢。

说着俩人已来到旄尾旗下，一个戴熊皮帽藤甲兵拦住他们，说肘子，你还想上哪儿，带蜜遛弯溜这儿来了。毛毛说去你妈蛋狗咂儿，见长官不敬礼——踹你！狗咂儿说你麻痹你麻痹你麻痹。毛毛对媿说不好意思，让您见笑了，我们这哥们儿就是一糙人，不骂人不会说话。狗咂儿说哟哟瞧你内揍性，还会说不好意思呢。媿上前吵：早上我刚从里边出来，你凭什么不让过？毛毛说咂儿！睁开你逼眼看看，我的蜜能有这么高档么，这是黄帝的蜜，你还敢不让过。

咂儿说真不行，里边开会呢，你说你是黄帝的蜜你让黄帝出来接你。毛毛说你跟里边报告去，说黄帝的蜜到了。咂儿说我要去报告我就是缺心眼，姐姐，你只能跟这儿等着，看一会儿谁能出来，没人接绝对不能进，我这儿让你过了，里边也得拦你。媿说颛顼！颛顼知道么，我们俩一起出来的。

咂儿说不认识。毛毛说你跟他提名不行，逮报官称，就是三哥。媿说我让三哥摘你脑袋！咂儿说我这脑袋给你了。

一个插蓝雉翎干部过来：这儿吵什么呢？毛毛说钵儿，小钵儿，——我。小钵儿说哟，肘子，干嘛呀，开会有你？

毛毛说操，不带这么挤得人的，我送老大的蜜来的，不让进。钵儿看了眼媿：这蜜我还真见过，昨晚来的，你不三哥的蜜么。毛毛说甭管谁的蜜了，赶紧让人进去，这儿站半天了。钵儿说谁的蜜也不能从这儿进，你带她去西门，蜜都走西门。忽听里边一片嚷嚷，只见两个甲士快步提出一个摘了帽子披头散发军官，摁在滚开汤锅前，一个拎大棒子甲士急齁齁跟在后面，喊：都起开！大棒子一抡，军官趴地上，两个甲士嘁哩喀喳把衣裳扒了，窝巴窝巴塞汤锅里盖上盖。

毛毛扯着媿走：走走，去西门。媿说我怎么成蜜了。毛毛说蜜是羡称，甜美如蜜，夸你呢。这时又听后边人喊：你！你！毛毛回头一看，喾戟指这边，冲他大步走来，撒腿就跑，喊：没我事，跟我没关系。喾一把扯住媿：你上哪儿去了，一上午这找你。媿说他们不让我进。钵儿、哑儿一齐低头躬身行抚胸礼。喾说谁不让你进，你跟他们说你是谁了么？媿说说了，说我是蜜。喾说那没法让你进，你逮说你是大使。

颛顼迎着她们站在帐门口说你急死我了。媿说不赖我，黄帝醒了？颛顼说醒半天了，刚服下又躺下了，咱们逮快点。

颛顼拉着媿往里跑，玄嚣昌意风后巫咸一班重臣盘腿坐地上，正拿手拌黄油奶渣炒小米捏成蛋蛋扬脖往嘴里放，见媿进来，拿白眼翻她。黄帝瘫虎皮垫子上，采儿端着陶埙跪他耳边轻吹名曲《魂飞矣》。颛顼一拍媿后背：赶紧着。

媿掌眼量了量步，上前行大摆礼——就是正步，踢左脚抬右手，后展左臂；踢右脚抬左手，后展右臂；三步一组，九步礼成，立正，平视受礼者。因其徐迟艰缓，迹近泥潭跋涉，又称跋礼。《轩辕典·国礼·觐礼》曰：跋礼，敌国礼。

媿：大神农邦联特命全权军使媿敢见有熊国主黄帝台上。

黄帝望着虚空说：美……

颛顼上来说：完，下回再说吧。

之后几天，黄帝一直不能视事，神志时清时迷，神游八荒之外，所言皆宇宙混沌语，或言知非知；或言识者唯谁？或祷天：饶恕人类吧！巫咸风后不能接。《夏书·轩辕本纪》记曰：帝脑风，军国事闻之呕，罢军七日。

这七日，媿每日在军营闲逛，颛顼没空陪她，就让喾带她去军官食堂领一只多人舞蹈彩陶盆，这样她就能每天得到一份军粮：黄油奶渣炒小米。晚上建议她视情况而定，可以在大帐这边找人挤一下，也可以回藏所，充分尊重媿本人意愿，藏所永远欢迎她。媿说行吧，你们别管了，我就死等了。

媿在毛毛那儿吃了烤串，喝了不少柿子甜酒，认识了左营上上下下一帮哥们儿。一起喝酒的还有两个戴獾皮帽穿狼皮裙的毛毛老乡，他们是常先所部新四师的什长，这俩哥们儿说他们师已经到了雕鸮堡。晚上媿回藏所休息，熊皮上躺着个裹着豹皮纹了一脸蜘蛛的汉子，媿请他离开，他就蹲在旁边打哈欠，嗑瓜籽，呸呸啐皮儿。媿躺着跟他聊天，他说他是陈锋部派到黄帝军中联络官，他们部队目前驻扎在东窑子。夜里藏所有人生火烤麻雀和栗子吃，和管理员发生激烈争吵，吵架人说话打嘟噜像含着葫芦，媿听不懂，陈锋部联络官说他们说的是戎语，这帮人来自娵訾部。媿说你们这戎语互相都能听懂么？陈锋君说不全懂，使劲听能懂一些，接着讲了一晚上娵訾氏笑话，有请老虎吃饭，上的全是草，跟老虎宣传吃素长寿，老虎等到最后一口没吃上，把越闻越香废话特别多的主人吃了；有和狐狸一起偷自己家羊，跟狐狸算小账，把狐狸算没词儿了——因为是自己家羊么，理直气壮多分一只，觉得自己巨公平。媿听出来了，他们两家是世仇。(《骨辞正义》：娵人宴虎，上古成语也；出典失考，古义大威临之不改节，善以待不善。今义没有办法的办法，屈心阿世，谀众避祸，终遭嫌弃。民谚所谓病鸭子给黄鼠狼做寿。李鼻注：举非确解。)

一日媿上食堂打饭，看到大批戴狗皮帽穿豺皮裙少年扛着新伐带白茬栗木棍列队进入营区，西南角一夜间冒出成排帐棚和一口口新土曝天灶坑。食堂里也多了很多戴狗皮帽子插鹰隼翎子军官，和原来那些戴鼠皮帽子的干部说说笑笑，他们是新五师的，昨天经过一夜急行军，今早到达鹿丘。

食堂杀了羊，很多家属小孩也拿着盆来打汤，在帐外灶口排队，轮到媿，舀汤妇人扤了下底，给她添的都是骨肉。

媿端盆到一旁大槐树下蹲着啃羊蝎子，一会儿舀汤妇人拿着藤筐来拣骨，拣到她脚下，丢下一句话：采女要见你。

哑儿已经跟媿很熟了，见到她远远就笑，说早啊。媿说早，塞给他一块连皮肉。哑儿说谢，回身低头双手捂嘴一通嚼，媿还没进帐，那边已嚼完，满嘴油光恬然站在哨位上。

帐里一股子窖气和膻味，媿还没完全适应骤然的暗，采女迎上来，说热水刚用完，你逮等下一缸了。引媿往后走。

媿看清坐在地上眼巴巴望着她的玄嚣说：您老身体好点了。玄嚣连连摆手：还是不行。媿笑：瞧给吓的。老军医岐伯正在给黄帝搭脉，眯着眼望这边瞅，媿扬手跟他打招呼：嗨。岐伯视若无睹，跟黄帝说：请台上伸一下舌头……

帐后林中一间露天草棚内，一口缸半截埋在沙坑里，缸边柴在燃烧；采女拿手擢搂擢搂水，说半边热了，半边还有点凉。媿说不怕凉，抬腿迈进缸里蹲下。采女抓把热砂撒她头上，揉搓长发，给她干洗头，小声跟她说素女叛变了，她那个情报站不能用了。媿说啊，叛变了？可是我有重要情报要送出去。采女说实在不行，只能我亲自跑一趟了。媿说可是你的位置太重要了，就潜伏在黄帝床下，伟大的军事家圣女娟教导我们：战争期间，最重要的是想着下一次战争。采女说顾不了那么许多了，圣女娟还教导我们：这次过不去，就没下次了。媿说食堂那个人不行么？采儿说她什么都行，就是记性不好，总是说了上句忘下句。媿说记性不好为什么从事秘密工作，偷听来的情报也记不住，这不是误事么。采女说也是生活摧残的，原来记性很好，老记没用的，这两年开始忘事。媿说是啊是啊，《神的花》说：看呐，那无知的人，脑子里净装没用的。

上古做情报工作，眼神差点没关系，记性必须好，因为所见所闻都必须记脑子里，回去报告才能说得清楚。媿这都是大贵族家小姐，家庭教养很好，自幼学习四时之祭，占卜跳巫，厌劾妖祥，会击鼓会配草，琴瑟簧埙无一不通。善咏《八索》和《九丘》华歌那部分，说唱《神的花》（却原来《神的花》是唱的）；善饮、善射、善斧击；岂止是有文化，外号文化本人。但是文盲，不识字——因为无字。当时仓颉同志还叫侯冈，在黄帝部队夏二师当传令参谋，负责通风报信，也正在为所有命令都必须记脑子里一传十十传百难免不有所遗漏乃至把话传反了——而苦恼。此人跟舟毛毛是老战友，昨天烤串大会也来了，媿也见到了，挺能聊一人，战士们都尊敬地叫他侃爷。时，有文化没文化都是文盲，文化有无全体现在嘴上。侯冈有一弟叫侯岭，也在夏二师当参谋，管作战，艺术天分比他哥高，乃当世隐名大画家，阴山岩画主要作者之一，部队放假就去阴山写生，善画鹿，岩画中那头著名长颈鹿就是他镑的。乌拉特中旗那幅史上最早色情画三男三女交合图也出自哥们儿斧凿。因为口拙，不善言谈，被战士当成老粗。谚云：舌如簧，有余粮；舌如桨，食饩羊。

会聊，三代以前，智者必修技。圣贤亦不能免，曰立说。古歌云：默默千载，物我两衰；人忽能言，文华乃开。古歌复云：煇耳匪闻，扞目匪观，劓舌厥变。唱的是人能言说之喜和废言之忿，不让听不听，不让看不看，不让讲话辄反。

李耳之师长枞先生有言：三代以上无不侃，百家皆自侃家出。这一风气在侯冈哥发明文字之后仍未稍见逊杀，侃风之盛一直宕延到春秋，会写字也不写，叫述而不作。

媿坐在热缸里，一边搓泥一边把自己搜集来的情报拿嘴理了一遍，采女蹲在缸边一边用牛骨篦子给她篦头一边补充，综二人听闻，得出如下几点：

一，夏军编制，甲种师一师五营，前中后左右，前中右三营为主力，左后为补充营。营辖五队，以手指为数，荡击弹弓一，投掷一，长棍一，手斧二（注：拳击已不在编）。队辖五什，亦以手指为数；什辖二伍，每伍五人；每什十人；队五十；营二百五；师战斗员千二百五。还有倍于战斗员之巫医、役夫、营伎、奴工不等。行军弹弓前驱，手斧殿后。宿营以属相分区设灶，每什一灶，队、营、师将佐皆有小灶。

二，夏军当前实力及兵力配置：夏一师师部设在黄帝大营。该师曾遭我歼灭，目前只是一个空架子，仅一个师部，一个教导大队，收容我释回俘虏，计百十余员，且多为重伤初愈，尚不能完全恢复训练，每日只是自己在操场跑圈。师长玄嚣病已痊愈，性生活未见恢复，仍在黄帝处休养，该师日常由巫师副师长风后代掌。评语：该师目前远未形成战力，可预见将来也无再次投入战场使用之可能。

夏二师目前部署在我正面，师部设黄帝大营。该师虽遭我严重打击，指挥架构尚属完整，兵员已获补充，其中老兵不足七分之一，余者皆是新兵，训练不足，对战争感到恐惧。该师武器老旧不足，新式板砖未见装备该师，士兵所持多为前次作战崩坏弹弓及劈裂之旧木棍，且不能保证人手一支，平日队什训练多见新兵徒手。该师师长昌意亦在休养，师日常由喾代为主持。据该师右营一队二什什长舟毛毛反映，该师目前战力只达战前一半或不及。军中有流言，今后作战恐难充主力，或作偏师，或用于其他部队补充。

评语：该师满员不齐装，但战斗骨干还在，底子是黄帝寒水起家老部队，有古之流民遗风，部队管理简单粗暴，信仰强者，曰忠；敢授其武者恩同再造之父，终身服效，曰效；以年齿序阶级，哥大一岁压死人，曰弟；只要是自家兄弟，不问是非拣直回护，曰义。这些亘古流民历久弥养之习性，经该师师长昌意熔萃，升华为军中伦理，或曰军魂。亦为军纪，犯者军棍扑之。该师感恩气氛浓烈，日常如过家家，下事上以敬，上抚下以慈；出则一条鞭，入则一棵菜；将使兵如攘臂，兵联兵若运胯；行有度，止有节，木石扑面不异色，曰伍德。因在黄帝军中得名：德师。师有德，假以时日，装备训练获得改善，仍是黄帝阵中头等主力。又：该师军旗为白牛毛底绣黑哮犬，军装鼠帽豹裙，营队什主官顶戴鹰隼雁翎，将插雉，军语：云；雉云霓，鹰云霄，隼云上，雁云泥。

夏三师为黄帝亲卫师，齐装满员，师随黄帝行动，黄帝亲领师长，副师长颛顼，直接听命于黄帝。目前全师驻扎于黄帝大营。该师官兵皆出自玄猿氏、女累氏、早婚氏——所谓上三部，将佐多为黄帝近亲属，士兵亦多世家子。有熊国实行全民皆兵，男子满十二虚岁，即编入军伍，进行军事训练，学习投射劈刺抡五大军事技术。除去几位领兵大臣，其余手下无部队之亲贵大臣亦普遍乐将自己子弟送入三师当兵，一是驻地近，二是吃得好。各师都有自己生产部队，草原上最大羊群是军产，别的部队逢时祭吃狗肉，唯三师天天杀羊。风后在一师任职，亦将孩子送进三师。巫咸几个孩子都在三师。嫘妃家亲戚孩子，婚妃家亲戚孩子，黄帝诸子诸外戚近支远亲家孩子遍及三师各营什，营队出操哥哥弟弟呼声盈耳。有熊国女子旧有尚武之风，各家女儿也以参军为荣，嫘妃、婚妃手中均掌有女子特战队，盖由其旧宗族老女战士编成，素称强悍，尤善冰战、海战，平时卫戍眷村，战时或作奇兵，黄帝亦有所忌惮。其余巨室女空有慕武之情实无弄斧肝胆，也不乐受操课之苦，图的是个虚名好听，托关系塞进三师不少，充斥各营包扎所、军巫班，致三师非战斗人员严重超编，有的营几达一比一，吃饭碗都不够，同时使部队出生率激增。有些孩子尚幼，未到服兵役年龄，还穿着开裆裤，因父母都在部队工作，家中无人照看，也跟着哥哥姐姐来到部队，三师不得不为这些孩子设立童兵营，教他们学习生活自理。故三师又称大舅师，因师中喊大舅的特别多。

三师装备一向较友师优良，营队主官配铜匕，曰径路。弓手斧手配长棍，棍手投手配斧。将佐皆善气功，晨昏常见该师营佐队官潜于林中发功，或于校场当众开砖。师加强重型砖砲一营——牵拉式抛石机十二具。可发射砖堆，射程三十步至百步，尽在砖雹覆盖杀伤范围，亦称雹子砲。移动时可由驯鹿或牛牵引。营配置便携轻砖砲——即二人抬大型弹弓，三五具不等。可发射单枚整砖或半头砖，射速较快，一拉一拽间即行发射，亦称床子弩。射程远至十步，近至砸脚，端看皮筋疲劳度。仅以武备论，该师战力倍于他师。且正在换装，国产新型腰形板砖已装备部队。有熊国军匠研发新式兵器，曰戈；其状颇似我国农民打草所用之长刈，栗木取直，一端安插锐角斧刃，可兼收刺劈之效。目前正在该师试用，定型后日产廿支，将优先列装该师。该师军旗为有熊国旗，双面粗纺坐地咆哮双头白熊。士卒著熊帽虎裙，胸覆藤甲，将佐皆雉翎，以色别，缙为贵，蓝次之，黄褐复次之。

评语：该师自称主力中的主力，头等中的头等。与兄弟部队关系恶劣。师内多亲贵子女，有些兵遇事可直接状告黄帝。嫘妃、婚妃亦多插手部队，越级干涉什伍擢升奖惩，致长官失威，令不能行。部队屡发生下欺上，卒不服从管理，殴打队官事件，颛顼亦无力羁縻，只是一味铲事，将闹事双方分隔，调往他营平怨。该师自成军日起，从未投入战场，除小部队剿贼、掠民，师出动仅南行接应二师一次，与我军发生零星接触，并未正面遭遇。兵是老兵，操演科目亦纯熟，战斗经验为零。整支部队作风骄奢，建制臃肿，战斗意志未经验考，虽黄帝本人尤特倚重喜爱，友师一般评价不高……

这时水凉了，柴也成灰。媿说：你记得住么？采女不嗳声，闷头去抱柴火，回来说：你还能再说一遍么？媿抱着肩打着嘚嘚说：不能了。采女把新柴点燃，说：多一半肯定是记住了，内一半，如果你也记不住，那就不该有人知道。

媿说那我还用往下说么？采女说：说呗，三是什么？媿说：二还没说完呢……你别烦我。采儿说我不烦你。

媿说：新五师一个营今天到达鹿丘……采女拿出一碗醇油给媿闻：香么？媿说这什么呀？采女说羊毛脂，从黄帝那儿偷的。说着把油浇媿背上，说对皮肤特好，黄帝自己平时都舍不得使。这时草篱外有人大喝：洗完没有，游泳呐！采女站起来踮脚看出去，是挎着青铜匕的小钵儿，便说：滚！

小钵儿说报告姐，不是扫您的兴，今儿有重要活动，戎部首长全体来赴宴，上边有令，先请他们洗澡，你们必须腾地儿了。媿在缸里一通扑棱水，喊：完了！

7

《全夏书》载采女盗得黄帝军力图，连夜穿过两军前线，至华营交予炎帝。炎帝见图惧，欲走。山戬说不可，我军千里合众，深入夏地，不战走，恐散。炎帝欲盟，左右请占。炎帝占盟、走、战。盟繇辞曰：河结冰，狐狸捕鱼，守在火堆前吃烤獐，不利见大人。走辞曰：大雪茫茫，路上只有老虎脚印，一个人回家，遇虎，贞凶。战辞曰：夜里遇见鬼，用蘸鸡血的箭射鬼，早上发现中箭死的是邻居猫，无咎。

三占盟、走二凶一吉，战反之，二吉一凶。左右请卜，炎帝说：官占，唯能蔽志，昆命于元龟——占公事，只有人决定了，才能使用龟卜。《连山》曰：占三从二。我决定进行战斗。遂斩采女遣使女魄去夏营约战。

山戬二占的时候还在，还请采女吃冻梨，三占的时候出去方便，解了个大手，回来采女已经脑袋在杆子上，身段在泥里，惊问炎帝你杀她干嘛呀？帝曰：为了向上天表达我进行战争的决心，必须见血，与其杀一个无辜的人，不如杀一个不经常见到的人。山戬曰女子不刑。帝曰现在说这个，也只能号召部队为她报仇了。出来对众人说：是我出主意杀的采女。众人说：知道您仗义了。

女魄二入夏营，黄帝身穿白犀牛皮甲站在大帐中接见了她。魄曰：敝国地处东海，人多地薄，每年打下的粮食到春天就接不上顿，地主都很瘦，国中没有一个胖子，敝国向来的习俗是每年秋后组织穷人去四方游猎以备春荒，前年去了南方，去年去了西南，今年不得已前来投奔强国。道上都传台上您雄强自盼，对力、智不如您的人没有同情心，敝国君上怕您见外，带上了割草的石镰和木叉，万请台上勿惊勿怪。

黄帝说扛人是故意让他们那么传我的，免得世人都知道扛人好说话，有困难找扛人。人们对不了解的人总爱私下议论他的品行，听闻这个人很不堪，见面发现也没那么恶劣，就会感到轻松。听闻一个人是完人，见面就会挑他毛病，人怎么会没毛病呢？就会觉得这个人名不副实。嗖！扛人宁肯人们把我想得低一点，不抱指望也不至产生过大的失望，这就是扛人经世为人的态度。（李鼻注：扛人，黄帝自谦辞；上古燕北俗谓帝：扛雷的；故帝自称扛人。又：神农旧俗谓帝：倒霉催的；故神农诸帝自谦曰：催的。是以记。）

媿说特别受教，瓦人虽然不像台上每天需要整饬自己见很多捱不着的人，平常也有一些应酬交际，经常会为不能给人留下上佳印象苦恼，现在想来可能是瓦人对自己要求太高，没有强大自信又爱惜名声，真感到像秫秸秆挑粪桶两头担不起阿。（李鼻注：瓦人：女子自谦；诗曰：乃生女子……载弄之瓦。）

黄帝说是啊，扛人自出道以来，每临战踌躇，便有人说扛人不自信，扛人想请教什么叫自信，是相信自己做的每一个决定都是对的么？如果是，扛人承认无此自信。

媿说是阿！临战而惧，畏上天畏杀人，正是战士本色。

黄帝说扛人虽然居住在偏远的地方，也听说过上国贵人的名声。媿说您都听说什么了？黄帝说嗯，非得说吗？咱还是接着聊你们不得已投奔扛人那些事吧。媿说别别，您把话说全了，别让瓦人捉急。黄帝说那我可说了，道上都说自鱼甜之后，若要睹高古女战士英姿，只能到大庭一窥媿女士了。

媿说嘿嘿，这……评价有点高，其实我还是很女的滴。

黄帝说代表上国出使，关心自己名声超过国的命运，贵人确是女人味儿十足。

媿说汗！不能做到时刻为国奋不顾身，正是瓦人经常自感惭愧的，感谢台上提点。今日见到台上，瓦人腋下汗还没干，就受了两番教诲，都够瓦人回去想四季的。圣女娲说：好饭要和最亲近的人同吃才香，好男子要介绍给自己闺蜜才够意思。之前瓦人最钦佩的人是敝国君上，当刻最高看的人是台上，不介绍世上两个我最崇仰的人相见瓦人不能原谅自己，请台上定个日子，敝国君上带领军队随时准备向您请教。

黄帝说上国大君的命令扛人不敢不听从，你们不找扛人扛人也得找你们，客人大老远家来了，主人迟迟不露面，这是主人失礼，从贵人开口这刻起，到与上国军队相见那刻止，请贵人为扛人毫不客气地指定一天，扛人一定遵命。

媿说就是随时喽？黄帝说全听贵人吩咐，上国军队说见，扛人带着自家不成器子弟就在那儿了。媿说那就这么定了。

黄帝说说走就走啊，大老远来了，水都没喝一口，本来还想留您多聊会儿，尝尝啊们这儿难以下咽的饭菜，晚上啊们大伙好好伺候伺候您。

媿说台上的盛情瓦人打嗑啵都叫失礼，从现在起瓦人就怀着无时不思念的心情期待着与台上再见的那一天，回见！

送走女媿，黄帝跟风后巫咸说：这绕脖子话说的，出一身汗。巫咸说礼，就是各种见外。风后说我就听不得人用第三人称叫自己，巨烦！黄帝说让我管自个叫打人的是你，嫌烦的也是你，下回派你去当使。

明日，华师发动。有贝国主姜阳山戳帅前军，有鱼国主姜姚赤溷帅左军，有乃国主姜高风丑帅右军，有矢国主姜句垢须帅中军，有窑国主姜晏宿沙帅上军，有仍国主姜克烈熏帅下军，有漆国主姜孟舞犁帅后军，炎帝揄罔亲督帝卒禁军；八军吃过早饭，一起渡河。从早起到下晚，前军已达海坨山脚百泉之野夏师阵前，后军还在妫水岸排队踏步等待涉水。

夏师陈兵十里。黄帝亲帅帝卒禁军与颛顼所帅三师为上下中军，常先帅新四师为左军，大鸿帅新五师为右军，一二师合军为后军，昌意为主帅，喾为副帅。戎部掩护左右两军侧翼，一路排到山脚改为放羊。此次战役夏师首次使用了双牛驾辕战车，叫厦车。一车定员五人，一个主驭手，叫御；站在御两边射手一个叫车右，一个叫车左；后立旗手一员，鼓手一员；整车曰车伍。指挥员要乘车，就挤在鼓手旗手之间，或撤下一名乘员。百泉战时帅都年轻，身体好，鼓手一般由帅亲任，常先大鸿都是军中驰名好鼓手，部队比赛擂鼓对着擂过八天八夜，下来耳朵都背了。喾嫩点，拜的师父是夔，擂鼓能把狼招来，错以为万鹿奔腾。黄帝乘车倍于战士乘坐通用型厦车，双服双骖，四头大公牛；轮辐五尺，厢高如三层楼，行进遇坑还备有八人垫砖助轮；厢顶加八寸厚柞木，前高后低，若豪棺；四栏垂帷幕，曰轩轾；厢身黑漆底绘红色云纹，曰云车。

黄帝头回坐车也很兴奋，站在轩里探个头四下张望，招呼风后：上来呆会儿。风后摇手：恐高。黄帝说这儿上还有酒呢，还一张床呢，够躺俩人。忽尔看到远方华师行军纵队扬起的烟儿，给全军报幕：他们来了！

一直嫌黄帝本名有点土，正式场合有点叫不出口，憋着给他改个庄雅名字的风后，看到黄帝在轩里快活样子，心头一亮，在车下喊：叫轩辕不是挺好嘛。黄帝拢着耳朵喊：啥？

风后蹬着轱辘喊：我说叫轩辕，指车上的轩和辕，黄帝看看轩，看看辕，向风后伸出双大拇哥。

山戬率领部队在草里钻了一上午到达百泉，看到阵地得到平整，黍田般荒草经过刈割，码成一座座草垛，有泉眼处，新刨出一排排野战灶坑，把前茅营长合同叫来，进行表扬：越来越成熟了，不但会打仗，还懂得布置战场，有点高级指挥员的样子了。合同说草不是我割的，灶也不是我挖的，我来就这样了，我是想到了，还没来及。山戬说好吧，你退下。皱着眉头观察夏师，看了半天夏师战车不得要领：这是筑城模版么，为什么在城下布置这么多牛？合同凑上来：还是我，我也很纳闷，貌似移动的城，看着他们赶着牛推上来的，但是等了半天也没见他们夯土。山戬说去搞清楚，捉一个夏人问他，这个大杀器叫什么。合同说得令！扭脸举板砖冲向夏阵，只见他砖切夏卒颅，扛起瘫痪夏卒往回跑，夏人出动战车追逐他，合同扛着俘虏跑之字形，最后还是被狂怒公牛顶翻在地，让人捆了双手拖在车后驰回夏阵。山戬说：鲁莽！

风丑率右军到达。山戬问左军呢？风丑说他们往左走了，喊他们也不听，没有包抄计划吧？山戬说没有。风丑是大地主，也是好农人，每年开春亲自扶犁耕二亩地，过那种万象更新的瘾，跟牛熟，听牛叫就知道牛几岁，生过几个孩子，对人有多恨，看到夏师摆出来的牛拉木箱立刻喊：——车！

山戬说你怎么知道？风丑说因为我研究过轱辘，往地里担粪太累，车厢、辕、轸、辔、轭，我都发明了，就差轱辘了，靠的嘞！我怎没想到用整砧板啊。旁边听得聚精会神的一帮农村兵问：那你用什么呀？风丑说我也是用木头，但是都锯成条——咱不是希望它圆么。当兵的说那能跑么？风丑说跑是能跑，但是跑两下就散了。当兵的说使胶啊。风丑说粘不住。山戬呵斥兵：各回各位，哪儿都有你们！对风丑说现伐木现锯砧板来不及吧？风丑仰着脖张望：今天肯定来不及了。山戬说今天，仰脸看太阳，被晃着了，捂着眼睛说今天够呛能打起来，这都几点了，才咱们两军，先吃饭。下令部队埋锅熬粥，指一孩子：你叫什么？孩子说溜肩膀。山戬说你，代理前茅营长，带几个人去迎炎帝，把走岔道的领回来。溜肩膀说得嘞。

对面夏军忽然鼓乐齐鸣，山戬下意识拔剑张望：夏师要攻！战士也都扔下碗跑步归队，风丑说不像。

一个夏师军官打着黄旗，一个女兵吹着骨笛曲《熊之渡》，后面跟着一队扎着皮围裙夏卒，挑着冒着热气陶鼎陶簋走过两军阵前。军官掩旗向山戬行亮掌礼：下官舟毛毛见过山帅，我家颛帅问候山帅：故人远来，可惜是在阵前相见，戎装在身，不能尽心服侍。虽然没到冬至大享的日子，也是贴秋膘的季节，军中没有像样的厨子，只能烧几样难吃的小菜，不一定入得了帅爷的口，请随便赏给随从吃吧。辞毕曲终。

山戬说你们帅好吗？女兵又吹起《宵征》。毛毛说帅好，就是惦记您，才刚远远看到您消瘦了，心疼得掉下眼泪。

山戬说内什么，一年之熟在于秋，最是秋风写我忧。对女兵说别吹了，眼泪都快摆我吹下来了。简笑着放下笛子，说：见过老流氓。山戬说别乱讲，部队都挨这儿呢。简说好吧。行挡眼礼：见过山熟。风丑说你们怎么熟成这样？山戬说这就是个疯丫头，二次战役刚被我军收容还咬人呢，后来咬人的毛病一直不改。风丑说当时我在哪儿呢？山戬说当时你在家装病。山戬说漂亮了。简说老啦。山戬说跟我说这个？

风丑说能吃了么？山戬说能能能，给简介绍：风熟。简说风熟好，跟我们内风老没关系吧？风丑说谁？山戬说没。

揭开鼎篡盖子，是炙斑鸠烧果子狸各种野味，风丑拣了块禽肉，放后槽牙眯眼嚼了几匝，眼珠子一亮，说：好吃。

李鼻注：《军法典 · 军礼》曰：归师，卒共刍粟扉屦，帅荐羞。对归国的外国部队，所经地应供应士兵粮秣和草鞋，将领供应美味的禽鸟肉。颛顼以归师待遇招待前来作战的外军，战士以为非礼。

舟毛毛频频行礼，跟华师队伍中熟人打招呼：都来了？捞眯子乐呵呵地说都来了，还把一手特小的人推出队列，问毛毛：认识他吗？—— 你哥。简喊了声：眯哥。纵身投入捞眯子怀抱，一会儿没人儿了，就听远近战士行列阵阵起哄。

风丑说我太会挑时候生病了。山戬说去年还是生荒子，说话看人直卜愣登的，今年知礼了。跟舟毛毛说：我军刚才有一个人，不懂事，在阵前乱跑，跑到贵军那边去了，希望没有给你们添太多麻烦。毛毛说您是说合同哥么？不巧，撞下官手里了，下官留的他，握手时劲儿使得大了些，手腕子秃噜了一层皮，滚了身泥，已让军医检查过我哥身体，没大碍，目前安排在队里洗澡吃饭。山戬说孩子愣，头回出远门，已经给贵军添了麻烦无论如何不能再添麻烦，请不要让他在贵军厮混得太久。毛毛说黄帝台上已经想到了，上国远道而来，人地生疏，难免发生人员走失误入我营情况，令上国烦恼，命令我们，开战前不请自来上国人一律不得留宿，欢送归队，台上的命令我们不敢不遵守，帅爷很快就能见到我哥。

对面车楼有人向这边致意，山戬说是黄帝么？毛毛说是。于是山戬躬身捶胸遥向还礼，跟随他的华师战士也随之一齐溜肩耷脑还礼。山戬说这个人不得了，德行能散到敌国战士头上，可谓淋漓尽致，这是要当天子节奏啊，我军凶多矣。

风丑说后面山上有人。山戬回头看了眼说：是我军，怎么走那儿去了？

8

炎帝撑着膝盖一步一挪向峰顶攀去，忽见前面战士纷纷掉头往回走，大喘说怎么地了？一个战士说走不过去了，断头崖。姜句垢须满头大汗骂骂咧咧从峰顶下来，说左军带的什么鸡巴路，逛山来了。女媿说你还往上走啊？炎帝说都到这儿了，上去看看。一行人逆着人流登了顶，姜姚赤溷正在那儿解开头发过风，长发飘飘四下眺望。炎帝说看得见夏师么？赤溷说很清楚。炎帝看到远山下蚕籽般排列军阵，说直线距离有二十里？赤溷说不止，看着近，走过去头天亮了。

炎帝说怎么越走越远呢？在山腰还能看见旗子不同颜色，到这儿就浑一色了。赤溷说还说呢，在山根听对面击鼓针儿针儿的，以为翻过山就到了，谁想走这儿来了。炎帝说我们有没有部队到达战场，不要让人家以为我们逛他们，白让人家在那儿站一天。女媿说我觉得那几个烟点是咱们部队，正做饭呢一定。炎帝说那不是个村么？女媿说哪儿有村儿啊。

炎帝问女媿你饿么？女媿说饿过劲了。炎帝一屁股坐下，说不管他们，我们先吃点东西。叫底下帝卒：拿吃的来。帝卒一个接一个往下传：吃的呢，在谁那儿呢？

底下一通嚷嚷，推推搡搡提上来一人，看鼻眼是个戎人，提他上来的战士扔下一具撅成两截抛石器说：这小子在林子里放羊探头探脑，我们怀疑他是夏军探子。牧羊人说玛斯拉玛斯拉，玛斯拉捏咕塔起亚。炎帝说谁懂戎语？女魃说我懂一点，对牧羊人说捏咕啦巴捏提亚提拉米捏。牧羊人说捏，捏。炎帝说他说什么。女魃说他是娵訾部牧人，平日就在这座山上放羊，黄帝看到我们的旗子在山上，估计我们迷了路，通知到他的部落让他带我们出去。炎帝站起来，点着戎人胸脯说：你，前面带路，我们滴，统统跟着你。戎人狂点头：捏，捏。战士漫坡攀岩追人家羊，有兵还拉开弹弓摆出射姿势，炎帝喊：不要乱搞！

午后，忽起一阵促风，夏师旌旆旌旂一齐飘动，像一群游龙忽然活了乘风欲去，跟着就是一批批兜头盖脸骤雨。

雨过草腥，华师各军团陆续达阵，都累坏了，一到全瘫地上。炎帝背着女魃，乱发糊脸，健步走来。山戬吼闺女：下来！像什么样子。女魃出溜坐地上抱脚丫子说：打泡了。

山戬说那也不能让帝背啊。跟着的帝卒说我背的，一路，到平地，才换。山戬说那也不合适。帝卒说他抢啊，拦不住啊，说当年上岱山猎虎还往下背过象呢。女魃说你别给添油加酱阿，人明明说的是象牙。

炎帝呼——，呼——，喘着长气指着帝卒：……年轻人，还不如我……个老头子。山戬说您别逞能了，再闪着腰。踢闺女：你挡你还小哇！女魃看着地上一排排簋鼎鬲豆，肉骨枕藉，姜句垢须、姜晏宿沙、姜克烈熏、姜孟舞犁几位军头盘腿坐地上打着饱嗝剔牙，说你们这是暴搓呀，怎也不给我们留点？山戬说这都夏佬送的，来一拨送一茬，等着，有你们的。晏宿沙说这是北伐以来吃过的最好一顿饭。姜克烈伸了个长懒腰说嗯——，就势后仰大岔腿躺地上：想操人了。

夏军奏乐，一行人抬着簋走过来。烈熏扒拉炎帝：饭来了。孟舞犁说老头着了，让他眯会儿，今儿一天不容易。魃一瘸一蹦迎出去。

山戬喊你忙什么的，他们会送到跟前来，这会儿你又能跑能颠了。媿说我乐意。晏宿沙说这闺女大了一点办法没有。媿挎着噐有说有笑往回走，孟舞犁说这主儿怎看着眼熟啊？烈熏说这不那谁嘛，玄嚣内二小子，二次战役叫咱们逮过，裤兜里都是屎，现在穿得跟个嘚似的。

乓！噐立正捶胸：我大爷呢？山戬说你大爷正在小憩。啪！打风丑手：几顿了你。堂啷！簋盖扣回去。风丑说我就看看。炎帝忽然坐起：全体集合！大伙就笑：又梦见打仗了。

《全夏书》记载，炎帝教习士卒拉硬弓闪了腰，华师诸帅请求避战，待他养好腰再进行战斗。炎帝不许，说这些年，战争连绵不断，农人不得不拿起草叉参军，田地里谷子结了穗却无人收割，部队长期曝露在异国荒野，士卒冻馁交迫，人人盼着早日还乡，我不敢因自己微恙耽误大家的归期。遂令帝卒抬着他渡过妫水。夏军陈师百泉，以鱼丽阵拒之。

李鼻注：鱼丽，鱼在捕鱼竹篓里历历录录跳跃的样子。古战阵名。相传为黄帝所创车攻阵型，车伍与步兵混编，车伍九乘为小偏，十五乘大偏；小偏伴随步兵九伍，大偏伴随步兵十九伍；冲击时战车踏阵，步伍跟进斩杀擒抱。这一战法至春秋尚见于文献，规模有所扩大，大国征伐，二十五乘一偏有之，二十九乘一偏有之。后驷马风靡，步兵两条腿往往跟不上，战车打开缺口不能巩固，车伍得不到支援，常有矢尽枢方整车陷坑全员被俘被斩之惨况发生。战国中期，秦将白起创大集群车攻，以千乘战车伴随千辆搭载步兵之广车以宽大正面并肩突进，其阵法曰菟且；于长平大破仍采取保守鱼丽阵之赵军，鱼丽不复见诸史矣。

炎帝坐人轿——二卒四手交握；两手搂卒颈犹腰不胜体，赴阵前与黄帝相见。夏射蝇将军离朱请求短促突击，曰：一偏可擒。黄帝不许，曰：我岂是只要炎帝一人？我岂是只图一战得手？自古两国交兵，无外两个结果，一是结怨，一是息争。神农，大国也，我们和他们打多少仗，最后也是要讲友好的。我愿意以战息战，而不是旧恨未去，又添新怨。言罢跳下云车，单人徒手趋前，垂左二指作稽首科，大声说：上国大君远道而来，一定有教于扛人。

炎帝亦垂左二指，曰：催的居住在东方，台上雄起于燕北，敝国与强国隔着号称天堑的黄河，强国的羊在上游喝水，敝国农人用下游的水浇地，年年南来的雁恐怕都不希得用河水沾湿自己的脚。催的以为今生只能遥领台上的德泽，没有想到强国几次冒着风浪渡河，惠临敝国帮助我们查看庄稼长势，催的一方面过意不去，一方面不安，一定是敝国什么地方做得不到，碍了强国的眼，敝国恐惧。所以这次特地壮着胆前来，当面向台上请罪。敝国准备好接受强国制裁，请求台上看在敝国一向恭敬的份儿上，明告敝国罪行，只要能平息强国之怒，台上就是要催的脑袋，催的不敢不奉上。

黄帝曰：君上的期待令扛人感到卑微。下国本出戎狄，一直仰慕上国风物人文，下国人民渴望亲近上国的心情尤甚扛人，简直一日都不能等待，所以数有冒死渡河一窥上国荣景之蠢动，不意招致了上国厌烦，得到君上亲临下国为下国神明献祭和当面教诲扛人的荣幸。扛人生于贫瘠蛮荒之地，从小就受到上国菽粟滋养，至今犹记第一口小米粥下肚那热乎乎缝儿平隙满的沃足。没有上国的阿胶红枣下国妇女不能那么颜色娇人，气血两旺。没有上国的麻和猪鬃，下国的孝子至今还要披头散发地哭泣，煮羊的锅到今天也刷不干净，请神还要干起，婚礼和葬礼只能胡乱喝大酒和闹酒炸。扛人每想起上国，只有温恁、飘倏和干净利落能代表扛人心情之一二。所以扛人屡次召集军队骚扰上国，正是恬着脸向上国借福，不顾脸面乞求与上国建立友好关系阿。

烈熏问宿沙你听懂他们在说什么呢？宿沙说没。烈熏又问赤涸：你懂么？赤涸说根本没听。山戬却在那里啧啧生叹：佩服，一会儿不定怎么样呢，话先说到了。孟舞犁说有什么用呢？山戬说太有用了，二人相争，不出龌语。两个人应该这样，两个国也应该这样。最后的薄面儿一定要留，谁知下一刻哪个在上，哪个在下，到时那个被打翻在地的，哪么就剩一口气，还有个托付；在上的、占尽优势的，还有个顾让，得饶人处且饶人。高下已决，得失自见，失者未见全失，得者尤未全得，就靠这点薄面儿，他日再会，才有相逢一笑。

这时就听炎帝说：台上的意思催的明白了，只是催的脑筋不太灵活，有开始一件事没有结束一件事的能力，把军队带到这里无法解散他们，只好向台上展示一下敝国的军容，台上如果不退兵，催的将无法拒绝台上进军的命令……

《全夏书》这里有脱简，接下来记载的是炎黄二帝在云车中对话，也不知炎帝何时上的车，为何上车。另一支夹于同卷残简，有“郊……蒐”二字，脱失上下文，插在这里亦不知何意。李鼻先生考“郊蒐”为今已失传炎黄时代军队校阅曲《郊之蒐》。合理推断当时现场可能正在举行联合阅兵，二帝因此同车。因无其他文献支持，且无法合理排除此校阅不是百泉合军之后举行之大蒐，故并不为学界普遍接受。

《全夏书》记炎黄二帝车中对话亦与校阅、军事活动无涉，他们好像过去认识，在谈一个人，一件事，很隐私的一段回忆。石渠阁本《全夏书》为存世唯一西周抄本，很珍贵，毕竟年代久远，脱讹严重，部分简牍还曾遭火焚，表面碳化，读起来不接，要猜，很费劲。好像谁被狼追过，某人爬上一根竹竿，救了某人。接着又掉进一个地窖，某人在织草裙，疑似女性。某人当时完全动不了，疑似有伤。某人完全不知某人在场，老踩某人，致某人醒过来昏过去，伤势加重。这里突然插进一个女朋友，不知是谁的。女朋友要走，某人心里不答应。非常突兀的一句话：狼怎不把你叼去。后面几乎不能理解，全是残句：狼皮，块儿堆，老鼠磨牙，长满草，狸叼小，融化，竟然已。某人大喊一声：我太损了！

9

这一天余下的时间《全夏书》记载有些混乱。《轩辕本纪》记曰：哺时，华师发动，我以雹子砲拒之，华师败还。《颛顼本纪》亦记：哺时，华师发动，我弩砲齐发。赤涸执杖短接，仆。华师败还。《百泉实录》材料多一点，实录是当年战争亲历者枝蔓子孙口述，有商一代依据伊尹的命令对这些尚存于世著名家族进行了广泛征集和访问。两周板荡，《全夏书》残破，众多口录者名讳身世失落，其中又经李氏诸子删窜驯正，于今只能从行文称谓大致判断口录者所属方面：

……日昳，华师发动（李鼻按：较二帝纪早一个时辰），左军首攻。赤涸舞杖前驱，入我阵中。我当面大鸿部新五师多山民，尝以打秋枣果腹，尤善长兵（鼻按：燕北俗语：有枣没枣三竿子），辄以乱棍格之。赤涸坚忍不退，不支卧尘，为卒抢回。

复次，山戬前军弹弓兵向我颛顼部三师移动，十步内发射石棘。我三师多射夫，日闲以射鸟为艺，射工尤精，倍还之。华师不退。我三师一部突出，手抛砖强击，华师乃去。

复次，风丑之右军持石斧长棍向我常先部新四师移动。我四师多窑工、泥水匠，特长抛接砖，战时人手二砖，多列纵陈，闻鼓发作，轮替抛掷，射速不输砖砲，有人砲之誉，华师数进，皆被人砲嚇阻。日入，华师悉去，恢复原有阵形。

是日，我后队部署轻重砲兵均未发射。

李鼻按：板砖作为一种火冗物出现，始见于甘肃天水大地湾燧人氏集团聚落遗存出土一只土坷垃。此土坷垃呈窝头状，半边经火灼现暗红色，上有五指印，显而某人等烤肉起急或因没他份儿抟起一方泥泄愤掷于火中所致。时间应在素陶出现前，或同期，是泥坯和陶之间过渡物，可命之为泥砖。没必或因此泥砖惊世一现引发陶器大生产。时，人迁徙频仍，泥砖作为永久建筑材料并无应尽之用，人还是习惯挖一坑，支俩棍，盖点乱草就忍了。泥砖作为军器使用，经军火专家灌阿先生考证，应不迟于黑陶时代，作为制陶活动残次品，在草原、农地等石材并不丰富地带，人群就地进行殴斗，互掷胖击，随手抄砖应是常态。大规模装备部队，应自炎黄始。百泉、涿鹿均有大窑发现，经阿老考辨，多为夏人所建，盖因残砖依稀可见熊首写意。此数口大窑出土红砖与今日民宅砌墙之砖已无大异，均呈扁长方形，砖质疏松有蜂孔，腰部有容手处，双曲内弧，便于抓握，当地人称美人砖，又称板砖，火砖。重黎伐共工行军日志亦有记载：燕北僻地民宅多以美人砖垒砌墙垣，凸凹玲珑可喜。可见彼时美人砖仍有生产，只是不复军用。阿老指出：板砖的出现，对上古军队极其业余，手段极促狭，交战多以群殴形式进行——来说，意义重大。石器时代军队作战前首要任务就是搜集武器，故战场多选于河床浅滩，因其卵石成堆。考查百泉古战场，战争规模不似太大，三五百人互掷半日，河床即当见沙。《全夏书》言华夏设七军，未可以后世军级单位等观，考查我汉境内石器时代遗存，除良渚、石峁土方量较大，非万人不得成就，其余聚落甚少过百户，七军只是军陈之形，分头值守把瞭不同方位，七贼行亦复如是。阿老将军讲，上古地广民稀，草稠林深，千里不见炊烟，迁徙就是天天游猎，斩荆寻路，扒开草慢慢行进。农业人口编千人之师远征，吃饭无法解决，自己背——背不了多少；沿途讨夺——没人；打猎——放出去收不回来，谁知野兽往哪里跑、跑多少天，在牛马驯养、车轮发明前无从想象。牧人驱羊役鹿流动规模可能大些，有林草处即有供给，这也是牧人武装对农人部队在运动战中数量往往占优之缘因。夏人不能算完全游牧民，建元二年，阿老携马迁出塞，得匈奴左谷蠡王相国赵信接引，往勘西拉木伦河、喀左东山嘴、建平牛河梁夏先民聚落遗存，复返渔阳向渔阳守韩安国乞卒一营，在寒水、香山、玉泉诸古夏遗址下探方，深入挖掘，在最底文化层——也即夏文化层，发见极厚钙化腐殖层，经粉碎筛扬辨尝，部分沉滓为猪粪降解物。猪，重要文化标记，养猪十有八九要种地，是农林渔猎牧综合发展的部族无疑了。故其部队规模亦受文化形态约限。以百泉窑单日出砖量估算，当年在此作战人员宽打不过千。千人交战，踞有砖窑一方，应是胜面较大一方，且交战日愈久，优势愈现。阿老将军有言：判断百泉胜负，数窑口即知。

唉内喂！以上均为夏方人士对百泉首日交战之统述，未见各方战斗减员统计。可能是古之历史文献格例所限，只记大事缘由，若非名人凋零，一般无名氏不占篇什。亦大可能为上古部队组织粗劣，聚散无常，本无统计。此版本为石渠阁馆藏古本（以下称石本），人物事件及字句语序与李氏家族藏本（以下称李本），骑裆阁古本（以下称骑本）互有增减，或为世代誊录转抄听写笔误所不免。抑或确无伤亡。

李本《炎帝世家》并无首日交战片语，一开篇谈的就是吃饭问题：日出，帝振衣起，近侍进谷糜。帝曰：还是黍米粥喝着舒坦。因问：士皆得糜邪？对曰：已不复闻谷香旬矣。帝曰：那你们都吃什么呢？对曰：并不知道别人吃什么，无非是地下长的，树上结的，小子今皆具神农之慧。帝曰：今日将渡，食不甘味，奈何？遂尽出私囊，得谷斗二，曰：使七军饱食！七军奔告。食时，食毕。七军尽发妫水，行伍皆掷鬲于渡，誓曰：灭夏午食！日昳，华师尽渡，盛陈于百泉野。帝大蒐，校七军，七军萧肃。忽闻咕咕，始孤鸣，继呱噪，壮盖军吼。曰：季秋将尽，何来布谷？对曰：非布谷，杜鸡是也。曰：何谓杜鸡？对曰：腹中虫也，五谷所养，时不我饲，则鸣。帝曰：请漏刻。对曰：日昳漏尽，哺时已至。因叹：时何速欤。（鼻按：上古哺时即今未时。时，官民皆一日二餐。早饭——食时，即今辰时；午饭——哺时，即今未时。这两个时间段大约也是官定，辰时日已大出，官家才下炕，未时日落尚早，官家已然乏了，早点开饭，多吃一会儿，混到灯晚儿，或可称午晚饭。农人两头见星星，早饭摸黑，收了工才能再端起老碗，吃什么也得叫晚饭了。我汉殷富，与古有别，关中地区，三辅之内，夏收秋获无论穷富皆于日中往地里送一趟粱肉，初为加餐，鼓励快打快收，后尾儿不送都不干了。月出回屋还有一顿稀的等着，始有三顿饭说，也仅限于农忙。华师，农军，也即武装起来的农人，虽然当了兵，食物钟还是按在家嫩么走，过点儿就饿。早起喝了碗粥，又过河又爬山又整队形，都站好了，杜鸡叫了。）

帝曰：我是没辙了……《全夏书》此处有脱简。李本、石本均无此句，此句从骑本出。没辙……之下文三本皆付阙如。

华师粮食短缺问题之严重在《女英烈传》中也屡有旁及。《全夏书》各本各卷无一不有脱简脱句脱字，《女英烈传》亦在个中，故无以确定以下对话发生于何时何地：媿曰：……走得快的还是鹿肉、羊肉、羊油、奶皮、奶渣儿这些可以入口的。羊皮、貂皮也很受欢迎。大牲口皮走得慢点。獾油、麝香、象谷、土鳖粉有多少要多少。核桃板栗柿饼——还行吧。山楂糕就算了，这会儿谁还需要开胃阿！对曰：首要是盐，其次是麻，麻绳麻袋麻布，都好。猪鬃阿胶红枣老太太喜欢。海米干贝鲍鱼——姜，对！还有姜，务必多来，可以换玉。曰：嗯，这个我们也不多了，要用火砖换，一块姜八块砖。对曰：黍米能搞到么？前儿个看到你们阵中有人喝粥，把我这馋虫勾起来了，午食羊蝎子全剩了。曰：可以想办法，黄帝要吃，可以保证。对曰：我要吃。曰：你吃必须保证。对曰：这是什么？曰：我送你的，粉条，吃过么？炖肉的时候放进去，赛肉。对曰：这呢？曰：豆酱，你回去拿油炸透了，别用羊油阿！最好大油，白开水放进去，就是酱汤。什么薇菜呀、荇菜呀、卷耳呀吃着不是寡么，拿这酱一拌，再来头野蒜，嘿！能多吃两口羊蝎子。对曰：你们太会吃了。

李鼻按：参考上下文，此“对曰”者应为黄帝军中著名女将帝喾次妃简。此女与媿是好闺蜜，二女所言似涉军中黑市。古之军队，无后方作战，走到哪儿吃到哪儿，一切都要就地筹措，“贸易”一辞，首见《周公兵法》，曰：军行处即有贸易。周公净说大实话！在同一部兵法中亦抱怨：野战无民，行伍互市，商人积习，其流弊也远。甚恶之，弗能禁。这个互市讲的就是两军下层官兵之间黑市。商人即长期与之作战殷商部队。周公意思是我周部队这个风气是商人带坏的。商人部队习气可能要追溯更古早的部队，我虽然很反感，也没办法彻底禁绝。为什么禁不掉，老人家没讲，因为有需要。吾祖耳少时曾入周师服务，随王西征，一路所见周师上至公侯，下至士卒，做生意脑筋之活络，门槛之精，深为之折服。回来经常以过来人身份跟单位年轻人侃：一支部队战斗力在伍，伍在伍长。什么样的伍长最受士兵群众拥护？就是内个最能抓挠的。打胜仗最能抢，打败仗部队垮了，鞋都跑丢了，他能把饭锅背下来，什么时候身上都有吃食。耳祖最爱聊，每聊必眉飞一个小故事是六师过也不知哪儿一大漠，完全陷入绝境，大漠人穷苦且强横，手持弓棍挡在井口不给部队水喝，部队有纪律，偷抢者斩，眼看就要渴死，一位老伍长舍下脸跪求，感动了朴实大漠人，挽救了全军。

《女英烈传》记，媿与帝喾次妃在两军阵前设下私密交通站，白日为战场，入夜开展物流，夏师伍长狗咂儿者主运营。《实录》亦有相类记载：日出（即今卯时）掠阵。隅中（今巳时）大队来攻，颠蹶竭蹶，仆而数起。日夕人定（这是两个时辰：戌时、亥时），败砖如垣，陨矢若棘，忽闻偶语，或见三五流影，倏尔屯聚，挟囊褡包，捉耳错肩，嗟呀间囊包易手，大快而去。此军中善腾挪有资源之能者也，习语曰：军倒儿。军倒儿夜聚晓散，仨瓜换俩枣，四犬变三羊，曰鬼市。三师伍长狗咂儿，盘踞圮垒，凡香药果米鸡犬豚羊酱，赀价平准，皆决于彼。夜半荒鸡（亦是俩时辰：子丑时）市声沸传。平旦（寅时）吹角，皆自匿去云云。

《烈传》记，颛顼曰：火砖不能给，其余尽与之。说明这个鬼市上层是知道的，也是华夏双方上层保持沟通一个管道。当日夏方最高层也就是黄帝颛顼几个人开过一个会，黄帝做了重要发言，对战争今后走向发表了指导性看法。本纪、世家均有全文记载。参照本纪，这个"当日"亦可获相应准确时日，不能准确到纪元日，止相较于百泉战重要节点，或曰转捩点：雪日。开会日后推一日，即为雪日。黄帝在会上讲，……大破现在就能大破，你瞧他们内个兵，拿的还是自个家尅的燧石，与我军合成火砖比，整整落后一个材质期。我们的开花砲都是单砲单发，就怕一个齐射，稀里哗……（本纪此处有脱字）。各位同事，我们是不是打算屠尽神农国人民？如若不是，就要戒惧，不要使其战士蒙受耻辱，世上再没有比战败之羞更令其国子孙记仇。鱼甜之战伏戏赢得战争失去妇女好感让女的到今天都不信男的——的历史教训要铭记。古来征战非乐杀，君王希望获得名声，百姓希望过好日子。各位同事，我率领你们出来与强大的神农国作战，每天都要冒生命危险，吃难以下咽的食物，睡在野兽出没的旷野，太太和孩子虽然想念却不能见面，为什么？不是我想追求不朽之名，伟大征服者。而是以战求……（本纪此处有脱字）。我日日祝祷，希望得到上天指引，使我内心刚毅，做正确的事，终于得到上天回应。昨天夜里有神降临，对我开示，上曰：人阿！你这弱者，生自争竞界，只知贪胜求强，而在我世界——平等界，通行法则是互相让渡使万物皆得圆满。（鼻按：此上曰尤见于《三坟》，今日始知出处在轩辕，或可为《三坟》天授，非智者勤思注脚。）各位同事，黄帝说，上天的旨意我不敢违背，我军虽有战场优势……（有脱句）不忍见炎帝血洗我剑使我得荣耀。我不讲面子，我也没面子！我愿意尝试，做一个强者，如平等界行事，倘若……我亦不惜……达成……就太可惜了（此处多有脱句）。请把我的心意转告炎帝，我等他答复。（鼻按：轩辕这席话是余依据李本与石本、骑本对勘草就。采用今驯言盖因三本脱漏严重，全文不全。且三本亦为周驯言而非轩辕氏所操古夏语。周驯千年之下已见峻崛，忸怩照录则句拗意茶，引人入纠轴。不得已借瓦凑荫，画眉以描睛，断不敢添足，倘有不通，语句吊诡，不敢诿过古人，文责愿负。又：凡未标明出本脱句脱字处均为三本皆脱。）

查二帝纪，黄帝讲话无一人插话，讲完话亦再无一字交代，是篇经过整理《誓》《诰》那样的文献。黄帝心意我们晓得了，可昭日月。具体打算——请同事转告炎帝就是这番……表白么？全然不得要领。明日，战斗仍以军规模进行：有窑国主姜晏宿沙将上军居左，有仍国主姜克烈熏将下军居右，并进。夏上吊砲（华卒为雹子砲所起诨称）排击。出现伤亡报告：卒皆绣染，薰没于砖。帝使姜孟舞犁后军复进。风乍起，若大琴吼，旋尘浮攘，对面不见眉目，卒皆有惧色，乃罢。这是《炎帝世家》对该日战况的记述。

《实录》无有本日战况报道，止录有两首同题军谣，都是夜歌——夜间无眠战士所唱之歌。一为华歌，名《嫂颂》：色如樱，温似母。远若灯，近犹舞。暖中肠，亲肌肤。长夜相伴守，默默话肺腑。（鼻按：华夏两军皆有军俚，称营火：嫂子。燕北之冬，寒可凝血，部队每至一地宿营，即云叫嫂子忙起来。先烤脚，再煲水，再制羹，有天下战士宝之美称。）

夏歌名《别嫂》：年年走河南，十人九不还。父兄皆客死，独得长嫂怜。今年战百泉，碍难隻身免。下世遇父兄，代嫂报平安。也算直白无文，传为颛顼重新填词。原歌词为夏卒集体创作，粗野且涉淫，开头一句：嫂子，哥还好吗？据说十分精彩，从嫂子及笄唱起，采薇与哥相遇，野合于枣林，到嫁入哥家，哥新婚离家，应征从军，了无音讯，家中只剩嫂、弟和寡母，到弟也出征……是几代夏师战士家庭实况写照，可唱无日无夜，引动篝火环映征夫泪下。据说黄帝亦曾泪下，继而锁眉，认为此曲丧牵士气，遂命颛顼手术，尽割缠绵，只留两阕四句，取哀而不伤，死而后已之肝胆。新曲部队堂会营伎每有献唱，旧词渐渐不复闻于营伍，可是收入《万邦风咏集》传下来了。

同日，颛顼与简有交谈。烈传有记载。地点不详，大去处应是阵中，可能是一垄营火前，可能是砲楼，砲营废弃砖搭围子，又名窑子。彼时已多有这等违建。起初，对话断续，上下语不贯连，一曰上兵伐德。不知所云。二出贾人语：争利不如让利。好像是在谈诚信。三是圣女娟名句：图国不如许国。上升到治平策。四飞上天，睥睨全人类，讲的是同样收入《三坟》神仙话，上曰：我连一只瞎了眼的家雀儿都不让它饿着，你们这些有眼有手的人为什么不上树采摘果实，掘土种黍，而拿树枝互射呢？

简说我信，我信了还不成么？颛顼说那你什么时候给他带信儿？简说这不没人么。颛顼说玄儿呢，她不闲着嘛，她不在岗位上，跑回来干什么？简说不是受了刺激么，采女出事后玄儿精神一直恍惚，已多次表示不愿再去华营，看内帮人就哆嗦，实际也一次再没去了。颛顼说事情搞清楚了，经审讯华师投效人员得知，采女牺牲不是身份暴露，而是一次迷信活动的受害者。简说都跟玄儿说了，玄儿表示更不敢去了。颛顼说无论如何，今晚一定要把话带到，黄帝已经催问我多次了—— 什么情况阿？老头压力也很大，很多人不同意。

简说你们不是昨儿才开的会么，急成这样。颛顼说你是老人儿了，道理要再三跟你讲么？决断在黄帝，你的任务就是执行。简说擦黑去。颛顼说现在就去！你平时与媿见面都怎么约？简说还能怎么约，就是上前边喊去。颛顼说原始！

接着就起风了，若大琴吼。《本纪》《实录》均记日入有罡风，若琴吼，若游龙戏尾，遽然匍然，移石扫穴，平地就乒唧乒唧响。百泉残绿一时尽去，万千枯枝飞舞如抡鞭、如疯、如牙爪。营火如烛、如豆，倏一下奄奄，忽一下狂烂。七军不能举，帐、帷、旄、冕、羽、覆皮、枕草——俱拔。

烈传记简夜出见炎帝。鉴于文献保存不完整，谈话也是一股截一股截的，双方很交心，尽量把话说到位，始终有岔。

炎帝说我这儿灶倒了，鬲翻了，最后一把黍米，打的浆饭，全泼地上了。简说都可以谈，黄帝、颛顼、我，乃个层级，听凭你指定。炎帝说昨天下午我一个兵，抓田鼠，饿得等不及水开，生着就下肚了，没多会儿就吐，夜里就蹬腿了。

简说他是不是吃脏器了，脏器不能吃。炎帝说孩子不容易，都是我从山东带出来的，很能吃苦，从来都是……

简说怎么还哭了？炎帝说难过，爹是我一老长工，孩子选上兵，还给我送大葱，高兴，说孩子这回出息了，叫我不受教往死打。简说我的心情和你一样，黄帝几天不吃肉了，只喝汤。不进带顶窨子，说部队都在外边冻着，我钻窨子睡不着。炎帝说还会再冷么？简说还会，柳是最后脱绿，之后就要数九，我们这儿民谚说：一九二九不出手，三九四九拣鼻子拣手……炎帝说昂？简说我妹给你织手套了么？炎帝说什么手套？简说就是毛的，分手指能捏住刀把儿，不会织缝块狗皮也行，叫闷子。还有护耳，叫梢子。都得捂上，耳朵也是最容易掉的。我们这儿有一孩子叫罐儿，就是三九出去大便，蹲嫩么一会儿，回来一拨楞，俩耳朵掉了。还有一叫缸，四九出去小便，端着，完事往回一塞，举手里了。

简回到驻地，颛顼问她谈得怎么样？简说谈得特别好，炎帝对黄帝倡议深以为然，炎帝都吃鼠了，华师有饿死人，昨天伙房已经不开饭，兵躺下起不来，风吹一片一片倒。

颛顼说情况这么严重？简说就这么严重！我建议我们应该立即宰羊，收集皮草。颛顼说为什么？简说准备大规模接受战俘，我预估，明天——最迟后天，会发生华师整建制向我投效求食求温暖。颛顼说也就是说不需要谈了？简说谈什么？我军已不战而胜。颛顼说乐观。简说真事儿。颛顼说可以按你预估向黄帝汇报么？简说：请 帝 准 备 受 降。

翌日平旦，也即雪日寅时。烈传记：风止。日晦。白霜见地，早起人如信天翁。黄帝獭帽貂氅携颛顼风后大鸿力牧诸将至阵前，命移砲床，让出步道，以候炎帝。日出（此日出非太阳出，今卯时也），华师拔营，复陈于前。（鼻按：《军法典 · 野战》曰：师连战，屯后五十步。意思是部队在旷野连续交战，后方营区可设于步阵五十步处。这样白天拉出去打，晚上回来休息，不多跑路，送水送饭搬运伤员也方便，后方一旦遇袭，呼救亦迅达。这也是古人在长期战争中总结出的经验，虽为夏军典，华师亦可参比。周谚五十步笑百步，就是讲一个兵跑过营区还不停，遂为后卒笑。有周，同姓诸侯战，追骑不入营，是为礼。暴秦出，礼堕，始作生死战。）卒虽单薄，面有菜色，阵帜尤鲜明。黄帝赞曰：师老人重，犹可期也。异本作“未可欺也”。部队败了，兵还很庄重，这样的国家未来大可期待。或曰：咱可别小看人家。

未几，闻鼓，有裘服者攘臂喧哗，华师猥出。帝曰：听说鱼甜战圣女娲出降就是击鼓奏乐，以励女子不要丧志。我眼神不好，大鸿你帮我看看，内个穿很多的人是揄罔么？

大鸿说这个恐怕要找离朱看了，我这眼神，也是只见额面，不见鼻目。众将皆喊离朱。帝曰：这个时候还有北归雁么？众齐仰天，见褐鸦鸦一群，疾飞而来。力牧曰：不好！矢来也。夏卒急举盾，锅覆黄帝及众将。只听当当当当一阵快刃剁砧板，矢如苇丛。帝掸衣复起，笑曰：寡人险成臊子。旋勃然，曰：胡谓揄罔今日来降？颛顼命从人：速绑简来！

李鼻按：《全夏书》所收《女英烈传》今人一般认为不真。学者多指为商晚流行女作家九侯女渥丹伪作。渥丹出入商廷，始承欢后见弃于帝辛，尤擅刻写上古得名后妃，笔下有窈窕，结局无不梦尽失欢，为一时之叹。名著《女嫖传》《女媿传》《眉辩传》抄本周晚尚有存世，见者曰可与《烈传》互文。后俱失传。今市井所见《女嫖传》《女媿传》为更后人托名。

本纪、世家均不记简狄夜见炎帝事。惟录罡风、白霜、冻月——

像擦过一样亮。月下露营华夏士卒，看到的更多，夜空有山脉一样的云，一列列南去，月却一路北行，如铅华洗尽寤寐独思女人脸，最终为云遮去。天空开始掉点儿。

平旦，冻雨夹雪，遍地黄叶，旌旄冻成墩布，支翘在杆上。火堆奄奄一息缕袅生烟，火上鬲残羹如涂，余沥如鳞。

两军士卒皆袖手跺脚，披麻缚毛，整个战场一下褴褛了。

天大亮，远山皆不见，雪如羊绒，漫天浮走，丘陵林木一夜白头。华师击鼓出战，部队如出殡，顶着大雪举幡前进，未至中线，尽成雪人。夏师砖砲机枢亦为冰雪充塞，吊绳滑不授手，握力不均，操砲间屡见七上八下者。日中雪已没膝，两军阵前浑茫一片，夏师砲兵失去射击诸元。华夏两师均发生牛皮冻脆，鼓遭击穿不得已以刁斗代鼓部队不进反退事。

实录中人有言：我们也不认识黄帝也不认识炎帝，简狄是谁从来没听说过，内个仗不是哪个做了工作才停下来，是根本打不下去，雪——暴雪，让停了。

雪日，不是一天概念，即云雪自即日迄，一直下，无分昼夜。本纪、世家记：师失其形，卒各搦战。实录人言：战什么战？就是抢砖头。初雪，地有余温，土壤未实，这时挖窨子尚可容身。二三日后，雪上吹雪，冰下加冻，木锨石锄就撬不动了。夏师连日砲击，中心无人地带绰卓屹屺，尽是废砖。一线战士都在备勤，列队站阵，没空挖窨子，到勤务解除——不解除也没办法，风太大，天太冷，老这么立雪里，都成冻梨了——没地儿躲没地儿藏，就去扒砖，搭小房，这时候跑得快着呢！眼贼着呢！也不怕冷，三五成俩，两下看中一垛砖，就扠将起来，先抡砖拍倒对家，才满抱而去。

实录人言：也不光跟老华打，老夏之间也打，也不分是谁，抢我的砖——不成！都跑串了，大雪茫茫，这大几千号人挤成一疙瘩，都想找背风地方，哪有背风地方阿！就是人家小房后影儿，接壁儿还能省圈砖。姆们老家儿，干什么都没落过人后，打仗从来都是站第一排，那是黄帝亲自提表过的“忠勤可悯”，离砖头也近，头一个搭起小房，刚钻进去就听墙彭彭响，顶子噗噗掉草根，准知道有人接壁儿，听内口腔儿笔痒的笔痒的，甭问，老华！刚还一块儿抢砖呢。还不要讲是在部队，还在交战状态，搁家，人没问把梁架你们家墙上，是不是逮出去说道说道？姆老家儿暴吧？愣一声没嗳嗳，翻毛老羊皮头上一蒙——忍了。你知人在极寒中是没脾气的，穿多老厚都缩着，迎面碰见人眼皮子都不带抬的，你最好别理我！

女烈传记，荒鸡风停雪驻，下弦月出来锐若短匕，狼在山中一声声鬼嗥。炎帝也搭了小房，比别家宽绰点，中间能生火塘，四面半头砖落地，椽子是殳杆，顶子绷整张浸过桐油驴皮，上絮败草，再拍实多层厚冰雪——带坡的；讲究！

火塘黯微，炎帝捧着黑陶海碗照见自己影子，问媿：这粥你加羊油了？媿说没。炎帝说那——哪来这么大羶味阿？

炎帝迈出小房，军队不见了，战场不见了，雪地里小房傍小房，窨子挨窨子，落满积雪，被风吹出浑圆，若白蒸馍，又若大庭雪后度岁棚改区，户户有欢语，都在冒沼气，在低空形成云练，月夜晴如釉，仍在掉点儿，劈答劈答，兀突脚前啪！摔下一摊白花花——都是羊油。炎帝哇一口吐地上，嗳气哽噎，瘪着嘴对媿说：通知简，明天我跟颛顼见个面。

10

关于炎帝与颛顼这次会面，本纪记：雪日，华师灶冷，炎帝数入。入，是人家到我这里来。以本纪立场言，是炎帝前来拜会，而且来的不是一次，多次。灶冷是委婉说法，意思是没饭吃，全军断炊，这也是炎帝“数入”之缘由。

世家记过程多一点：雪日，使简数请，乃至。颛顼会，用飧。曰：天寒，勉力多进。对曰：众馁，宁独腆腆？曰：肉多，余腹可安。三请，诺。乃用筯，尽欢。讲的是大雪日，夏使简狄多次请求会面，炎帝才答应，确实是去了夏师驻地。颛顼做东，请吃饭，还不是一般的饭，是丰盛宴会。主人说天凉，请努力多吃。客说眼下我的部队饿肚子，我怎好意思一个人吃个肚圆？（腆腆，肚子吃撑凸起的样子。）主人说我家肉多，再多瘪肚子也可以填满。请求协助解决客军困难，说到第三遍，客说好吧。才动筷子，当日主客尽欢。

李鼻按：这里可能有过度阐发，三请所谓要内语焉不周，结合上文宜做宽解。上古语未必无有主宾语，书则多省。要通达古人所言何事，要言不烦，话题拧转，除参详句中语旨，还拟省察前后行状，真实世界发生了什么？有敏感、难以启齿，局中人侃侃谈彼此心照而无一字涉及今亦复如是。

真实世界随后发生华师士卒吃羊吃到吐。实录记：良家子新尝羶，不欲咽，留内苦久，俄而反哺。（鼻按：良家子，自古至汉，皆指身世清白——这清白不仅家门无淫行，乡议清正，还指世代操正业即务农且拥有一定土地——恒产者子弟。相较贵宦、军户、流民百工贾商子弟而言。上可及士，——寒士不在其列；中小地主。低可诚实正直富农、上中农。在部队多充任禁卒武卫、中下军吏，可靠且易役使。此等人家孩子从小饮食常备，也不见得多丰富。《礼记》记：士无故不杀犬豕，庶无故不食珍。这个“故”指祭飨。不到祭飨日，士家里开伙也吃不上肉，庶——包括中小地主，炒菜不能多搁油！这还是三千岁下阡陌纵横精耕细作鲁地生活水平。故华师子弟多食素，不是修道，是没条件，带得口儿偏。古早良家子还有一义：愚直自许。俗谓假正经。并不知正经为何物，学一身拘谨，乐为乡愿张目。今移锅良家妇女。）

实录尤记：雪日，白日如同黄昏，暗得睁不开眼。兵都丘小房里。起初，还有放脚地儿，后人越塞越多，连个蹲地儿都没有，都站着，贴着，前胸贴后背一个贴一个，手全举着，要么抱头，跟掉茅坑里似的。（鼻按：燕北旧俗，茅坑非单人位，乃平地一深巨方坑，如厕者四面骑踞，泄粪于下，或有男女间杂亦不为怪，曰公厕。积粪酵发，参以黄土，农家上等肥也。启发了酱油。亦多闻日久坑平，行人不慎跌入，即遭窒息，援手者急入，与溺者同亡之悲剧。）

暖和么？访者问（可能是长枞）。从来没那么热过，述者说，老人都起痱子了，汗跟河似的顺裆淌，想解手不敢动，出去就进不来，门口还排队，一个抱一个——怕加塞儿；跟等座似的，出来一个进一个。访者：那行么，都忍着？

述者：说的就是不行阿，老人一提当年就摇头，说人是最脏动物。吃羊肉放屁最臭！天不怕地不怕，就怕摊上一个窜稀的。什么时候问，就这三句话。后来部队流行一句话：宁被冻死不被熏死！访者：那就出来呗，换人家等座儿的。

述者：你太年轻了，你太幼稚，流行的话还能信？那都是让你上当的。实际情况是只有冻死的没有熏死的。老人说屁暖床，屎暖房是真的，地冻三尺，生让战士用屎尿屁暖过来了。还是有人主动出去，被拉一身，上雪地打蹭刮洗，久闷其间不觉恶臭，再进来，顶一跟头。所以里边倒宽绰能坐了。刚坐下冰屁股，后来觉得湿，两手下意识刨土，盖这儿盖那儿，需要盖的地方太多。也没费多大功夫，不到下一顿饭，再进来人踩一空，崴一下——下去半尺。

这下大家起劲了，老人说，也没哪个动员，也没哪个召集，沤着也是沤着，大家齐心坐呢儿刨，一会儿能伸腿了，一会儿能跪了，一会儿就——卧坑里了，此时方知新土香。

再挖，这回上叉杆——兵器了，接壁儿塌了。但是，和接壁儿窑坑通了。老人说，翻地，咱确实比不上老华，该怎么说怎么说。咱内家伙什都是猎具改的，抛射为主，人内都是农具改的，锹阿、锄阿，自带掘进功能，抠土一门灵。他们打内窑，拣直见方，带台阶，一户三层，一层住人，二层走廊，底层排污。我们通内层，一进去就是二楼，都傻了，走廊之长，之曲里拐弯，之连着各家各户，小房村，窨子街，一圈奔下来，炎帝、黄帝、颛顼，各位叔叔大爷婶子姐姐啥也瞧见了。房间多，功能就可以分区。我们这儿掩沤卧腌，几天未进热食，全靠兜里内点肉干奶渣儿叮着，人那儿烤全羊，手把肉，竟然还撞见一婶子洗脚，一姐姐洗头。我说怎么老闻见土里透着肉香，还以为馋疯了幻嗅，合着全是真的！

世家记：雪日，道途凝阻，旷原大封。师掩于雪下，丘丘然若粉家。人皆反皮（反穿皮袄），蠕蠕然若窖羊。卒不堪燠腥，只手扦地，复决以干殳，破壁贯穴，遂成洞府，厅、堂、轩、格、灶崎岖错置，士、卒、帅、妃、帝皆得自处。由是华夏共居，无分彪侉（鼻按：彪子，北人对东夷人谑称。侉子，东夷人对北人谑称。词性中贬，近熟者呼之并不以为忤，亦多为两地人自嚎），卧则并躯，食则同灶。曰合灶。

实录记：可不咋滴，叫三同呗，同吃同住同登厕。我跟你说，无聊交情除了酒肉，还有一更瘆的，一起上茅房。能一起上茅房，解衣露嘚儿并头蹲呢儿，谁瞧谁还顺眼，都不觉得丢臊，就有了最肽表坦荡，起码能一起偷东西，聊热闹了还能一起劫道。现而今你们阔了，都一人一便所了吧，交不上这朋友喽。就说这事，你说书上怎么说黄帝——得其士心？访者：专家这么说。述者：专家懂个蛋！净说不太极的话（鼻按：太极，宇宙之元，阴阳由此生焉，古之常识也。不太极，意即反常识）。黄帝，当然了，牛！威德福智，古今第一。可是，老华有几个认识黄帝？姆老家儿说了，我跟他十啦年，天天戳他跟前，都不熟，真正跟老华混成哥儿们的，还是姆们这些老夏。访者：是是，你们心通了。但是，专家说也没错，是黄帝的政策使您老家儿才有和老华一起住窑坑上茅房——露嘚儿交心的可能。述者：哦，是这样阿。

11

大雪连下七十天（鼻按：此处疑有误，七十天开春了，关照下文，似应为七天或十七天）。百泉之野化作莽莽雪原，方圆百里无鸟迹，高大乔木只余缕缕树尖，形同乱发。参加过内次战役老兵回忆说，这辈子没见过嫩么大雪，跟老天爷在天上宰鹅薅鹅毛似的。丘和涧都平了，河跟玻璃搓板似的一棱一棱的。眼瞅着老虎撵鹿一前一后扑入雪窝再没露头。来年开春发山洪，老虎狼鹿排着队往下冲，都还梆硬呢，举着两爪保持刨的姿态。还有锦鸡山雉凤鸟什么的，生前抓着内根树枝现还握在手里，羽毛艳得嘞，顷刻变成白条鸡。

百泉当年没动物，林是死林子，连声鸟叫都听不见，只有蝴蝶和蚊子，闹了蝗虫。战争好像从来没发生过，大家都成了老百姓，操心来年墒情和牧情。不用下命令，也不分老华老夏，白天所有人轮班上房铲雪，都说比翻地起圈累。老天爷还在不停宰鹅，落下来的比铲出去多，一天不到，姆们都在冰雪大峡谷里。黑下躺下睡觉都不踏实，头顶窟嚓窟嚓——咔咔的，早期搭内些小房成趟连片被压塌，整伍整什兵捂下面，身子压得死死的，只能哈气、吹、舔、狂啃——吃塌嘴唇牙上雪，露出气口喊人。睡不了觉，你这儿刚躺下，内边又塌了，困得站着、走着就做梦。建制全打乱了，华师夏师前沿部队内几个师所有营队脏铺，你问吧，我都睡过。

雪下最猛内天，大庭方面派来的信使被阻在离炎帝小房原址咫尺之遥桦树梢子上，彻夜喊人：炎帝台上！山戬大帅！我是谁谁谁，从哪儿来，现在不行了。炎帝山戬在深达数米雪下听得字字入耳。也搭人梯上去瞭望，看清找准谁谁谁方位，多次派出抢险队，举火把转圈儿烤雪，烧开水泼，整出一能抡开身位，几组棒小伙子排队轮换用石铲昼夜刨雪，想打通这百十步距离，都在将要接近就差不到十步处造成塌方，坑道被填平，转而抢救被活埋战士。

后半夜，谁谁谁叫声越来越惨，越来越微弱，后尾儿已不成句，只是啼鸣，之后就寂然了。战士们刨到树下，人踩人把谁谁谁连杈一起掰下来，死沉死沉滑溜溜，抱不住，得推着走，全是冰，人在里面琥珀似的，架火烤，半天才化开，人立刻就黑了，跟糖色炒老了似的，什么信息也没得到。

雪停了就是连轴暴风，像大胸腔吹竽，蹲墙根没白睛没黑夜练。最上内层雪冻成锅巴，硬硬的，酥酥的，从底下掏，能见亮，像毛玻璃，上面能走人，鞋底子跟驴蹄子似的，咔咔咔，直掉渣儿，也不塌。战士取雪化水，很快在自家窨子周遭开出院，可以出来活动，晾皮子，捉虱子，跟坐在龙宫里头似的，能看见怒风裹挟着雪粒波涛一般从头顶刮过，也不冷。各什伍院落掏着掏着就通了，形成一些大棚，有些对自己要求严格营队干部立刻在大棚里组织出操。各部队自发涌现互联互通运动，大棚和大棚打通，形成壮观白色广场，无数根茁壮雪柱矗立其间，托着盐一般纯净开阔冰的天窗。白天有阳光时，窗是雾蓝的，日落是紫和粉橘，夜里银河下泄最美，豆绿流窜。战士艺术家在雪柱上进行创作，把柱子雕成雪人，各种胖男和头戴花冠、怀抱稻黍罂粟俏皮少女。

雕像每天都在更新，胖男肚脐抠成屁眼，少女花冠修成老男人连络胡，肢体变得丰满妖娆。炎帝看到这些创作深受感动，心头阵阵酸紧，眼睫潮润，遂命名之：新大庭。

华师夏师还组织了几次地下艺术联展，双方战士自由流动参观，以哄笑进行评比，得奖的都是走色情路线，画风随之淫秽。炎黄二帝不得不下令：不得雕琢过甚，以免塌方。

这期间，两军高层始终有接触，在谈。谈什么，本纪、世家均无只字记载。实录中人回答直截了当：并不知他们在谈，就见他们每天搓大饭。以下记载半出烈传，半出实录。

……双方首席和谈代表是山戬和颛顼，副代表是风丑和喾，书记员倕冈、夔。因为没有成熟文字，大家都是文盲，对文字也不认可，就由画家倕冈将当日会谈内容刻成版画，作曲家夔连夜谱曲，编成儿歌进行曲，一目了鹅呱呱上口。

媿和简没有名义，但是每天必到，到了就张罗饭，添炭添水，忙这忙那。部队事儿比较多，又在抗灾期间，山戬颛顼风丑喾这几个在部队有职务的，经常刚坐下就被突发事件叫走，主谈的还是媿和简。大部分条款都是姐儿俩先碰，碰得了，再交代表议，代表们没意见，就蜡么定了。姐儿俩想不到的，代表们也不想。天灾使人们变得像难友，本来也都是有里儿有面儿的人，就怕让人说小器，说这条可全是照顾您的，就不爱听这个，别介！什么叫照顾我呀？不缺这个，该怎么着怎么着。就说这个跨国和约起始句：炎帝（以下称甲方）与黄帝（以下称乙方）经友好磋商就两国合并暨两军整编事宜达成共识如左……就争了很多天。甲方是权利出让方阿，这是有熊国向神农邦联渡让君权和军权，炎帝怎么能叫甲方呢？应该是受让方——乙方阿。这是媿坚持的。

简的意思是先者为敬，甲天干排第一，乙排二，在一般人认知中也是甲老大，乙老二，把黄帝排成甲方，会引起误解，认为黄帝压炎帝一头，这是我们不能允许的，也会给今后很多历史名词形成造成困扰，譬如说炎黄之战，炎黄时代，很顺口，叫成黄炎就很别扭，联想到谎言、晃眼和各种人名去。既然我们还在口传时代，就要考虑到上口和拗口问题，否则会妨碍流行，你们必须排第一，没得商量。简也很坚持。

情况汇报给几个男的，男的说：都有道理。喾提出可不可以就把甲方说成受让方，乙方变成转让方，变通一下？

媿说不可以！自古合同都是这么签的，统一格式，唯独你格式不同，我们没问题，在场，都知道怎么回事，后几千几万年呢，你还跟着去解释么，说我们当时是因为什么什么考虑，做了调整。这是很重大、很严肃的历史文件诶，可能就因为这一点瑕疵，人家把咱们当成胡闹，笑古人业余。这也不可怕，可怕的是考据学家据此认定咱们这个文件不真实，进而否定存在过这么一份文件，进而质疑炎黄之战是否确曾发生，历史上有没有过炎黄这两个人你说要命不要命？

颛顼说这还真是个事儿，咱们也别在这儿争了，也争不出个所以，还是请黄炎二老来，让他们自己定，摆哪儿合适。

于是就在小房村窨子街狗咂儿开的烧烤馆子备下酒肉，请炎黄二帝饭点儿来，一起聚聚。狗咂儿的烤肉当时已经在新大庭相当有名了。因为是相对封闭雪下环境，烤一篦子肉，焦烟儿没处去，胡同就成了烟道，敞开门能一路拣直灌进新大庭，战士闲得没事，吃过饭都在大庭里手挽手遛弯，这一股子一股子烟儿往鼻子眼里钻，刚吃过又饿了，都问这谁家烤肉呢，怎这么香阿？知道的就说还能有谁，狗总家呗。

当兵的就站呢儿议论：咱吃的也是肉，人吃的也是肉，怎人家弄得就嫩么好呢？有的说会烤，火候掌握得好；有的说佐料好，人家有秘方，酱就有十八种：芥酱、韭花酱、芝麻酱、豆酱、杏酱、桃酱什么的，再加上葱姜水，把肉先腌上，能不好吃么？当兵的说还真是，咱就是比人家差了酱了。

狗总有时从这儿过，大伙就拉住他——华师有不认识炎帝的，夏师有不认识黄帝的，没不认识狗总的——说：哥们儿，给弄点酱，公布一下秘方。狗咂儿说哪有秘方阿，什么都不搁，也不腌，就蘸点盐。大伙这才恍悟：人家是肉好。

华师内头已经有几拨人约狗总，和平实现去大庭开分店，店名都想好了，叫全家烤肉。这名儿还是炎帝起的。炎帝来吃过几次，很赞，平时不大能吃牛羊肉的人，觉得他们家肉没异味儿。因问狗总你本姓叫什么呀？狗总说就姓狗，我们家原来是养狗的。炎帝说狗，犬也，你就叫犬养吧。狗总说复姓阿？炎帝说哦，好像也不太好，你就姓全吧，改个字，叫全家烤肉。全总说再说，我不一定以后就干这个，车是新生事物，能改变人类出行方式，我想学修车。炎帝说也欢迎。

“全家烤”还是位置好，正处于新大庭市中心，小房村窨子街主路口，以他们内家店为地标，南城是华师，北城是夏师。十字路口，客流比较大，南城人找北城人谈事，北城人去南城看朋友，都打这儿过，进出的人都是帝阿，国主阿，给人感觉也比较高档，很多人想吃上一口，根本定不上，提前俩月圆定，没座儿。

有军倒儿看出这是个商机，紧挨着“全家烤”开了“合家烤”“大家烤”什么的，这条街慢慢就形成烤肉一条街，从早到晚烟熏火燎，人走过去一身味儿，没吃也跟吃了似的。部队长期屯于地下，日常勤务也没法搞，战士闲得无机遛，单位伙食也比较单调，手里有点香料药材珍珠蚌壳的兵都爱约上老乡，上这儿撮一顿，喝点小酒吹个牛，家家生意都特好，领导也没法管，你把人都赶回驻地，他除了睡觉醒了就跟你滋事。领导心里也苦闷，各级长官也是出入烤肉店常客，能在这儿开店都有军方背景，有的店就是军官食堂分号，各师各军头儿都有自己的点儿。街南边这头更热闹一点，华师成分比较复杂，城镇兵比较多，很多兵入伍前在家就干小买卖，这会儿闲着也是闲着，就当军器当皮袄凑份子，在烤肉街周围几条胡同跟住呢儿的兵换房，腾出一间屋半间炕开一些跟烤肉配套的小店，清粥小菜呀，大庭煲仔饭呀，酸鲜奶站呀——货都从士兵食堂顺，多数有司务长参股。还一些洗头房、捏脸店和计时卧铺，门口晃着揽客的都是少年战士。

南城这边临街都开了买卖，有老板就把主意打到对过夏师营区。烤肉街北界临街内几条胡同原是三师驻地，这帮人是大爷，自己不愿意开买卖，受内份累，很多伍什就把营房租出去提成，自己一伙人搬到左近四师五师驻地各自找老乡跟人挤着住，每天去街上逛一圈，蹭吃蹭聊天，跟人吹这是我买卖。三师集合点名，要四处喊人，磨蹭一上午，凑不齐两个营，来的兵空着手，问武器哪儿去了，说在呢，现进各家店拆房掀铺往外抽戈殳，造成房倒屋塌。华人老板提意见，说我们这儿都是签了租期付了贝的，你们这么搞是违约。为了照顾两军关系，三师干部也只能不了了之。

到后尾儿——快开春的时候，华人已经把夏师所有军官食堂承包了，烧菜跑堂的都是东夷孩子，菜口味也全偏了福山菜，明汁亮芡。夏师上下不以为怪，黄帝几次吃了过油肉，放下筷子说姆，好吃。北城——夏师驻地，也住进来好多华师兵，白天做买卖晚上回屋睡觉。有几回舟毛毛听外边喊集合，跑出去一看，是华师在点名。他自己营长都不知搬哪儿去了。他哥小手也在他这个什对过支了个撸串摊，专做他们这几个什的生意。后来也跟他提，用营房参股方式跟他合伙开居酒屋。失散千年兄长张回嘴，怎么能拒？毛毛带着他的人卷了铺盖找房子，四师五师根本没地儿，房价涨得也很可怕，最后跑到紧东头陈锋部才找着一间废窑，内片房价没怎么涨，戎部没什么钱，喝了酒就耍酒疯，跑去开店华人都赔了本，全撤了。毛毛跟人好说歹说，送了人一件八成新羊皮筒子，人才答应，以后每个月圆一顿酒顶房租，全什挤进去。住进去发现还挺好，兄弟部队不少都在附近，说集合点名，跨出门全营基本就在，不用跑恁么老远了。

唉内喂，两边回去通知炎黄二帝饭点儿聚。二帝听说是全总的店，都认识，说马上过来。水漏滴过半壶，就擦把脸奔这儿来了。内时烤肉街还没蜡么热闹，南边好些店还没开，正在装修，炎帝走过来一路点头，说好好好，搞得丰富一点，一方面活跃一下部队业余生活，一方面也可以向夏方展示我邦不同风味美食，增进了解。对正在糊席子粘窗苇——此刻围拢过来的兵说：学一点夏语，尊重人家风俗习惯，介绍我们好的方面，不交流就会打乱战，了解了就会成为朋友。

黄帝已经等在高间，没落座，省得待会儿炎帝进来还得起来，立那儿背手望天。高间不像睡人房间，上面还架个梁，蒙几张皮，黑不隆冬，要采光，有风景，就拿桦木板直接立冰层下，挡出隔断，行里所谓天景房，整个天花板就是一大块纯冰。因为底下老有炭火热锅嘘着，冰上积雪早已融化，冰也显得挺透，此刻冬阳正好，像海一样蓝。全总正跟黄帝介绍，就怕这冰塌下来，每天晚上打烊都派人上去泼水。

炎帝带一帮子国主驴驴夯夯进来，两边将领互致军礼，一片振衣捶胸，胸脯子擂得乓乓响，皮裙窸窣跟撕纸似的。

炎帝跟黄帝说咱俩随意，就恁么脸朝西手拉手膀挨膀并肩踞坐下。底下人自动分两扇。媿膝行送上一组侯冈速刻会谈纪要版画，炎帝看完一幅递黄帝一幅。看画同时，候在墙角的夔一五一十吐字清晰清唱了所有会谈对话，宣叙调。

炎帝说情况都了解了。问黄帝：你的意见呢？黄帝说我的意见也是您必须摆头摞，不单炎黄要这么排，华夏也要这么排，大道理我不会讲，就讲咱俩这岁数，谁该排头摞谁该排后尾儿。炎帝说那就不争了，我摆前头。媿说可是这个甲乙方……炎帝说就不要了，谁说非得有甲乙方阿，直呼人名揄罔轩辕，还能不知道说谁呢么？媿说……喾说听当事人的，你就别多事了。媿白喾一眼，说那行吧，没别的事了。

简一招手，全总把炭盆篦子肉蘸碟什么的一码送上来。炎帝说还是要抓紧，争面子要在实际做事上表现出谦让，口头一味客气只会让人觉得虚伪，你坐在这里抠字眼，时光之狗已经呼呼拉拉跑过去了。黄帝说你们几个男的还是负起责任，不要把事情都推给女的，女的较起真儿来没人受得了。

颛顼说我来办，我起个底子，争取一首曲目内唱完。

炎帝问黄帝这个雪今年还会下吗？黄帝说还会，这才只是开始，每年寒潮都要来个十几次，到春天，草木绿了，还会再来几回倒春寒。炎帝说也就是说，明天签约，我们也走不了？黄帝说走不了，今年冬至您就踏踏实实在这儿过吧，兄长放心，我们食物储备是很充足的，每年扩大畜群就是为了保证安全过冬。炎帝说能剩下点不？黄帝说剩不下，母羊种羊是不能宰的，经常吃到最后一只羊蹄。年年开春最紧张，就怕倒春寒，母羊掉羔，生下小羊死一半，今年就要打仗。

炎帝说和我们农民一样，累一年，剩点种子。你们别光吃肉，也喝点奶。黄帝说我们净喝奶了一年，天冷的时候不出奶，不信你问她们——看媿：是不是天太冷不出奶？媿说不知道。黄帝说只能吃奶妈了。这个天气——我指大气候阿——要是不转暖，黄河以北是不能呆了，忙半年冬眠半年，成熊瞎子了。炎帝说不亲自走一趟，真不知你们这么辛苦。

黄帝说没意思，人活着没意思，连累牲畜。炎帝说嗐，不要这么悲观嘛，我们两家现在是一家，我看可以发展一种农牧混合经济，我们现在耕作也很原始，整理土地每年还是靠放火，年年发生大风转向把村子烧了的意外，大庭七年烧一次，等于七年抄回家，要不说社会发展慢呢。你们羊过来，可以取代放火，把草吃了，屎拉在地里做肥料，我们种地，你们赶着羊去给森林除草，这样多好，两不耽误，地越种越肥，森林也得到清理，你们有奶喝，我们有粥喝，冬天也不需要冬眠了。黄帝说对对对，其实我们也不用去森林，春天帮你们开出地面，我们可以回河北，等你们青苗起来，不是还需要除草么，我们再把羊赶过来，让它们去田间除草，多省事阿，把人彻底从繁重体力劳动中解放出来还能追次肥。

炎帝说你们的羊能认识苗只吃草？黄帝说能阿，羊聪明着呢，它头一次吃苗你就打它，下回就记住了。这点比人强。我们做过试验，一捆黍子一捆苜蓿，吃黍子就打，全去吃苜蓿，而且这批羊生的孩子生下来就不吃黍子，见黍子扭头就跑。炎帝说我必须为羊干一碗了，来来来，我这些天其实也在发愁阿，为怎么安置你们这一国人马挠头，都弄回去当农民，不现实，现在好了，问题全解决了，还改进了生产方式。

二帝聊得很好，大家听得也很兴奋，顶棚有点滴水，热篦子呲呲冒青烟儿，一滴掉油里彭炸了一响，简喊哎哟诶！全总，拿伞来。全总举着一捆鹿皮伞进来，说天黑就好，天黑冰就冻陶实了。俩人中间支一副，訾跟媿在一伞里，訾敬媿一碗，说刚才内个有点说话没瞧人，包涵。媿说我根本就没往心里去。简凑过来说你们俩聊什么呢？媿说我们俩啥也没说呢。简说噢。颛顼喊简！简爬到颛顼呢儿：您什么吩咐？

媿说这是你女朋友？訾说昂，好挺长时间了。媿说挺好。訾说什么意思阿？媿说没什么意思，就是挺好。訾说我们俩这都是家里介绍的。媿说我听人说你不是有媳妇么？訾说她也有别的男朋友阿，怎么啦，有问题么？媿说没有，挺好。

訾说我发现你有一种特规范笑容。媿说怎么啦？訾说没事，挺好。你冬至怎么过？媿说我还能怎么过，就在这儿混呗。訾说你待会儿干嘛去？媿说没事。訾说我认识一店，离这儿不远，往西走几步，拐弯就到，有一种山楂酒特别好喝。

媿说是内"旃弓"么？老去，店主不是你们呢儿巫咸么。

訾说我怎么没见过你呀我也老去。媿说我还没见过你呢。訾说那一会儿散了我稍绷，你先走，在呢儿等我？媿说行。

一会儿炎黄二帝忽然起来互相拥抱，拍着对方背说：下回，常聚。各位国主大帅跟包也跟着一窝猴儿出去了。

简跟訾说我跟全总还有点事，晚点回去。訾说你忙，我也晚回去会儿。又慎了会儿，找了口锅子，把盘子里剩肉都涮了，浇上韭花酱，拌了拌，一口抿了，抹抹嘴说我先撤了。

出了"全家烤"，街上已是夕照，冰窗吊顶大庭只剩最后一点橘，全打在东壁上，西边已然全灰。临街店铺陆续举火，照亮一截截街筒子，街上都是没事儿瞎逛小战士，三个三个一排挽着手，说说笑笑，东西寻摸，站在北南分界线上扎堆聊天打闹。两边墙根蹲的都是兵，也不知干嘛呢，黑着脸，直毛瞪眼瞅人。部队转入地下就按冬眠一天只开一顿饭，大致是日中天光最亮看得清碗的时候，之后天就黑了，毕竟是地下，晴天都跟阴天似的，一下雪几天不见亮，战士、食堂都管这顿饭叫晚饭。很多人也确实按在家种地放羊习惯，天擦黑就睡了。多数战士是没钱的，能去哪儿呢？睡吧，睡觉不要钱。睡性大的人能连轴睡，不叫吃饭不起来，睡得人都猫似的，醒了也眯着。大家都反映，大庭有瞌睡虫，四师有个兵，怒睡六天七夜，一举夺得全军冬眠宝宝称号。

喾混在挤挤挨挨人流里低头走着，就嫩么两步路，几拨人上来问：花儿要么？草要么？洗头么？捏脸么？买酒赠口活儿……喾都说不要！往左一拐，上台阶，进了间黑店。

巫咸这间店是个清吧，只卖酒水。因为占的是三师荡击队营棚，除了一进门有个天景厅——吧台就设呢儿；还有一系列卡座，都是原来各伍窨子改的，开间不大，墙掏墙，曲里拐弯，过去睡五个人，现在坐也就能坐两位，愣挤三位顶天了，跟拜神龛阁似的，是中下级军官爱带蜜去的地方。

喾进门看见三师前营的重、黎、吴回哥儿仨，自己师的舟毛毛，华师的合同，以及一帮华夏各师卒什长靠着吧台，一人面前一碗栗子酒，巫咸在给他们算命。巫咸算命用的是古老的《嫫易》，不但算今生还算前三世后三世，经常把人算得满身大汗，惊骇不已，用简的话说就是“吓得我紧紧抱住我自己”。此时吧台也是一片惊笑，吴回满脸涨红说瞎掰！

毛毛看见喾进来，说后边等着你呢。喾说一会儿过来，一人一碗山楂醴，算我的。山楂因为大酸，酿酒要搁很多野蜂蜜，属蜜酒，甜度高，喝着糊嘴还上头，一般夏人喝不起，主要是蜂蜜难得。巫老进山采药，熟悉蜂窝，每年趁熊不在拿竿子捅下来几摞蜇得满脸包，酿嫩么几桶，祭神、蒙大裸时候用，是礼酒，地位崇高，几类于后世我周之黑黍郁金香醴酒。黄帝曾下令民间不得私酿，也是为了保护蜂王浆，蜂窝都给捅了，好多农作物和果树当年减产。也当药，治疗性冷淡、发育不全和不孕症。跟巫熟的人家，娶媳妇聘闺女之类红囍也去讨几滴，新娘入洞房沾沾唇，一般都很顺利。其中最名贵的叫女儿红，是处女泡的，就是发酵时请处女到酒缸里拿个澡，治老寒腿。这也就是战争年代，一切为前线，都改军用了。巫咸本来也没想拿出来，还想窑着，舟毛毛这些人威胁他，要不你自个主动拿出来，要不我们就抢。

喾串了一溜龛，里面都一对一对的，黑咕隆咚也看不清脸，紧后尾儿一影坐一隔断里，站呢儿看半天也不敢认，还是娩开了口，说：我。喾一屁股坐媿身上媿给他搁下去，说瞧不见人阿？喾说还真瞧不见，伸手一搭就觉得姑娘身上热，说喝上了自个？媿说等半天了，再不来走了。喾说服务员呢，喂！有服务员么？黑里冒出一人影，说您点什么？喾说我存这儿的，跟你们老板说，他知道。一会儿游过来一盏灯捻跟瞳孔嫩么大点的灯碗，搁二人跟前，又放上俩浅碗，一只黑陶罐咚咚倒出一些坤红闪亮的液体。喾说搁这儿吧，自己来。

隔壁卡座忽然冒出一公鸭嗓说：生命不是唯一智慧形式行吗？你管神叫永生的神就暗含着神是一种生命体，就把神局限在生命这种形式里了。喾和媿俩人偷乐，喾小声说谁呀这是？媿说不知道，聊半天了。公鸭嗓说行啦，能别把自己长寿妄想投射给神么，你敢说你没这么想过？喾说我把灯碗吹了你有意见吗？媿说没。公鸭嗓说谁告你生命是最高级形式了，生命是最累形式行吗？会思想是不完善没着落的表现行么，一天不算计就对付不过去。日月是完善的，所以日月无想，该发光发光，该黑灯黑灯。神是完善的，所以神无想，创造已经完成，凡发生的都是当发生的。肉体复活你可真逗，肉体复活干嘛，小肠肛门还要不要？灵魂会死么？

媿说等会儿等会儿——听会儿的！公鸭嗓叹气：别人全有蜜，我特么非得跟你凑合。这时一直低语内位亮出烟酒嗓：你以为我愿意阿？媿捂着自己乐。訾说怎么接这儿了，闪我一跟头。公鸭嗓说我可告你阿，咱俩好归好，内事你永远甭想，不冲别的，就冲你这打通关的态度，我不能让你得计。媿一头栽訾怀里，边乐边啪啪打訾手。公鸭嗓说少碰我！

有人摸着黑来了，跌跌撞撞踢墙，烟酒嗓说瞎摸什么，有人。一女的说对不起阿。接着两只手伸进来在空中乱摁，訾憋着嗓子说有人！手缩回去说对不起，——服务员！这儿哪儿有空座阿？全有人。一男声说您再往里。俩黑影一前一后拉着手摸过去，前边女的还说：留神脚下，这要下台阶。

媿说我没听错吧，刚过去的是简？訾说你没听错。媿说男的是谁呀？訾说看不真啄。媿说我去看看。訾说我发觉你这人很有意思，对别人事比对自己的事感兴趣。媿说我俗。

訾一把扯住她：你还真去呀？媿说内底下还有一层，我去看看。訾说地窖有什么好看的，你不是神经病么。媿说我就是神经病。公鸭嗓噗一声乐了。訾手一松，再抓，没人了。

訾心骂奶奶个腿的不是个东西！坐呢儿运了会儿气，起来往前摸去。毛毛看见他说缺什么跟服务员说呀。訾说没事，我就过来呆会儿。毛毛说挨位性意思偶尅？訾说偶尅，内底下还一层阿？毛毛说对呀，你没下去过？华师弹弓一队长溜肩膀喝个大红脸凑过来说长官，跟你打听个事。訾说在这儿别这么叫，醒药。溜肩膀说行，那就叫兄弟，——兄弟，你们每天跟我们首长谈，都谈什么呢？我们这哥几个猜，说这仗打不起来了。喾说这还用猜么？我现在就是出这门，喊一声：开战！也没人站队呀。溜肩膀说那不一样，军令如地震，真下了命令，该站队还得站队。毛毛说我们打了一赌，说现在就是等雪化，雪化了各自撤军回国。喾说这不你们都知道了么。问重叔：你这给我的是什么呀？重叔说：好东西。

喾说你们没让巫老给算算呀？黎叔说巫老天天这儿算，已然失去群众威信了，准不准都让他说了，所有命都算一块去了，都会顺，也会不顺，有遇不到贵人，没不犯小人的。

巫咸擦着吧台说这就是人类共同命运呀，你们天天逼着我算，可不所有排列都出来了么。喾笑：算一生没有不准的，必须只算明天，才知准不准。巫老，我明天怎么样？巫咸说你明天没事。我推演的是常数，自然吉凶纷至，祸福沓来，你们撞的是大运，到好日子不干好事，还逮怪你们自唧个。

侯冈侯岭哥儿俩进来，带着两个二师包扎所女兵，一见喾，俩军蜜立正，敬礼。喾说稍息。问侯冈你也完事了？

侯冈说刚弄完。喾说你们可以问他，他什么都知道。溜肩膀说问他啥也不说呀，老侯，你老说发明文字，弄咋样了？

侯冈说我都发明了，你们看着还是画。溜肩膀说谁让你老让我们还能看懂呢？你省点笔划。侯冈说行，下回弄一让你们猜不透的。哥儿俩和军蜜分着喝了碗山楂酒，说我们先下去了，带着军蜜往后边去了。

一会儿又进来一帮女的，有营伎坊的，有军巫班的，都跟黎叔熟，一个见了喾喊弟，一个喊舅，一步没留，都奔后边去了。喾说合着我们军这点果儿都上你们这儿来了，我说怎么平时见不着人，师部旱得直冒烟儿。跟着夔进来了，夹着镲，拎着鼓，带俩童兵营小阿姨，简单一点头就往后边去了。詟拍着吧台喊：你们这儿够深的！一帮人看着他乐：起了。毛毛说这才刚开始。跟着就听脚底下传来鼓点，詟捂着胸说我的心脏。巫咸说：你别让他在这儿闹，你让他下去。

第二天，詟冻醒了，眼前一片炭黑，身在圣者心境，昨儿最后一印象是在酒窖里跟一堆人暴侃，旁边趴着个拔凉身子，听呼噜是一女的，踏实了。可鼻子一嗅，一股酱味儿，心说我去！拿脚在下边一堆毛衣裳里扒拉，大脚趾勾上来一件长毛绒，盖俩人身上，假装一翻身，滚草垫子外边，可地卷一件毛氅在手，一蹬地立起来，一步跨到街上。

街上也是乌阒麻黑，可是人都起来了，身前左后磕肩碰腿乱走。头顶呜呜怪响，正在刮强风，平常每条街都有的几个进氧洞此刻都被雪盖得酽酽的，垂着冰溜子。拐弯见堆火，一个华妇披着麻袋片在卖炸酱煎饼，才知是南城，华师地盘。

回到全家烤，穿堂进后院中堂，点着一地灯碗，媿头梳得利利落落，蹲地上正在看画——侯冈新造的几个生字。

12

冬至快到了，可能差两天。黄帝屋里漏刻堵了，有两天滴速减慢，第三天才发现，经查是灌漏里雪水有杂质。炎帝呢儿本来也有一陶水漏，大半夜谁也没碰，旁边一杆颛顼送的铜戈倒了，砸裂了。其他国主、师帅呢儿的水漏都不太准，不是记大日子的，日常用来过事儿，譬如开会，倒过来计时；操课，倒过来计时。因为是在地下，日晷不能使，巫咸也不能连续观天象，每天晚上爬出去经常赶上没星星或云层积厚，不具备观测条件，因而丧失了预报能力，日子过的有点乱。但是不能等了，华夏两军均出现较为普遍抑郁倾向和幽闭恐惧症。华师一个步兵伍，趁夜拖木叉逃跑，天亮发现全伍一条线冻死在不足百步雪原上，看姿势正在往回爬。

夏三师一个老兵疯了，非要上外头见太阳，伍长拦他，拿石斧把伍长砍了。刚处理完这事，四师一个老兵又疯了，跳着脚拿杆子捅天窗，非说他妈在上头扒着瞧他，要下来。

两军也采取了一些措施，缓解部队忧郁，天好时候，以什伍为单位组织轮流上去跑步、打雪仗。夏师还派出军械专家冰雪教练去华师各部巡回，教东方人把竹殳劈成板，制作雪橇和滑雪板，带他们滑行去附近林子拣拾冻死鸟雀，追踪狐狸。有一次还抬回一只冻僵熊，说是在一棵被风刮倒老树下发现的，可能是正在树洞里冬眠，树倒了，没来及醒，就冻硬了。弟兄们把熊从口子顺下来，放在火堆旁化冻，想等热气嘘软了身子，剁熊掌。热了会儿滴滴答答淌水，熊睁开眼，正在烤火的兵谁也没瞧见，还在热烈讨论熊掌蒸几个时辰，就什么酱才香。熊站起来，对过的脸白了，背对的还聊呢，察觉不大对，一回头，被熊一巴掌烀墙上，人全散了。

熊出门沿街溜达，造成很大混乱，后来闯进赤㴇军部，被卫士刀棍齐下，还是大闹一场才躺下。赤㴇给炎帝送去一只蒸熊掌，炎帝吃了一口就给腻着了，说跟咽了口凉油似的。

也不光战士出现心理问题，高级指挥员之间情绪波动也很大。颛顼这么一个稳重、跟谁都很客气的人也变得特别爱急，跟夔合作创作《华夏友好同盟之歌》，几次把夔训哭，他写了词，夔作曲，提了点意见，希望改一个词换一个字以便气口更顺，颛顼就瞪眼，嚷嚷：一个字都不能动！你的任务就是把它唱出来甭管多绕口。夔嘘嘘蛐蛐用口哨给定了个调儿，唱给会议组所有人听：……第三百泉之全部有熊国步砲车工部队立即停止敌对行动，暂留原地待命。

颛顼说你去，到街上去，唱给过路人听，有一个人能学会，你就回来。简说你干嘛呀？颛顼说你也去，跟他一起，都站大街上去——你们谁觉得好听都可以参加，现在就去！不领回一个会的不许吃饭。简说去就去！跟着夔一起出到门外，大街上站着，夔独唱，简也不开口就嫩么倔了吧唧站着。

街上挺冷的，站一会儿俩人就跟地冻在一块了，夔唱得跟哭似的。媿求颛顼说你让他们进来吧，再唱下去要死人。

山戳也说没必要没必要，冻坏了，都是人才。颛顼说我又没拦着你们。媿和全总忙跑出去往回拉人，俩人都跟树似的，只弯腰不挪窝。全总忙叫人烧热水，一盆一盆往脚底下泼。夔立刻拔走了。简要拧，就不走：今儿两条腿不要了，截肢算我活该！谁劝跟谁撕巴。媿骂訾：你就干看着？訾捂着脸往回走，说：俩——谁我也惹不起。也不能看着再冻上，全总就让伙计端一盆热水出来，央个简站里边。媿说：姐，脚是自个的。过路人不知怎么回事，说怎么泡脚泡街上来了，什么新疗法？全总跟伙计说你就盯着，水凉了就给续开水。

媿又去求颛顼你就低个头怎么了？颛顼一甩胳膊：不惯这毛病！戴上皮帽子披上毛大氅，走到门外，到简跟前，说：你这儿跟谁示威呢？简闭着眼不理他。颛顼说行，你就站这儿，为你自己行为负责。自个扬长而去。风丑说这个颛顼没水平，还带僵火的。简哭得脸上全是冰粒儿。媿再来拉她，拿手乱打媿，媿捂着胳膊喊：怎么不知好赖人儿阿！山戬说这时候还用下命令么？风丑过去大喊一声：逮！抄起简倒扛着往回走，简捶他后背，风丑也不含糊，哐哐擂简屁股。

第二天，事儿捅黄帝呢儿去了。黄帝刚坐下，最近他和炎帝见得比较勤，不说每天每吧，三不五时总要见上一面，约在天景房吃个早午饭，也不带别人，就他们老哥俩，吹个牛，扯个蛋，夸一夸部下。炎帝也刚到，正脱大衣裳，简就进来了，眼泪跟热烧饼上芝麻似的簌簌往下掉，指着耳垂、脸蛋、两只手背和俩后脚跟：瞧，瞧，给冻的，都长疮了。

黄帝说不应该。简哭诉：我还说呢，有事咱屋里说行么，当着友方不合适，不介！非当着人，就显他了。黄帝说痒不痒阿，冻疮最讨厌，你今年长了，以后年年长，千万别挠，一破就留疤了。简说我已就是年年长了，您有空真逮给他提个醒，当着人不能这秧儿，咱们自己怎么都好说，现在也就是您说他还听。黄帝说我说他，一定，要不你跟我们一起吃点？简说不了，我呢儿有病号饭，都得了，不好意思炎帝台上，耽误你俩谈正事了。炎帝说没事没事，我俩也没正事。

简出去了。黄帝说一天到晚净这些破事，这个说内个，内个传这个，没一个省心的。炎帝说这种事不能太当真。黄帝说你没瞧我都不接茬儿么，我过去就是太当真，每回跟着起劲，找这个谈，找内个谈，最后我成搅屎棍子了，都说我爱背后议论人。炎帝笑：我嫩么远都听说了。黄帝说也不算全瞎说，我年轻时候确实也爱议论人，闲的，现在谁说什么我也不听了，让我找谁谈我也不谈，不搀乎。炎帝说要不要我去找颛顼谈谈，歌子嫩么费劲就别弄了，咱们俩之间把事儿说清楚就完了。黄帝说我建议你也不要去谈，他们之间内些事容易把你也搁呢儿。炎帝说我就是专门让人搁呢儿的。

热酒热锅子上来，老哥儿俩涮点木耳。炎帝说想没想过这些事都完了，找一地儿呆着？黄帝说想过呀，找一暖和地儿，一年四季都不用穿衣裳的，岁数大了真怕这冬天，稍微冷点就狂打喷嚏，你们呢儿海边怎么样？炎帝说我们呢儿这些年也不暖和了，人也偏多，不想穿衣裳逮去没人地方，更南方。要不咱俩到没人地儿再立一国去，这儿交给他们折腾。

黄帝说行阿，也别国了，太累，最好弄一岛，也别太荒，海滩比较丰富，赶海就能活着，闲人上不来，安俩椰子砲，来船就射他们，实在是不想再见人了。炎帝说叫上几个好朋友，女的让带么？黄帝说女的，实在甩不掉的，带几个吧，让她们负责拣柴火，孩子就别再生了，一有小孩，事儿又多了，就咱们这一茬儿人，死绝了算，将来到上帝呢儿去也好说，没再给世界添麻烦呀。炎帝说行，我找地儿去。

简正坐在一只筐上用热醋泡脚，手上端着个瓦盆用热醋泡耳朵，一会儿换边脸。颛顼耷拉个脸进来，走过去又走回来，对简说对不起，昨天是我不对，我急躁了，我脾气不好，请你原谅。简放下瓦盆，摸着耳垂说你脾气真不好，就应该不分人，见谁都不好，黄帝炎帝都在屋里吃饭呢，你进去，跟他们不好一次，我就原谅你。颛顼扭脸走了，走两步又折回来说好好好，我错了，我见着怂人压不住火，跟你犯势利眼，请你原谅。简说谁老帮你补台呀，昂？你生病，谁最关心你，给你找药，上山蹚河的，昂？你大爷不待见你，谁跑前跑后做工作，联络感情，递小话儿，帮你组局，谁都不支持你就我支持你。噢，今天你冲我来了。颛顼双手合掌，三拜：的儿姐！全是我的不是，您说怎么办吧，我认罚，要不我到街上站会儿去。简说你说，谁是你最信得过的朋友？

颛顼说简。简说谁对你最好？颛顼说简。你对的起她么？对不起。对不起怎么办？颛顼说罚站，您就拿我当脸盆架子，继续泡耳朵，说着解地上端起瓦盆，恭恭敬敬举到简眉前：洗洗脸，拢拢头，有点倒霉都不显。简嘴一撇：你又说我。媿从屋里出来，一脚门里一脚门外，说哟！麻利儿又缩回去。

两军联席会议决定不等准日子了，立即开启过年模式，让日子红火起来。颛顼把夔支到下面营伍教战士唱歌，说咱们内个鸡巴歌不弄了，先放一放，没人重视。叫简和全总去清点一下全军羊肉库存，看够不够节日期间开两顿正餐的。

全总说不用点，都在我脑子里装着呢，上个月圆就已经吃完了，现在还存有两千余只，主要用于供应华师各国主、我军师以上主官和维持我这里。媿说那……街上这些烤肉店的肉都是哪来的？全总说市场。颛顼说这就是小仓库效应。问简：你还记得狼城岗大撤退么，全军断炊，伙房只剩三只鸭蛋一条鱼，我下令搞会餐，结果几千人部队不但吃饱了，还吃好了，你晓得为什么？简说我晓得呀，我在呀，平时舍不得吃揣兜的都拿出来了。颛顼说这次情况也一样，部队打乱了分散住各自开伙，过去吃食堂饭量都大，连吃带拿带糟践，上多少光多少，自己开伙数着米粒下锅，都会过着呢。

风丑说这个我有体会，我内个小朝廷不是也有几张嘴，也没什么正经财政收入，大家一起吃饭就过不到年底，我把大伙房撤了，自己带头，每人回自己屋里做饭，就这么多东西，大家分一分，开始都叫，不够，不够也是它，几年下来，谁也没饿死。简说你还会做饭哪？风丑说我会呀，我做的好着呢，熬粥打卤蒸团子，你是不到我呢儿去，去我做给你吃——你为什么这么看我，男银会做饭是很令人发指的事么？

简说你媳妇呢？国母——你们叫什么——夫人呢？媿说他夫人做饭也特好吃。风丑说我夫人熬小鱼烩窝头一绝，我馋了，就约她吃饭，交换各自便当。简说你太会过了。

风丑说其实一个人吃不了多少东西，饭量就是比着一点点撑大的，俩人吃就比一人吃得多，至少你逮按点儿吃吧？

简说你连按点吃都省了？风丑说一个人么，想什么时候吃什么时候吃，高兴还一天八顿呢。山戬说关键是可以减肥，一个人能忍住，懒得做就省一顿，天天参加大局，看着肉不吃太痛苦了。简说您还减肥？您正好阿。山戬说胖，肚子大。

媿说他们老一辈都这样，越活越独，炎帝也老一人吃饭，我爸最怕我回去跟他一起吃，每次剩好多，也舍不得扔，全揣自己肚子里，把自己肚子搞大了。山戬说是嘛，你好容易回来一趟，也不能太委屈你，就会多做，自己做的剩饭最香。

颛顼说我觉得这是贵国特别令人尊敬的地方，一个社会败坏首先表现在暴饮暴食上，吃个饭搞得充满仪式感，食不厌精，跟滥交一样都犯了一个淫。我也一直在和自己食欲作斗争，苦于找不到克制办法，不得不用以暴制暴态度恶治，逮住一种食材猛吃，吃顶了算，也只能腻几天，现在从你们身上看到了希望。简说我也觉得是，每当我不知自己要什么时候，就自己呆几天，就知道自己喜欢什么不喜欢什么了。

山戬说你们小时候都背过《三坟》吧？颛顼说：我背过。

山戬说立克台上在的时候，我们每个月圆都会把男人女人和小孩子召集起来，由祭司进行宣讲，阐释《三坟》，现在进行的少了。《三坟》说：你们不应当把食物当作你们辛苦挣来的，应当看作其他生命的祭献，这样你们就对食物有了正确的态度。你们不要感激我，要感激这些为你们牺牲的动物和植物，尊重它们，使它们在为你们奉献时保留最后一点体面，少翻动它们，让它们保持生前的样子，就像你们自己下葬一样，而不是把它们烧成恶心的漂亮样子促进你们的食欲，或只是为了炫耀。——我禁止你们把动物的头摆上餐桌，吃它们的眼珠！山戬说我们，一向以来正是按照《三坟》的教诲这样做的。

颛顼对全总说：既然不够了，全拿出来，两千只羊一次投入市场也得起点带动效应吧。全总说就怕是过节心态不一样，大家一狠心把羊都吃了，也就起不到什么拉动效应了。

简说你挣内点油鬃麻也都投了吧。全总说都在流通中沉淀了，我现在是有钱穷人，上游下游应收账全要不上来。

山戬说承蒙贵军连日供养，我军公库还有一些猪肉粉条和黍米，也请一并列入节日供应计划吧。全总说您最好去库里查验查验，有时账上有，不代表真有，我这儿粉条都是您呢儿拉的。简说谁敢欠咱们债，我去找他。全总说不用找，都在这儿呢，你没发觉最近我店里碎催多了，都是老赖把自己抵这儿了，说是拿劳务顶债，还不是为混一口饭，我最近准备把他们都开了。将心比心，人都穷了，能吃的都进肚了，剩下的都是看的。颛顼说千难万难，冬至一定要过好。

于是和山戬商量，从华师和夏师抽调一些射术精滑雪技术好的战士，组成联合狩猎队，由熟悉当地情况黎叔吴回带队，去老林子掏熊窝。入冬以来连续几场暴风雪过后，鸟兽绝迹，走不远的，一定都埋在雪下，多组织一些人，由离朱带队，上雪原冰河拉网找，把它们全抠出来。又把三师左营营长云勃孤梨找来，叫他带上他的营去寒水淖找嫘母，把部队目前处境告诉她，请老根据地人民支援，搞一些肉吃。

老云回去集合队伍，南北城摇铃喊半天，才拼凑起两个不完整的队，带着兵在胡同里转悠挨家敲门打听其他人下落又碰上颛顼，颛顼说你怎么还没走阿？不要磨蹭了，马上走。

老云带着队伍摸着黑往外拉，华师一个伍稀里糊涂跟上来，到洞口一个个往外爬，老云才发现连冒几个人都不是自己营的，出来还按口令往队里挤呢，把几个人揪出来说你们是乃部分的，怎么跑我们队伍来了？华师内几个人也挺晕的，说阿？你们是夏师，还以为是我们营长喊我们呢。上来了，空气如饮，雪景旖旎，也不想马上下去，瞎打听：你们干嘛去呀，我们跟着你们活动活动。一个兵多嘴，说我们拉吃的去。几位更来劲了，说我们加入你们。老云说道儿可远，当天回不来。内几位说不怕远。老云说那你们可得跟上，掉队不管。带着队伍下了封冻妫水，鞋底滑冰一路奔东。

老云这个营多是玄猿氏女累氏早婚氏上三部子弟，从小在寒水淖边上长大，好多人妈、姥姥就是冰舞果儿来的，刚睁开眼就被妈抱着在冰上跑大圈顺带喂奶，走路都是在冰上学的，可说是先学会出溜才迈开的腿。少年时代都在寒水冰场耍过，玩飘儿打架，参军入伍妈、姥姥给打的铺盖卷里除了柿饼核桃必有一双家传海象牙冰鞋，所以上了冰都蹭蹭的。

当日无风，天上亮亮堂堂，远远近近的雪像藏了镜子，朝哪儿看都晃你。冰面老雪酥如藕粉，百十双冰鞋橐橐滑过，刮得跟菜刀似的，能照见人影。华师内五位大哥穿着絮草老毡鞋跟在后面一步一拉胯，喊：等一等！夏师紧后尾儿断后副伍长说你们不着急，先帮我背点东西，把自己老皮袄脱下来披华兵身上，手斧哨棍系了绳挎人脖子上，自己穿着羊毛线衣背手撅臀撇着腿蹬冰而去，远远喊：在前边等你们。

过了观汀峡，队伍上了灅水。灅水来自太行、阴山、蒙古黄土高原，夹带大量泥沙，素称浑河，出观汀峡地势陡降，急转迂回于丘壑巉岩之间，所谓三里不同流，五里不同声，短短二百里河道形成数百米落差，水流如激，故曰灅。冬天河水上冻犹如一层层泼出来的高台和大下坡，是高台滑雪和花式滑冰爱好者理想运动场所。好的滑者能一个俯跃接一个空中转体，再接一个俯跃，一脚不蹬，绷直身体，靠惯性，直下二百里，一把落入京津平原。当夜月升，老云独自速滑在石景山到海淀冰坝上。因泥沙淤积，灅水入京河床高于地表，且常改道，这一年夏季没走丰台，走了海淀，绕着寒水淖形成高架路。后边冰刀夸夸响，有人切着弯道单甩臂斜么岔赶上来，老云头也没回问后边跟上几个人？这位切至同身位，说就我一个。老云平撩一眼，见这位套一毛线衣，头发眉毛全是戗茬儿，张嘴跟烟囱似的，问：最近第二集团离这噶多远？这位说没有集团，都拉了线儿屎了，我跳下最后一高台就没有人了，好多脚崴的，还有冰鞋墩碎的，我们队长——我看到他时岔着腿咧巴在冰上。老云说一帮废物！不管他们了。说着一猫腰冲下高坝，翔入有照有鳞鱼背似的大淖。

嫘母早起在冰场遛弯，和巫姑、婚夫人一帮老姐儿们刚开出一圈跑道，就见西边有人顶着晨光在冰上走，一步一跟头，卧在冰上不动了。巫姑说可能是西路逃荒的。婚夫人说不对呀，西边正在打仗，逃荒的过不来，听说都堵口外了，不会是部队来递消息的吧？自从转移到雪下老没见人了。

嫘母说快去瞧瞧，这冰川雪景的，趴下再想站起来可就难了。俩腿脚还算利索老姐儿们速滑过去，一人拎一胳膊拖回一人。这人已经昏迷，鞋底见红肉，身上老皮袄敞开支棱着，还原成羊皮。嫘母说这不是小云么，快，给弄岸上去。

老云醒来浑身热血沸腾，脸蛋被一的儿姐攥手心里狂搓，还有一双干手抹挲胸口至肚脐……老云啵儿——勃起了。

的儿姐长出一口气，抖着手腕子说酸！喊巫姑：人缓过来了，上手段。巫姑提着袍子奔老云身上跨，说你可别想多了，我这是救你命。嫘母在人圈外急得转磨，吼：问他，是他一人回来，还是队伍都回来了。老云说都回来来……惹。

嫘母一听头发根发炸，都回来了，都躺在半道上？立即跟老姐儿们说，你、你、你们拉上冰车沿途搜索，给我拾人。

老姐儿们原来也都是玩的，一帮明暗老公多年砲友也都在部队，听说全躺半道儿上了，急得一句话没有，一人挎辆冰车直接上冰，顺着老云冰刀蹬出一拉溜白道向西猛扤，一路扤到海淀，雪堆里扒出十来个倒卧，拉了回来，都是紫的。

乡亲们哭着跑出来认人，也甭管谁家孩子了，争着把僵尸背回自家地窨子拿火煨着，拿雪搓嗍儿。下半夜，老云吐出第二句话：不不不是全部，就我们一个营。

其中一老姐姐，过去寒水一枝花说：前边一道儿都有倒卧，我们冰车满了，装不下。嫘母说这可不行，过了今晚就全废了，还得再去，就地展开抢救。

于兹寒水妇女全体动员，家家出冰车，打上火把，连夜出动，从寒水淖到瀷水大坝，百步一火堆，支上陶鬲，炖狗肉汤，火线绵延百多里，直到石景山，又救下十多位。最后一位僵尸咽下热汤说你们甭往前去了，他们都没出门头沟。

话刚落地，婚夫人亲自扛着柴火上来了，说往前延伸，不能拉下一个战士。这天下午，老姐姐志愿队又陆续在瀷水坡道几处高台下发现多名骨折战士，几乎都处于严重失温状态，意识模糊。妇女们对战士进行了快速复暖，用树棍在小腿脚踝打了夹板，全身裹上熊皮抬上冰车后送。进入山区，气温较平原有明显下降，入夜后风力增强，两侧峭壁上林木断梢带着枝头积雪簌簌而下，妇女们脸都冻裂了，一个个看着笑哈哈或恶狠狠。她们将护脸羊油抹在潮湿树杈上点起一座座火堆，自己上岸背纤拉着冰车，顶着怒风继续砥砺上行。

彻夜燃烧的火堆渐渐融化了深厚冰层。破晓，氐宿出现在南天，冰上没了火堆，只见一个个黑点儿在冒烟。第一道阳光穿透山林打在冰面，一堆行将熄灭冒着青烟的余烬库插整坨沉入河中，一条草鱼蹦出洞口，在冰上扭扭身子，拍拍尾，冻成一根棍子。接着，更多大鱼从冰窟窿里高高跃出，银白色鱼肚和鳞脊在晨曦中霍霍发亮，像一道鱼的喷泉。

这天白天，太阳在女宿。黄昏，娄宿出现在南天。妇女们在观汀峡遇到华师内个伍，五位大哥全须全尾儿，守着一个冰窟窿，正在烤火，喝鱼汤，旁边一地鱼刺。冰窟窿一会儿跳出一条鱼，直接蹦到锅里。领头大哥从舌头上拔出一根鱼刺说我们是最后一拨，再往前没人了。

13

妇女志愿队打通寒水到百泉运输线，将第一架装满冻鱼冰车拉到部队，肩都见骨了。共工率领华师工程兵在百泉驻地至妫水之间融雪浇筑了两条带坡度冰道，一条上行，一条下行，下行直通雪下联勤仓库入口，这样装满鱼冰车可以直接倾倒入库，然后顺着弯道重新推回上行线，一车放回妫水，大大提高了交货效率。婚夫人请共工再去勘查观汀峡至门头沟河段，有没有办法解决上坡问题，大量青壮妇女都是在这一段累塌了腰丧失了劳动能力。共工说严格说这是个上山的问题，在目前现有条件下还很难做到登山不吃劲，如果只是运货，可以考虑设立绞盘逐级提升。对旁边技术员夸克说：小夸，你去测量一下距离和冰面受力强度。小夸说是！三大步蹿出去。婚夫人说他就这么跑——行吗？

共工说他行，他们家祖传跨栏和三级跳，强项越野。只见小夸嗖嗖没了。婚夫人说这孩子，和夸父没什么关系吧？

共工说这孩子是夸父先生八世孙，我们国全运会跑跳项目永远是他们家拿第一。婚夫人说内次悲剧到底是怎么回事阿？共工说您也听说了？嗐，内年不是大旱么，黄河渭水都断流了，我们从甘肃赶回一批羊，渴得不行，天边飞来三朵云，不知内朵云有雨，夸父是追云，看着跟追日似的，后来乃朵云也没雨，中暑而死。离他二里有棵桃树，都是干枝儿。

婚夫人说这个故事意义是说人都死于强项么？共工说是，和玩鹰的让鹰扦了眼，踢球的让球闷了一个意思。

小夸连跳带蹿跨过高台跑回来，说没问题，冰撑得住，二百里落差三百米不算陡，十里一个绞盘，仨人推，六十个人足矣。共工说你们内个寒水还有驴什么的么？婚夫人说有，还有牛，我们也种一些杂粮。共工说现在就剩搓麻绳了。问小夸：二十座绞盘什么时候能做出来？小夸说马上伐木的话，开春能出来。共工说不能等，要赶在冬至前让部队吃上肉。

婚夫人说昂，你们还过冬至？冬至早过了。共工一把捂住婚夫人嘴，对她摇头。婚夫人频频点头、扑扇扑扇睫毛，脱手长出一口气，说那可逮抓紧了，你手够腥的。共工说你睫毛够长的。对小夸说：我知道哪有整木料，背我回驻地。

小夸背着共工连夜翻回百泉。共工找到颛顼商量这事，说请授权我调动一切资源。颛顼说授你了。共工叫上一帮木匠，饶南北城找夏师内十二门砖砲。一门砖砲放在巫咸酒吧门口当条凳，一帮人上去骑着砲架哐哐敲榫。正屋里喝酒的喾听见外边人闹，出去见几个夏师砲手正和共工带的木匠撕巴，高喊怎么回事？共工让人一脚踹出来，踉跄倒退一脚正跺喾脚背上，嘀！这个疼。喾一推共工，共工反手一抡手中木槌，喾脸一偏——还是抡脸上了，脚下没根儿，抢出去。

嫘母亲自押送牛群和驴来到门头沟，把牛装在特制麻袋里挂缆绳上，共工带人亲自在上面推绞盘。牛在麻袋里吽吽叫，一只只吊上去。吊完牛，吊驴，下面几级绞盘已经是牛在推磨。驴乱蹬，把麻袋都蹬破了，露出四条腿和脑逮跟穿着游泳衣似的，在空中嘹亮喊：呜儿阿！呃儿阿！牛驴分组就位，缆车系统开始运转。嫘母坐着第一台冰车上来了。

共工说您老觉得还稳当？嫘母说甚好。共工拍手：成功。说那就开始走货吧。嫘母连忙闪一边，说我别碍了你们事。

第二车上来的是老云，拄着拐下车，乐呵呵说谁的主意，真好。第三车上来的还是人，抻着脖子往后看，一台台缓缓上行的车当啷腿坐的都是人，有老云营里兵，有寒水媳妇，前后车厢拧着身子说说笑笑，拿眼往两边山头乱寻摸。

小夸说这个麻拧的绳吊人是很危险的，不是说吊货么？共工说是阿，是吊货。扭脸看嫘母。嫘母说问我呢，什么货呀？共工做了个往嘴里扒饭手势，说：肉。嫘母指着下面蒙着眼转圈的牛驴说：这不都赶来了，在你们这儿干活呢。

共工说咱们说话可能没在一门里。嫘母说我懂你意思，部队等肉过节，这就是我们能拿出的全部，乡亲们的家底。

巫姑坐着一台车上来，笑微微朝嫘母招手喊：姐。小夸忽喊哎哎，只见绷直缆绳骤然开花，胳臂粗瞬间变一根丝，笑容僵在巫姑脸上，接着不见了，再看，人从坡上往下滚。

这一天，离朱带领拉网队传来好消息。他们人挨人成散兵线蹚过康西草原，又蹚过观汀峡，沿灅水两岸往西蹚，蹚到桑干、修水交汇处河滩离朱差点被绊一跟头，扒开雪一瞧是鹿茸尖儿，再紧着扒拉——所有人趴下一齐下手，发现无数埋在雪下麋鹿。这些鹿都是卧姿，面目安详，很多小鹿依傍着母鹿，可能是初冬时节鹿群来此饮水，忽遇大风雪侵袭，就地卧倒避风，雪一直没停，就整群葬身于雪下了。

报信的兵说他们已经清理出上千头，其中包括七匹狼三只虎，能吸引来这么些掠食动物，种群应该不小，沿桑干河往西走，脚下麻麻扎扎的，都是鹿角硬茬儿。离朱请求部队增援人手，多带撬杠、绳索和麻油，他们虎口都震裂了。

两军办公会议向全城发出动员令，各级司铎摇着铃满街嚷嚷：集合，全体集合，能动的都起来，抄家伙，去刨鹿。

华夏两军在家士卒都从屋里蹿出来，拎着叉棍在街上呼啦啦走，原编制完全打乱，就按街坊组成队伍，熟人和熟人结对儿，也傍着住不少日子了，称兄道叔，比老部队都熟。

正在店里吃烤鱼——烤肉一条街现在改卖烤鱼了——的炎黄二帝也闻声走到门口，站在台阶上看热闹，跟战士们打招呼：你们这是打狼去呀？战士们起哄：二老也跟我们一起去吧。炎帝摆着手说你们去，年轻人去，我们等现成的。

简和媿包着头巾裹着毛大衣跟俩烧麦似的一前一后出来，拥着炎黄二帝说走，一起去走走，就当呼吸冰鲜空气了。

颛顼在屋里一层一层穿衣裳，跟喾说你留着值班，我也上去看看。喾捂着半边发青脸说：嗯那。

颛顼爬上冰，遇到山戳和风丑，就和他们搭伴走。雪原上都是人，一派喜大普奔景象，所有板子都拿出来了，有人踩着滑，有人拖着走，还有一些带着轴套冰车。颛顼认出内都是兵车组件，全拆了。黄帝云车也抬上来了，卸了轱辘，倒扣在冰上，炎黄二帝坐在轴上，一帮战士在前边拉，简和媿在后边摁着俩老爷子肩膀，推着，跑得倍儿欢。

山戳说：想起秋后开镰内天了。颛顼说我们剪羊毛时候也这样。风丑说我平时在家，夏晴天儿好时候就晾被货，就爱闻被货被太阳晒蓬了内股热燥味儿，我也常问我自己，我这算什么爱好呢？今儿我才反应过来，我闻的是和平阿！

左扇白雪覆盖海坨山岭忽而腾起一片青烟，乍看还以为是雪崩，细瞅日影儿中闪烁着鲜红。颛顼说黎叔又发现了一头熊。风丑说把林子整个烧了多省事阿，还一棵一棵弄。

颛顼说点不着，只能乃棵树有熊，拣石头先把树洞堵了，再把树枝树干上雪扑搂了，在外边生堆火拿热气溜着，等树皮烘焙干，抹上獾油，再点，才能一下成火炬。小火不行，一会儿自己就灭了，费劲着呢，跟夏天不一样。

山戬说熊也是老实，热了不知道跑。风丑说人家睡觉呢，哪知道你来放火，没醒。颛顼说醒还是醒了，熊是除了人最贪图享受的，每回溜树皮就听见熊在里头翻身，估计热醒了，内时候树还没干透，就跟煸萝卜似的，先出水，冒蒸汽，摸上去烫手，里边可能挺暖和，熊挺舒服，一般能睡个回笼觉，等到石头热了，里边成烤箱了，才再次被热醒，嗷嗷叫。

山戬说石头堵不住熊吧？颛顼说堵不住，所以柴火要靠着石头点，让熊感到这边是火源，它会怎样？它会撞墙——树洞里其它方面；这时你只需要抹油，点燃树干，然后坐在一边等，等树烧成炭，自个倒下，你就会得到一只熟熊。

风丑说我觉得这世上最坏的就是人。颛顼说其实我也没干过，都是听黎叔说的，他老爱聊这种事。

仨人聊着，来到观汀峡。见一堆人围着炎黄二帝站在一个冰窟窿前，嫘母、婚夫人也在，听共工在那儿喷：我考查了灢水下游几个河段，观汀峡这里水面开阔，出鱼量最大，日产可达千斤，我建议我们应该把力量集中在这里，可以开展水下拖网作业，一是运输距离大大缩短……黄帝说你是老渔民，听你的。嚯！又一道鱼柱喷出来，无数活泼锡亮小身子滚搅在一起，像一根紧凑晶体骤然崛起，遽然崩坏，只见漫天鱼眼鱼尾，在空中刷刷降落，砸在冰上梆梆响，埋了跟前内圈人脚踝。一条大鱼滑到颛顼脚前，翻白眼瞪他。

14

巫咸清吧里，訾和巫姑靠在吧台一头一尾喝山楂酒，各自青着半边脸。巫咸在吧台里拿鱼鳔熬的胶粘灯笼罩，抹一下，把手指头含嘴里吮一会儿。訾说你这是谁的皮呀，上面刺的内是虎阿还是狼？巫咸说猫，我一女病人的皮，她难产死了，遗嘱把皮留给我。巫咸把糊好的灯笼举到油灯火苗前烤胶，晃来晃去，猫一会儿深一会儿浅。说：女的皮做灯罩光比较柔发觉了么？当然没婴儿皮透了。訾说我认识一大户人家，他们家窗户都是拿小孩眼皮糊的。巫咸说他一定太太多吧？訾说我能把皮留给你做鼓么？巫咸说做鼓找夔呀，我不收男的皮，净是疤。訾说牙要么？我牙可全是好的。

巫咸说你呲牙我看看，行，你死时候可得保护好脸。巫姑说你们这儿怎这么静阿，都瘆得慌，寒水静吧，还能听见风走冰裂。訾说平时没这么静，人都在上头呢，城里可能就咱们仨了，平时多早晚都是回声，耳朵眼跟养着蜂似的。訾说今晚没人回来了吧？巫咸说回来干嘛，上边有肉有鱼。

巫姑说我刚下来，这味儿，呛谁一跟头。訾说老呆着不觉得。巫咸说我一会儿上去观星你们谁去？訾揉着脸说：我这样上去，再让人把我当鬼了。对巫姑说：姑，你也甭去。巫姑说我现在半边身子都是麻的，我记住叫共工内孙子了。

巫咸一手提灯笼，一手抓着筐垃圾，从后厨通天道上了冰。这一带店家都有自己出入口，上去换口气，互相串个货，撒个野尿，倒个垃圾什么的，方便，跟上自己家房顶似的。

嘿！满天星都在，中宫天极，北斗璇玑，东宫苍龙，南宫朱鸟，西宫咸池，北宫玄武……好久没这么全啦，真逮好好看看。先看军事，引颈南望，哟喝！北落之星黯弱，天军众星摇动而芒角稀少，火星凌犯北落径入军星，军队有忧患。再看轸宿，长沙星明亮，入轸中。车星芒角多，遮盖了五车之形，都是兵凶大起，无处措身之象。

巫咸心中忧虑，看来战事一时半会儿还完不了，时局还将有大变。这些星宿明明弱弱垂挂在天穹，像天上万家灯火，都是从小他妈教他认的老亲戚，他妈是南方人，旅行家，一辈子走的都是前人没走过的路，所以懂天文。他妈从极热南方沿极东海岸走到津唐湾，同行族人先后嗝儿了，只剩她一个小孩，遇到早婚氏和女累氏开战，北路阻断，就按众星指引，逆灅水西行，遁入灵山。老太太一生得空就生孩子，活了十个，还是觉得孤单，因为上线断了。老太太说还是天上这些星星亲，亘古至今就在那里，见过她故乡和所有长辈，好多星都是以她远古长辈之名命名，看着繁密星盘如看家族树。天上世界是有枝有脉的，每颗星都有自己轨迹，由此及彼，总在一个盆里转。陆海茫茫，人朝生夕死，独活于世，想抓挠点可靠东西，只能仰望星空。后来生下他们十兄妹，就按老家习惯，以天上星宿之名给孩子起名，他叫咸，对应内个咸宿，就是今天的轸宿。他有一个女祖宗，也叫咸，女咸，史上第一个煮海晒盐的人。当时世上还没车，咸来到夏师服务才见到刚发明的车，为了在新环境下保持低调，就自作主张拿车配件改了一些星宿名，车星即是如此，原来是他五妹名，叫姑星。新改了名儿还没跟他妹说呢。

西南他老家——灵山方向，小半拉天空是红的，那是人们在冰河雪原上生火炖鱼烤肉发出的光。咸想他妈了，老太太倔了一辈子，晚年瀍水两岸已经有很多人类活动，公孙定燕北，山川河泽都有了暂借名，人们行脚已可以不抬头望星，靠地标判断也能到家。老太太不！定居多年，从屋前走到屋后摘个瓜还看星星。为帝做事也很烦，好多事都逮按照帝的需要重新定义，虽说黄帝人不错，譬如北宫南天群星，本来与军事无关，老太太当年指给他看时告诉他，内是桃花星群，都是他远古内些小小年纪就夭亡姨祖姥姥灵魂，也叫处女星群。处女星群西边内颗星叫垒，是个坏老头，又脏又色，女的都不喜欢他。垒旁边内颗明亮的星是垒小儿子，叫北落，北落跟女的比较好，老帮女的干活，也没啥想法，女的都拿他当哥儿们。如果北落黯淡，五星进入处女星群，就是犯桃花之象，尤以火、金、水三星桃花盛大，金星是正桃花，火星是烂桃花，水星是一夜情，土星和木星是单相思。

咸刚入黄帝军中，黄帝问他军国之事，夏人知道垒星，管这颗星叫钺星，主杀伐。咸就顺着这颗星把处女星群改叫羽林天军。北落黯淡，五星入军星，军起。火星对军队不利。金星因为部队使的都是砖头，没提。水星是发大水，下雪下雹子都算，譬如今年遇雪，就算犯水逆。土星木星对军事活动反而比较有利，部队武器比较充足，打光了随时能补充。

当时巫姑也跟她哥一起参军，听她哥乱讲很震惊，说咱妈可不是这么说的。巫咸说你真以为咱妈和星星是亲戚阿。

因为黄帝老问战事，北落明亮之时，巫咸就要另想办法，指着火星胡说：火星犯角宿，有战事。火星逆行超过两宿，停留在乃个星宿，这个星宿下分野国就有事，停留三个月，这个国君臣矛盾突然爆发，社会动荡。停留五个月友好邻邦突然翻脸进攻你。停留七个月国家丧失一半国土。停留九个月再丧失一半国土。如果一早一晚火星与该星宿同升落，这个国君主宗祀就要灭绝了。

巫姑劝她哥，不吉利话少说。巫咸说重要的是不能没词儿。黄帝问什么叫分野国，普天之下看星星，星星它——不应该在同一位置么？咸说就是算命这国家，谁算算谁的。黄帝说噢，正确操作方法应该派你给敌人算去。

有熊国刚建国，部队正规化，也曾把巫咸派到夏一师玄嚣那里参赞军事，当分管作战副参谋长。内年春荒，陈锋部进犯清苑，夏一师奉命迎战，部队按星象部署，一直憋着，不与交手，直到火星顺行才出动，果然初战告捷，陈锋部溃退。玄嚣正要下令追击，为咸所阻，说火星离开金星运行，部队要退却。并撺逗玄嚣按火星运行位置指挥部队，火星在金星之北，北方有强敌伺进，分兵拒之；火星在金星之南，南方有敌小股部队袭扰，可以小股对小股。把部队调动的七零八落，跑来跑去一个人毛儿也没见着。这也罢了，就在战事全部结束，陈锋部退回塞上，部队打扫完战场准备回撤当晚，咸观星象大哭，说部队要败亡了，师长要瓦脱了。玄嚣说你没事吧？咸指着天上说你看，金星将要追上火星，一旦追上，你就得死。玄嚣说去你大爷的吧！命令军士将咸打了，撵出部队。

回到清苑，黄帝找巫咸谈话，说我相信，你说的这些都有数据支持，历史上一定发生过火星行太白阳，有偏将战，太白逮之，破军杀将——真实战例。是，大数据能分析出规律来，人的性格呀，消费习惯呀，用于作战，为什么不灵？你要好好想想，我也需要好好想想，一个看似普遍的规律上升到绝对真理，还应包括什么条件？

巫咸之宠遂衰。此次百泉会战，黄帝特意找巫咸谈话，告诫他：这次你什么都不要说，也不许你看天象，但凡我听到部队里有谣言，唯你是问。巫咸保证：我天擦黑不出门。

老聊军事，自己也当真了，以为星星挂在天上没正事，日隐夜行，就是为了指导人类打仗，巫咸给了自己俩耳刮子，入戏太深，你不是笑话谁是笑话！这时身后有人说：你看到了什么？巫咸回头，见月光下蹲着一个人，说您怎么回来了？以为您和他们在一起呢。这人站起来，脸被月光照亮，说岁数大了，不愿意凑内热闹了，熬一次夜，老一截。巫咸说黄帝没回来？炎帝说他也想走，走不了，我是假装上茅次溜回来的。炎帝说你看我们什么时候能回去呀？巫咸说我没看火星，我看木星呢。炎帝说木星是你们岁星是吧？今年怎么样阿？听黎叔说木星失次，超过应在宿位停在前一宿，你们大吉呀，入侵你们国家外军都回不去了。

巫咸说他现在管占星了？炎帝说昂，不是说你因为什么被黄帝抹了，现在就让他和重叔管占星。巫咸说黄帝怎么什么都跟您说呀，我是，出了点小差错，主要是太注重理论，实际操作经验有点欠缺。黎叔不懂，他和他哥原来都是看星星给动物下套，给星星起的名都是动物名。炎帝说嗐，瞎聊呗，我们最早给星星起名还是庄稼名呢，你譬如木星，我们叫豆星。巫咸说你们也拿豆星当岁星？炎帝说不不，我们岁星是麻星，就是你们的土星，主发大水和军事。巫咸说都一样，国之大事在发大水和军事，看星主要就看这两件事。你们……麻星还好？炎帝说一定是看着好才出来的，出来前我观察过麻星，它离开它本应在的瓜宿又折返了回来，属盈。出现这样星象，可以得到土地和女子——麻星也主女的。

巫咸说女的也很重要，仅次于发大水和军事，主生殖么。但是我们土星征兆解释和你们不一样，盈，所当国国君身体不太好，有性命之忧，国君身体好，就发大水。缩也不好，出征军队可能回不来，所当国国母身体不好，活不过今年，国母身体好，就发生地震。炎帝说合着怎么都不好，我们岁星在你们这儿怎么都不合适。你师父是谁，怎么教的你？

巫咸说真不是针对您，没师父，天命在我们这儿是不传的，因为涉及到国家兴亡和很多人命运，乱讲，碰到心眼小的真跟你急，所传非人，也会拿这个搞事情，都是自己乱猜。我原来不研究军事，也不关心发大水什么的，大面上说我这占星是我妈传的，走女的关心的内些事，主要还在生殖方面，桃花呀，猿粪呀什么的。（《骨辞正义》：猿粪，猿生小猿时胎里带的胎粪，不是人拉的内种粪便。古人用以比喻人与人之间一种特别古老且神秘的联系，这种理论主张太阳底下无新人，一切所遇皆是旧物所化熟张儿。）我就是混口饭，起小身子骨弱，怕被拉去当兵，只能耍嘴皮子。

炎帝说你们管占星叫天命阿？巫咸说您说到点儿上了，他们——内些胆儿大的人管失控部分叫命，闯了大祸担不起，或者努了半天白瞎了，再闪着自个，都赖天。主要也是人间事太没谱，自己想法太大，很多时候是赌，出发点还是一个含糊，都托付到了，实在还是不顺利也就活该了。

炎帝说你信这个么，但分人做成每一件事都是上天过了眼，应许他的？巫咸说过眼有可能，应他——得分事吧？也许有追认，坏事——明摆的凶恶不能背锅吧？炎帝说是哈，我也这么想，不能想象上天道德水平比我还低，指挥人杀人，还因此获赠牲祭，遭到荣耀，我犹不耻，况复天欤？得多糟心阿假如我是天，把我当什么了？

巫咸说您对天儿要求还挺高。炎帝说不能算高吧，这得算底线吧，天若不善，不如无天。我在天上，生活很有规律，无欲无求，我图你们什么呢？还不是希望你们底下这帮东西都硬硬朗朗的，安排好自己生活，别打架，尽量不要互相添麻烦，低调度过自己一生，万物都很低调嘛，你们给我弄这事。——你说呢，你要是天本人是不是也该是我这个想法？

巫咸嘀嘀乐：这话也就是您说，不过我也特讨厌别人打着我旗号办事。炎帝说都是假熟，我见过很多人，为卑鄙目的祷天，还真成了，这怎么算呢？不怕跟你说实话老弟，敝国每临大事，哥必设局请神，来是来了，这面儿咱还有，没给过一回痛快话，回回往宽了带你，这都不叫事！九霄之上、八荒之外走一趟，最后出来，面对现实，还得自个拿主意。

巫咸说都一样都一样。炎帝说是吧，也不是光我一人假骇。巫咸说我只能代表我自己，黄帝不知道。炎帝说他也不像很得要领。巫咸说您一天到晚净琢磨这事呢。炎帝说累。

他们聊到灯笼里灯碗烧干，火苗灭了，这才发现天际见白，脚下天窗透亮，可以看见全总顶着呼灵盖进来，指挥碎催把一只只鹿和冻成垛的鱼抬进来，码在墙角。炎帝说脚冻木了，我下去了，跟你聊天很有意思。巫咸说别跟黄帝说我望天儿了。炎帝笑，说：不说。就从全家烤入口下去了。

巫咸顺着一方方透亮天窗走，看到谁家有成堆牦牛毛就下去扯一把上来，一会儿顺了一大堆，在冰上脚踹手推，挪到自家入口，一猫腰全敛了下去，——又露头，把冰上散落丫丫毫毫改搂一净。远外，晨曦下，一长溜冰车，牛拉人推，啸啸扰扰往这边滚滚而来。

吧儿里，喾已经走了，巫姑趴在吧台上睡觉。巫咸坐在牛毛堆上，解屁股底下抽出一束，分成绺，呸呸往手心啐了两口吐沫，开始搓绳。

15

一根毛毛乍乍的新绳如长虫在地上茶蠕而行。巫咸坐在重重阴影里，腿上搭着羊毛毡，闭着眼，一辫穿一辫挿套打结，念秧儿：黎明，尾星在南天中……

已然正月了，新大庭还没过完冬至。部队发了大财，观汀峡打的鱼吃不了，各灶口出现严重浪费现象，吃鱼只吃鱼肚，很多鱼只吃一面就被倒掉，街上到处是鱼鳞和鱼刺，走道不留神就会滑一跤，有的战士还养了猫。部队下达命令禁止乱倒厨余，情况没有丝毫好转，地下空气腥的不得了，新开封的山楂酒喝着都跟鱼汤似的，岐伯担心春天会发生疫病。

暴风雪再次降临，上河湾埋的鹿还没起光，黄帝下令停止发掘，撤回部队，将掌子面封存，命名涿鹿。准备河开后全军转移到那里休整。寒水来的军属在新大庭过节，对夏师士气有很大提振作用，一方面使华师士卒思乡情绪加重。岐伯说这些日子去他们那里开丹砂硫磺白矾主诉抑郁乏力者明显增多，抑郁的都是华师，乏力的是我军。这种情况随妇女在驻地停留时间延长稍有扭转，经过几次会餐和自发联欢，基本恢复到冬至前水平，抑郁者我军四，华师六。有偏远棚区发生数次两军街坊小规模斗殴事件。颛顼组织人员深入南北城交界混居密集地带调研，得出结论：女性加入起到的黏合作用远大于离间。在多数混居区，平日因起居琐事和生活习惯时起龃龉两军人员，一个大嫂住进来，小伙子们骂骂咧咧、光膀子晃嘚儿不文明行为大量减少。有了冲突，大嫂叉腰一骂，双方都表示帖服。有女性出没棚区，内务卫生普遍得到改善，军容军貌亦得到显著可见之增强。

风后、玄嚣在各自回忆录里都曾提及，百泉会战能得到那样一个皆大欢喜结果，很多因素起作用，自然条件限制，炎黄二帝和为贵思想，真正解决士兵群众之间对抗心理，打通双方情感隔阂，靠的还是女的。战后统计，华师战斗员与我军战斗员结成姻亲，或华夏两地民间均称为“帮套”关系者几达四分之一强。相当部分战后滞留燕北华师遗散军人原因大都为在当地有了相好，或已育有后代。对寒水沿岸不同阶层、不同收入家庭人口统计，均出现与一般大战后人口锐减情形相反之相当可观逆增长。也有寒水姑娘远嫁华联诸邦且老丈母娘也跟了去在寒水造成新鳏夫独居家庭并不个别案例。民间有北姑十室九空说法。

岐伯指导巫彭巫抵兄弟成立另一个心理干预小组，也对百泉会战期间部队中女性境遇进行了访问和统计，发现生理周期普遍提前。战前——自古以来，太阳运行到奎宿，南方天中黄昏见井宿，黎明见斗宿季节，才是发情季，今时太阳尚在室宿，黄昏见参星，几乎所有适龄妇女都承认叫过春。

岐伯老师认为是应激反应，因为地下温暖，伙食营养比较丰富，冬眠虫子亦较早惊蛰。实际情况是一等深刻演进，越往后看得越清楚，人类由此脱颖而出，进入永日动情世代，史称无穷动。男的无穷动发生要早一点，没有可靠历史记载，一般认为在树上就具备了，因为得不到合法交配机会，在那万古如长夜母系社会，一有邂逅就蹭一发，所以考查人类发情史之扬挫，样本一般不包括男性。对人类发展持激进立场，认为文化决定性情亦称文化决定论的李鼻先生经常举例此一事件自我支持。持缓进立场，认为性情决定文化伯益先生亦每拿同一事件举例持论相左，认为其中并无嬗变，女性与男性动情机制初始设定并无不同，这一次只是唤醒。认为女性道德上优于男性或男性判断上优于女性都属等类荒唐。

巫咸在他绳文著作《北大荒往事》中记载：没有风雪的夜晚，他上冰倒垃圾，经常遇到炎帝一个人在呢儿蹲着，有时在劲儿上，有时正在下劲儿。在劲儿上的时候，炎帝跟他说你要以为我否定天人关系，认为人只是偶发突变生物你就错了。巫咸说没以为呀。炎帝说那你什么态度？巫咸说没态度，听您的。炎帝指着天上说祂现在就跟我通着，住在我里面，我此刻说的话都是祂要我说的，是祂的话，请你记录。

巫咸说诶，仰脖张望：先恭喜您了，乃颗星阿？炎帝说这一切都是有目的滴……跟着忒儿——耷拉下脑逮，不暖声了。巫咸等了半天，冻得够呛，接下茬儿：什么目的阿？

炎帝翻着白眼看巫咸，说你是谁？巫咸说我是阿咸。炎帝说以后我在里面你不要跟我说话，正交关处让你给喊出来了。巫咸说你半天没说话。炎帝说我刚才说什么了？巫咸说一切都是有目的。炎帝说这句话太重要了，我这辈子就在等这句话，无辜的人死得太多，如果没这句话，我就不知道这一切都是为什么了。巫咸说我也等着想问目的是什么呢。

二回，炎帝说……我就是目的！说完自己出来了，问巫咸我说什么了？巫咸说你就是目的。炎帝流下眼泪，说想起来了，这个话讲了不知多少遍，现在你可以作证，确实有这句话，可是我不能信哪，恁么大一个世界，为我存在，凭什么呀？我没有办法，世界也没因我变好，也没因我变坏，哥哥寄身此世数十载，对这个世界简直可以说是无力。巫咸说内句话意思也许是说，世界只是你环顾中一幅图景。炎帝说我也想到了，可是一想到我就在这图景中，哥哥就分裂了。

巫咸说也许这个我指的不是你，只是借你口而言。炎帝说是说我呢，我心明镜，祂在我里面，我就是祂，你懂吗？

这是上劲儿的时候，下劲儿的时候，炎帝就像一株吹秃了枝老树，说我就是一坏人，我犯下所有被称为罪的事，没干过也想过，如今也时时刻刻在心里对内些罪动着积极追求的念，世界若因我而存在，意义在哪儿呢？是彰显恶么？

巫咸说你还是有优点的。炎帝说你是说好心眼么？巫咸说真的，你还是挺善的。炎帝说这话说得也太滥了，讲这个话的人根本不知道何为善。巫咸说也不是不知道，只是标准低了点。炎帝说低就不是！巫咸说你太绝对了。炎帝说不是我绝对，世界本来就应是那样子，人阿！我说清白，指的是纯白，而不是掺了灰的苍白。巫咸说能不想世界么，管好自己得了。炎帝说人！我看你也管不好自己，石头能结甜果么？河水能变香油么？掉下悬崖的人，能靠自己蹬腿上来么？

这时巫姑上来找黑处解手，听到炎帝在那儿嚷嚷，吓得紧在那儿，不会迈步了。炎帝说我刚才说到哪儿了？巫咸说能靠蹬腿上来么？炎帝说我就是一傻缺，自己还在坑里，我所说的都是被命令说的，其实我跟你一样无知。巫咸说懂。

巫咸下来，巫姑埋怨他：你跟炎帝吵什么呀？巫咸说不是吵，你特么的不懂。魄最近经常也在巫吧呆得挺晚，跟大伙混得挺熟，说他现在号上你了？巫咸说也没有，就是碰上瞎聊两句。魄说你可小心，黄帝都让他聊劈了。巫咸说他原来这样么？魄说原来不这样，就是最近，也不知怎么了，突然这样了。喾说你是不是得负点责阿？魄说这事跟我一点关系没有。巫姑说灵界的事比较难拿，来的灵太杂，跟我递话，一般不熟的我都不太敢接。合同说怎么分辨内些灵阿，乃些是好的乃个不好？巫姑说教人行善是好的。

媿说教人行善也太多了。訾说没法分辨，全在自己，看他戳中你乃点了。简说相对而言，我更被感动的是什么也不说，带你巡航宇宙的，真相不是说的。媿说我也是我也是。

舟毛毛说我怎么从来都进不了你们说的灵界阿？简说你太闹，你找一没人地儿，自己静下来，多呆一会儿，耳朵里就有人说话了。舟毛毛说我一静下来，耳朵里都是你说话。简说你少废话。

有时全家烤打烊，全总和黄帝也过来坐会儿，巫咸这儿成全城下劲儿地方了。黄帝跟巫咸说：你不用担心老揄罔，他，老战士了，现阶段主要是跟自己较劲，到岁数了。

巫咸说我能说什么呀，我就是听。媿说你过这阶段了。黄帝说我也没过，我没开始呢。媿说你等什么呢？黄帝说我也不知我等什么呢。媿说这不像你呀。黄帝说不能随地随刻把自己完全敞开，这是我不如炎帝的地方。舟毛说我觉得他变软弱了。简说你是傻帽，所以你坚强，坚强同义词是狞顽。舟毛说这事不带傻帽玩是吗？媿说傻帽全走别的地方了。

炎帝说我能去你呢儿睡会儿么？祂追逐我，我回去完全不能睡。巫咸说我呢儿……行，我呢儿白天没人。

炎帝跟巫咸下到巫吧地窖，巫咸给他铺了块毡子，扔了件皮袄，上来准备编会儿绳子。炎帝又上来了，说不行，追这儿来了。巫咸说要不你就从了。炎帝说你也觉得我应该从？巫咸说我什么也不觉得，你自己决定，我不能劝你这个。

炎帝说你帮我记几句话，我怕我忘了，存在就是称颂……一低头，睡了。

下午醒来，一脸悲哀，说啥也没发生。巫咸也才醒，说昂？内什么，你希望发生什么？炎帝说我还是我，一点超能力没增加。巫咸说您想干嘛，飞起来？炎帝说讲出来你也许不信，我已经能离地一指了。巫咸说嗯，你再等等。

晚上跟黄帝说我怎么觉得他有点岔道阿。黄帝说有点岔。媿可爱一歪头：请问台上，怎么分辨谁岔了呀。简拍拍她脸说：我可以告诉你，开始练神通——神通全是练皮囊。

内些天，天一直阴着，没有云也不透光，像一块搁脏的毯子。巫咸开始还憋着一早一晚上冰观象，既不见晨星也不见暮星，后来自个生物钟也乱了，睡下是晚上，醒来还是晚巴晌，日子没昏晓，多少天都跟一宿似的，所有局散不了，就是各种换地儿。巫吧这帮人估摸着到早晨了，就去全家烤吃早点，到呢儿人家已经在开午餐，就叫炙鹿肉和烤鱼，也没吃多少，就东拧西斜了，互相问待会儿去哪儿阿？

黄帝说没地儿去，去我呢儿吧。黄帝住的地方大，颛顼专门请共工设计，红砖铺地在全家烤接壁儿支了所大院子，分配给炎黄二帝、华师国主、夏师师以上的儿哥及其眷属居住。地下潮湿，主要解决泥和反味儿问题，风湿骨痛是最近流行症，家家通顶冰天窗，采光也好。还在全家烤之间铺了条专用通道，走过去吃叫回来吃都方便。共工把最后一辆砲车改成餐车，两头安上绞盘，需要传菜时，两组碎催推磨，锅子在厨房点上，传到帝或乃位的儿哥屋里正好开锅。

一帮人站起来，乌泱泱去了黄帝呢儿。嫘母和婚夫人也有个局，都是的儿姐，也是昏天黑地，不知慎了多少天，能全睁开眼的不多，大都窝地上着了。婚夫人拿草棍支着眼皮，看着就丧。嫘母描直坐着，摊手耷拉着脑袋，跟死了似的。

黄帝领着一帮人进来，屋里人都活了，两局合一局，互相偎着。

婚夫人跟黄帝说这局必须有新人。巫咸问嫘母炎帝干嘛呢？嫘母说刚来坐了半天，给大家聊困了，又走了。巫咸说我去看看他。嫘母说你去，他家出这门往左隔两个门。

巫咸出门，数了俩门，推开一门，里边是国主局，炭火烧得倍儿旺，一帮老爷们光着膀子浑身滴油望着他。巫咸说对不起走错门了。下台阶拿眼找到黄帝家门，数了两个门，一推门，还是一帮老爷们。巫咸脑逮方了，心话怎么回事阿？量着步走回黄帝家门，再挨扇推门，一扇推不开，一扇推开里面是玄嚣，坐铺上靠着一堆熊皮望着他。巫咸说骚瑞。带上门来到第三扇门前，上台阶一推，还是内帮老爷们。风丑晃上来说你怎么回事阿，老推我们门，又不进来，都蹿进风了。巫咸说我找炎帝。风丑说不在！把门摔上。巫咸心话我特么就乱来了，随便朝一门一撞，炎帝迎着他说：时间可能不需要一个开端。巫咸说昂？炎帝说法则都有边界，杀人和淫乱内个罪更大？巫咸说呃……炎帝揪住巫咸狂摇，喊：什么是至善阿？这时就听咔一声，像是什么巨大事物裂了。

16

内天夜里，新大庭醒着的人都听到一声巨响，来自头顶，具体什么方位不大清楚。睡的人也都冷孤丁醒了，只觉静得震耳，肝有余悸，犯会儿懵，扑撸扑撸身子底下又睡了。

白天一天没人抬头，临到灯晚，全城举火，点火碎催一抬头，瞅见头顶冰窗从这头到内头切出一道大裂，跟坛子底炸了似的，站底下舔鼻感受，没风。碎催也没暖暖，踮脚点燃下一个路灯碗。走一路，冰裂迤逦歪斜跟了一路，擎不住老抬头，碰到下一个碎催，也磕头虫似的走道，俩人凑一块堆望天，过路的也跟着望天，很快一街筒子人人仰脸。颛顼正蹲屋里低头想事，娩仰着脸进来，说你瞧见冰缝儿了么?

这天晚上冰上刮风，风声好像比平常真灼了点。灯碗火苗还是直的，大家都觉得寒气嗖后脖颈子，脚下有明显空气流动，能闻到混靡着土腥雪味儿。各部门派人上冰走了走，在外头倒瞧不见冰缝，原地起跳双脚夯地连蹬带踹，冰面很缸实，底下反映没掉下什么来。上去的人下来说看见月亮了。

夜里风大起，嗷嗷的，出来玩的女的都围着毛领，大家说这有点像过冬至了。早早钻被窝的颛顼夜里忽然醒了，内心受到震动，他才做了个悬崖坠落梦，以为是那坠落引起的心悸，埋脸再睡，听到咔一声，立才想起就是被这声巨响撼醒。男男女女从屋里跑出来，光腿披大袄，黄帝高举火把观察晦暗天窗，厚厚冰层内中像长出一株老树，干枝奔逸。

夜里，冰一直咔咔响，颛顼躺铺上看天一点点破晓，内株老树生长，分丫，变幻蛛网。再也绷持不住，蹿起跑出屋。

黄帝巫咸一帮人刚从冰上下来，巫咸跟颛顼说看见斗宿了，此刻在南方天中，应该是二月不知内天了。

第一滴水是从全家烤灶间滴下来，内口锅昼夜翻滚卤煮牛肚黄喉肥肠，是凡下水都往里搁，老汤可以追溯到寒水码头南客最初内口羊汤。是全家烤工作餐，碎催拿它叮时候，亦深受穷苦战士欢迎。部队还是有苦乐不均现象，编制打乱后，有各种原因可能是太二或太精受排挤战士流落街头，口腹不继，捧着瓦钵上各家买卖打汤，各家买卖也都有舍汤窗口，卤煮排队比较长，在混得比较背的人里有口碑。老汤渺渺不绝热气嘘得冰窗一层白腻，皆是羊尾油，也净拉着黏儿往锅里滴，密的时候跟涨奶似的。厨子不以为意，都是一锅出的。还是食客发现汤稀了，喝出生水味儿，还拣出草棍，再抬头，见天了，冰窗化了多半匝，出了窟窿，跟出汗似的结满水珠，滴滴答答成线儿往下掉。

第一道阳光打在红砖地像谁扔了一地橘子瓣，嫘母还真弯腰拣了一下，手指头戳得生疼，抬头金针入眼，喊了声哟喝！出老阳了。

颛顼站在冰上搭眉望日，说太阳在奎宿，可不二月了么。黎叔说你瞧见没，脚印，狼下山了。库擦！前方一块冰塌了，地下一片狂喊：哎哟诶！黎叔说我去瞅瞅，拍着谁了。扭着结实翘臀匍匐爬到窟窿跟前一探，简在底下仰着红扑扑小脸奔上瞅。黎叔喊拍着没有啊？简喊溅一身，刚上的锅子。

没到中午，全家烤塌了，接着烤肉一条街塌了。幸亏人闪得及时，没捂着人，只剩下一间间堆满冰碴儿木版隔断，拍得哪儿哪儿都是的肉片、整鱼和陶鬲石锅。没人下命令，部队踩着碎冰茬儿汹涌往上跑，人人杀着老皮袄，抱着瓦钵陶罐，凄惶望着依旧是白茫茫一片冰雪大地，围着颛顼问我们住哪儿阿？颛顼转着圈看四周山：山上也不能去，雪化了是山洪，要防止发大水，要扎筏子。共工说现采木，让全军上筏子不现实。黎叔说你们考虑过雪不会一下子全化了这个问题没有？巫咸说还是要看气温，太阳不要再热了。撸袖子伸出光胳臂，立刻起了一层鸡皮疙瘩，缩回袖筒说还行。

午后，太阳没了，地面刮起小风，化成烂泥的雪又凝成冰坨子。大家缩脖子跺脚说今天晚上应该能过得去。共工的工兵拿木槌把已成玻璃的薄冰都敲下去，新大庭成了一条条坑道，黄帝站在露天红砖地上跺着脚说敞亮。坑道里重新生起火堆，当兵的都跳回自己熟悉街道，很多人后悔走的时候把窝拆了。山戬风丑来找颛顼问这雪什么时候能化？颛顼说你们想走了？山戬说我们非常后悔来这儿。颛顼说我建议你们最好再等几天，见着绿再走，春天二月雪也是很冰脚的。

黎叔说你们想过走海路回国么，你们工兵嫩么强。山戬说海上好走么？黎叔说至少不必考虑春汛把部队冲散问题。

山戬说河——不也最后都入海吗？黎叔说可是海并不会因此增容，你们可以免去见一条河造回船，在河与河之间扛着船行军麻烦，你们不是很多人原来是渔民么？山戬说我们呢儿离海还有小段距离。风丑说咱们是困在这儿了是吗？

颛顼说只需要再等一个春天，夏天路上比较干燥，可以考虑再发明一个节叫春节。风丑说别！我现在一听节就恶心。

其后几天，天一直阴着，气温上升，土鳖老鼠都从土里钻出来，在坑道里乱爬乱咬。白天夜里山里轰隆隆响，北风吹来雪花飘着飘着就成飒飒雨点。海坨之巅积雪一夜融尽，峭岩绝壁瀑挂如炸。远外河上杂树林子绿烟笼绕，一丛丛灌木开出蜡蜡黄花。桑干、修水上游大水托举着浮冰漫漫磊磊下来，在观汀峡形成夺目冰坝，瞬间垮坝，妫水泛滥于两岸。

部队被分割在百泉之野几个围堰，连日抗洪。黄帝炎帝都跳进水里与战士手挽手组成人墙抗击一波波来袭洪水，脖子上一冬所攒老皴都被洗净。颛顼左挽风丑右挽山戬被浪冲得站不住脚，扯住这个倒下内个，脊拧骨还有简和魄轮番撞上来，感觉胳贝已脱环。风丑在风雨中高喊里外水一样平了，这样的人墙还有意义么？颛顼喊不是挡水，是防被冲走。简和身后巫咸吵：你老咬我干嘛？左挽嫘母右挽婚夫人的巫咸吐出口中水喊：又不是故意的。魄喊：请收起你獠牙！

部队像秧苗一样栽在水里，露着嘴，一行行，一排排，泡了两天。随着水一点点渗下去，人们这才发现自己赤裸裸，腿一软坐泥里，一点改姿势劲儿都没了。百泉遍野一片枕藉，随同树枝砾石留在泥里的还有鸟兽乌黑胀鼓尸体。

17

桃花灼灼，玄鸟衔泥。田鼠变为鹌鹑，鹰变为布谷。黎明时牛宿在南方天中，白天太阳在胃宿。共工日夜奔波在群山里，为部队寻找燧石。经过开春洪水漫灌，部队装备尽皆损失，亟待重新武装。这一带山体裸露岩层多为火山凝灰岩和角砾岩，石质疏松，不适于打磨石器，共工十指抠崖取岩已鲜血淋漓。他钻出女贞核桃杂木林子，向阳山坡开满杏红雪青杜鹃，像花溪流。天上啾啾禽鸣，飞过一队队北归候鸟。有些雁肚腹画着黑圈和白杠——那是雁报，神农诸邦独有通信方式，一种古老的二进制密码，据说是圣女娲发明，不知她要和谁联络，原理是依据鸟书字母，对应不同数量和颜色圈杠组合进行拼音，跟八卦卦象有点像，据说因此启发了伏羲不知真假。具体操作张网捕捉整队大雁，将每只雁肚画上白圈或黑杠，顺序不能乱，然后放飞，一句短语要一行雁才能说清楚。接受信息方也非常累眼，要努力望天，连猜带蒙，中间一只雁掉队，意思经常满拧，故只能在春秋两季北雁南归和南雁北回时使用，且系单向通报，回信只能等来年。神农诸邦掌握此遥感技术应承自燧人。譬如九只雁飞过，三只白圈，三只黑杠，三只白圈；意思是救命。

共工立在风声如灌山顶，仰望雁群，喃喃流下眼泪。他不属通信部门，密码不熟，只拼出蚩、帝、蒙大几个字。

百泉之野，部队呈散兵线分散在糜烂如渊油绿中，溺水一般久久沉沦。近看都在低头拣砖，扒拉浅埋土中石斧木殳。

舟毛毛带领他内什弟兄赤膊背绳从淤泥里往外拖一根滚满蚯蚓长木料——可能是一根砲梢；嘴里喊着号子：弟兄们加把劲儿诶，哎嗨嗨哟诶！正在河滩灌丛晾晒狐裘熊皮拿小棍掸土的媿搭眉望天良久，忽然奔向温泉沟北几座茅寮。

两军高干会议正在温泉沟草坡召开，离朱抱着一只伤了膀子大雁在做汇报：综合几天观察所得雁报，南方来了一支庞大独木舟舰队，由云梦泽经淮河入泗水登陆大庭。这舰队扛把子是九黧国主蚩尤，随行还有其他南方诸侯。他们入城后不顾全体神女抗议，在北方诸侯缺席情形下，于神农坛非法举行蒙大裸暨选帝侯大会。由楚巫少司命降东皇太一，口传神谕，废黜揄罔，加冕蚩尤为神农邦联九世炎帝。最新一份雁报显示，僭帝蚩尤已对炎黄二帝下达讨伐令云云。

黄帝面孔很严峻，前日，洪水退去返回寒水的嫘母派来长跑通信员，亦告之不祥消息，津塘湾十五大潮，有大批独木舟抢滩，下来一支黑人部队。这支部队赤足穿草裙，操外语，配备竹矛吹管，四肢细若柴棍，奔跑敏如羚羊，有极强长途越野能力，可以不吃不喝竟日小跑。我驻津塘湾女子守备队向其喊话，打哑语询问你部番号所来目的，未得回应，即遭吹管射击麻醉，全体瘫软被俘。目前该部正沿㶟水蹑足而上，已逾通舟角。我寒水军民正紧急闭户坚壁，撤往香山。

黄帝说可以判断这是一支来自热带界刚到达本大陆的移民部队。听老人说，当年她们离开热带界时，村子里一户邻居就没走酥利士地峡，剖木为舟在节八提海隘下海，沿阿乐百海岸向东航行，这么几万年过去，也应该到了，人口发展成一支部队也不奇怪。目前尚难判断这些人是独立行动还是已归蚩尤，是蚩尤整个行动一部分，乃样都不是好消息。

山戳说我听说过这些人，我们呢儿老人也老说，共工没在吧，他最清楚，再早——神农之前，魁隗世系第一位炎帝女蓬就是从海上来的，带来恩卡神、火和造船术。共工就是这位女蓬嫡传后人。魁隗氏炎帝前六位都是女帝，到末帝，——共工老祖帝魁时代，潮流变了，才不得已推出男帝，但是晚了，因为我们到了。黄帝说你们是哪儿的？山戳说不好意思，我们也是你们热带邻居从节八提下海这户人家甩的籽儿，都是男生。当年内帮女的不带我们玩，生下男娃就抛弃在沿岸次大陆和各种半岛海湾，我们是被抛弃在北部湾内组，从呢儿进入内河，沿东流水系西江湘江什么的，划树干进入云梦泽，再沿蚩尤进军同样路线到达大庭，见到老乡——内帮女的，一个都不认识了，什么这个那个，别来这套！在我们这儿一律没面儿，对我们太不好了！我们不理她们，我们种稻子，她们问我们是哪儿的，我们说我们就是这儿的，我们叫神农。

黄帝说蚩尤也是这里的？山戳说蚩尤跟我们一头，都是遭嫌弃男生，跟我们一起在北部湾登陆，到云梦泽分的手。老蚩尤就留呢儿发展了。我们家继续往上走——我说的这可是几千上万年的事，没人想走，只是不知道自己在哪儿，每天看星星，星星老在同一个地方，地上可差出天南地北了，自个也糊里糊涂，以为就在跟前转转，怎么就转到北边来了。

黄帝说那不对呀，你们这都到多长时间了，怎么还有刚到的？山戳说我听蚩尤说阿，去年我们邦庆他不是也来了，哦不是去年，是早年，我们这位炎帝台上受命，欢送七世炎帝立克——蚩尤不是来了么？他说这几千年，又从老热带界出来人了，听说内边大旱，红海见底，又好几户出来了，到这儿成部队了。蚩尤前些年净南征，堵在西江口收编内些新到部队，不从就驱离，把好些人逼进十万大山，跑到云之南还追赶人家，听说都给撵世界屋脊上了，不让人出来，弄得人至今还在屋脊放羊，他势力倒大了，人口暴增，也就这几年，过去他不行，也许津塘湾登陆的就是他新收编部队。

黄帝说蚩尤这个人很离谱。问炎帝你老什么意见？炎帝说多少人默默生活在世界角落，怎能说是你功劳？黄帝说呃……炎帝又说创造了这一切为何还要勒索这微不足道的感激？黄帝说他没在这儿。问颛顼：部队恢复得怎么样？

颛顼说人是都歇过来了，装备还不凑手，目前主要是石斧缺乏，伐树困难，只能撅树杈，此地河滩卵石多为鹌鹑蛋大小，适合投掷，我准备多做弹弓。黄帝说来不及了，也不要分内个部队了，命令有武器战士集中，重新编伍，沿㶟水向东布防。另外派出一支队伍，向南警戒侦搜，此次蚩尤北来不会只走海路，陆路也应该有部队。其他徒手人员立即撤往涿鹿，取土烧砖，争取出一个月圆时间我们就主动。

两军高干会议第一次以炎黄部队名义发出指示：停止休整，进入一级战备，所有人员按手中武器斧、棍、弹弓类别向赤溷、力牧报到。徒手者向风丑报到，按拳脚功夫立队。

经过一夜整编，新组建炎黄一师斧棍旅在赤溷力牧率领下涉过妫水，前出观汀峡河口。合同毛毛率领弹弓营也相继出发，向延怀盆地以南疾进。余众彻夜焚庐转进涿鹿。

黄帝指示指挥部分为两组，颛顼率大部人员转移，他和炎帝率精干人员暂留温泉沟不动，靠前指挥。颛顼请求自己留下，黄帝对他说生产砖也很重要，事关全军存亡，必须你去我才放心。颛顼留下新编拳击师散打营担任警卫，乃去。

黄帝高举双手慢慢浸入温泉，说还是要做两手准备，如果蚩尤现在到，咱们只能这样了——这水也不热呀。巫咸说也就比体温稍高一点，泡一会儿就觉得瘆人。炎帝说蚩尤就是个傻子，比我岁数都大，还弄这些事。黄帝说你老醒了？

炎帝说我一直醒着，你们说我都听着呢，你知我想什么？黄帝说不知道。炎帝说万物互相较劲。黄帝说还是没在这儿。举起两个水淋淋的拳头，对泡在水坑另一头山戳说：还是要准备谈。山戳蹲着划过来，说什么？黄帝说蚩尤大约母是一什么人，据你了解。山戳说其实我跟他也不是很熟。

黄帝说好交么这人？山戳说也是见什么人说什么话。黄帝说那可聊阿，听人劝么？山戳说也是越劝越来劲内种，挺爱吹的。黄帝说乃方面呢，才艺、慷慨、耿直、女朋友多？

山戳说精神优越，比较爱用的词儿是洁净。黄帝哦，那比较可怕。炎帝说爱泛泛的人，不爱具体人。黄帝说那不跟你一样么？炎帝说我是爱具体人，严重质疑泛泛的人。

黄帝说你们都算极端分子。炎帝说我跟他是两个极端吧，他自认离神最近，经常拉神为他站台，我自认败坏不配，从不敢妄称神的名。黄帝说你这么说时脸上充满优越。炎帝垂下眼皮说我有，兄弟，你批评的对，我这么说的时候心里充满谦卑，我——只有我才能把自我否定做的这么彻底。黄帝说这是我听过最傲骄的话了。炎帝说我的心因负罪而忧伤。

黄帝说你也是假随和。山戳说不是坏人，就是有点放任原始脑——我说蚩尤老师——容易生气，把爱发火当正直了。

黄帝说那不好办了，原始脑支配的人眼中有血丝，心中有吼狮，搞不好会恨咱们。我认识几个原始脑，占尽天下便宜恨所有人。山戳说不好搞，蚩尤老师难搞。

18

斧棍旅赶到观汀峡，正在列队布阵，就见山口奔来一伙嘞忒难民，一个满脸干泥，胳膊腿、腰蹭的都是血道子显见是爬过树大娘双手抓住力牧激动数叨：太可怕了，什么没听见人就摸上来了。上树不用手直接跑上去你能想见么？

力牧说大娘，冷静，你说的是谁们？大娘说力，你不认识姐了，我是嫘阿。力牧说哟，姐，真没看出来，您怎这样了叫谁挠过似的。嫘母说树枝子刷的，姐爬到树梢尖上还是叫人扽下来了，手太长、太快。旁边一大娘说没法弄，你们这么布阵不行，都码在路当间，他们会突然出现在你们后尾儿。力牧给赤溷介绍：我二姐，婚夫人。赤溷说你们都被捕了？嫘母说跑——跑不过人家，上树没人麻利儿，这都哪儿来的人阿，浑身充满混茫之力。赤溷说但是你们都脱险了。

嫘母说我们说我们就是老百姓，岁数挺大的，身上就这点吃的，都给你们。赤溷说他们笑纳了？嫘母说都是孩子，饿坏了，见着吃的高兴，对老人也有礼貌，见我下树费劲，还托我呢。力牧说那怎么布阵阿？婚夫人说你们逮阴着都，别叫人瞧见，他们是一个个摸过来，你们可以过来一个摁一个，一定要准备网，兜住他们。赤溷说粘行吗？婚夫人说粘，他们带竿儿跑了。力牧喊：两人一组，散开，注意隐蔽。搀着嫘母：来来，姐，咱们也往边上站站，部队要打仗，你们是在这儿观战呢，还是后撤？嫘母说我们就不观了，后边还有咱们人么？力牧说帝他们都在呢，没你们消息，正捉急呢。

赤洄说嘘，来了。拉着大家就地卧倒，趴在草里观察。一个黑孩子手持竹矛，小跑上来，崖上树棵子求偶斑鸠都没惊动，依旧咕咕叫。一战士扑向黑孩，抢于地，黑孩惊骇加速，埋伏战士交相跃起，叠于地，人堆中翘出一只粉脚丫。

力牧的兵带着嫘母婚夫人和一串捆绑小黑孩——部队后来又连续摁倒几个——来到温泉沟。女人们被安排洗温泉，孩子们也被推入一个积水窑坑，只能惦着脚尖站在水里，这样他们就不能利索地逃跑。黄帝试着问孩子几个问题，孩子回答一句听不懂。山戬说我懂点古热带语，我试试。蹲坑边跟孩子们交谈了会儿，对黄帝说大部分还是羊同羊驼讲，几个词我以为是懂了，空阿是战士，首领叫登贝莱，热叫黑特。黄帝说这能说明什么问题？山戬说说明他们确实是热带来的，头儿叫登贝莱。黄帝说哦，问孩子还记得你们是从热带哪儿来的么？孩子们直着眼看黄帝，嘴里乱嚷：毛娜娜毛娜娜。山戬说我猜这个词是，——海。孩子喊大拿坑大拿坑。

黄帝说啥意思？山戬说可能是个码头。黄帝说明白了。

向南侦搜弹弓营也传回消息，他们在延怀盆地遇到几个捕雁人，发现他们既向我军发送雁报，也向蚩尤部队发报，就擒拿了他们。经审问得知他们原是大庭市民，被蚩尤抓丁，作了他的先导和搜索兵。这些人告知职等，蚩尤亲率大军北来，他的部队人数众多，差不多南方人都来了，都挺黑的，拖家带口抱着孩子，行军走烂草鞋可使江河断流，宿营遗留便溺可使荒甸沦为沼泽，目前刮南风已能嗅到蚩尤部队尿味。职等就地隐蔽连日瞭望，目力所及可见敌之一部积极活动，当面之敌目前已判明番号计有邗沟龙虬庄营、之江马家浜营和巢泽薛家岗营。此三营为蚩尤部前锋，所部鸟毛旗分别为银鸥、绿翅鸭和苍鹭。部队装备多为石镰竹矛，主官配弹弓，主要任务是为大部队割草开路，逢水搭桥——他们的竹矛用葛条捆在一起就是竹排。目前正在徐水放排。

其后几天，山壑背阴处草木也都暴了骨朵。东南两个方向传来更多令人不安消息，沿灅水西进登贝莱部队与斧棍旅发生多次严重互殴，战斗越来越血腥，战士被开瓢，武器秃折，敌人最后一次进攻是靠牙齿、背挎和下绊才守住阵地。

吹落桃花的东南风带着尿味儿。渡过妫水前去与蚩尤会谈的山戳一去没了消息。合同报告蚩尤营中连日都在烹人。

夜里山上有人摸下来，散打营哨兵尖叫报警，黄帝都拎着棍子出来了，才发现高举双手跪在地上的人是共工和夸克。

好消息是涿鹿方向升起青烟，晴日看得更清楚，西天低低压着一片雾霾。斧棍旅溃退下来内天，天像发面碱使大了内色儿，空中飘来几个雨点，掉在膀子上都是泥点。力牧满头是血，拿桑叶捂着，手里攥着把河卵石。黄帝说怎么就这么几个人了？力牧说撤不下来惹，半夜黑瞎摸上来的，我一睁眼胸口坐着俩人，一个摁腿一个使劲撕我衣裳。黄帝说什么情况？力牧说撕我衣裳是为掐我脖子，我穿着厚衣裳呢。

炎帝问赤涸呢？力牧说可能跳河了，我脱身奔跑时看见河滩上赤涸带着几个壮士抡王八拳做最后搏斗，褂子全扯了。

登贝莱部队占领了百泉。二帝率部上了三海坨，转进松山，经长安岭、茨儿山、水口山至修水右岸与大部队会合。

时，颛顼设于桑修三角洲上十数口窑日夜生火，集结在修水两岸部队已能做到人手一砖。木匠师傅从泥里淘澄出来五根砲梢和一些零散木料，现砍榫现钻卯支了个横木架，并排码上去，拼成一门多梢砲，架在河滩上，每日向河中试射，迭次增加投掷量，已由一次齐射三十块砖，增至二百块。同时演练单梢、双梢连续发射。吊拽砲手也由五十人增至二百五十人。二帝还在山里转进时，进占百泉登贝莱部队曾试探进攻涿鹿，一门砲，三口热窑供砖，七百战士轮转，无缝儿连续发射半日，把河滩都打红了，登贝莱部队遭击退。

二帝下山来到军中，参观了这门英雄砲，特赐名：砲王。砲长离朱向二帝报告：砲王之梢因发射次数过密，都桥了。

黄帝说你现在负责砲了，好好，要把最强的干部拿出来，放到关键位置。指示他：那就尽快更换，今后战斗会更激烈，要多准备砲梢，伐树问题解决了没有？离朱报告：还是比较困难，战士爱护武器，舍不得用斧，我们把全军龅牙和有虎牙战士集中起来，对树进行围啃，效果不好，正准备大规模捕捉河狸。黄帝说能来得及么？我记得你们特长组有几个懂象语的。离朱说报告台上，象已经没了。黄帝说熊语者呢？离朱说因为老坑熊，也已完全失去了熊信任。黄帝说风、风、风是人类好朋友。离朱说昂？黄帝对共工说你，准备绳子，进山，把风吹倒红枫黄栌拖一些下来。共工说是！

炎帝说河中漂木也应组织人员进行打捞，晾干晒透做砲架子未必没有可用之材。共工说是！黄帝对颛顼说这一仗打出了信心，再多两门这样砲，蚩尤不足惧。

在随后举行的作战会议上，二帝决心重新调整部队编成。因操砲是重体力劳动，且需高度协同性和一致性，用战士话说“跟抬山似的”。一门多梢砲有效运转需千人之力，七百人举重上吊，视窑口远近至少三百人形成人链搬砖。在此前战斗中已发生调不动，喊不听，砲手苦乐不均，多人擅自松手歇腰，致战斗部失重砸死装填员重大事故。必须统一指挥，强化日常训练。遂决定以三门砲之预期组建三个砲师，任命离朱为砲一师长，共工为砲二师长，訾为砲三师长。除保留三个已编成步兵师，凡参加烧窑者全部补入砲师，在新砲未列装前，继续烧窑，整备砲阵地。会上听取了离朱建议，将砲阵地设在修水右岸台地，这里是桑干、修水、灅水三河之流交汇点，我军重要窑口取土地。离朱为与会者讲解了抛射砲射击原理，砲位越高，控制范围越广大，砲架在这里，可扼控三河，对东南两方向来敌同时遂行轰击。

起初，砲砖所需渣土多采自河沙。桑干上游河段流经山西北部干旱黄土高原，夹带大量泥沙冲刷而下，在涿鹿三河汇流处淤沙成洲。这也是窑口初设于此之所以，土质疏松，撮取方便，这在石器时代很重要，部队刚到这里建窑时只有树杈和双手。河沙烧制红砖在战斗中集组发射多为空爆弹，很有气势，能在广大空间造成区域沙尘暴现象，使来犯之敌灰头土脸，不辨方向，大量吸入粉尘，战斗队形散乱，意志受挫，但毁伤力不够，这也是登贝莱部队多次进犯迭遭砲击始终未发生战斗减员之所以。最近一次进攻该部竟然裹着纱巾（可能是在寒水搜刮我家庭妇女用品）蒙着脸来了，前队数十人冲过尘暴区，跃至观战二帝跟前，全掉进坑里——内是挖沙形成窑坑，齐胸深绿水，上面一层蛤蟆骨朵——投矛举手，才被允许净身上岸，捆得好好的，又被推回坑里关押。

战后讲评，黄帝说这样不行，不能每次打仗都站坑后映儿，要想办法，提高砖黏合度，做到一击致残。离朱踏遍修水之丘，在薛萝蔓生台地找到红土胶泥，试烧出窑，集组射出，落在地上都是半拉砖头——成功！开采比挖河累点，需要先拔草，用树棍捣土，培渠，担水，让胶泥吃透水，跟干农活差球不多。华师很多战士农闲在家干建筑，给丈母娘家盖房子，制陶什么的，是老窑工，此次补入砲师人员较多。在河洲挖沙已经很苦，滚得跟泥猴儿似的每天，现在又上台地担水，牢骚甚多：在家当农民，到部队还当农民，在家都不抗旱，上这儿抗旱来了。跟在家对部队的想象出入逼较大。

经过疏浚桑干河水平如抹，成群黑鲢游进窑坑逡巡不去，入夜可闻鱼跃水，卜碌呖秃不已。蚩尤部进至灵山－东灵山一线，右翼河姆渡旅放排瀍水，与登贝莱部夹岸呼应，对战场东南达成封闭。山戬率代表团从蚩尤军中归来，赤涸坐实已经投敌，剃了娃娃头，光膀子穿草裙，眉心点个红痣，脖挂鱼肠线穿骨牙项链，中坠九黧图腾——以孔雀开屏展开想象敲打錾制九头鸟铜片——出现在蚩尤欢迎山戬水席上，和他们一起喝鱼汤，称蚩尤台上，管山戬叫老哥。山戬一下都没认出他来，没搭理他，对蚩尤说叔，你这事儿办得不地道阿，朋友正在蹲坑，你从后边抄砖炸坑。

蚩尤说你瞧，我就知道你会误会叔，你也是带兵的人，你去瞧瞧叔内部队，像部队么？手里拿的都是饭碗，胳膊细得跟柴火似的，撅巴撅巴都能拢火，叔要前来与你们争战能是这副德性么？此时正是日中，旷野中人头汹汹，雉飞鹊惊，狐兔伏窜，遍地都是采浆果撸树叶、上树掏鸟蛋、下塘摸螺蛳、打洞挖鼠粮裸体男女。就在他们水席边蹲一圈瘦若水芹三根筋挑个大脑袋孩子，睁着能照见人良心大眼睛，兹你看她，就向你伸出一只豁边带牙口印彩陶碗。山戬把自己内碗刚端嘴边吹气还没来及尝一嘴鱼汤分几下折给几个孩子，说是阿，怎么回事阿，这都跟逃荒—— 要饭似的。

蚩尤叹气：多少天了，叔都不敢吃干的。你当然不知道了，你在北方吃烤全羊，满脸壮疙瘩，你哪知南方遭了大灾，西南雪山全化了，世界屋脊上人都冲下来了，还有好多牦牛，漂到云梦泽都炸了膛，脏器掏得干干净净，只剩一张皮，熟得跟缎子似的，布满牛毛纹。听内边冲下来难民讲，水追着人跑，一家子不能上山顶，雪一崩，妈儿子冲东边来，爹和闺女就西大泽见了。巴蜀盆地整个一个大漩涡，跟刷锅似的，顺着三峡往下刷人。樊垕他妈你见过吧，樊国公主。

山戬说见过，樊阿姨么。蚩尤说她家族进入大荒遇到我家族，就一起漂泊，内时可能你家族也在。山戬说在。蚩尤说到了长江，你们家顺下游走了，樊阿姨家族有一些攀岩好手——确切说是她二舅内枝儿，扒着江边峭壁往上去了。这一去就是多少个世代，我以为再也见不到他们了，去年大水冲下来了，见到我太太表弟，一握手，手差点断了。

山戬说去年大水就下来了？蚩尤说怎么没有，去年晚稻还在地里呢，全成水草了，北方没发大水么？山戬说下大雪来着，开春才抗洪。蚩尤说还是北方好，泡一冬天和冻一冬天，我选择冻一冬天。樊垕说多半年了，人吃鱼，鱼吃人，人吃人，都在水上漂，南方毁了，成南海了，水齁咸。

蚩尤拔锅把一锅鱼汤连渣儿都折给孩子，敲着锅底说散了散了，别围着了，我们也没了。拿手往旷野内头一划拉：这都是南方各地幸存人们，日日夜夜盼着能有一块栖身黄土，如今你再到南方，只有浊浪拍海豚，我们要不努力往北划，此刻都在南海里。抱起一小姑娘说你老家是哪里的告诉爷爷。小姑娘说壳垢坵。山戬说哪儿？蚩尤说不知道哪儿。

赤溷说太惨了，我想了，无论如何也要为灾民做点事。山戬说噢你是赤溷呀没认出来不好意思。问蚩尤：那内个称帝也是瞎传了？蚩尤说什么称帝？噢你说是我们在大庭神农坛做法事祈祷天下干旱内事吧，怎么给传成这样了？我当时很激动，不知上边谁下来了，讲了什么，呶，那不内谁么，内谁谁谁，他们都在，你们听见我说什么了么？僰垕说没。

内谁说没听您老本人发话，就愣呢儿翻白眼，来的好像是女魃吧，借您老口宣布一定帮咱们抗涝，大伙都特激动，您老也掉眼泪了，当天天就晴了，大庭市中心水就退了。

山戬说大庭也淹了？

蚩尤说你以为呢？我们以为进了东海正哭呢，踩到神农石，才知是大庭，忙着排涝，救人，一打听，你们都不在。啧啧，你不会真以为叔借抗洪上位吧，你这么想叔真跟你急。

山戬说内什么，登贝莱部队跟你们也不是一势的？蚩尤说谁？噢噢，热带兄弟，水上碰上的，比我们还惨，很多孩子生下来就没见过陆地，词汇就没“土”这个词，以为自己是海洋哺乳动物，问我哪儿是岸阿，我跟他们说还得往北，北边有长着山楂核桃和枣的群山，这我确实说了。山戬说我彻底晕了。蚩尤说人心阿！你千万别跟我说炎帝也是这么想我的。山戬说没没，炎帝什么也没说，我都没告他你在这儿。

蚩尤说我也是到了这儿，脚踩上硬土，遇到你们部队逃兵，才知道你们也在这儿，跟公孙老哥干起来了，为什么呀，有啥事不能聊阿，真够闲的。山戬说也是误会，都解决了。

山戬跟二帝说：情况就是这么一情况，看来我们都误会蚩尤叔了。炎帝在那里无声流泪。黄帝说南方局势坏成这样，这是一个没想到，据你观察蚩尤先生话有几分可信？山戬说据我观察，他所谓部队确实是难民，跟过蝗虫似的，住下一片青葱，离去一片焦土。黄帝问颛顼：蚩尤部现在什么位置？

颛顼说请这边观看。大家移去沙盘前蹲着。颛顼用长竹竿指介：

目前已至灵山－东灵山一线，移动形态呈炸窝状，符合难民潮特征，住下来就铺摊子，向四外扩张。昨日其部薛家岗营与我炎黄二师一部发生接触，遭我警告掷击后散去。

黄帝说二师位置在哪里？颛顼指向桑修之洲：主力摆在这里，同时以有力一部坚守桑灅之阿。黄帝说我不是没有同情心的人，大家都要吃饭，就剩北方这一块了，我意双方就不要动了，以当前实际控制线为界，我不越界，他也不要来搞我，请他约束——叫部队也好叫难民也好——手下。

山戬说我在蚩尤部这些日子，和蚩尤老师吃在一起，睡在一起，从未听到他下达过有关军事的命令。我们每天散步、谈心，谈的都是民生。我都不晓得怎么从徐水一步步挪到了灵山，只是动身返回部队，一抬腿到了，才晓得这样近了。

黄帝说这样情况更危险，有可能在双方领率机关都不知情的情况下突然爆发冲突，不可收拾。玄嚣说我认为我们面前这伙人可能不是一支队伍，只是一群走投无路的人，临时傍在一起求生，是不是都听蚩尤指挥我很怀疑，也许蚩尤根本不是他们头儿，只是最有名内个人。昌意说发雁报是什么人，背景搞清楚没有？颛顼说蚩尤部移动太快，我军侦察分队被隔绝在敌后，已经失去联系多日，正在努力建联中。

黄帝说要命的不是蚩尤是不是这支部队真正的头儿，要命的是我们眼下只能以他为谈判对手，最怕就是这个，只有作战对象而无谈判对手。山戬说我去找他，做进一步了解。

黄帝说告诉你叔，我以最大耐心等着他的诚意。在没得到蚩尤答复并确知他有能力掌握部队前，我军备战不能松懈。

颛顼说新打造七梢砲王已经就位，并已妥备每门砲双份更换砲梢及两个基数砲砖——更多砲梢和砖在生产中。

简说山老，我跟你一起去。山戳说你就不要去了，兵荒人乱的，穿越战线很危险，你一个女孩子，我不能保护你。

简说我女扮男装。山戳说你很难装。说着摘下草帽，褪下丝褂麻裙，一手捂嘚儿，一手抓把脏土噗——吹脸上。黄帝说必须这样么？山戳收腹说这是最好的伪装，打死也查不出我是哪儿的。健步摆胯向远处昙烁如锈瀍水踽踽走去。

19

山戳摸黑越过战线，见到过队伍就趴下，伸出手，用苍老声音说行行好，要到一条泥鳅半只兔头，解决了晚饭。

破晓，旷野上火堆一齐黯淡下来，余烬冒出青烟像海雾使林木草丘变得浮漂影绰，遍坑遍谷交叠横睡男女像伏于岛礁海兽。山戳在雾中游荡，一个浑身沾满青草女人坐在人腿中看他，山戳走过去说我是蚩尤老师朋友。女人给了他一个白眼，侧身躺下，山戳挨着她躺下，双腿夹手闭眼睡了。

醒来天已大亮，周遭是一群说洞庭湖南岸话汉子，火再次红亮起来，一只白陶鬲咕嘟咕嘟煮着蛙和笋干。一个汉子乓唧乓唧和他说话，他双手合掌垂下眼帘，盛满笋陶碗传到他手里，他下手捞了条笋干咔噌咔噌嚼着，含笑传给下家。突然感到发根巨疼，捂着头脚蹬土背蹭地被拖出人圈，腚上肋叉子连挨数脚，一骨碌借着内股冲劲儿跑脱了。

山戳在灵山脚下一片山杨林找到蚩尤指挥所，蚩尤也刚起，满眼眵目糊，正蹲呢儿犯愣，看见山戳说哟，你怎么又来了？山戳说我带来了一份和平倡议，这个内个二五八十向蚩尤传达了黄帝见解，说这也是炎帝的意思，为大家好。

蚩尤捂着脸半天没嗳声，山戳说您老别不嗳嗳，表个态，啥意见？蚩尤叹口气：嗐，招人讨厌了。首先，完全赞成，十分同意。再者，也不瞒你，叔跟他们真不熟，叔只能答应你，做好自己，打从今儿起不管响多大雷，哪么下斧子呢，叔不挪地儿了，就叮死在这儿，赶明儿你上这儿来给叔收尸。

山戬说瞧您说的，我还盼着叔活万年呢，有多不熟阿？蚩尤说你跟他们有多不熟，叔就有多不熟。叔这辈子从没给人添过麻烦，都是给人添彩儿，没辙，谁让事儿赶到这儿了呢，一国人给您跪这儿了，你说你哪么办？拿脚踹，叔做不到阿。行啦，你甭管了，你话带到了，蜡——让叔坐去，怎么都是得罪人，我约他们谈，叔豁出去了，就这一条是吧，走到哪儿算哪儿，都呆原地别动？山戬说就这一条，谁不给叔面子，您跟我说，我重点打击他。蚩尤说你就别裹乱了。

这时麨垕也起了，蹲火呢儿热昨儿剩的虎骨莲藕汤，给他爸端来一碗，说新咕嘟的。蚩尤说擎着客擎着客，上火，咽不下实在。麨垕说这几天您就上火，水星儿没打牙，今儿再不进点东西行吗这身体？蚩尤捶着胸口说全堵这儿了，这不你兄弟又给我添了把柴火。麨垕这才看山戬，说哟是哥，快接碗，烫手！什么时候到的，怎身上都是泥呀？山戬接了碗放地上，说才到，吃过了。麨垕说要不要洗洗，上哪儿滚去了，这怎么腰背后还有脚印子？山戬说麻利儿还得回去，内头也着急上火呢。蚩尤说你把跟我拜过把子都有乃几个国——国名报一下。麨垕说爹，咱真没粮食给这几家兄弟了。蚩尤说不是内回事。麨垕报：大墩子国，昙石山国……

蚩尤跟山戬说您有事忙您的。山戬说没事。麨垕说我们内边有几个女生也没事，要不你找她们呆会儿？山戬说噢噢，我有事，我就不找女的呆了，叔、弟，那我先撤了，回去我可说您应了。蚩尤说应了。麨垕说内什么我呢儿有点人家送的蜂浆藕粉，哥你拿点。山戬说不用。蚩尤说他哪瞧得上这个。山戬说不是，我这回去一路还不定怎么回事呢，最好手里别拿东西让人惦记。蚩尤说也对。山戳说你们有没有什么识别码、标号什么的，给咱弄一个，一看就知道跟你们是一头的，上回我看赤溷戴内铜片挺好。僰屖说乃个呀——噢内个，内逮是我们这儿狼以上主官才有，你不急着走，待会儿给你纹一九头鸟，也挺飞的。山戳说我还是乃头都不是吧。

山戳绕着人堆走，有沟不走沟沿，看见天外扬尘就卧草里装昏迷，还是让一支往北开，手拎穿孔蚌刀，满嘴海里抖海滨抖队伍拉了夫，替他们背鬲、柴火和烧得烫人的病号。

瀍水之阿，一支裸体部队携带木把骨耒正在河边列队等待下水。对岸河洲上排列着一行头戴草帽腰系粗麻围裙炎黄部队，手握红砖大幅活动肩骨轴子。一个黑巨人嘴含骨哨，发出啾啾雀鸣，裸体部队纷纷下水，向对岸游去，河洲隐隐传来鼙鼓，草帽人遥遥振臂，河面荡起圈圈涟漪，裸体人一过眼沉底了，一过眼，又在离岸处露头，接连爬上来哮喘。

骨哨再起，裸体人捞起骨耒，又在河边列队。一个下午，裸体部队在滑畅骨哨中执拗地游来游去，日落时都上了岸，沿河坐一长溜，手里捏根线，盯着水发呆，忽然只手一扬，一条白鱼在空中乱蹦；手起手落，更多白鱼被提，上下翻滚。

山戳背着病号过沟跨坎，给病号颠得够呛，直岔气。队伍休息，山戳就是马扎儿，狗内样前爪落地，撅着，滚烫病号就坐他背上，或者再拉几个人——马扎儿过来，四仰八叉躺上面。有的病号是单纯发烧，招了凉。有的牙周发炎，发展成败血症。有的肠炎，吃了不合适东西，坐着——揹着的时候就拉了，弄一身绿。海滨抖海里抖都特别嫌弃山戳，行到瀍水之岸，打着骂着——拿石头砍他，让他下河洗洗干净，山戳借这机会下河沉底——潜了。

20

黄昏亢金龙出现在南方天中，黎明危阁三星现于南天，白天太阳出现在东井八星位置。天穹亮得像新造蓝池，人晒得都快化了，蜡烛似的淌汗，裆都腌了。森林自燃，烧出一地一地桩子。桑干来水减少，河底草鱼露了脊尾，卡在石缝里拐哒。中午时分，整条河虾蟹飘起一层，都红了。

蚩尤大帝下达了停战令，南军各营比争竞至桑干灅水之阿，将炎黄二师摆在那里两个板砖营赶下河——才停下来。

河姆渡旅跨湖桥营还屡屡涉水向河洲我军发起两栖进攻。山戳会同僰臯检查停战执行情况，向河姆渡旅提出严重抗议，被一帮蛮子打了，要不是僰臯哭着喊着拦着，人得躺着出来。

南军各营本是村社武装，临水而居，几大姓住一圩垸，遭了灾跑出来，以宗亲编伍，号为部队，习气甚深，管部队长都叫哥。河姆渡旅部队长型天，巨人，小脑袋瓜，跟陶罐似的；宽肩膀，跟门板似的；胸大肌壮如臀大肌，乳头跟小手指头似的，穿一对淡水灰珍珠，远看跟俩眼珠子似的；打仗脸谱也描躯干上，拿肚脐当嘴，军中叫号型哥，在长江下游有影响。对属下不听令也很头疼，跟山戳解释，我这个旅真正我们河姆渡大垸也就一个营，其余都是各村垸流民，在家我们就不是一头的，老上我们垸偷东西，年年搞械斗，有姑娘都不嫁他们，这是没了辙乱跑出来，都是杭州湾滴，成立一部队，看着是一捆，挨个掐都带穗，自己有头儿。

山戳说那不行阿，既然成立了部队，我们就得找你说话。犁哥说真管不了，你还没瞧见内更不讲理的呢，根本就不跟你过话，交流方式就是动手，要不你干死我，要不我干死你，跟你好就是比狠，打死不记仇，输了你要管他叫大哥。

麪垔说你在这儿认几个大哥了？犁哥说都是我大哥都是我大哥，我在这儿就是一十三白搭，看看结棍，打打精够，吃过用过，留个屁股——都比我横！你们有办法就往死里干。

山戳说这都什么路子阿，蚩尤大帝话也不听？犁哥说蚩尤大帝还没我好使呢，你要让蛮子听你的，必须逮是他老妈，生过他，蛮子只认这个，回头赶紧把妹子发给他们。山戳说这……眼下可能等不及。麪垔说现在你知道我爹难了吧。

河姆渡人在河滩地下桩，绑干栏，起二楼，灅水左岸一带桦树林皮都让他们扒了，铺在楼顶，白花花一片，大晴天跟落了层雪似的。河洲我军抬头就能看见他们在楼上晃着嘚儿转悠，在草堆上哐哐哐办事儿，脏水垃圾都倒在我军前沿。

山戳蹚过已成漫流溪桑干河跟犁哥说你们不用下桩子，瞧这水印，最高也就涨到这儿。犁哥说不是，我这一楼是养猪的，昨天堵着一大猪，母的，刚生一窝，没让他们都做殽肉，留了俩。山戳说你们都抓猪崽了？犁哥说昂，怎么了？

山戳说你们打算长住阿，杭州内嘎达撂荒的地哪么办呢，我是农民我知道，水淹过的地肥，种什么疯长什么。犁哥说哥，我们那里是海水淹的。山戳说那更合适了，水退了剩下的都是盐，你们发了！我能现在就跟你签合同么，有多少要多少，羊毛换盐。犁哥说哥，我们不穿毛衣。山戳说别的也行，瞧我们这儿什么好，啐便挑，虎皮熊皮，不能让你吃亏。

型哥说我明白我明白，我能多住几天么，等南边干透，现在回去也全是泥，你急么？山戬说不急，几天都行，几天呀？型哥说到时候我告你。山戬说到时候我给你们开欢送会。

旁边煲汤妇女说北方人真好，我们这一路出来，走哪儿都遭动物嫌弃，就是到你们这儿，走还欢送，见过好客的。

山戬说内什么，我也不算特北方，东方人，您这儿煮什么呢，怪香的，哦，熬小鱼。妇女说您来一碗？山戬说那多不好意思阿，空着手来的，什么也没给您带。型哥说我们南蛮可有说道，让你了，不接着，就是瞧不起我们，咱们好兄弟逮有一个躺着出去。山戬说那我就不客气了。型哥说跟兄弟你还客气什么，这，这，都是你弟妹，看着内个好，带走，都特能生。山戬说这算让我了么？型哥说算。山戬说好吧。

弟妹又给山戬添了舀子鱼汤，说：还对您口儿？山戬说好吃，下回我再给你们整点酱来，能更好吃。

山戬领着妹子回到河洲二师驻地，颛顼风丑正在砖堆后喝粥。颛顼说估计你在内边吃了。风丑说怎么还拐一小南蛮回来？山戬说没办法，要不出人命。对姑娘说你先帮着拣碗，上河里刷了，回来把地扫了。姑娘说诶。颛顼说我意见带给他们了？山戬说带到了，姐夫答应走，逮几天，等南边干透。

颛顼说谁是姐夫？山戬指抱着一摞碗的：且她呢儿斋的，她们姐儿俩跟了老型天，妹妹匀给我了。风丑说那不担挑儿么？山戬说是。颛顼说他说话算么——姐夫？山戬说不好说，看着不像实诚人。颛顼说这么招，你们不是已然担挑儿了么，明儿你就回门，扛两头鹿，说是我送姐夫的，代向姐夫问好。

风丑说后儿扛只羊，算我的，向姐夫致敬，也甭催姐夫，就往他们家火塘呢儿一蹲，跟他耗！上回我该人钱，人就天天上我们家井台上蹲着，啥话也不提，抢着干活，起圈，劈柴火，帮着哄孩子，饭做得了也不吃，就看着你吃，我这么不要脸的人最后都服了。山戳说懂，就是跟人比底线去。幽幽望着颛顼：咱们真到这一步了？颛顼说也不要搞得太下作。

舟毛毛趁夜潜回我军阵地，头剃了，口角脖颈有紫绀，脊肋有交错鞭痕。他的营——弹弓营在停战前已遭失败，大庭被洪水淹没消息传到部队，华族战士人心浮动，一些大庭籍战士私下串联，趁部队移动发生哗变，拉走原华师人员，裹挟部队长合同东归。后经查，为首者是一个人称眯哥老战士，成分小地主兼手工业者，作战勇敢，参加过历次华夏之战，曾作为尖兵第一批进入清苑，在士兵群众中有威信。

蚩尤君派出追剿我弹弓营部队是河姆渡旅下辖良渚独立大队。该部成分多为破产稻农渔霸，从南方出发是旅的规模，打到北方减员严重，缩编为大队，列编河姆渡旅，旅不能节制，向为蚩尤君亲自掌握使用，是南军中头等能走能打部队，尤擅使用渔具奔袭、设伏、野战合围。部队长名良天，军中叫号：良哥。我弹弓营于小五台一带隐蔽游击，求食困难，少数战士罔顾战地纪律，下山打劫过路南军战地伙房，端走一锅褐马鸡捎走俩烧火丫头，撤出路径为该部老猎手侦获，蹑踪至东台密营，致我弹弓营全员曝露，不得已拖着该部转山头。营组织几次阻击，该部见血不退，迎着弓石步步逼近，撒网捕捉我军战士，逼得打阻击战士跳了崖。

经询问我弹弓营陆续归来失散被俘人员，战斗频繁，日益艰困生存环境也是部分战士动摇思归肇因之一。部分华师人员出走前，虽伤病饥饿减员，营实力还在，我不能击败良部，良部亦不能吃掉我。眯哥拉走一半实力并悉数整全石器，陷我余部于苦斗，缠绵山峦，一日数战，部队极疲劳，弹弓大多损毁无补充，已不复能战。营指挥员（这里指舟毛）遂下令部队就地隐蔽，分散向北突围。南军亦调集薛家岗营、大墩子营、昙石山营各一部参与搜山，封闭北向各山口隘道。至停战令下达，除少数突围人员辗转回到我军阵地，大部就地隐蔽人员包括指挥员本人为南军搜山各营所俘。

南北停战后双方第一批交换遣返战俘，我方代表（这里指山戬）曾向南军代表（这里指棼扆）提出交涉，特别要求南军提供前述我弹弓营被俘人员唱名。南方代表表示有困难，因南军参战兵团番号纷多，我方人员被俘时间地点不一，关押单位亦分散，且与南军掳掠强征之当地人民混为一群，且多隐瞒身份冒充当地人民不报或谎报氏名浑称，殊难甄别。遂向我方提出反要求，就请我方提供失踪人员唱名以方便南方查证核实。我代表遂向各部军务部门了解情况，各部均反映，我军一线士卒多为战时征发贫苦流民，出身寒微，本无姓氏，在乡即以“诶诶”互称，到部队起了绰号也只为本部什伍长熟知，且弹弓营为新合成单位，官卒临时抽调自各部，彼此无深交，且任务紧急，出动仓促，未及执行参战人员战前记名报备流程，故军务部门不掌握失踪人员氏名浑称。故我方代表只能向南方提供仅有几个根据大家共同回忆勉强想起的名号：合同、捞眯子、舟毛毛什么的。南方反应很快，合同、眯哥第二批交换战俘即被遣返回来，舟毛查无下落。

棼扆承诺将继续寻找，此人可能报的是别的诨名因为惧怕不了解政策对停战代表下来普查不敢响应。南军个别部队亦有将战俘浑等于奴小牲畜一律以数目字编号管理之现象。

合同眯哥被俘地点是邢台以南河北河南交界处之广大漳黄泛区。

二人遣返前洗了头，回到部队又在河中洗了澡，头发仍打绺梳不开，鼻子尚需使劲醒犹不免喷嚏连连，手背锁骨一搓还掉渣儿，听人说话反应慢，习惯性掏耳朵，人也有点碎吩，逮谁跟谁絮叨：……跟住在粥里一样，抬爪五指拉黏，坐下稀里咣当，晴天一脸嘎巴儿，下雨遍体黄汆儿。走道两脚互相拔萝卜，裆下有千钧力，走着走着就种呢儿了。

眯哥向我接待人员报告被俘过程，部队被打散，合同哥也因后脑中板砖身心呆滞，他只好站出来接替指挥，带领残余人员向南打边撤——北向通道都有敌重兵把守。穷追他们的部队是良渚裸体骑兵，行动迅速，经常对他们采取包抄，使我无可立足，最终将他们赶入漳黄泛区，身陷泥潭不能自拔，遂额手就擒。

我接待人员反复询问，合同亦支支吾吾，始终不能搞清良渚兵所骑何物。这事很骇人，骑兵出现在战场亘古未闻，黄帝、颛顼都亲自下来过问此事，如果此事坐实，将意味着战争形态发生大革命——直到舟毛归队才知，骑的是他们。

舟毛报告，他和其他战士被俘后遭到编号，勒上口嚼成为良渚兵代步工具，掮着他们向南追击。舟毛命好，肩平腰厚，被良哥选为坐骑。良哥人狠话少，体格瘦小，紧急情况可以扛上肩风一样地跑。良渚公俗每个兵找到口吃的，要献给老大，吃第一嘴。李鼻先生考证这是上古匮乏时代强者特权，比同初夜权，至今各国饮食文化中尚可见遗响——首先向尊者敬酒。良哥个人零食每天吃不过来，嚼剩的渣儿舟毛也能混个肚歪。其余分配掮兵的战俘比较悲灰，天天包抄，脚幅稍窄些就被抽得死去活来。良渚卒众也是靠射钓摸掏塞牙缝儿有上顿没下顿，主食是昆虫。我军战俘饿极只能吃草。

舟毛报告，在漳黄泛区，他们追上眯哥合同——夕阳下一片姜黄，朦胧中站着眯哥，五步之前是更加朦胧的合同，再往前是其他华师老战士，逐个——以互相够不着间距排成一线纵队，面向南方，呈奋力向前状。听到骑兵呐喊，皆转过头来，面露诡异微笑，像等到亲人，明显都松了口气。

良哥发出狩猎号令：兔急给给！良渚全队纵骑跃进，一齐敦敦实实楔入泥潭。因有合体之重量，造得还深些，浆涌至胸——坐骑之胸。舟毛说其后遭际不堪与人言，良哥落下一口头语：一汏污涂。眯哥呼吁良哥不要放弃——良哥已下令后撤，舟毛艰巨转体——高喊：卡姆昂！（李鼻按：辞义不详，发音古怪，亦不似东夷方语，或出古热带语，察其情状拟为强烈敦促。）良哥高喊什么时候看人品，奏是摊上事的时候！遂令全队下骑捞人。最后想的辙是以我军战俘为桩脚，一根接一根栽泥里，良渚兵踩着呼灵盖跑过去，把眯哥，继而是合同，提发拖回来——太远的就算了。舟毛说泥都灌耳朵眼了，没鼻子了，只剩黑白眼珠在泥基线左右滴溜乱转。

颛顼皱眉说这支部队现在哪里？山戬说停战之后，该部即调防三河口，专以滋扰我军为乐，经常趁夜潜至河洲上岸抓一把就跑，从我军阵地顺回去的砖头都够搭几个鸭窝。良天本人有一回还摸进风丑将军寮棚，顺走将军草帽腰带，口嚼薄荷叶涂于将军脚丫，致将军尿虎皮——风老你忘了么，你老还站在河滩骂街：干嘛呢这是，拿姆们当什么了，有人管没人管？风丑说嗯嗯记得，我怎会忘记，我曾请求砲击该部，报到您呢儿——风丑扭脸瞪颛顼。颛顼说我怎么答复的？风丑说你说介个，你还是要检讨自己警卫工作做得到不到位。

颛顼说我不了解情况，我检讨。山戬说我二师部队几次设伏要活捉良天，都被他小子溜了，只逮着他们部队一个叫优子一个叫园儿俩倒霉的。我部于河滩设河漂杉木一支，喊话对岸，这俩人我们就挂杆上，什么时候良子不跟我们捣乱了什么时候放他们下来。良子这才四处托人，从跨湖桥村长一路托到型哥，找我谈，我说人可以放，你部不能住河边。良子应了，我部释放了园儿和优子，良部听说调门头沟去了。

舟毛说我见过你，你和良哥谈话时我在场。山戳说呕，我应该有印象么。舟毛说我是内马扎儿，良哥坐我身上，你们不是在型哥小白楼涮着锅子聊的么，你们涮的有鱼片、虾球、鹿胎和金银花，罂粟籽的锅底。良哥涮着涮着还哭了，说已到手稻谷没吃到嘴，新造吊脚楼被冲成一地栏杆。

山戳说我记得哭的是型哥阿。舟毛说都哭了，在座南蛮都哭了，想念吃一口满嘴转的稻饭和清蒸鲥鱼大闸蟹，他们是跑出来了，父老娘亲被鳌生撕了，祖宗遗骨几代人攒内点家底都沉潭底了，将来有人到那里，东挖挖，西搞搞，也许会挖到鱼镖骨笄鱼刺菱角薏仁米就会晓得这里有人曾经过着多么滋润日子，可是永远晓不到他们为毛一夜之间抛下这一切全撤了。——再也回不去惹！良哥抱着你痛哭，捶着你老胸口说：以后要做北佬惹，吃特么不但一口满嘴转还带吸到鼻管里小米饭和能骚谁一跟头老山羊和臭大葱惹！

山戳说我呢——当时？颛顼说你石马都不记得了？山戳说不知南蛮汤里放了石马，摆我吃大了。舟毛说你抓着良哥拳头不让他擂你，安慰他，说也没你想的嫩么可怕，你们是没吃过好羊肉，一点不骚，小米粥也很好喝，还能摊煎饼，大葱，偶买噶！想死我了，下雪天自家小菜园子揪一头，葱管管里全是浆，带冰碴儿，咔嚓一口亚赛冻梨——甜！煎饼卷一卷，我的口水！山戳说这个有印象。舟毛说型嫂问你卷羊肉呢，内不是你们北佬最爱么听说？你老说那就是过冬至了，要夹一片薄荷，再捣一点点姜汁，抹一点点豆酱，一口下去——

啊呜！手指头躲慢点，就会咬断，再来口热米酒，啥也不想啦。型嫂说切，哪里有我们秃黄油拌饭好吃。其他南蛮一齐说还有刀鱼、芋艿蒸肉，那才叫冬至捏。你老说我们也有鱼，黄河大鲤鱼酱焖，俩手指一卷，整张鱼皮揭下来，一秃噜，放嘴里，也常咬手，你瞧我这十指，没一只全指甲。

风丑说合着你们净聊吃的了。舟毛说这都能聊急了，南蛮说去你的大鲤鱼，我们鱼皮都喂猪——猪都不吃！你老说吹吧！谁还不是从南方过来的咋滴，你们日子没嫩么宽裕，一只鸭蛋就坐月子了，一根鱼刺儿全家下饭也不是没见过。

山戳说没印象，但是像我说的，后来我呢？舟毛说后来你们就打起来了，良哥想给你老一背挎，被你老给了一背挎，我滚一边去了，型哥翻腕把你老撅呢儿，型嫂挠您脖子上内血道子还在呢。后来一堆人把你们拉开，你和良哥又好了，互相搂着哭着说特别仗义的话，你老又在我身上坐了会儿。

山戳内疚抱拳：对不住兄弟，眼睛没往屁股底下瞅。颛顼说你怎么不叫他呢？舟毛说报告长官，我嘴里封着泥呢。

起初，捞眯合同与第二批归来人员一起后送至涿鹿休养，恢复体力。到了那里我第一批归来人员即纷纷揭发眯哥战时行径，舟毛归来时捞眯已遭逮捕，关押于军法寮，受到阵前组织领导叛乱、劫持长官、携带武器逃亡三项重罪指控。合同亦遭逮捕，以失察、无力约束部属致部队失败与合谋叛乱嫌疑两项指控关押于军法寮。在重叔、黎叔、吴回哥儿仨组成的临时战地军事法庭上，舟毛作为证人出庭指证了捞眯，同时为合同作证：……瞧见捞眯和另一不知名壮汉一边一位紧挽合同像逮捕他一样强行带离驻地。经合议庭简单合议，重叔宣布捞眯三项罪名成立。合同失军罪成立，合谋叛乱罪不成立。随即宣布判决：一、褫夺捞眯氏历年所获一切军功荣誉，开除军籍并处没收个人全部财产，剃头、上枷，笞三百，七日后问绞。保留追究其近亲属连坐权利。二、褫夺合同氏一切军功爵位和荣誉称号，保留军籍，令其自尽。死后其近亲属可继续享受军烈属待遇。随即颛顼到庭，宣布黄帝口谕，特赦合同，贬为卒，发往砲兵部队苦役营搬砖。

七日后，捞眯已被架上一株华北白皮松树杈，粗麻绳套上脖子，抱着他双腿老蔫正准备松手，监刑官颛顼宣布停止死刑执行，特赦捞眯，贬为奴，发往砲兵部队苦役营挖沙。

合同和捞眯苦役判决均未执行，因此二人都是原华师人员，考虑到广大华族官兵观感，颛顼特于赦后将二犯交由山戬看管执行后续生效判决。山戬遂将二人安置在风丑领导的以华师老部队为主炎黄二师。合同在前沿筑垒地带搬了几天砖，风丑征求了他意见，将他调到身边当长杆侍卫，主要负责夜间值守巡更，后擢拔为伍长，按什长待遇吃饭。捞眯子被抬回时尚不能翻身，脊背双股如细切鱼脍——被内三百鞭抽的。俯卧敷疗月余始能下地，走道罗锅，久站岔气，被分派到二师一营一队一什一伍当兵，哨位处于整条战线最靠前那个点位，小白楼上有人迎风撒尿就能飘一二滴至鼻梁。

自从桑干枯水，变成一坡浃沥，两岸人就越走越近。河姆渡妇女洗衣裳洗着洗着水没了，就往这边就和，我军战士正洗山桃，毛儿没搓干净呢，就被女的挤一边去，把水坑占了。河洲这边全是砂石，一棵树没有，太阳又毒，烤得砂如饼铛，战士都是赤脚，跟烙锅贴似的，走哪儿一股糊味儿，大中午没地儿躲没地儿藏，都趴水里，都晒出盖儿了。河姆渡妇女接水煲羹，挺好一锅河鲜一股脚丫子味儿，就上河边指着战士骂：污里特勒，滴卤挂浆。我军战士也听不懂，不知道说谁呢，坐起来搓泥，朝妇女丢眉眼。早起犁哥每常带一个羞愤妇女到这边告状，说拂晓妇女在河边解手，这边有战士伏于水下偷看，还丑笑惊扰人家。风丑就把部队集合起来让妇女辨认，妇女挨个看过去，伸手把一个战士脸挠出血道子，劈阿劈阿扇嘴巴子，战士直挺挺不眨眼任由她扇。捞眯子就是这么跟型哥认识的，因为好几回挠的都是他，还是型哥拦着，才没把耳朵拧下来，全部队跟着丢人。风丑耷拉着脸骂：特么有石马好看的！罚捞眯子蹲窑坑饿饭。

捞眯子后来偷偷和老扇他内悍妇好了，一点迹象没看出来，晚上站岗早起没人了，一摞红砖整齐码在哨位上。对岸也闹起来，说部队藏了人。部队派人和悍妇爷们儿带上狗一起追，一路寻脚踪追到妙峰山主峰，一对男女跳崖殉了情，女的磕石头上，捞眯子落松枝上，只是闪了腰。女方亲友哭着喊着上部队撒泼，要捞眯子偿命，部队把人保护起来，说这个谁也保不齐，我们这个战士也跳了，不能证明贪生和故意坑人，不带找后账的。部队出面请苦主吃了两顿暴糊羊肉，风丑做好做歹，把捞眯子淘换的仅有一件皮袄扒下赔付给女方家人，捞眯子本人复员处理。捞眯子找到山戬哭诉：我也没地儿去呀，我涝这一身残疾，回家也种不了地了。山戬说你拐带人家家属跑时候想过以后么？捞眯子含泪离开部队。

后，部队逃亡之风日炽，东归之人络绎于途。有的兵遭到沿途南军哨卡扣留，通知我方派员接回，停战协定有两军互不收留对方逃匿人员条款，我方亦有追逃小组常驻蚩尤司令部开展工作。有跑到漳黄泛区过不去生活无着流落行乞，经我工作小组积极救济劝返，主动归队。有曾在漳黄泛区最大丐帮存身逃亡战士回忆，他老大——帮主，虽双腿瘫痪撂地行乞犹坐如桩，求告无谄辞，正颜有军容，惯腔涉军语，帮内纪律、层级关系亦颇似我华师基层什伍，疑似我原华师脱队人员。我工作人员询问其老大叫号，答曰：眯哥。

颛顼下部队检查战备，发现营区警备松懈，环形蒺藜入口虽有卫兵，近看却在瞪眼打盹，任由外来人员自由进出无反应。营内寮棚恶臭熏天，垃圾遍地，毫无内务。战士均于河滩赤身坐卧晒嘚儿玩水，其中杂有——颛顼以为自己眼花——全裸妇女和儿童穿梭来去。前沿哨位隔段堆放既做工事又做武器之板砖半数倾圮，上有暗绿其状恶腻可能是尿苔，一支弹弓斜插于间丫把才发新芽。风丑正在操场上鞭打逃兵，出了一头一脸豆大油汗，走到颛顼跟前还噼噼啪啪往下掉汗珠子，跟颛顼抱怨这部队没法带了，紧挨着前沿，跨两步就是敌区，再早还是晚上放哨偷跑，现在公然白天就没人了，加双岗，一下跑俩。部队上下互不信任气氛浓厚，营队长晚上亲自站岗，什伍长睡觉拿绳拴战士腰上，一人起夜十个八个都拽起来。这样仍不时发生整什整伍携带武器逃亡，遇阻挡便武力拒捕，他手下宪兵几个在茅次蹲坑时挨了黑棍。

颛顼摆手说各部情况都不好，有的营伙夫跑了，到饭点儿开不出饭。砲一师神砲手舟小手夜间逃亡，师长离朱亲自带队追赶，被舟小手射伤双眼，如今看什么都重影儿。

颛顼抵近观察对岸筒筒厝厝晾着鱼干腊肉连片竹楼，跟风丑说：各部反映，你这里是亡匿人员出逃主要通道。

风丑说是不是主要通道不知道，一到轮休日，找老乡的特别多，扎在河边野餐、洗头什么的，我们也不能说来人都是憋着偷渡，也不能拦着人家搞卫生看老乡，我们这儿成旅游胜地了！都是兄弟单位找来了，我们才知道有人没归队。没有做过统计多少人来了没回去，赖到晚上不走的，都可疑。

型哥出现在河沿，拿树棍抠抠捣捣松土，又一步一弯腰像在捡宝，返身端着小鸡鸡一挺一送滋了一路尿。颛顼说他在干什么？风丑说可能是种菜，这哥儿们是个种菜狂魔，嫌咱们这儿吃不到新鲜蔬菜，自个驯化野草培育新菜种，把这一带认识不认识野草全部尝遍，隔天中回毒躺河槽吐白沫儿。也不全是胡搞，前些日子送过一把粗杆芫荽味儿还挺正，去年砸死窑的老山羊骚都给解了。颛顼说跑这儿尝百草来了。

型哥扭脸看见他们，冲他们招手。颛顼说你们搞得很熟嘛。风丑说住得这么近，抬腚不见撅腚见，很多事要互相配合，咱们人跑了要去登岸搜查，他们鸭子游过来在咱们这边下了个蛋，蛋叫咱们兵喝了，咱们人晾的兜肚风吹跑了让他们女的收了——净特么扯蛋的事！不管，就积小怨为大怨。

颛顼说你这么做是对的。风丑说南方人不错，我现在有点喜欢他们，不像北方人那么臭脸，不好相处，动不动就翻脸受不了。颛顼说我还可以吧，很少跟人翻脸，黄帝不好处。

风丑说你？颛顼说好吧，我也不是东西，各种不能忍。

型哥从河沿下来，对他们说：二位得闲阿。风丑说型儿，给你介绍一下，颛项，我长官。型哥笑说知道，老听风丑提你，看你走来走去，给他们训话。颛顼也笑说哪里哪里，只是随便走走，风老也老提你，刚还夸你，会种菜。型哥说刚起了一畦芸薹，一会儿给您送去，暴腌，适合现在吃，您尝尝。颛顼说这么能干，且这儿住着别走了。型哥呵呵笑道：我倒是想，北方坑人阿，住惯了回不了南方，热不怕，带汽儿蒸，不怕您笑话，焌得我直哭，嗬内回南天！刚洗过的头都是馊的，晾的衣裳没一回穿上是干的，膀子沤得长菌丝，走道儿磨裆，跟夹着锉似的。颛顼说听说了，年年半熟，冬天也不好过？型哥说不好过！你见过内卖冰的么，夏天盖一被货，怕化了，我就是里边内冰，睡一宿都不带暖和的。风丑说嘿！你算抄上了，发大水谁都不合适你合适，把家搬了。

型哥说对不起祖宗阿。风丑说我就不爱听这没见识的话，谁是苍松阿，种哪儿长哪儿？您在这儿多住几年，您就是这儿的祖宗。型哥笑着往回走：借您吉言，回头上我呢儿喝酒去，芸薹装筐一会儿搁河边，想着叫人来拿。风丑喊谢了。问颛顼要不要我约顿酒？颛顼说我们这里喝西北风，伊拉酒都端上了？风丑说也是米酒，古法酿造，味道差点后劲挺大。

颛顼说怎么个古法？风丑说嗯，就是熬一锅黏粥，请一胃酸特浓师傅——他们叫人窖——灌下，直到嗓子眼，然后等，好酒要一夜，人窖呕出来，就得了，简便易行，立等可取，特适合野战部队需要。颛顼说我去！风丑说听说酒就是这么一吃顶了的人发明的，都说是饭搁溲了，高古，哪可能有剩饭阿。颛顼说不糟践是吗？旁边饿疯了的一抢，还美了。

风丑说现在工艺有所改进，人窖都是处女。颛顼说谁告你古——就是好呢？风丑说这不没辙么。颛顼说我谢他了。

风丑望着眼前河滩说：瞅着他们发的，这一片，呶，内一片，临河起的棚子都是渔家乐，咱们部队一放假，小石锅就端上来了，专门做我华师人员买卖，听到东夷口音就问：青年，家在哪啦？为撩勾我华师人员思乡情每天惠赠驴肉丸子，一碗他们内古法特酿。哈小酒时谈好价码，夜里偷渡过去就有人接头，剃娃娃头，刺九头鸟，换草裙，脸上再抹把锅灰。咱们过去追——这都有协定阿，狗都扑倒了——狗不管内个！当着你面不承认，愣告不叫石头、柱子，扇着舌头说叫阿炳，番号叭叭报出来，河姆渡旅某营某队什么的，人家长官出来领人，你没辙呀，只能放人。听说沿途都有站，管吃管住，一站接一站，一直送到黄泛渡，你说你哪么办？

颛顼说……《全夏书》此处有脱简。

李鼻按：此《全夏书》应是宣王元年伯阳嘱卫子重编另撰百、涿、绝诸卷。刚完成汇入全编被称为次卷，也叫外卷。幽王骊山之难，犬戎入城，虢石父携幼太子伯服据夏庙做最后困斗，见势去，堆竹焚庙以全志，《全夏书》二度亡佚。余尝与鄚侯婴善，蒙他看得起，经常送羊腿，聊些文渊旧滀。据他讲，其父当年入咸阳收秦丞相御史律令图书，得《全夏书》数簏，计十数卷，无一册无有烟瘢烙痕，簏底犹有积炭，依总目录检索百不足一，并未见次卷。伯益先生时为前秦图书馆管理员，办理移交时亦在场，对这十数卷书有印象。据他回忆，这批书简是当年秦始兴扩宫室旁及夏庙遗址发掘所得，经他手整理入库。当时数量还要多一些，算上断简残编应有百余卷，后李斯以借阅之名索去不还。李斯犯事家产入官，这批书简半数放在办公处，因置留丞相府，萧何接手时就这些个。据伯益先生讲，当时他还曾建议萧何去秦宫内府一查，余卷可能和李家浮财搁在块堆儿，萧何也应了，孰料形势很快生变，鸿门宴后，刘楚军仓皇退出咸阳，项楚入城，跟着就是一把火，复入咸阳，惟见赤地矣。言而总之，两下之说对上了。

建陵侯绾，卫子之后，亦与余厚，经常送羊腿。说起乃祖所为，都付与笑谈。尝与余言：幼居代郡大陵，老宅有一口井，水是齁的，烧羊肉不入酱，自带酽赭，饶有熏腊味儿，烙饼亦有松香，全家老少都特爱吃这一口。后久旱，井枯，刮巨风有哨音绕垣，掏井得缺耳铜簋一只，锈蚀金罍一，溲沤竹简千数枚。考查簋罍形制，可判为西周遗物。竹简经浸洗，依稀有松烟墨迹，经族中老人辨认，属卫氏独门草书，创始人卫子。家族传说骊山之难，卫祖随众出逃，因名声太坏，无颜归卫，遂东渡奔晋，投傍故人祁氏，隐于大陵文峪河南武涝村种黍麻为生，没世于彼。这批竹简应系当年背回，不排除部分文字为日后居晋所续。至于为什么投置井中，已无确考，可能是兵燹匪患所迫，祁氏属地春秋战国年间数次易姓，地方不靖。也可能是限至幻灭，绝而弃之。据说卫子老来颓甚，万邦风咏集收有《卫风·考槃》，一般被认为是卫子所作，亦为南武涝出土简书支持（诗经本借有此出），其中有“独寐寤宿，永矢弗告”这样沉痛句子。这批竹简（史称南武涝书）后来就一直保存在南武涝村卫氏宗祠。卫氏子弟习字皆以此简落拓为摹，卫绾的瘦草底子奏是内时打下的。这批简书经卫氏几代族人研读，已勘出部分正是卫子所撰世人得闻其说未见其貌之《全夏书》次卷，也印证了学界一个传言，百涿绝三卷实为二卷，“绝地天通”从未单独成卷，而是作为重要一篇附于涿鹿卷，与之合称：涿绝。在卫子老人笔下，此二事原为同一事件不同阶段，绝地天通实为打扫战场，或称：收官。经此变后，涿鹿会战方称落幕。

南武涝书后来相继整理面世还有弥足珍之风后、玄嚣、蟜极诸亲历者回忆。尤特足珍是尚待整理卫子为准备续貂进行阅读而写下的大量备按评点。还有相当可观疑似李耳老人亲笔誊录——因墨迹迥异，不是卫氏草书而是正体蟹爪大篆——诸多当事后人访谈（持此观点者主要为南武涝学东说派学人），江湖上称卷外卷。以及部分十分可疑亦甚可观历经五百年水润拓痕恬淡仅存哈嘘晕染如霭如渍之零枝残简。笔道乌涂、难以辨认是南武涝书共同特点，仅就这点而言这批几乎如同白板之残简也并未比已整理出来部分更可疑。促人怵惕，不得不多问一个为什么的是南武涝学研究中那样一个现象：材料愈不可靠则愈具重要性。余曾有幸得窥这些白板，于卫绾老府一次家宴席间。卫老喝美了，自壁中搬运出残简数枝，指戳旁人无从入眼乱云脏沁说：我不是来炫耀的，这都是古歌，当年流布于军都太行诸山及灅水两岸军谣攘辞，您听这句：太初有思，移涌成辞，万物借辞而生——牛插么？余谓牛。卫老说您猜作者是谁？余谓请教。卫老说这不写着呢嘛……蚩尤。余惊且望外，曰：敢问怎么看出是内俩字？卫老笑矜不答，夸道：卫子著作诸说皆由此出。言罢酒半醒，强嘱余背过脸去，抠抠窣窣，将竹片匿藏于深袖，再三嗔怨：真不该跟你乱说，我这酒一多，就忘乎以。余告慰之：您踏踏实实的，贵门书技举世独创，活野草一般，摆大街上也无人能识。卫老回悔作喜，说真哒？我说真的，必须逮说贵老祖高，都想到了，这哪里是书法，必须是暗码。卫老复言我也无意据为私有，将来勘译出来，也是要贡献于时学。我说是是，事儿也不是你们家事，你们家守的内门子秘呀？再者说，往根儿上捯，贵祖乃受吾祖所托创作，属委托编剧作品，我要不厚道，倒要和你争一番这批物料原始版权。卫老认账，说还真是这么回事。于兹不再避余，开放壁中书，每于酒后与余——间有伯益老——搬弄炫品指点笔触为乐，南武涝学于兹兴焉。

余尝有闻，初，文皇帝在代地做王时风闻此书，遂委托彼时与他赶车小子卫绾向南武涝村馆借阅此书，小卫于兹传王旨将南武涝书悉数拉走，呈百涿绝卷于王。王看没看不知道，之后径入长安做了皇帝，书就一直搁在他老人家那里。

文皇帝崩，即作为先帝藏书依例收入石渠阁。此事为余亲见，马谈兄也知道。后，小卫做中尉代为贺周亚夫母寿暨平定七国事，主动向太尉府骑裆阁捐赠包括风玄蟜忆往在内一批竹稿——这也是可以查到的。剩下的就尽在卫老一壁了。

南武涝村历经变迁，子弟中人农活越来越熟练，能草书者渐稀至无。历任卫氏族长颇有振兴读书意盼，多次背柴鸡蛋陈醋赴长安谒见卫老，恳索南武涝书以为镇族之宝，数为卫老滑拒。后卫氏宗亲每于间尾控诉卫老霸占族产，引动巷议。卫老有点扛不住，商请余设法。时逢伯益老收使唤丫头为妾，装修厨房，拆卸一面多年烟熏湘妃竹隔扇。余撮取一竹箕，往请卫老甄鉴，卫老不能识。遂以一壶清油钱买下伯益老整面隔扇，择良日做个排场，郑重赠还桑梓。今南武涝学研究成果嵯然，大家迭出，卓著者有东说西说两派，东说依据便是内面隔断，俱是望斑泪生义，读者不可不察切切。

21

考查卫李遗竹，黄帝纪年六年春夏，涿鹿战场及整个燕北——也许还有更广大地域——没下一滴雨，遭到持久严重干旱。目前已知几乎所有经过整理古歌都对这场干旱有所反映。“炅炅高阳，响晴如焚”“鹿纵于河，龙宾于野”被整理者卫绾认为是著名战斗歌曲《清角》失传歌词。初判出自灅水之右执行守备炎黄所部夏族歌者，因其风格堂丽与《九丘》收录夏歌相近，除临阵高歌激扬斗志亦可用于战后慰奠亡灵及大型禳祓法会合唱。证据二是阴山发现一组岩画，其一为朱砂设色多棱圆圈悬于三角形之上，经卫老考证圆为日，三角为火苗，正是颛顼文“响晴如焚”象形。岩画作者一般认为炎黄部队宣传干事侯岭可能性最大。同组另一岩画朱砂设色浅雕四横杠，卫老训为苇。又一硫磺填色浮啄飞飘抖线，卫老训为尘。与一首已被证明是侯岭作品同时代哀歌句“赤韦绣塵”图文契合。另据《全夏书·涿绝卷》记载，黄帝六年秋，炎黄所部坐困涿鹿，一般士卒日常炊饮已不能周济，黄帝遂率主力一部移师口外就食，后追逐野黄羊西渡西拉木伦河，到达河套地区，有同时期军谣“滄兮蕵兮，射石青山”为证。侯岭完全具备条件在那个时刻现身阴山。

伯益先生在其名著《女魃之死——古北极端天候引发的惨案》（以下简称《女》）中指出：今时燕北人民对三千年前发生内场大战记忆已全然混淆近于荒幻。学界关于百涿大战发生时间向有两种说法，一是三千年说，以黄帝纪年顺延至我元年为序；一是四千五百说。此说依据不知在哪里，可能根本怀疑黄帝纪年为后人杜撰。从今涿鹿之野遍地遗留泥质灰陶鼎残腿、含沙赤陶乳状鬲足分析，及冀州土地翻耕掘墓所见海退遗迹，多支持三千说——读者可根据自己生活年代添千晋百——故本文采三千说。保留在冀地民间传说中最著名且令人扼腕两个人物是应龙和女魃。此二人皆非军事成就难忘受人称道，所行壮举无非蓄水、排涝，应列入对抗自然灾害，与历史记载春涝夏旱匹合，显见其时救灾优于军事斗争。女魃身份比较清楚——巫，地位较高，深得黄帝信任，才有机会在一定是大型禳祓法会上作法露脸。查黄帝身边满足这两项条件，即具法力又深得黄帝信任，史上留名女子只有简和媿。嫘母与婚夫人亦具同等条件，考虑到女魃悲剧性下场拟不在论。同理，简下场也不算没着落，最终嫁入发小帝喾侧室，与合同非婚生子也颇有出息，成就一代帝业。这样排除下来，唯一中彩者只能是媿。

传说中女魃乃天女，常情判断应是法会表演时扮上了，为参演军民惊为天人。加之她又是东夷人，黢黑美丽，与冀州土人鼻目殊异，确实是来自外地，往没边儿——出格想也符合民间叙事散漫跨界思路。马谈兄《骨辞正义》指出：人类语辞演进可以名词、动词、形容词相继出现为路径。考查上古先民村言，率朴直拙，名词有限，动词丰富，几无形容词，遇事遇物无可名状，多以类比代，故比兴之法多见于歌咏，久之有喻比偷换——等同于事实之弊。女魃说可为一例。

应龙寓指何人莫衷一是。伯益先生认为此人大概率来自南方，在蚩尤部队负责水工，来时正赶上汛期，冀州地界多条江河山洪爆发，不少河段形成堰塞湖，此人应是抗洪指导者，多次冒雨来到现场指挥疏散或行洪，内种掌控一切之淡定和决断力，给围观群众留下既敬且畏印象。以史前人民天人感应凡天灾必是人祸之粗犷世界观论，自然认为这一切都是他所造成，故而不乱，有办法——解套还须系套人么。此人地位不是一般的高，伯益先生认为此人就是蚩尤本人，应蚩同音通假，蚩萤字根通假，尤为龙省笔，有他家出土隔扇“萤尤战于涿鹿之野”和“擒杀蚩龙”二句为证。《全夏书·涿绝卷》亦有一条卫子按评，曰：蚩尤南地尊号本谓赤龙，涿鹿战后为黄帝所贬，降为虫，名蚩尤。是为证二。

伯益按：今我汉正体字“龍”炎黄时代尚未成字，只是一幅冀地闺中流传刺绣图样，相传出于蚩尤夫人，多绣于鞋垫、头帕，有走道出门辟邪之意。现吾宅尤存夫人陪嫁原物数件，系祖传。上古文字驳芜，与今正体多隔，有添笔有省笔，意趣亦大相径，语文家幸勿错会，为通家嗤，下不赘述。

西说派主将李鼻先生认为不一定，应庄部首通假，庄型字根通假，飞龙在天，格物通假，也可穿凿为型天。有古歌“土龙在田，形形云泥。应时运极，他日化霓”为证。这古歌讲的是一野心家闲来观察雨后蚯蚓打洞，于寸壤中见嬗变而生感悟。蚯蚓与龟在先民认知中都是能感应天时灵物。有论者认为作者是眯哥，本文在此不讨论。司马谈亦有一假说：应因一音之转，因公词组通假，公公－共工谐音通假，故也不能排除共工。共工专一负责土木工程包括水务向为史公认，不能想象出现堰塞湖他不到场，民众产生误会那是民众无知，且共工抗洪斗争结束后哪儿也没去继续奔波于抗旱斗争第一线每每嗟呀无措较匹合传说中失去法力流于平凡之大众观感。燕北洪峰过境蚩尤军尚未入冀亦是有力证据之二。

应龙有翼限制了论者想象力。卫老壁中书有“采苇作蓑，毵毵如翼”句，可视为有翼一种解释。想来冒雨抗洪者皆披蓑，是通观。后南武涝父老斜劈毛竹，日晒雨沦深度做旧，高价零卖回伯益老。伯益老耗尽神思，焚膏废寝，差点烧了内堆劈柴，得八异体字“毳服翃翃，赤龙薕敞”，实锤认证蚩尤即应龙，身披细羊毛大氅，人以为翼，结束了这场争议。

有证据显示，泼醋沤埋竹坯在南武涝一带已成产业，伯益夫人发现家中囤竹组装起来已不止一面隔扇。卫老回大陵祭祖顺带立牌坊发现老宅山后原有内坡怪竹林已遭尽伐，曾经一道家乡名菜笋尖醋烧羊肉如今只能以山药大烩菜谬代。

伯益先生在《女》文中指出：应龙女魃在传说中显著地位已足够说明巫术在上古战争中的重要，至少是一种战役级非常规武器，一般用于战役发起前和战役进行当中进行气象干预。常识告诉我们，上古内些手拿石块和棍棒战士互相扑向对方时多么需要一个好天，这不仅利于战士发挥体力，敌我识别，也方便指挥员瞭望战场，阅读态势。更重要的是可大幅减少感染死亡人数。参加过上古作战老兵都知道，由于武器不凑手和非致命性，当场殴毙一人需较长时间和反复发力，有时还需多人协同，于作战效率讲，不经济。故部队训练多注重普遍毁伤，封眼开瓢什么的，尽可能多使敌方人员挂彩，有个开放创口战斗姿态便会变形，格杀动作亦扭曲，下降为王八抡，或因疼痛暴怒头脑空白脱离阵线与敌抱摔在一起什么的，久之体力必不支，对整体战力而言，是损失。

据统计，一支部队坚持战斗时间和作战效力与人员挂花比例成反比（因缺乏炎帝部、蚩尤部数据，本文仅以黄帝本部老夏二师河南战例为样本）：伤员低于或等于十分之一，部队坚强不动，进攻或防守效力不减。达到或超过五分之一，则攻势不能维持，部队只能转入防御。达到三分之一，则部队动摇，遭到突破无法恢复，一翼行将或已崩溃。超过三分之一，则指挥发生混乱，命令无法下达分队，一部或大部分队处于无组织抵抗中或发生擅自撤出战斗。达到或超过二分之一，则部队不听命令，发生哗变、弃械投降和全面溃逃。部队长应立即下达总退却令，尽力挽救部队，有序撤出战场。

曾在夏一师任职参加过夏二师薄丘会战及之后大撤退后又在炎黄部队编遣司令部长期工作风后老人在其回忆文中讲：战士有三怕，一怕吃不饱；二怕瞎指挥；最怕是受伤。为什么怕？还是和我们战场救护跟不上，救护人员缺乏——只有我们几个巫医——有关。我们懂什么？强项也不是外科，简单包扎、止血都做不到——现画符，念咒？你们信不信能起作用？反正我不信！只能自己处理，抓把土捂上。有时同袍战友帮帮忙，有时战友也顾不上，大家都忙，敌人还在往上冲，自己也没空，来不及处理，就那么晾着，一个小伤搞不好就影响接下来的行动，土一攮，乃至破伤风，危及生命。

我们也没办法，也忙，采药请神问占都累劈了，结果是伤员不信任。尤其是出国作战，无后方，每天跑路，地方状况不明，老百姓对我不友好，伤在头脸肩膀，只要不是要害部位，抹一把血还能跟着跑，伤在下肢——脚踝大腿，就可能掉队。要命阿！让人家抓了活口，落到对方部队手里还好，落到老百姓手里，不知卖到哪里，找都没地方找，哭都没地方哭去，所以部队有那么一句话么：不怕死就怕瘸。

司马谈按：石渠阁现藏百涿之战几位老人回忆文均为对话体，对话者大都无闻，乃至终篇不插话。李鼻先生断言就没对话者，对话体乃是上古行文首选设若不是唯一体例的话。李鼻老一直有一个观点：先有思想成熟而后文字蕴生。李鼻老原话是：你想阿，一个人没有什么心里话他写什么字？过日子飞短流长说就是了，我们认识的废话篓子还少么？余深不敢赞同，穆天子西征载回文献已证明史上最早文字是一账本，写在泥上。再来就是行政文书、商业合同和天文报告。而后有法律碑作、记功勒石——那倒是也不能说这都不叫思想。窃以为李鼻老观点修正为：文字的出现除思想成熟有话要说还有社会交往需要。较为妥当。余亦颇赞同鼻老另一观点：炎黄时代是我先民第一轮思想酵贮——发泡期。斯时我华夏文字尚幼稚，相较于语言——丰富歌谣俚曲——处于从属地位，只是一种新兴载体，专以听录，古人所谓不述不作。

李鼻老在其名著《绝地天通——史上第一次百家争鸣》（以下简称《绝》）中写道：百家争鸣必要条件是八方龙蛇会戾。史前冰河多次消退带来大洪水满足了这个条件，使山南海北、风习殊异、本无交道人们纠合到了一起……

涿鹿会战后期，以桑干－灅水为界停战线已不复存在。占据河左蚩尤集团除个别部队决意南归（如驻门头沟之良部，不但成功返回原籍瓶窑，还在未来千年获得发展，成就大国），其余各部均解除战斗姿态，就地转为屯渔或屯樵或屯猎。并赖循这种渔樵生活既有模式向山高水长地带移动，逐步迁入河洲，登陆河右，与炎黄集团当面各部形成盘根错角之势。

起初，炎黄军实际负责人颛顼还试图维持河右，曾给部队下达“敌不动我不动，敌动我就不动”被战士称作“木头人”之令。后部队原华师人员大批逃亡，开始还是个别战士串通偷跑，后接连发生高级指挥员率旧部整建制出走恶性事件。如驻河洲棍二师姜高风丑事件。三河口拳击旅姜孟舞犁事件。上河湾散打总队姜克烈熏事件。致炎黄军河防完全洞开，愈是一线部队缺员愈甚，很多营队已成空架子，军不得已，只得撤并番号，对凌散乱人员进行合编，重新进行部署。

据风后回忆，他所在编练司令部（这个司令部原是为炎黄部队整编成立）就是在那时改称编遣司令部。除华师人员闹着要走，黄帝别部——陈锋部娵訾部内些戎人也天天去吵，说不打仗还让老子们耗在这儿做么耶？搞了一冬天了没搞头，还要搞一夏天——搞全年么？跟他们解释现在是休战，战争并未结束战事随时还会再起，战士职责以及坚守待变的意义，也不听。分配新单位，也不去。把编练司令部粥锅都泼了，说谁都别吃！有特么什么好吃的，刮肠子玩意！老子们天天叨小米，都成鸡了。颛顼来，也镇不住，摆老资格，说老子们跟你爷一起抢过人，叫你爷来。闹着要去找黄帝，说当初怎么许俺们的，一个月打下东夷，三个月扫平南蛮，大家发财。颛顼也没办法，只好说好啦好啦，让他们走，谁愿意走谁走，不留。这口子一开，八得了！我们这个部门真成遣返站了，戎人一天到晚三五成群龟头鼠脑串门，说是登记复员，有序离队，临走必顺一件东西。当时我们也有个政策，编成歌子宣传，歌词大意：高高兴兴来，心情舒畅走，哪么您捎上根草，不能空着手。——唱遍部队。所以我们也只能尽量做好服务，只要别摸到我身上，看见兹当没看见。

后来我们索性搬到露天办公，天也热，光溜子，看你手段往哪儿使。后来上三部老人儿也陆续有来，还知道不好意思，磨磨蹭蹭，进门散枣，不说复员，说请假，家里实在困难，男人多半年不在家，妇女搞不过来，孩子都让狼叼走了，狼都堵门口了，没狗帮着，都上炕拉大人了。是不是实情？是不是也逮放人，能黑下心撒这欺心大谎，说明此人去意已决，好走不成就赖走。风后讲，部队也是个人群，一股风吹过来，内股劲儿——向心力就散了。黄帝带着老部队北狩塞上，说是搞饭吃，一是真困难，山上枣子都打光了；二也是不走不成。几个砲师我都去转过——那都是我们老部队阿！完全不像个部队样子，日常勤务没人搞，战士头不梳，脸不洗，疯疯癫癫装彪卖傻。砲砖不见了，对岸蛮子盖一片小楼，本来跟高低杠似的树皮棚子都砌了砖墙，说是一块砖一条小鱼倒卖的。我就在现场——我、巫咸、常先几个，对岸鱼贩子内个叫型哥的家伙就背着白花花一篓鱼来做生意，跟我们战士一手交鱼一手交砖，当着你面，满不在乎，根本不把你放眼里。人家买卖都做进你的阵地来了，我对黄帝讲，再这样下去，过不了几天——过不完这个夏天，我们就没部队了。

部队走的时候跟打败仗一样，当兵的夹着包袱，能卷的卷，能披的披，拿不走的扔一地。还讲政策，颛顼的好主意，营房——内些个破寮棚，要清扫干净，留给将来可能进驻南军使。砲——都劈成劈柴，整齐码块儿堆给人烧火。还想着给人家留好印象呢。队伍没出营就放了羊，忽啦啦跑。我们这边人还没走完，蛮子就赶着鹅进来了，痛心阿！

风后讲，我跟蚩尤很熟，搞遣返也没少跟他们打交道，他们内头跑过来也不少，杀了人的偷东西的，这都要送回去。搞破鞋的，看双方意愿，都是人，讲感情。很多事要高层直接谈。我们和蚩尤一直有一个单线联系，开始是山戬负责，后来我负责，直接对龙爷——我是说蚩尤，我们私底下都叫他龙爷，他真名——小名，叫小龙；在家他媳妇，九黧国老人儿都这么叫。这回我军撤除河防，还是我负责留守交接，家当没什么了，都是些破烂儿，可以给他们。很多病号带不走，要在当地安置，很多人病了很久——病得要死，就这几天了。还有我军一些伤退人员及其家属，要回老家，这都要协调。底下人不好讲话，还是逮找龙爷。龙爷这段时间身体情绪也双不好。你听说过内段时间我们这里发生一个事——女魃事件么？战争初期我们这里不是发大水么，我们有一个女同志（李鼻按：此处透露风后巫身份，上古巫，自称慕道者，上应天道，下察人道，道中人同气相求，志味相投，互称道友、同道、同志)，主祭日，祭寒暑——我必须说这件事我有责任，本来我主祭日，这个女同志主祭月，可是内段时间我在生病，过敏性鼻炎，老打喷嚏，还有些花粉过敏，身上起疹子，痒，老挠，四肢流脓，不洁，祭日工作就推给了我们这个小姑娘。实际上这个下不下雨和这个祭日活动也没关系，每年小虫子出土十五个月圆之后，太阳直射点北移，黄赤相交，从此昼夜平分——这一天，我们都要祭日。但是不是因为内年老下雨涝得厉害么，大家对太阳格外渴望，正常祭日被寄予太多联想和指盼，太阳一出雨就停了么，理解。

我们这个小姑娘祭日完全是常规操作，日落之后摸黑在灃水边垒一土坛，咱们夏人不是崇尚黑么，夜下吉祥。炎黄二帝以下以及我们这些人，附近部队，老百姓都去了，全趴呢儿，宰一小牛，埋地里，算是送给太阳一份薄礼，听说特么的姆们一散就被兵们抠出来烤烤吃了。——巧了还！当晚前半宿还下着缸裂了似暴雨，小姑娘搞搞弄弄，后半夜雨就没了，天一亮——出老阳了。老没见，那红，那敞亮，跟打着金镲似的。都夸小姑娘灵验，黄帝当面表扬她，小姑娘也骄傲，这一下全军——全地区闻名。接着您猜怎么招？改彻底不下雨了。再请小姑娘求雨——你不是灵么？完蛋！小姑娘夜夜拜月，求雷公告电母，小脸蜡黄，都托付到了，第二天，红太阳！小姑娘也莫得办法。一来二去，反应来了，先是叽叽喳喳底下议论，说小姑娘搞错啦，太阳公公是大神，雷公电母都是小神，托人还是要托大神，小神做不了主。黄帝也来问过我，可否设法请太阳避让一两天。我说自古祭日都是请他老人家出山，没听说请他老人家回避的。

黄帝说也是——黄帝懂。后来这个谣言就恶毒啦，说小姑娘是魃——旱天魔。小姑娘找我哭，我也莫得办法，只能说你吸取教训，群众很阔怕，群众昨是而今非。后来发生揪打小姑娘恶性事件，甚而有人提议燎人祀天——把小姑娘堆柴烧了祭天。这还得了！我连夜带人把小姑娘保护起来，还是遭到广众围攻。莫得办法，只好把小姑娘带出来，当着众人剃光头，给众人讲：看看清楚，她虽然是魃，法力已被我废去，让小姑娘去猪圈监督劳动。这个事我是请示了黄帝的，巫咸可以作证，说是我个人决定，不是事实。这个事对我们巫界都是个教训，不要轻易讲自己灵验，到时候下不了台。

风后讲，当时我们也没料到，这个谣言还有发展，当时以为压下去了。旱得最厉害时候，两边部队为争一个水坑打了起来，我去蚩尤那里解决问题，龙爷不见我，正在发火，骂人、摔碗。我不知道他冲谁，也不认为就是冲我，领导一支杂牌军我太知道了，每天工作就是发火，我就坐等。他们司令部新修了一游泳池，水很好，没人，我先下去喝了个饱，然后泡澡，正在搓泥儿，把我叫进去。龙爷脸黑着——本来也不白，问我青龙的事你听说了么？我说什么亲龙？看我不像装的，龙嫂才把龙爷火大缘由说了一遍，说近日起了个谣言，说我们小龙真是条龙，年初大水就是我们小龙带来的，如今天旱还是我们小龙造成的，因为他拘禁了风伯雨师，使风雨不能如期而至。我们这儿刚掏了一贮水窖，就说我们蓄水，想着再涝一次，你说我们招谁惹谁了，我们没在水里，—— 在旱里么？我说是是是，此说荒悖无比，令人发指。

龙嫂说这件事对小龙影响很大，影响了小龙威信，哪儿的事呢，我们也是水灾受害者，我们两家多少亲戚没了，多少熟人——有些是很好的朋友……我说没人得好儿。龙嫂平复了一下情绪，说现在我们追查下来了，谣言起于贵军。

我说我回去查。龙嫂说具体说起于你。我说阿！怎么是我？这可不能乱讲。龙嫂说你最近是不是处理了一个叫魃的女孩子？我说有。龙嫂说那是整个阴谋论一环，那个女孩子能使水断流，动机就是和我们小龙斗法，我们纵雨她放晴，过度使用了自己神通，造成今日大旱，被你废去法力。龙嫂笑吟吟说：现在，你怎么能让我们相信你对此一无所知？

我说小平，你相信我么？龙嫂笑而不语。我转向龙爷，无比诚挚地望着他：哥，你看我像挑事人么？龙爷接不住我眼神，说我正跟小平吵呢，我看你不像。我正色道：龙爷，你是负责人，我也是负责人，咱们都是平事的，我怎么可能生事呢？龙爷说我也正跟小平讲这道理，他们给我造谣——图什么呀？我说这件事我一定彻查，严查，回去就查！我还必须跟你说，小平，有人会因此倒霉——倒大霉！不像话！造谣造到外军头上来了。小平抿着嘴吃吃笑，说：行啦，不是你就不是你吧，我们其实也无所谓，给我们造谣的多了，我们也就那么一说，赶上你来了，你要不来，我们也想不起来问。哎，问你，你们把内个女孩子怎么样了，不会真怎么样吧？我说不会，也就是一般般处理一下，平一下民愤。

小平说听说你们把人孩子头都剃了。我说这你也知道，那你更该知道这孩子是冤的，内晚她是替我值日，登坛作法，内天，这整个谣言——大斗法，还一颗吐沫星子没有呢。

之后我们就聊别的，铲该铲的事。小平烧了“依度西”，一种生肉咸肉和腌笋煮在一起汤菜，我们忒搂了，很开心。

回去路上我这气，才上来。这是碰见明白人了，换个人，问都不问你，解释都没地方解释去。两军工作不好做。

到家向黄帝汇报，黄帝很重视，要求我把事情整个经过口述下来，侯冈做记录。小侯问了几遍龙叫什么龙，我亲青因拎不清，他们南方人讲话有口音，最后胡乱认作：应——应龙。这确实是我说的，该怎么说怎么说，我对此说负责。

黄帝讲：就在这几天，你不在家时候，谣言又有了升级版，把我也扯进来了，说内条龙——你们叫应龙吧，是我派的，蓄水准备灌南军，结果把自己勺上了。一些人，内个狗总，带头，把共工打了，说他就是内条龙。我说部队情绪很不对呀，应及时处调。黄帝说处调一定要处调，就看怎么处调。过没几天，部队拉走了，闹得最欢几个人被通知留下，不得随军行动。狗哑儿向上找人，得到答复：不解释！

22

我说这个风后回忆录记得小时候看过，没这么多内容阿。司马谈说您看的应该是石渠阁的本子，是没这么多，也就两卷本，还有一卷是残的，他们聊的这个是根据南武涝最新出土订补，目前已知——就我所知——已增至七卷。听说还有很多残简未及清洗，整理出来还会更多。我说哦哦。

李鼻先生在《绝》文中写道：……山南海北、风习殊异、本无交道的人们纠合到一起。这些人是战士，也是农人、牧人、猎人和渔夫，另一个共同身份是多世界说信从者。不相信这个世界是唯一，在此之上、之下还有世界，代表着我们来历和去处，也即不相信人的生活止于此生，还将延连到死后——生前亦早已发端。换言之，都是乐观者，相信生命永续，只是在在不同，由此有灵异，有魂灵，有轮回，有飞升，有下凡，有复活。用他们的话说：这是一个事实。

起初，黄帝带队出走时有个内部掌握，华师人员除非强烈自愿，原则不带。黄帝倒是请风后代表他，专程上门征求炎帝意见，要不要一起走，吹一吹草原上的风。炎帝说不了，我身体也不好，就不动了，草原风太硬。风后说也好，反正我不立刻走，还要处理一些事情，有事还可以找我，我还在。炎帝说你在就好。

黄帝走后，蚩尤率部涉过桑干进入涿鹿大营，先去看望炎帝，一见炎帝就说快别起来快别起来，怎么瘦成这个样子，脱了相，才几日不见。炎帝躺在地上强支脖子说：入夏就没停闹肚子，一直拉，吃药也不管用，好两天又不成了，你也见瘦阿。蚩尤说我也拉，吃什么拉什么，小平老说我不喝开水，你都吃什么药阿？小平，把我药拿来，我这药管用。

小平说你们这些男的就是生活习惯不好，我怎么不拉？摸出一个黑丸子，问炎帝：你这儿有什么东西能烧开水么？

炎帝说一样的药阿。小平说我跟你说这真不是药的事，一口生水不能喝。炎帝说喝一辈子了。小平说那现在就得改，你这儿平时都谁照顾，有没有人呀？捂着草帽魄举手：我。

小平说我跟你说，第一，要给他烧开水；第二，要给他烧开水！棚内要打扫，吃剩东西要扔，这都脏成什么样了。

蚩尤说小平，别管人家那么多事。小平说小龙！对魄说：这碗、锅扔了，我拿干净的给你，重点是：要刷。蚩尤说特么的就是拿脏水刷造成的，哪还有条干净河呀，都往里拉。

《全夏书》记载：是岁岁星失次，早出房宿，旱魃不去；五星色青寰，有大疫，军民半死。古歌云：菹菹如韭，率而复刈。形容人像韭菜一样，熟一茬割一茬。民间谣啄为：兵主犯岁，老天收人之年。今天知道，那是肠道传染病大流行。至我汉，卫生条件已经很讲究，马桶镶金，茅坑铺枣，拉肚子仍是时疫，宫里每年度夏也要死很多精壮男女。我问首席御医张苍公先生，到底什么原因呢，跟天热吃凉东西有关么？张苍老引用当年岐伯回答黄帝话说：还是土气郁发，雷殷气交，化气乃敷，影响到人腹胀肠鸣，老上次所，他那里云奔雨府，你这里饮发注下。我想了半天，说：还是天人感应？张老说是。我说不是病？张苍老说看怎么说，在天，不是病。在人，受不了。我说那怎么办呢？张苍老说吃药。

岐伯传下的应对之策是食用当年收获新谷和反季节用药，用寒性药时避免寒时，热性药避免热时，还是要低调，尽可能与节气保持同温，不要过度超出自己，招来外邪与你中和化匀。方子有桃金娘、飞扬草、臭椿根三味，显然不是全部。南武涝出土相当数量写有蔬果名零竹散签，初以为是伙食账本，后发现有些明显是吃剩的东西，经张苍老审核是腹泻方子，其中有马齿苋、山药、芡实、扁豆、大枣、杨梅、干石榴皮和鸡蛋壳。一般认为上古巫医不分家，部族领导人多有巫教养，非如此不足以动员民众，凝聚人心，故有个舌腻嗳恶中堵肠滑给自己开只方子调理一下也是捎带手的事。

黄帝与岐伯话路之深，哪里是两个医者在论医术，分明是两个大巫在聊世界观。巫者，医之兄也。张苍公之师，伟大的汉医脉案学家，九等爵五大夫阳庆如是说：人有三患，一外邪格内；二心因滞症；三胎里带（俗称遗传）。风寒湿痹那都是表征，观象运数，以形补形只是去表。对一，作用显著。二三则只能说是维持，缓得一时是一时。尤特是二，表在此而心魔在彼，对症下药庶几可说头疼医头脚疼医脚，救得了急救不了命。何以故？——巫医分家。古巫三大法宝，或曰利器，我医家只得漉草榨汁、针刺灸罐末技，他巫家独匿精神大法，或曰信仰疗法，正是疗那中二之患绝技。胎里带谁都没办法，用我老师大良造歧义的话说：那就是该死的病。是上天为自然秩序设定的生理屏障，以免个别物种出现生而不死，老而不化，到最后谁都拿他没办法这等畸妄的事。这是另一门学问，你我在此不展开。

何以故？公乘老师接着说，也不是他不传，此事牵涉到当年——上古发生的一政治事件，禁了传的可能，断了学的路径。巫－医就是内年分的家。具体奈一年，因为什么，你我在此不展开。结果告诉你，巫被打入不入流，赶去荒远蛮地卖彪。我等流落民间，沦为技术流，方法师，扬汤止沸专家。

此番话是公乘老师在张苍公、淳于意他们内班学生毕业时讲的。老师传给他们老师著作《黄帝扁鹊脉书》，说这是给你们吃饭的。又叫张苍公、淳于意这两个成绩好悟性高学生入内寝，拿出古本《素问》《灵枢》各三十六卷命二子就地抄写，说给你们提高，不甘于做止沸家，有兴趣看就看看。这是真正的古卷，岐伯黄帝原著，今人所本内两个八十一卷，尽是后人蹭名蹿入。张苍公说他抄至四卷中，就举手喊老师老师，这前后用竹不一，字体也有出入。老师面不改色，说：那是老师的老师的墨迹，你以为何物能千年无损？

张苍公说我这句问可能得罪老师了，后来听说他单传秘籍《听洞》九卷于淳于意。古本《黄帝内经》原是三部，秘部失传，《听洞》就是内三缺一，专讲异术、通灵、揆度阴阳外变、祝由、降神驱魔诸精神大法。为历代帝家严禁。

我说也就是说，淳于意——会？张苍公忽而惊惧：我是不是说了不该说的话，忘了正根儿在这儿。禁，只对我们民间，深的，秘的，都传宫里去了。我笑，说没有的事，没什么不该说的，我是知道一些，跟你说的两码事。听说扁鹊不信这些个？张苍公说嗯，他对巫有点看法。我说李醯信？

张苍公说西北地巫风本盛，自宣太后之后又通楚巫。我说所以李醯不容扁鹊并不是技不如他。张苍公说他们都是我师爷，他们的事真不是我能说清楚的，——我都尊重他们。

我说门内有不让聊规矩么？张苍公说真没有，真是不知道。没四，我说，只是问问。淳于意曾任齐国太仓长，在齐地亦被唤作仓公，人多与张苍公混谈，因二人年龄相近，个头差不多，又都是方面阔耳白眉黄髯，路人叫声苍公，二人一齐回头，不要说不熟悉的人，就是我们这些很熟的朋友，——他们俩自个也要互相尬会儿。实情淳于入长安就职北军总院，先做急诊科主任，后迁普内，病人一般都叫他“老主任”。是为记。

话说回来，有相当证据支持黄帝、炎帝、蚩尤给自己开过方子。目前所知两个偏方传自炎帝，宫里来自齐鲁宫女经常推荐给肚子不舒服同事，一是炒鸡蛋加白矾面；一是生姜凌霄花慢火老汤。我自己也试过，基本属于食疗，真到痛下不止内一步，可说无用。由此可判炎帝当年肠症不重。

风后回忆录经伯益先生修订重新冠名为《那些年，我们吹过的牛笔》誊抄四份，一份自己留用，一份赠卫绾兄，一份赠李鼻兄，一份赠石渠阁馆藏（以下简称《牛》）。风后在《牛》文中讲：炎帝自服了小平送药身子就一天天好起来，能起来遛弯了，也不一趟趟往河边跑了。时，桑修之洲已不适合人类居住，垂死人们伏岸陈卧，河都臭了，看着像条毯子，红的是腻虫，黄的是肠冗物，蓝的是蓬旺水藻，味儿吹过来跟吃了屁似的。人们为喝一口干净水，不停往上游走，三三俩俩越走越远，只见人去，不见人回来。各部不能约束部众，只能跟从迁移。蚩尤部移往桑干上游泥河湾设营。河姆渡——型部迁至修水支流柳河川厝身。风后讲，他一手安排了炎帝东归。南行要穿越疫区，还将面临漳黄泛区，瀍水下游观汀峡至四大草甸（即四大淖）又为登贝莱部所阻，谁都没面儿。故他为炎帝规划的路线是走北路，经军都诸岭海坨、燕羽、云蒙入太行余脉小清凉山，复入西山八大处、玉泉、香山抵寒水。这一带都是老根据地，风后从小耍到大的地方，虽大多洞民——老乡亲已随部下山，风土依旧，自己就能行猎汲水，补充极易，且不惧遇袭，山贼亦是旧部。

风后亲自持棍护送炎帝，同行还有山戳、媿父女。一行人在山道走走停停，渴饮泉，饥采果，隔日套只狍子射翎山鸡，身体得到极大恢复。风后还记得在云蒙山遇到头一场山雨，大家跟接甘露似的，就那么敞着沦着，嗷嗷叫。媿喜极而泣，投入风后怀中，说我太冤了。风后抚着她新出茬还扎手圆寸说都过去了。这一路秋雨飘零，中间还下了几场透雨，白天走路停下来就觉得凉，夜里人们抖开皮裘暖脚。

走着走着山就红了，柿林化作一只只小烛碗，山间终日叭叭作响像有人在嗑瓜子——那是青核桃在暗处爆皮。栖鸟叨着秋梨乍翅，掉落一地一地山楂咬一口酸倒牙。闻到木樨香就知道到香山了。四大草甸又蓄上了水，葱融间挺出一根根蒿子，或见飞云在田。有白鹤、苍鹭、绿头鸭大群飞来，降于水上。狸猫、赤狐、黑熊踞于草岸望天，踏浪捕鸟。

寒水老街迭遭乱兵洗掠，住户十室九圮，塌陷窨棚长出新粟，犹见烂绳破罐，碎陶缺鬲。风后去找关系，内家是一块平地。多推了一扇门，门里扑出野狗，母的，正在哺乳。

一行人匆匆穿街而过，行至通舟角，遇到一堆寒水逃出难民，伙蹲脏沟拢火取暖，都是五官不全上了年纪退伍伤残老兵，在通舟角拣海退物维生。听其中一位独眼大爷说，一些早婚氏大妈拉起一支队伍，跑回老根据地津塘湾打游飞，专在通舟角至津塘湾一线劫杀南军后方来往人员，战法猛烈，手段残酷，男兵被俘辄被拆蛋，南军恐惧，单人、小队不敢夜行。前一阵还听说烧了停靠海湾大批独木舟。

风后问有什么办法能和游飞队取得联系，他要护送一位重要客人桴海东归。大爷说只能等，每逢月圆游飞队会送一些鱼和海带，要没大妈接济，他们这些老帮啐早就饿死了。

炎帝说既然夜间行路不会遭遇南军，比较安全，我们可以自己走。大爷说使不得，有狼，多数夜行人其实是被狼拖走，肢体残缺，算在大妈身上，大妈说她们早不吃人了。今岁大旱，狼也改了习性，以前从没听说狼赶海，如今每逢退大潮，这一路全是狼，见人不吃，往海滩赶，也是活久见。

炎帝说好吧。于是一行人就坐等。果至下一月圆，几个大妈咂儿拿绳纪着甩在背后，瞅着跟多出俩膀子似的，拎着一大块血淋淋鲸鱼肉，来了。说瞧见牙印没有，刚从狼嘴里抢下来的。风后跟大妈接洽：我是风后。大妈横着眼说我知道你是谁，你还记得我是谁么？风后说你谁呀？大妈说记不起来不说了。风后说甭管你是谁，咱俩过去有什么掌儿，现在我要交给你一重要任务，这也是黄帝交办的，你必须服从。

大妈说是！风后这么这么嫩么嫩么说一遛够，问明白了么？大妈说明白！随后风后带大妈去见炎帝，大妈说哟！这不内谁么。风后说这是一号客人，不许提称谓。大妈说是！

风后说现在你可以简报一下路上情况。大妈说路上情况简单说俩字——复杂。举火走，招人儿。摸黑走，招狼。我和二号大妈、三号大妈走头摞，你们跟我后影儿，以不要跟丢了为距，听我喊：打！——就是碰见人了，你们就停，麻溜找地儿隐蔽。喊：跑！就是遇见狼了，迅即向我靠拢。

风后说这一路都是小跑，大妈们敏若伶鼬，点地无声，好多坑、树根，她们过去了，姆们掉里边——绊呢儿了。跑着跑着她们就不见了，一会儿又出现了，那是她们在等姆们。

内夜月光如灯，沿途都是眼睛——各种头、角、光滑的背。黑处充满响鼻、叹息、哈欠、忒嘞、呼噜和草茎折腰声。有时能觉到动物很近，内股牲口味儿——干燥皮毛羶倏尔浓烈。哥儿们瞬间头皮发炸，瞬间寒毛遍竖，几次脸抢地，哥儿们都不觉知，只感到脸疼，一剐五指泥，还有草针朽叶粘于眉鼻。媿妹责我：台上跌倒你不扶怎么还跨他身上？我说我，有吗？天亮闻到海，润润的、团团涌来的水腥。看到后半尾俱全，前半身只剩骨架——未完工巨艇般鲸鱼尸体。海鸟鸣叫渐次拔音如震耳小喇叭。听到人来从鱼腹机警撤出狼半截腰都是通红的。海上冒出四号大妈、五号大妈，各使一叶独舟，奋力抢滩，潮退势大，终不及岸。某力拖炎帝入海，半走半游，托举登舟。复次托举山兄。复次托举媿妹。拍水相送，目睹双舟驭浪远去。时，海水已及某口唇鼻间矣。

这是风后说法，此说《全夏书》不载。止于卫子遗竹上见一备按：轩辕去后，揄罔不知所终。卫绾先生在其名著《由人到神——炎帝传说及炎帝崇拜考》中写道：曾经一代名帝和伟大军队统帅炎帝揄罔百涿战后即不见于正史。与其英名一起消失的还有他的行踪。关于炎帝下落自古说法很多，聚讼不已，现将影响较大四种罗列如左：一百泉受诛。此说流传于神农故地东夷地区。《全夏书》成书前即由前辈学者伯靡先生组织过论证，认为缺乏当事人一手证据，能确定事实只是炎帝及其率领的军队一去不返，颇多折映军属伤心创痛之哀情，故难成立。二病殁于涿鹿军中。此说始见巫咸《北大荒往事》文端：填星色黄，九芒，盈。炎帝殁于军中。夏禹《文命谭》亦记：炎帝冢去涿鹿夏墟西南九里，灵山之阴。旁有女媿冢。俱废。禹，百年后生，所见惟圮冢，冢中骨无言，何以报身命？所谓帝媿冢无外听闻。退千步说，冢为实，也仅资证“葬于此”，无以证前果。巫咸者，孤证也，孤证不采。三、桴海东归。此说出风后极可疑之回忆录，亦是孤证。退千步说，他亲手送走了炎帝，也止资证他亲手将炎帝一行推向未知，海上浪多高阿！海中鱼多大呀！无可争辩事实是——全东夷人民可证——炎帝没到家。不采！四、隐于灵山。此说冀地流布最广，三代以下犹为矾山之野遗老乐道。李鼻按：灵山又称矾山，因山顶长年积雪，如施白矾。

吾家壁中书录有李耳师一则记载，李师旧游矾山，曾于石盆沟遇一劳姓老人，自称其祖是大庭望族捞眯氏，跟随炎帝从泗水打到瀍水，涿鹿战后炎帝入山养病，其祖仍追随左右，采药打柴度日，后埋骨矾山。今日冀地劳姓和姓米的都是他后人。劳姓老人还引李师上山去看洗剑池，下棋石——当时就有围棋了；炼丹洞，迎客松——炎帝当时老站在松下盼他先祖；以及下棋石上一对深寸余、阔尺余凹褶，说这是炎帝足印，当初蹲在石上与他先祖下棋长考久了留下的。老人扒拉开北坡断崖下一片乱草，指着一半掩土洞说这是炎帝衣冠冢。李师问人呢？老人迎着阳光眯觑着眼摊开双手说：飞升了。归来路上遇一担柴汉，老人喊老于，汉子喊二哥。侧身过去十数步，老人说你知他是谁么，炎帝后人。

李师惊呼：真哒？回头乱看老于，被老人扯住，说就知道你要去打扰人家，所以等他过去才告诉你。不爱提这事老于，老帝王家孩子都低调，就烦乱打听的，都成农民了，谁知道老家儿在外结过什么仇，我们也都尊重，不问。我们这是世交，见面还点个头。我还种着老王家四亩地，每年交租、家里上梁、孩子嫁娶还随个份子，出把力气——还有个来往，平时我也不往上凑。李师说谁是老王？老人掰着手指头说四大姓：于、余、王、汪——我们这一带——都是炎帝后人。

李师说我能说我知道孩子妈是谁吗？老人掩唇，说嘘！不语。李师回忆，老人还带他去王地主家长工棚坐了会儿，讨了碗热开水喝，跟王地主介绍说这是我一朋友，在城里做官。吹着热开水跟李师小声说：喝开水，奏是炎帝传下来习俗，啊们这儿谁家费柴火烧开水阿？

奏他们四大姓这秧儿。

李师复记：桑干之阿有古夏墟，当地人称黄帝城，传为黄帝所筑。城长阔各五百步，南、西、北尚存土城根，高尺余丈余不等，东城根浸于湖。墟内随处可见炊饮残器：陶鼎腿、乳状鬲足、粗柄豆柄。除少量夹砂泥质赤陶，多为泥质灰陶及黑陶。亦有相当数量石器：石杵、石凿、石纺轮、石环等。一般陶作朴拙无文，少量黑陶浅刻十字或泛十字——丁、干、米、义、万字文，与泥河湾发现的祭玉、生活用陶普遍装饰十字泛十字及变形文相类，应是同一时期作品。

李鼻先生在《绝》文中引“后羿射日”这一事实指出：古往，日之数为十，故有十时，亦当十位。认为十字象征太阳，其字形取自钻燧取火之木架。其余所谓泛十字皆是日不同时象形。火，人造小太阳。日，素称天火。天火勾动地火——火上火曰炎。直可证为炎帝本人图腾、家徽、镂扣？

泥河湾是涿鹿会战后期一些军队和人民为躲避瘟疫驻扎营地。黄帝城应该在那更晚——战争期间灵山一带向为蚩尤军所控。有证据显示那座城亦非如当地人传言为黄帝所建，而是颛顼践位后营造，可能出于对身兼国父和生物祖父双重身份黄帝尊敬特以其帝号名之，这也不难想见。

另一说颛顼称帝后仍叫“黄帝”。从时间上说，已是平息三苗之乱所谓绝地天通之后了（证据见附件一）。故此二地出土器物也应属炎黄时代晚期。泥河湾情况比较复杂，炎黄时代堆积层中还混有大量石核、石片、刮削器及已灭绝三趾马、菱齿象化石。民间传说在上一地质周期，有另一支人类——和我们同科不同种人族在此活动过，史称毛人。当地多毛山民亦自称毛人之后。彼时炎帝已从史料消失，他的镂扣却频现于二地器型，扼显出非比寻常之重大影响，是不是可以揣度他还活着——活动在这一带？当然也常发生这样的事，一个死去的人往往获得比他生前更大影响。

与之同期，吾家壁书所藏冀地古歌也发生一有趣现象，并不很常见呼名点姓的山野歌子频繁出现一位叫“夋”的人，每成为某一叙事歌谣中主角。此人地位甚高，高到不是人。有的歌子直言：帝夋帝俊云云。伯益先生对此亦有深探，曾在《女》文中引《连山》“帝出乎震”解曰：帝训日，民谚曰：天无二日，民无二帝。再拿声韵说，日、帝古读都归“泥”母，是舌前音，今时南人儿童学舌尚读“日”如“捏”，与帝音近（北人表示不懂，读“爹”还差不多）。震，东方也，本着字根通假亦可训为晨，故“帝出乎震”即日出于晨。

夋，读如群。本着同韵通假可训为“神”。“俊”亦不外乎。故帝夋、帝俊可径读为日神。——甚解也！也颇合古歌对夋俊隆仰之态。李耳师采古歌涉及帝夋、帝俊歌单如左：

一、东海之外兮，甘水之间兮；有女名羲和，浴日于甘渊；帝俊之好兮，生子十日兮。

二、有女方浴月，帝夋妻常羲，生月十有二……

三、五采之鸟兮，相向婆娑兮，惟帝夋下友……

四、方圆三百里，帝夋在林兮……

五、帝夋赐彤弓，后羿扶下国……

六、不庭之山兮，荣水之穷兮；帝俊妻娥皇，生此三身国。

七、重阴之山兮，有水四方兮；帝俊生季厘，故曰季厘国。

八、大荒之中兮，有山名合虚；日月所出兮，中容所在兮。帝俊生中容，能使四鸟兽……

九、帝俊生晏龙，晏龙生司幽，司幽生思士……

十、帝俊生帝鸿，帝鸿生白民……

十一、帝俊生后稷，稷降以百谷……

十二、帝俊生禺号，禺号生淫梁，淫梁生番禺，是始以为舟。

十三、帝俊生晏龙，晏龙为琴瑟……

十四、帝俊有八子，是始有歌舞……

十五、帝俊生三身，三身生义均，是始为巧倕，下民作百巧。

十六、帝俊生黑齿……

看着眼熟是吗？这都是些当年极流行山歌，讲起源，叙家谱，有关怀，有传奇，有情色，其中提到很多名人隐私，差不多可说兼顾了深度和流行，好故事该有的全有了，遂为后人广为引用，生产出更多——有些还很著名神作，题材种类大大超出情感叙事这一逼仄类别，旁涉神话、历史、自然诸人文领域。有无名旅行家走了很多地方，听说了很多地名，托名圣贤，写——勾勒出了原始世界完整山海图景，毕竟是方术著作，涉嫌志怪，遂整段挪用、改写了前述民歌以添气韵。感谢他，让我们在原作湮灭、他的著作却大大有名流传下来的今天，还能得见这些优美上古辞句旧貌。这也是文船史上屡见不破的美谈，隔代借孕，恶紫夺朱，母凭子贵，俗语叫天下文章一大抄。

那么问题来了，这位大神是谁？在世界本已存在情况下又出来创世，出来时机又这么寸，一个跟祂同属光热系统的人刚失踪。根据想象力法则：人只能想象理解范围内之事。一个神，长得像人，会说人话，净干人事儿，那祂多半来自一个人。我们有理由相信——有权利怀疑他们就是一个人。不需再搞“夋”和焌、踆、畯这种种发光发热发炎——炎热通假互借关系串联，日神炎帝对训，日训炎神训帝，合丝严缝，不是揄罔是谁？这事就这么定了，帝夋者，炎帝揄罔也。这只是供暖单位内职务变动，同一人之不同面目。

那么问题来了，嫩么实实在在一个神农共主炎帝如何在民众眼里变成神？伯益先生在《女》文中提出一条线索，泛十字纹“亜”，在颛顼文金文及甲骨文中与“巫”字形极相近（见图一），一个如土直男平臂举哑铃；一个如杆狼抖手尬舞。伯益先生很执着，由此我们在十字和巫之间产生了联系。

《全夏书·炎帝世家》记曰：帝，刚毅，有玄德，常观道之徼，知稽式，故能胜凶咎，役鬼畜，通神灵。这个话就是李耳师本人一刀一刀刻下的。其实这也是搞上古史人所共明了的，用不着多举证。一伙人，存于世间，就如一群鱼游于大海，如果不辨洋流，又不善于观察规律，不知规律的边限在哪儿，人事之外一无所知，只想上场不想怎么收场，搞到没办法就真没办法，干瞪眼，是不可能走上领导岗位的。

所以古歌唱：人皃于世，譬如汪洋。道繄于楫，与予偕归？传说这是帝俊当年所作之歌。冀地古歌多唱帝俊，亦多托名帝俊之作。从歌唱他的歌中可知，他所做的事很伟大，疑似以太阳日行天空不等投影把一天划了十个时辰，所谓十时制。有误差。把一年划分了十二个月，相当准确。与动物积极互动，推广自然和谐大环保理念。还积极传授种植技术、造船技术，引进至少两种吹弹乐器，带来新鲜曲风歌舞，史称东方舞。培养出一位泥瓦陶石木作全活儿巧匠，培养的方法是自己生。通过这位叫倕子的师傅把各种省心省力路子传授给百姓，可能发明了盖房子时把墙砌直的吊锤，把麻批纺成细麻绳的纺锤，可以东敲敲西敲敲把凸起物砸进去的长柄锤什么的。也许，不是也许而是一定还发明了冶金。也不能叫发明了，这本是农耕人民成熟科技文化或曰文明。从这一侧向似也可证这位帝俊所来何方。

《骨辞正义》：夋，尖儿，本义鹤立才卓。俊，千里挑一，十人曰豪，百人曰杰，千人曰俊。再加上好看，可见帝俊在当地出现引起的轰动和人群追慕。也许这正是炎帝易名原因，夋、俊最早是美称，就这么叫开了，其中不乏女蚂蚁上树。

古歌尽是情歌，李师撷取重视史料价值，狎昵露骨之辞一概不录，非乐而不淫，刻字手酸，省手也。（鼻按：个中有数条涉嫌下三代人物乱入，后羿、后稷、娥皇什么的，非材料遭污染，今文古文隔灭，字同义迁，“生”字古义不惟指亲生，也泛指同一生殖链条广大嫡庶子孙，耷拉孙数祖亦可称某生，举例：黄帝生我。故反可证材料可靠，古义盎然。）

还是能看出帝俊受欢迎程度，到一山娶一位太太，推广洗澡，建立良好个人卫生习惯，可说——虽无证据——遏止了性病流行和传播。生下孩子有出息，最损是行业祖师，能嗝儿大的开山立国——上古，一村为邑，二村为邦，三村为国。至少可认定其中一脉是暗白人。那本托名禹、伯益（与我汉伯益不是同一人）地理名著最大问题是不知作者所在何方，故指向含混，自问世以来，所涉山川之名、之所在莫衷一是，不同论者从自己所在方位出发，所见大异，几无一山一水名实匹合，不得已强名之，生傍之，相去何止万里。

李耳师旧游矾山，曾以石盆沟为起点，踏勘周遭诸岭，留下一份今古地名参照表——不是和名著参照啦，他老人家知都知不道有这么本志怪书，是与古歌参比。今兹列于左：

不庭山，今名猢子窝尖。去石盆沟西南十数里。荣水，季节性溪流，雨大荣焉，无雨穷焉。古歌诞生年间大旱，穷焉。三身国今为李子园村、横岭村、坂木沟村。村人多姓姚。姚，老姓，古褒国一支，先于玄猿部进入大荒，又称东湖林人。曾经一度兴旺，后逐渐衰落。今族中尤存母系部落遗风，妇女主外，离婚出夫，生子从母姓不从父姓。与中州风俗大异。传说一，当年帝俊女朋友姚娥生了三个儿子，只成活一个，故名三生，又名三身。传说二，姚三生做了国主，人称三叔，娶了三房太太，一村一个，故称三婶国。传说三，国有三神庙，供奉炎帝、黄帝、蚩尤，又称三神国。庙今尤在。

重阴山，乡人曰照坡尖。去石盆沟西南数里，同为太行余脉，与矾山栉比相望。山中有龙潭，旧称泯泉。四时有水，久旱不绝，饶益四方。周围村子有煤积村、九沟村、董家村。村人多姓季，世代打猎为生。传说当年大旱，乡民焦渴，是帝俊带着村里年轻人季厘进山找到这口隐泉，凿破泉眼，引水出山，救了一方人。村人感恩，季厘认了帝俊为干爹，故歌子里有子无妈。季厘家世代守此泉眼，还在泉旁设了纪念帝俊的石坛，曰俊坛。村人打柴汲水过此尤曲身添石为拜。

合虚山，乡人曰黄花梁尖。去石盆沟西南数里，与照坡尖隔空相望，梁尖有观日出处（其实其他几座山也能观日出），冀地最佳。周围村子有好岔村、大庙村、平台村。村人多姓钟、容。山中多佳果，亦多良禽猛兽，是华北虎华北豹最后栖息地。村人食谱一向很丰富，又吃肉又吃水果，是最早养鸡鸭鹅，玩鹰的人。帝俊还认了很多干儿子……

喔来喔，歌唱帝俊歌子很多，托名帝俊歌子更多。从这些歌里可以看到一个巫者除了济民利生的作为还有他自己黑暗沉郁的内心。伯益先生《女》文中框述了涿鹿战时巫在各部队中悲苦遭遇，求旱得旱，祈雨不至，很多巫被指要为这种情况负责，越是在部队中有影响之巫威信下降愈甚，尤特是女巫，多被指为魃，普遍受到揪斗围殴，泼粪、剃头、唾面等当众折辱人格事亦多有发生。炎黄部、蚩尤部均发生年轻女巫不堪凌辱服毒、投河自尽恶性事件。其中尤以炎黄部高级女巫媿遭公开游街鞭笞致死案惨烈。（卫绾按：此说不确，有不同来源证据显示女魃战后仍长期追随炎帝左右，鞭笞致死当有她人，死者名待考。）

即便是这样，多数男觋女巫还坚持在一线兢兢悬悬为战士服务，冒着受嘲笑被暴捋风险深入部队驻地熏艾制符祝由咒禁，对抗大面积爆发性时疫。由于此次疫情持续时间长，病情迁延易反复，致死率高，桑濯两岸一般具有收敛止泻功效药草乌豆根、冯树根、山莓根、龙牙草、土丁桂、红辣蓼均遭哄采，身兼医务人员巫觋们已面临无药可用之窘况。必须指出已发生多起基层巫觋与病人亲密无保护接触——掩埋大量腐尸工作也需她们承担——受传染致死病例。故不得不在明知疗效难测、不受欢迎条件下仍硬着头皮开展巫术，试图用信仰力量调动人体自身免疫力。上面也支持，建议她们不要神神秘秘自己搞，别人只是那个授受者。要带动大家一起加入，把事当作自己的事来做，才少误会而多积极性。巫术博大精深，有心法，也有身法，我看跳巫就可以简化一下动作，做不到驱邪，蹦一蹦，健健身，动起来就比不动强。

黄帝的指示传达到下面，巫众首先动起来，一时各部夜晚火堆到处可见手拉手围着圈跳巫人群，听到女巫尖脆声音：骇起来呀骇起来！风后《牛》文记载，当时巫场流行比较沉郁、丧的舞曲，流行跳着跳着哭出来，也就释放出来了。其中有些名曲即改编自托名帝俊军谣。他也认识几个作者，都是部队基层小巫，有的就死于这场瘟疫。其中一首《异乡》有这样辞句：异乡夜，黑如井。童女子，魅如神。忽尔发觉这一生，都是独行。又有《喜歌》云：累！为什么得到一切，却从未得到安慰。失去一切，却心底卜豁，暗自生喜。又有《父母之邦》歌云：父母之邦阿，生不可见。父母之颜阿，生不可见。父母之心阿，郁郁不得问：何当生我于此世？

风后回忆，每当于疾鼓中听到这陡起天外悲声，他都老泪弹脚，无数次跪地捶胸，跟着合唱：何当生我？何当生我？

卫绾老，中尉将军，大巫传人，两边情况都熟，讲：部队的巫，苦阿！两头都要讨好。部队的事都是急茬儿，要命的事，灵界的事也不是谁说了就能做主的，就是大巫、名巫，说今天一个请不到，也就晾在呢儿，你跟谁急去？你跟谁来横的？内些个小巫、巫助，更可怜，都是些孩子，不该看的看见了，不该知道的先知道了，偏又比常人多些秉赋，多些柔脆，人生尚未开始，忽一下见识了灵界，就把那当美好新世界——更真实世界，着了魔道，就把魂儿丢里面了。

当时上已决心在马邑与匈奴一战，考虑在部队恢复军巫制度，以便有基本战场救护，减少轻伤致死率，故携窦婴、王恢、韩安国、李广一干人拜望卫老将军，就教于他老人家。

卫老正在翻风后回忆录，说：我就是从小巫干起的，也不知中了内门子邪，家里也不是吃不上饭，非要去当兵，家里老人说是让招兵的拍了花子，在代郡边防部队做巫助，因为家里有内个名声，一去就让首长挑上了。老李，你是不是在代地干过，我是你手下的兵诶。李广说呃，这个，可能，不太清楚，你具体在内个部队，——驻地？卫老说我也忘了。

卫老说我内个师傅是个土巫，在家就是跳大神，请黄大仙什么的，帮街坊找找丢鸡羊，请过世老人出来调解一下家庭纠纷，骗街坊鸭蛋吃。到了部队，耍开了，把部队战备药都给吃了，一天到晚给战士算命，战士给他起了个外号“大量”。每天都在云上，自己骇得不得了，我一看也学不到什么东西，就请求调到运输营，学驾驶，怎么说也是门技术。

王恢说将军，你认识有什么大巫可以推荐给我们，协助组建军巫部队，招募、训练人员。卫老说现在哪有什么大巫，巫是什么都不知道了，一帮灵媒——现在是不是叫这个名字？灵界的边儿都挨不上！净弄些狐仙野鬼，晕内些最蒙闭最可怜的人，把本来头脑一片漆黑的人往更不见光的地方带。巫是干这个的吗？我认识一人，很会赚钱，做生意精得不得了，就在这事上是个死结，脑子缺根弦，老爱往家招这些骗子，送钱给他们。一次带几个一看就比他还缺的缺，说是什么哪里的名巫、活仙到我家来，叫我见识一下，有什么想问的可以问他们。我说你们都会什么吧，一个妇人自称腹语者，说俄石马都不知道，但俄肚子里有只灵鸽，百问百答，然后肚子就咕咕叫，说你可以当掌柜子，发大财。我说你，文盲吧？做这种事全靠无知无畏不行，不能老是这两下子，往人之常欲下家伙，还是要增广见闻，了解人欲之外还有很多分层。你看我，比你懂得多，比你见得多，比你玩得大，都不敢来这套，给别人解决生活困难。胆儿也太大了你！你哪儿人啊？小地方吧？不留神把自个心里盼的说出来了吧？长点儿心，以后就在你们家乡蒙蒙淳朴乡亲，少往人多地方来——气死我了！你能相信一个张口发财闭口挣钱的人比你知道得更多么？那差不多可说是一类弱智代名词。我内朋友也是脑子叫驴踢了。就这些个玩意儿，还敢自称巫，你问问他们什么是做巫基本素质，做巫顶要紧的笔格是什么？今天黄帝炎帝蚩尤这些大巫站在你面前，你敢说给你俩钱，您给我批批流年，算算有没有桃花——么？

我说什么是做巫基本素质？卫老说求知——欲！终我一生，得一个明白——方休。窦婴说顶要紧呢？卫老说勇敢！人间凶险莫过丧身，灵界凶险可谓丧魂。真相出现了，明艳艳摆在那里，过去，魂销灵湮，此身不复。不过去，永不得究竟。敢不敢过去？畏念一生，则真相逝矣。苦阿！这头想着要勇敢，要进步，来日无多，要多虚有多虚的事，那边差着你办要多实有多实的事。应过一次就有二次，赖上人家，回回请，拿自己不当外人，人家连你一起烦，能不烦么？把人家庸俗化了嘛。再听你来就躲出去，喊破天也没人应，偌大灵界空荡荡，你说苦不苦？我每天都在做么耶俄滴神阿！

我说大巫小巫都得有，虚事实事都重要。王恢说这个灵不灵，跟献的供品有关系么？下回咱们不白请，重重谢祂。

卫老说那都不是重点！

韩安国说好比咱，别人求咱办事，咱是冲人家提来的礼物呢还是先考虑这事当办不当办？

王恢说明白了，是个态度，求人一趟空着手去自己先不踏实。

卫老说我老实告诉你们，那都不挨边。说句不当说的话，灵界也讲风气，特别贪受祭品的神也特别让别的神瞧不起。

半天没嗳嗳的李广忽然发问：我请问，啥是灵界阿？听着好熟悉，请教卫大师，灵界是另外一个人间么？卫老说李将军，你厉害，弹弦的不问镲事，您老的话，属下接不住。

我说说说嘛，卫将军，我爱听，从来神都是借着人说话，未见真神降临，猪头肉也都叫咱自家吃了，这灵界到底只存于心灵观想呢还是只存于观想？李广说咱们今天干嘛来了。

卫老说定义神，非不为，不能也。不可思议的不说，说你们能理解的——只存于观想，这所有的观想联起来，曰界。

李广一拍大腿。王恢说我真见过能飞的。我说——去！不许聊二逼。窦婴说有互相暗示么？卫老说不排除，所以这事你必须站到第一排第一位呢儿去观察，否则净看后脑勺了。

韩安国说第一排还是第一位？卫老说最好是第一位，第二就不能排除暗示了。我说还是有一茬暗示一茬可能？

卫老说你相信观想先于天地存在——太初有知么？这宇内凡图景、思想一旦生成就永不湮灭。我说相信怎样不相信又怎样？卫老说相信就无所谓暗示，只是各自授受不同。

王恢说谁在观想呢？卫老说这就跟不骇的人没法聊了，我老实告诉你，这人之外一切存在，跟人界没丁半点相类，说像的，都是比方。今天你知不道，将来有一天，你会知道，不知到内时话怎么说，我只能这么说：天地之先，有口信。

李广出来破口大骂：这老骗子！

23

入秋后，开始出现无药自愈病例。一些瘦骨伶仃人从伏尸堆摇晃站起，走到——或爬到因秋汛变得汹涌清亮大河下饮水。此时，战争像夏天远遁雷声消没在长空，曾经严重对峙各武装集团忽如一台戏唱完——散了。因战争天灾瘟疫遍布死亡受尽糟蹋满目瘘痍河谷盆地如今有了难得平静。入夜不再只闻疾鼓、惨叫和哭喊，也能偶闻独竽单箫。晨晓有鸡鸣，日中有炊烟。白日有人苫草，有人呼鹅撵狗，有人河中洗澡，有人河边垂钓，有人砍柴归来。

李鼻先生在《绝》文中写道：这期间，发生的最重大历史事件是蚩尤猝死。有关蚩尤之死，因《全夏书 · 百涿卷 · 蚩尤列传》大部简竹亡佚，止记载到“蚩尤军至，屯河上（按：此河上指泥河湾），河右诸将多从之……”，故不见信史。今人所见《逸周书》《列子》所载旧闻多出冀地传说。《周书》，秦以后叫《逸周书》，史官之作，当年先周公委托宗周守藏室注意收集诰誓辞命存档，沥沥拉拉八百年历经三十代史官呕沥接龙完成。吾祖耳亦是编撰者之一。初，撰写《尝麦篇》，分派主笔是左史戎夫，文涉百涿之战，还就蚩尤问题特别请教接壁儿正在赶夏书之吾祖耳，耳祖言现在还没有结论，只是一些传说，并略谈几句传闻的荒奇和不贴边，戎夫诺诺而退，说等您拿结论。可能是一直没结论，可能大家都忙，戎夫也没再提这事。大几百年过去，周书作为逸周书面世，才惊见传说已就续上了。

冀地传说历经大几百年也有变化，更家长里短了。如当时拥有世上唯一铜护额蚩尤大君被聊成铜头铁额。（按：此护额为天然红铜打制，非热锻固体还原。）铁，没有的事。大君爱吃家乡特产小胡桃，拿后槽牙较劲，嘎嘣嘎嘣的，呸呸啐渣儿，被聊成吃石头吐砂籽。他爸有能力，应该不是一妈，生八十一个兄弟。这完全有可能，一滴不糟践，有生好几百的。八十一子都穿皮氅，有虎皮狼皮花豹黑豹皮，远看一群大猫中间跟着狼。打仗也躲不开自然现象，一会儿飞沙走石一会儿遍地汪洋，老百姓趴自家后山看过队伍，风来了吹得队形大乱，水来了整支队伍漂走了。开心！就乱讲。

这些传说作为史料，有价值就在于小事乱讲，大事隐而不彰，并没谁传真看到战斗，说两边动了手，还不算彻底虚构、颠倒历史。也就仅此而已。百姓对战争认识就是杀人，当他们看到一方首领——蚩尤大君，被剥皮制靶、毛发织旗，胃里填草当球踢，脂骨捶成肉浆拌鹿肠马草作为一道冷荤众人传吃（李鼻先生在其另一名著《黄帝四经》中对此有很克制转述），就想当然认为这是战败一方受到惩处并为之骇然。

关于李鼻先生是否为《黄帝四经》作者坊间一直有议论。有人——具体说是伯益——认为是其三大爷李宗先生所作，证据是他家战国时就有一本，其中也有部分篇章谈战争艺术，没带过兵的人，想不起卖弄这个，李家真正在部队干过有实战经验的也只有李宗和我汉李假将军。这个我们也不好站队，老李家男性多长寿，向以高龄著称，李鼻先生生于战国，生而有知也是可能。此其论据略显不足、粗糙之一。我也曾就此建议李鼻老挚友卫绾先生，是不是晒出底稿来不就结了。

卫绾老沉吟，说不便提，这种怀疑本身就是无聊，有人怀疑你儿子不是亲生，你还要一遍一遍查体给他看么？上古无主之作多矣，太多积案陈案难破，今日有人出来自首——主动认领，我们高兴还来不及，能结一案是一案，应为他的勇气称快才是，难道你还要质疑他，打倒他，形成新疑案不成？卫老讲：谁是作者重要么？不知作者影响阅读么？太多人把注意力放在这种无聊而不是作品本身上，正确发问应该是李耳师憾而作《道德经》是否同样受此一派传说影响。

卫绾先生根据独立来源材料——他家壁中书——对蚩尤之死给出自己判断，两条：首先，病死说假定成立，有主治巫医、近亲属、老战友、无利害关系第三人——警卫战士、悼念围观群众乃至敌方将领共同证言形成证据闭环。其二，剥皮以为干侯，翦发以为旌，充胃以为鞠，骨肉投其苦醢，要结合上古丧葬习俗看。季伯辄先生《诸夏礼失考》云：太初，大道行于天下，人不独异于禽兽，皆赤子，循自然礼。婚即淫，葬曰“无弃”。今言不糟践。割而食之，以为敬。后慧智出，始知耻。废大道，作常则。定尊卑，以为器。淫有别，葬亦有别，曰天殄。一般老人病人罪犯就不吃了，免得沾了晦气，也是惨痛教训，吃了病人大家都病了。但是圣人、大英雄还是要吃，同样的理由，分享他的德行，曰形补；曰加济。(《骨辞正义》：加济，巫事术语，原指巫者以祝咒、洒水、法器加身诸手段向中蛊者灌运法力，匡扶正气，济助三魂归肝。后泛指所有为提升道德品质举办的精神、肉体互相加入。）这个“慧智”当指巫，最早形成人格面具之辈。亦称自我执着。李耳师称之为“大伪”。伪在认面具为真，以面具差异划线，做容器，收纳人群。将面具戴不牢，偶有脱落，误判为：丢人。从此不住大道中矣。大道从来都在，沛然行于天地，只是人自放于外，故曰废。这个废，也是废去大道基要法则：普天之下万物平等，的意思。故曰天地不仁——天地并没有格外另眼高看人。古往，圣人亦是特指，是那个拥有权位且不失道心的人，首先是权位，其次是道心，所谓有道之君、之帝。平民有道，称贤。平民封圣自孔子始——有人提，我还没批，看势头在所难免，我不批也有人批——亦称素王，看似不处高位实则拥有话语权。

喔来喔，卫老写到，据蚩尤夫人回忆，大君早起还很好，还去河边遛了个弯，和警卫战士苕娃聊了会儿天，问他习不习惯这里生活，想不想家。苕娃说不想，这里好。大君说怎么好，你告诉我。苕娃嘿嘿乐。大君说不想是假，我就想，对不起你们呀，把你们带到这个地方。说着大君跪下了，垂着头，像在表达深深歉意。苕娃慌了，扔了棍，去搀大君，嚷嚷这怎么话说的，折死我了，没人怨您呀。大君已然去了。

这是苕娃的讲述——也在大君夫人环野内。夫人正在寮棚口赤陶鬲前煮快火鱼片粥，掌心切鱼片，抬眼能看到苕娃跟着大君在河边溜达。再抬眼，苕娃背着大君往这边跑，已然是事后了。敕氩也在河边，迎接应邀参加首届北地巫师大会代表泅渡过河——忙！没顾上回头。当时灵山十巫中八巫：巫即、巫盼、巫真、巫彭、巫谢、巫罗、巫抵、巫相——才水淋淋上岸；另一巫——巫姑和她男朋友巫阳和她俩儿子巫履巫凡还在波浪中出没。（大哥巫咸随黄帝部队北狩不能出席。）举办这个大会是蚩尤他老人家主意，目的是交流跳巫经验，制定仪轨次第，规范手法，禁绝某些手段，防止外道借个别巫事不规范信者岔道生谤兴妖，把拧巴拧回来。

听到这边一片喊，敕氩知道出事了，赶过来，大君已然凉了，夫人正在吊打苕娃，喝问：你跟大君说什么了，把他气死了？苕娃说了前述内番话。夫人说不对！你一定说什么了，要不大君不会这样，你平时讲话就噎人。敕氩说放下吧，我了解这娃，跟了大君这么久，就是真说了什么也不是成心。

苕娃说少爷，我真啥也没说，你知道我是不会撒谎的人。麸垕解下他，说没实话的人最爱这么说。跟夫人说，父亲在时信任的人，我们也不该怀疑他。苕娃可怜争辩：我只是直。

按照九黧国习俗，家长过世，嫡长子继承他全部财产，夫人因不是生母也包括在内，于是夫人就退到一边去了。

这时，巫姑和她男朋友及两个儿子也上了岸，与她赤膊兄弟们一起走过来。她们并不知道发生了什么事，看到一个人躺在地上，大睁双眼，万念俱灰的样子，旁边人正要抬他，就说这个人是岔道了么？别别，这个时候千万别动他，关键是音药不能断。于是巫姑拉着她男朋友巫阳及两个儿子围着大君跺脚起舞，无伴奏哼唱：哇多节哈耶提吧掂捏趴塘刹那亦且摸叠罗尼捏多……那是一首名为《喊麦》的灵歌，又称《愿望之歌》，歌词由一连串咒语组成，能去怖畏，止妄想，收心魔，多用于单人或集体癔症急性发作，在医疗实践中对狂躁、亢奋有显著安宁作用，亦为停尸守灵之夜祝诵常用曲，有假死疑似诈尸竟然翻身坐起数起著名病例，故在民间享有直起死人神誉。麸垕乍听便泪如泉下，巫姑边唱边邀男高音巫彭、中音巫相、低音巫抵加入，邀请到夫人时，夫人甩开她手，径去一边独自啜泣。

一首残断冀地古歌记录了当时场面，巫姑击节，巫彭击鼓，巫相击缶，巫凡绕舞，巫阳低吟，巫履长啸，众巫合唱：人阿！你这不顺服的族类，挣尽一生逃脱死亡巨网，如今崴在地上，像剪断的缰。曾经的过往，烙在脸上的辛酸，都化成霜……（此处有脱简）人间何谓不死之药？我谓音药，这世上唯一能唤回时光……（此处字迹不能辨认。）

这夜月明，人们围绕大君尸体纵行歌舞，这在巫事术语叫：行歌绕舞。用歌唱这无敌灵药抗拒死亡巨网笼罩，力挽大君已逝生命。巫家认为生命完整之义不单指肉体还应包括灵识，而歌声则是灵识之翼，犹如鸟之双翅，故有“让我们乘着歌声飞起来”一说，飞起来那个指定不是肉躯。嗖！歌声不绝则灵识不屈，音浪推动视幻，指导画面，和顺则美，奇崛则险怪，巫家通识，故称音药。(《骨辞正义》：古往，先有音而后贯以节律有“乐”。放灵识，疗精神，曰药。而后悦人耳目，读如跃。而后寻快活，读如勒。此其“乐”三家读音由来。今燕北方语仍读“乐”为“药”，是正音。)

白昼耀日当空，行歌绕舞不能停。一般绕舞少则三天多则七天，亦有特例，必至下一月晦方休。在这一过程中，若仅是岔道，假死，通家能入死地，带回觉知。若确已没救，也能慰灵，斯时逝者灵识——内个广大乎视野，仍在尸上萦回不去，鸟瞰自己，鸟瞰亲友，只是情识如风吹砂，听由亲者痛、近者恸，直至恬然光化，弘摄长天。这个过程南巫叫质壁分离，北巫叫面目全非。这时会发生守恒现象，即能量物转，从逝者向旁观者身上转移，尤以亲近腻密者多受。故有神思恍乱、萨满式昏迷、白日见鬼、托梦等异事发生，托付难舍，追索冤家，乃有深怨者遭附体失智自戕。故不建议阴结怨者佯作无事参吊亡者。这个现象发生后，可以认定灵识出离受体过程已完成，可以处理剩余一堆坍解物了。

很多人绕着绕着就虚脱了，被架到树荫下补水进糖。更多新人加入行歌绕舞队伍，那是陆续到达大会代表——军都太行诸山之巫。炎黄留守处颛顼也来了（原文如此），代表黄帝向僰垕表达对一个“伟大战士”猝然离世最诚挚的哀吊。颛顼原话“这标志着一个时代的结束”。僰垕刚揭下一领全皮，硝熟抻平以蒙干侯（即箭垛），请颛顼射第一箭。这是莫大荣耀，对颛顼而言；对逝者，亦是最高致敬，只有阵亡、挽救全军大英雄才配有之隆誉，军语叫：配享校场。与武器、战友生生世世同在。亦意味该名烈士已陞升兵神。

夫人正在纺毛发织旍。旗成，有赤气出，如绛帛，升躥至空，化为累累菊花云，上黄下白，见者无不涕横。是夜，有彗星出，亘西南，坠东北。他日复见此星，天下皆尊为蚩尤旗，又名兵主旗。列国欲行征伐，颇以其星贯天为吉。后百姓久苦兵灾，指为荧惑妖星，见此星出即言：兵乱将兴。

颛顼球也踢了，剁肉馅也砸了几棰。嫐屘撒过盐说我可能有点口重，你帮我尝尝。颛顼抿了一口，说姆，八错，咸淡正好。巫姑跳得跟刚冲过凉似的，嗓子如堵砂纸，说骨头能给姆们几根么，当鼓槌儿。嫐屘说您受累，您啐便挑。

嫐屘朝众巫喊就剩这点了，谁想拿什么倾着拿。巫阳走来说，我想要内颅。嫐屘说拿走！巫阳说我想……嫐屘说甭告我你想干嘛！到地上内小堆骨头让人撤干净，嫐屘一抱头蹲地下，继而起而歌：飞鸟衔来种子，枝蔓结于道里。老枝饶有断时，种子死死生生。颛顼赞曰这才叫真真明白儿子！

24

卫绾按：前述诸人言论及合理展开伴行叙事，原是鄙人新作《蚩尤之死辨疑》主述部分，拟就文中论点提供详密周尽论据支持。出于可理解私心，本人只能截取个中有利论点章句而不必是全部。出于一个学者的诚实和严谨，本人例将这些材料出处一一标明，并依按评规制将原篇以蝇字逐节嵌录文中。后遭读者——主要是伯益先生——恶评，指为叠床架草窝、断灭文气，有的蒂根岔到外婆家去了。后本人接受意见，将各节原篇抽出，与同属回忆之风后文汇订一辑因各原篇悍短不一，有的仅为半句，单独成卷恐不满册；为尊重伯益老，仍沿用原书名《那些年……》，故今存世《那些年……》实为同名二辑，辑一是伯益版风后老专著，辑二为本人版多人合编文集。为读者不致晕菜计，本人版以下行文简称《那什么》，特以告。

《那什么》收有一枚南武涝书最新出土成果：首届北地巫师大会部分代表名册。个中参差可见北巫分属范圄背井靠山，极具史料价值。据整理发见者伯益先生绍介，原简为正体大篆夹杂疑似颛顼文记符，且多附古今地名对照，经请卫绾、李鼻二先生同往合勘，基本颔定是李耳师手迹——与卫氏壁中书比附——契吻李师行文习惯，应是李师砚山行同期笔录。疑似颛顼文不能辨认，可视为可能有更久远原始记录。

这是一次极愉快合作，伯益老还留了饭。席间慨然应允卫老将此次重大发现收入《那什么》，当然发见者名实俱归伯益老，卫老不敢掠美——的请求，说都别跟我提钱！卫老说不可以！遂来去纠缠，遂欣然收下卫老家传荣公盘一只以慰心劳。现将名册煌列如左（括号内为伯益先生所加）：

淑士：颛顼之子。居淑士国。今毛天岭上水谷村。

老童：颛顼生老童，老童生祝融，祝融生太子长琴，始作乐风。（最早开始音药家常化尝试，著名山歌手，悦人耳目者。）居榣山，今黄花梁圪垯。（又：老童亦是重叔黎叔老领导。）

三面：颛顼之子。（伤残老战士，曾遭严重烧伤，浑颅无毫发，皆疤，光滑似脸，后脑勺亦如是，见者遑顾，故称三面。）独臂，居大荒山。今大疙尖。

中輴：颛顼之子。自成一国，曰中輴国。今歪头山东沟村。

阿厘：苗民，颛顼之孙。颛顼生驩头，驩头生阿厘。居章山。今虎头掌岭虎头掌村。

季禺：颛顼之子。居成山，有甘水，自成一国。今大石留顶卢家峪村。

叔蜀：颛顼之子。自成一国。今大槽尖莺窝沟村。

刑天：居常羊之山，后葬于此。今十八盘岭辛岔村。

巫咸：居登保山。（原文如此，可能巫咸还是来参加会了。）今大背尖苇子地村。

灵恝：炎帝孙，生百户人，互为姻亲，古称互入之国，因涉不雅，后改互人。今窠坨羊卧台村。（此人巫养隆通，常自飞升，上下于天。）

伯陵：炎帝孙。伯龄生鼓、延。鼓、延始为钟，为乐风。（也是音药家，开一代乐风，把钟声引入舞曲，醒药。）

阿听：女巫，炎帝妻。阿听生炎居，炎居生节并，节并生戏器（程式表演艺术家，还能做道具），戏器生祝融，祝融生共工，共工生术器（专业木匠）、生后土；后土生噎鸣、生信；信生夸父。（此夸父当为夸克。上古人名多缀辈分，行大称伯，次称叔，有后称父，尤今俗招呼张家爸爸李家爸爸。夸父，夸家爸爸。夸家爸爸之死史上向有两说，一神话版逐日说。一现实版受戮说。《大荒东经》《大荒北经》皆记：应龙已杀蚩尤，又杀夸父。司马谈先生考证应龙为共工别号，是否杀蚩尤且不去论他，或可迻译蚩尤死后又杀夸父。夸克，至亲老部下，一朝痛杀之，何以故？马谈先生进而考，这要带上"逐日"这一诡异行为看，日出于东，没于西，逐，必西蹿。部队在东边紧张打仗，您忽然撒丫子往西跑，喊都喊不住，几条大河也挡不住你，入大漠渴成内个样子也不回头，什么性质问题——追日借口也太烂了，逃兵也！姑妄听之。）

相繇、相柳：共工臣。（哥儿俩。）

苗龙：黄帝之子。黄帝生苗龙，苗龙生融吾，融吾生弄明，弄明生白犬，白犬有牝牡，是为犬戎。

名单很不全，多为炎黄部军巫，个中尤以黄帝部颛顼支部庞盛，可鉴黄帝虽率部北去，留在当地势力——伤退回乡人员仍称深厚，到底是老根据地。这里某某人之子、之孙，并非实有血缘关系，只是上下级关系，隔几层。上古军团社会，部属亦称子，介引某人会说他原来是哪儿的，现在是哪儿的，表述为谁生的他，他生的谁。所以才会有老童生祝融、戏器亦生祝融，指的是老童领导过他，戏器也领导过他。此祝融为夏师高级指挥官——火正官名。帝喾后改称大司马。

亦有人——确切说是李鼻先生——认为，这名册之所以只见炎黄部巫众未见当时实际控制冀地北境蚩尤部族类（只捎带提到一个归附颛顼苗民部落阿厘。后世史家多称蚩尤部众为苗、三苗。蚩尤国名九黧，厘应为“黧”借字，亦可能是归附颛顼后改氏），未必是竹材自灭，更大可能是绝天地通大整顿“遏绝苗民，无世在下”之后冀地实况。也就是说代表是代表，未必是首届代表，即云首届，当有至少二届。

李鼻先生在《绝》文中提到第二份名单，来源其家旧藏古竹稿，与南武涝系列无涉！该竹稿在鼻老家一向作为《山海经》底稿惠存，与《黄帝四经》底稿、《逸周书》底稿、《逸商书》底稿一齐码在劈柴棚里，准备论证完《黄帝四经》是自己写的之后，论证《山海经》……是谁写的还没想好，后来一忙、年头一长——忘了。到伯益家鉴宝——鼻老就是这么看这事的——便觉得眼跳，冷孤丁想不起来且哪儿见过，故仅就字迹发表评论：像。之后一直没暖暖。吃饭卫、伯二人丑态竞出也没暖暖，个人端着碗蹲呢儿犯愣。后来把这事整个忘了，一日闲来口寡，在厨房切酱肉——做饭最宜放空，勾起零揪碎忆——蓦突颅洞亮了，直奔劈柴棚，一撤便是。

鼻老借《绝》文晒出这份名单，果见许多苗黎姓氏，再一多就是女代表多，且幻术诡奇多姿，个中可见南巫妖魅黑暗刻板印象之一斑。且举几例（其中括号内字为鼻老所加）：

延维：苗民，有神（像），人首蛇身，长如猿，左右有首（古热带界木雕风）。

方哈：黑人，虎首鸟足（猫脸，裂趾而立，俗称抓地脚；多见海上民族或常于浪中使船渔公足部特征），两手持蛇。（南方人爱吃蛇给北人留下多深印象阿。）

雨师妾：黑人，两手各操一蛇，左耳有青蛇，右耳有赤蛇。

禺强：人面鸟身，体轻如鹮，善登枝。耳悬两青蛇，脚盘两青蛇。（都是耍蛇的。）

阿赣：巨人，人面长臂，黑身有毛，反踵，见人笑亦笑，唇蔽其面，因即逃也。（赣，憨也，今冀地方语亦称草诚实昧者“老赶”；可能是内位代表养的大猩猩。）

枭阳：黑身有毛，反踵长唇，见人笑亦笑，手撸管。（这都什么人阿！）

女淖：丑不可当，猪嘴、麟身（银屑癣）、渠股（罗圈腿）、豚止（脚趾有蹼）。自述颛顼之母，到处跟人说，当年昌意降处若水，野合得子名韩流，娶过她，生帝颛顼。（神经病。）

女丑之尸：青衣，以袂掩面。（也曾放下，遭暴打。）

女月：肤美，明月夜，喜骇大裸奔，曰浴月。（俗称晒月亮。）

宵明、烛光：登北氏（登贝莱汉译。此处疑有误，宵明大整顿卷宗记为余姚蛮，阿乡杆子骨干）所生，处河大泽，二女之灵能照方百里。（灵照：巫事术语；灵照百里，指能度测百里之事。小巫也。）

烛阴，又名烛九阴（神经病之二）：自命钟山之神，睁眼为昼，闭眼为夜（咪兔）。不饮、不食、不憩（在劲上）。吸为风（大量，一扫而空），身长千里（幻觉巨大）。

渔妇：形容枯槁，自称南方溺亡女魂，乃化鱼蛇，风道北来，有预言：颛顼死即复苏。（此预言暗指颛顼将不利于南人，南人将在颛顼死后获新生。）

女魃，又名黄帝女魃：著青衣，常偕精卫行，呵爱备至，似为精卫母。（此女媿未东归证据之一。）

精卫：炎帝女，幼齿新飞，初历幻境，七日数重演，尝与人言：昔日，我去东海游水，溺而亡，化为鸟，怨而衔西山之木石，以填东海，所以我其实是只鸟。众巫爱其骇语，为之歌：游东海兮子不归，化精卫兮志不坠，衔木石兮堙东海。（此或可为炎帝女媿同不归并育有一女证据之二。）

两次代表大会都参加了也即两份名单同时在册惟有一位：苗龙。名单一已交代苗龙出身，黄帝的人。应是北迁依附黄帝苗民部落，史称北三苗。故于大整顿后新一届大会仍踞一席之地——遏绝苗民不准确！只是不知犬戎同不同意。

《文命谭》记：该部后来没再回中土，一路西迁，最后落脚于敦煌三危山。尧时镇压三湘之苗，亦将三危当作流放地，把呢儿视作苗人祖源地，贯彻哪儿来哪儿去原则。苗人虽不知前情，但知道自己指定不是打北边来的，流去西北心中怨恨，禹治水经过那里还和禹闹了不愉快，听夏语就恼火。

首届巫会召开前，通灵降神这种过去往往经由专业人士掌握之专门技术——或曰知识，已从活跃在疫区努力止泻救人小巫那里散播到一般人民中去了。随着天气转凉，疫情基本结束，近一个月盈亏周期已无新发病例。很多久病初愈者或说劫后余生者已养成早起不吃饭先备根药草搁嘴里嚼巴嚼巴才舒坦才塌实才开始一天，初尚可称讲预防，遭提倡好习惯，后直叫积习成癖。人们见面寒暄从吃了么，改问服下了么？上至鼎食者下至黔首会饮小酌哪么喝碗粥吃口团子头盘小菜必致草。人们自笑咱这叫吃了药等病来。老病号各有套路，无事自己切两枝草，饭前等粥火，小乐一把，即时单刻起，即时单刻落，惚恍中百代如戏千秋阔绝，生前也看了，死后也看了，出来鬲中水正好咕嘟咕嘟开，可以投米了。

砬子沟山老掌东沟苦孩子禺强，久病成巫，入灵界如蒙眼驴子，岔道很久不自知，听说有这么个盛大巫会，没人请自个来了。颛顼樊扈联合宴请与会北方代表，酒才分盏，他站起来了，报号阴间之神玄冥，说认识大家很高兴，阴间有事——父母需要添床被子、亲戚朋友需要带话，可以找他，今天谁在这里认他，将来在阴间他就认谁。说完独舞不止，吐了白沫才发现抽筋，掐紫人中抢救过来。说我是谁，在哪里，拉着颛顼叫天帝老爷，说感谢，让我管理天北万里之地。

句芒，大六八岔山牤牛沟苦孩子。流浪到泥河湾捡垃圾过活，后被某小巫救助，帮着抬尸伺候病人，病人剩的食物抓起来就往嘴里塞，不得病，抵抗力倍儿旺，也是个难得高催。后被小巫带入巫场做助场，勤谨，有眼力价，看出些门道，忙里偷闲学了几手，不耽误摇铃打镲送水递手巾把往外揹人，在伺候局孩子里有名。后渐次升入更高级别巫场。一次女媿带精卫约上女月、宵明、烛光、烛阴、渔妇一帮女的组个内部小局，主要为自己散荡，也不知谁叫的他，前前后后猫着腰忙。大家正开心，孩子大起，翻脸另一副面孔，手拿柳枝说自己是春神，想种树找他，拿柳枝轻轻抽宵明：打你个小坏坏。宵明说你有病吧？精卫说害怕。

这就叫拧巴，不得要领，走上边的走了下边，走里边的走了外边。当时巫界确也混乱，什么人都出来自称巫，顶一名就敢拉场子，笼络一帮人操控人身心，自乐取乐。跳巫就是从那时起改叫跳舞。密乘一旦不密，走入人群，套路为人熟知，沦为大众娱乐也是必由，挡不住。

起初，谁也没太当回事，大疫过后，上上下下都需要放松，前一阵搞得太紧张。健康骇、绿色骇，指不用摄入，纯活动身体，跳舞、投掷、极限长跑、极限举重什么的，受到疫情期间痛失亲友，深陷抑郁人们喜爱，被当作一种治疗，通过过量运动使心理处于极停顿、极空白，忽视或曰无遑多顾哀伤、厌世等负面情绪，从而渐渐习惯与之共存。

掏空身体，极度疲乏，也可使人陷入惚恍，如困极入睡，都属由动入静，由明入暗，由知觉到失去知觉，与死亡那永恒的静，无边的暗，无知无觉，只差一个档位，可说是对弥留、临终的模拟。亦可说暂时游离于生，在死与生之间那个窈冥地带沉浮。很多人陷入无悲无喜之境。恩多人，—— 不是所有人，会似有所见，像做梦，见到自己飞翔在陌生、非本世可见场景中，有时那场景异乎寻常地宏大，且无比亲切，使人感动落泪。与做梦不同的是此时你知道自己并没睡，只是临睡、疲劳已极的放空，意识载沉载浮忽一下沉没又冒出来，情境也随之消失。有人将这现象与内观所得通观并论，称之为上天对某些人的恩赏，使他们有机会活着立于此岸得窥彼岸一角，也即生前眺望死亡。有这样经历的人都说：彼岸无人，且艳丽，如果那确是死后之地，胜人间万倍。

颛顼也常在惚恍中，喜欢旷绝穹景下孑然一只，以灵识的姿态飞行，那时才知道自己不要什么——内种积极感受。

送黄帝走内天，看着大部队沿修水一路西去，消失在云水生烟处。颛顼连日积劳忽然上来，人像抽了骨头软得一步挪不动，站在太阳底下大白天就惚恍了，也没起太大，身子半悬半浮，桑灢两岸蛮丘野陌历历在眸，遥瞰一圈正在向北运动蚩尤部队，就出来了，想着要赶快布置向燕山深处疏散。

与他一道送别黄帝的炎帝不知什么情况，拉着他手深情说找到组织了。颛顼也没听进去，说我先走，办点事，回头再听你老细聊。

回到驻地，看见女娲和精卫在踢沙包，一来一去，砂粒刷刷响。跟女娲说，以后内些看着就很拧的人别带他们玩了。女娲说昂？噢，好吧。

僰扈自在他爸葬礼上见识了行歌绕舞，也变成舞痴，说只有跳起来才觉得是自己。入泥河湾天天组织舞会，两军人员头一次见面办移交，就在舞会上，颛顼带着老童淑士，山戬带着共工合同。

㸚㔷给颛顼山戬介绍他身边几个活跃分子：型天、夏耕、贰负。（因史料阙如，后二将所部番号军职均不详。）

颛顼拉着型天手说这个人不熟。

山戬说你们这都什么呀，大白天的。

㸚㔷说我们已经溜溜好几天了，盼你们呀。

颛顼说你这个名字很有意思。

夏耕说我本夏人，无名，被人掠为奴，带到南方，学会耕地，故以业为名，后来跑出来拉杆子。

颛顼说有有，打井的姓了井，编筐的姓了滕，这个好，也不必混出名才起名——好！

颛顼说这次来呢，主要是想和你谈，停战是个临时约定，这次希望能搞一个长效一点的部队脱离接触协议。

㸚㔷说不急，这事不急，我看重的是这儿，——指心区，这里脱离了，实际也就脱离了。

颛顼说这话有点接不住阿。

㸚㔷说酒在那儿，自便，大家自便啊。

对颛顼说我伺候您。

颛顼说自己来。

共工说这都什么味儿啊？

贰负说：哥，能有幸摇摇您么？

颛顼说阿，你们这儿还带摇人的？我跟他，——指㸚㔷，还有几句话，完了我去找你阿，让你摇。

㸚㔷说依贼，我觉得你还是有点宾着。

颛顼说我就这么一人，不是对什么有看法，天生长的丧，他们都知道。

山戬说他在家跟自己也放不开。

贰负说一点看不出来。

僰垕说我觉得吧，你这样特好，我永远都是这话，没有不对的事儿，只有不对的人。

僰垕嚷嚷：是不是这块料有没有问过自己啊？

颛顼说应该整顿。

山戬说我现在真是不知说什么好了。

僰垕说都特么滚蛋！

合同说您一点没出汗。

颛顼说老了，跳不动。

僰垕说你没玩好。

颛顼说我玩的很好，很高兴。

僰垕说喜欢你。

颛顼说我也喜欢你。

僰垕说特喜欢你，

颛顼说我也特喜欢你。

僰垕：姆姆姆……啵儿。

山戬说这是弄了多少啊？

颛顼说走个肾。摇着一只手，晃着，穿过跳舞人群，合同摁住他肩：没事吧？颛顼摇头：没事。拐弯紧走几步，绕过一处野炊营地，来到河边。

河水闪闪灼灼，像无数眨动俏眼顾盼而过。颛顼站着不动感觉地在走，一泡尿撒得曲曲弯弯，真也就大了，定在河边，魂儿跟着流水漂阿漂，走没影儿了。

这一定就不知身在何世了，只感到岁月辰光烈风一样从耳唇间呼呼刮过。这之间，老童来过，端详了一下他，没嗳嗳，走了。

之后就见对岸有人坐着木盆渡河，浪泼在身上透出身条儿，跟盆浴似的，只听人喊：大君爆了。

25

风后送给颛顼简报中提到，九黧国上三部人士（这里主要指蚩尤大君和他的红铜家族）与我部一样，同时崇拜两个上帝，大昊和太一。只不过他们的大昊与我部有别，类同于同为神农世系大庭炎帝部之大嗥。我之大昊虽居所为日，权能至高无上，综摄全天际（职理解，位在太一之上。只是不知你老怎么想，是否正确，若有不妥，请指正。颛顼批复：我亦无所想，此事岂由人定，他日当亲聆二上帝面谕为是）。故又称昊天、苍天、老天。彼之大昊居于日，职能也仅限早出晚归发光发热，故又称丕显、大皓。地位与太一持平，一个负责白天给力，一个负责夜间指向，符合迁徙人民共有承传，跑路须留意、仰仗两大星宿。九黧下六部及南方诸苗则大昊别称更繁，有阿拉、阿蒙、阿吞者，细分至不同时段不同日象，越往南发音愈古奥，大有几不属我语种之匪夷。登北氏发读恩卡，热带气息掩面而来，或可判同出一源，根芽可穷逮至女妣女嫫内一茬古热带老祖。南人传说亦认女娲为生殖链上游一姐。沅江有猫氏——古褒国苗裔，在南方诸苗中地位崇高。大君本人亦以自身流有古褒黑血为荣。只是多出个盘古在地创世不知依据为何。职等深入访问打探，南人多支吾，在地亦未见擎天柱、盘古骨什么的有价值历史遗存。

与炎帝部传说类同，南人二帝崇拜亦粗糙，尚未人格化。一套神话体系必备创世造物之大事缘由、等级差序、道德垂训及绝对正义末日预言皆付阙如。只是两颗星，昼夜嬗替于天庭，散发着朴素光芒，威福所至形同自然灾害。天人交通——崇信兜底功能亦不闻其详，不是没有，有。九黧国凡大事——征伐、大位重权移交必设祭，降二上帝加济认证。只是祭法祭义保密，不与外人道。职等深入打探，与九黧名巫烛阴、雨师妾深度同骇——此二巫均作为助场参加过蚩尤大君年中大庭就伪炎帝位大局——于骇中得知，也是附体。法器、咒语并无出奇，还是靠量，量到，想谁来谁。还是自说自话。并无天幕大开，天使歌唱，云中闪出天兵天将，上帝们亲驾雷电降落这回事。内次二帝没给准话儿，烛阴说她亲听其中一帝——因为概出大君之口，若非自报家门不能分辨——说：世世更名世世过，这一世又这么过了么？不知指什么，压根没抻这茬儿。大君出来很落寞样子，怔忡良久，复涕泪长流。之后再无张扬，复以九黧国主名义例行视事。

考查上古传说，从无一例上帝恬然现身，嘿嘿然落地，引发万众哗然，匍匐瞻仰，资足坐实信仰之观载。其所言莫不出于中保，我等叫巫、先知、灵媒。也就是说中媒绘影绘形，中媒滔滔如画，旁人又能看见什么呢？不过一个半疯，颠倒痴狂，如盲如茶迟，业内叫都在骇里没骇在街比儿。旁人能领受、确槌神意，依据也仅止于斯言而从未、无从得见其容（以为根本都是大话，托言上神以醉众人者谢谢不聊）。

世人皆知美不同体悲不共声。业内皆知心识欲海本是图像，在语言文字先。人受语文规驯还是规在面具——人格之表。中媒根器有异，中媒来历不一，各怀心事，哪一个也不单纯。故众神各赋其形，自有门户。正所谓一百条汉子有一百种不敞亮，一方风土养一方神。

世人皆知父精母血谓之骨肉，又怎知父母也是他人子。慎终追远要追到根儿，那海底遗陈也不尽是人类过往。

唉内喂，上古百家说发微者、诸神起源研究大家李鼻先生在其名著《绝》文中写道:《三坟》曰：天地万物自无名始，有名归。这个“归”是指归于可以述说。神也不例外，从自洽自足，到被人认识，喊出名字：大昊、太一；二上帝已存在很久，就那么瞅着人连滚带爬，来来去去，一声不吭。

迄今无史料可征这一过程如何发生。上古好事者也多，惟特此事无信载，无轶传，无人跑出来说这好事是我办的。有关上帝这个称谓，迄今所见最早记载出于《五典·舜典》“肆类于上帝”云云，那已是很晚近了，也只提到职称，名头，什么上帝语焉不详。太一，始见于文学作品《庄子·天下》评论余祖之道“主之以太一”，他怎么知道的？我们家事我们家不知道你知道？二上帝什么时候跟你说的？还是您自作主张一拍胸脯给起的名，我就这么叫了！这个事不能马虎，上帝们亲口搭讪你，告知你，没问题。您替上帝起名还不在于是否托大，在于那可能不是哥儿俩真名，叫错了，后果很严重。不出事，最好的结果是——您能搭理你么？

这是一笔糊涂账，糊涂到设若余等恪守古籍至上，古籍惟一（且不说古籍是否可靠），横言无信载无历史，就会得出上古无神，根本一片荒芜，一切都是后人附会——的结论。

那么问题来了，这个事到底有没有？余与卫老、伯益老碰了一下，我们主张还是有。既然已经无法拿证据说话，可以合理推导。我汉史学研究一向秉持这样一个认识：凡是一出来就浓眉大眼四体俱全，在先一定有个闷蜜、发华、反复孕生过程。一件事是这样，一个观念、一个词也是这样，都是掂量、跑偏、左擎右挟、穷治乃得，有收获必有憋宝。

一定有个人或一小群人曾经积极与神交通，获神巨眼青睐。只是史上无名，我们不知道。不知道，不代表没发生。

这个能认识神，喊出神名字的人也一定是神给了他足够印象和教训之后，成就的。这个人是谁，依据无生有、零生一约识，兼顾神创，同时排除神选择偏好，应优先考虑史上第一人。依据男不能孤雄繁殖，女则可无玷受孕这一广为人知事实，这第一人应是女性。依据我们身上退化循环系统经络，退化免疫器官扁桃体，退化消化器官盲肠，以及智齿，立毛肌什么的推论，这始祖女不可能生而整全。在她之前还应有姑妄叫类人阶段……余把自己绕进去了。如果同意有类人，第一人——始祖女就没必要存在。就允许有一小批类人同步演进，有男有女，生殖问题在那之前早已解决，不管是胎生还是卵生。零生一都不必存在。如是，置神何为？

喔来喔，这不是本文要讨论的问题，本文讨论的是在认识神前，神给了人多少教训——也不是，本文要讨论的是人怎么结交的神，从一无所知到一点点完成对神的认识，什么情况迫使人需要神。一家说这根本是伪问题，人本神造，不是人设法结交神，是神多事，造了人不得不扛起这份责任，一直担待他。一家说也没那么离奇高端，就是一帮兽变人，胡乱生在世上，东躲西藏过日子，被打雷闪电惊着了，心里起了怖畏，就敬他是股势力，说破了还是拜大力丸。两家说都特别有道理，事情大约也真就这样在两群人中如是发生了，在此不讨论。感谢伯益先生毕通年如一夕，点灯费蜡，剥蚀尅霉付出艰巨努力，使余等在赤手空拳近乎全黑史前研究中又见一线光亮，多了一重证据，——南武涝又出土多枚疑似炎黄时代古歌残简，个中上帝已显见拟人，现煌列如左：

汤汤逝水，女之将浴。迤迤磊峰，女之将出。昔我壮游，蹪蹶不归。今我将死，哀哉怀哉。

我之秘密无人知晓，我之悲哀无以言表，那是心里对你的好。因为敬重你，终生远离你（异本作“背对”）。

神！你的名字叫暴君。

曷予归？泣已矣。

在《那什么》里，这些残句都被收在《垂死之歌》卷。并请古歌发掘鉴赏大家伯益先生作按如左：这些歌作者籍籍无名，常情推想大可能为当时驻桑修外地来冀部队战士，已在疠疫流行期亡故。其中四言、三言属典型东夷风，作者应来自大庭炎帝部。白话二首沉痛郁结，与北地军谣凉拔豁朗、东夷小调伤怀寄忍曲风大异，前所未闻，姑妄叫蛮风。作者应属南方部队。仅此数句便可断言，斯时上帝已不需中媒，已从遥远高悬发光体，下降拉近到人可以倾注感情，可径呼为你（女通假汝）的一个——余能说长辈形象么？

垂死之人心里想什么？这是活着的人永远无法确知的。《那什么》收有多位参加过战场救护，并在疫期坚守一线看护病人参与临终关怀女巫回忆。比较一致反映人分两种，一种是对生尚有渴望，讲得比较多的是“我还能抢救一下么”。一种是对生绝望，战场猝中者大都默默无言，或已说不出话，偶有清泪淌落，自知不免。久病长卧者或有发问：人死有灵魂么？魂会去哪儿？还有一类，伤不致命，以为自己没救，想的比较多，唠叨，什么我太亏了，我还处男，姆家就我一儿子之类的。此类也可归于对生有望。

一个叫月的南军女巫特别提到一个她看护过叫黑子的老兵，此人原系登北部前营前排左掷矛手，涿鹿会战随部参加围攻三河口战役，遭炎黄所部砖砲直接命中头部，开颅见骨，因登北部野战救护手段有限，转院至蚩尤本部南军总院深度治疗，后创口难愈继发感染引致全身血败，终不治。

黑子入院之初，精神尚好，与看护他的女月讲：我才不信什么灵魂，人死就是咔嚓一黑什么全不知道了，什么天堂地狱，全是胡扯！女月说嗯，可是，你得承认平主任内次发功，请来你外婆是真的吧。蚩尤夫人平，也是南方名巫，在总院信仰疗法科兼主任巫师。总院收治的都是重伤员，上古外科有什么治疗手段，也不懂解剖也不懂消毒，刀都是石头片，很多人来这儿就是等死。天天往外抬人，伤病员精神负担都很重，也没人探望，家属——大部分战士就没家属——天灾人祸寿命短，都死绝了。平主任平日除了查房，对战场崩溃瑟缩如困兽病号进行心理疏导，要他们相信自己能好，再一个广受欢迎节目就是请神，也不请黄鼠狼长虫什么的，而是请战士老家儿，请战士报名近亲属，等于是探亲，请的来呢，一定是已故了，请不来呢，说明还在世上。很多人父母爷姥都请来了，讲孩子都不记得的儿时故事，爬树掉下来呀，跑路绊大跟头阿，身上乃块、乃块伤疤是怎么得来的，还有你不知道的未出世小弟弟小妹妹。场面十分震撼，战士哭得什么似的，说啊呀！这就是我老娘，走路姿势、声音一毛一样，这些事除我没人知道。

黑子内次是不信，父母没名——不告诉你！平主任很耐思（《骨辞正义》：耐思，耐心近义词，更偏重人好不爱急之特指），说没关系，我们挨个请，请了一上午，最后出来个老太太，一开口把黑子也吓着了，说这是我外婆呀！我就见过一面，听我妈说，我是外婆接的生，外婆当时已经病得不行了，硬撑着，把我拽出来递给我妈扭脸就死了——这一吓全想起来了。言罢红了眼圈，拉着平主任手几度哽咽，落下眼泪。平主任出来，胜任愉快说：你瞧，还是有点效果吧。

黑子跟月说我那是看着平主任不容易，忙了一上午，有意配合她，不好意思了。月说你内绝对不是装的，你还记得么，你哭成什么样了。黑子说我哭自有我哭的道理。月说但是你舒服了。黑子说承认，确实这点我还是要感谢平主任，装神弄鬼有必要。月说谁都别把话说死，因为咱们都是瞭望，谁也没死过，仅仅保留可能性行吗，还不许人有点盼头了？

黑子说行，听你的，允许保留，给盼头。月说替人类谢。

后，黑子数次深昏迷，院方几次报病危，停止用药，一次已经宣布临床死亡，裹上席子准备往外抬，黑子眼睛又睁开了。夜深人静黑子跟月说：还真不是一片黑，有光。月小激动，说快跟我说说，内边什么情况，我这使劲喊你，你还能听见——瞧见么？黑子说没太注意你，只一人在呢儿琢磨这光哪儿来的呢，也没太阳也没灯，没这边晃眼，比这边艳。

月说我知道，是物质湮灭发出的光——别问我怎么知道的。黑子点点头，说有道理，我正在湮灭，外部无光，是我眼瞳生光——化作光。月说什么心情？黑子说蛋然。月说没有什么话想说么，最后一句，向这个世界、自己一生做个告别，临别寄语。黑子摇头：不关心，一步跌出，万事皆非，我也不是我了。噢忘跟你说了，没人来接。月说那你挺棒的，这就叫合一了，有人来接一般讲路分不太高，还在现象界。

后，黑子进入弥留，最后一次醒来，大睁着眼对月说：妹，日后可去北方找我，某受命北方黑帝。月抓着他一只手使劲摇，说你在想什么，不要乱想，不要跟人走。夹着一领席子一直在旁陪着的平主任说：放手吧姑娘，人已经走了。

26

每到冬季，都是南武涝新成果发布季。我坐在宫里，闻见醋味，就知道代郡驴队进长安了。越来越多证据显示，上古人民头脑远没有我们想得蜡么简单，他们的上帝班子出人意料庞大，在大昊太一这二位一级上帝下面还有五位二级上帝，即北方黑帝、南方赤帝、东方青帝、西方白帝和中央黄帝。此五帝皆为人格神，其中四位由人中俊杰死后登榜。除北方黑帝出身行伍，其他三帝都是名人。黄帝，众所周知由公孙轩辕带职直升，可说这个职位就是为他设的。赤帝在南人那里往往写作炎帝，对南人而言赤日炎炎是一回事。

白帝玄嚣——老病号，一生也是悲剧。百涿首战，师老大庭，对夏一师失败有责任。后身体一直不好，战争末期作为第一批闲退人员疏散出去，密在玉泉养病。病好出山没人了，绝地天通已发生若干年，余生都在追赶部队。曾在长江流域称帝，宣布有天下，心说你们还不找我？也没人找。当地人都不太知道这事。后自请处分，宣布退位——降居待罪。还是无人过问。后辗转各地，到大庭去见炎帝，哪知所过之处一片湮废，东人不闻炎帝久矣。后游东海，在青岛浮山脚下渔村住过一阵，可能以跳巫禳祓为生，所谓行太昊之法，自称少昊。曾用名很多，后不知所终。时人悯其一生错位，进退失据，生为帝子终以布衣没世，为其立祠，曰白帝子。每于祭乃告：女应往来时路上找。是罕见为神主祈佑庙祠。

青帝一直空缺。近代神话改革，也是太昊派太一派长期较劲结果，太一派胜出，降太昊为青帝。我承认，这事是我办的，也不是我个人意见，是朝野共识，天无二日民无二主，并列上帝不像话。至于为什么不降太一，可以告诉你，因为太阳一直有争议，冰河消退即天下气温上升，大洪水退去，气温还在上升，太阳遂为害日，在很多地方引发大旱，遂有后羿射日说。其说始见于李鼻先生家藏《海内经》底本：帝俊赐羿彤弓素缯，以扶下国，羿是始去恤下地之百艰。时，十日并出，羿射九日，落为沃焦。李鼻先生故去，家藏本流出，后句时十日并出羿射九日遭剜去，据说为太昊派所为。这个“时”当为炎黄时代，指黄帝六年大旱。

南武涝出土简书亦有禳辞斥日：其容通通，其淹荣荣，三岁不除，乃作凶。又有绝收山民忿而作歌诅日：曝彼泽塘，摧我苞桑。时日曷丧，予与女皆亡。后句传为金句，为后世各种严重码逼借用，以誓决绝。(《骨辞正义》：码，素积久累；逼，最高等量级；码逼：积忿至翻脸。亦胡可称：码了。)

太昊派，李鼻先生有言，上古惟指大庭炎帝部，又称太昊炎帝部，后炎帝时代其遗民在今齐鲁地区先后建立几个小国均称太昊之国。帝俊，炎帝也，亲授红色大弓予羿以抗日，可证斯时太昊派上层对日看法已发生重大改变，这变化全无撼动、颠覆太昊也即太阳无上大神地位意思，而是对其神性作进一步更深入探识。李鼻先生在《绝》文中引征卫氏壁中书禳辞“惟太昊不常，善降之百祥，不善降之百殃。其常，惟以义”。《那什么》卷二记作“惟以德”。《那什么》目前已出六卷，伯益先生忝列联合主编，曾指出：人们认识到太昊也即上帝具有两面性，时而送温暖时而降大灾，此并非神性有二，其背后一以贯之尺绳或曰本质是义。(卫绾案：此义从刈，是收割的意思，也有清算的意思，非基于利益之“義”。）考虑到上帝无私义，此义当为公义。李鼻先生写道，这个认识要放在大疫之后正日益兴起重塑神格，也即神格人格化运动中看，即可看出此乃太昊人格化之滥觞。

太昊上帝的公义性南武涝出土禳辞有大量记载：郊用网，伏于途。田无禽，野无鹿。帝昊惟其用罚，绝兹部。

伐木伐木，斩枝作殳。大君用伐，有嘉涂戮。突如其来，焚如。死如。弃如。帝昊降我十日，赫赫如。

食父数骨，妻母媾妹。帝其作我孼，降摧。

苍天阿！你睁开眼睛瞧瞧吧，瞧瞧我这个老实人，信你的人。我射每一只鹿，每一只虎，每一个人，第一滴血，第一块肉，都是先祭献你，我才喝，才吃。我伐每一棵树，烧每一片林，人居住的帐、棚，都是先祭告你，以你的名义，用你的光，点燃引火的草……苍天阿！你为什么背弃我？

神阿！今夜我在异乡，独自一人，想起你，想起过往，你居住在我里面说过的话，才懂你心思。如今我身陷罪恶，遍体污秽，每天过着可耻的生活，形同已死。神阿！河上闪烁的光是你的眼，夜间啼叫的虎不拉是你在叹息，这一切你都看在眼里。神阿！我不幸猜到了，这一切都是你的安排。

卫绾案：上古禳辞尽可歌，如撕如诉，皆可归为恨语。绝地天通大整顿后人神分离，其辞不再。其遗韵今坊间人家出殡尤可闻，俚俗所谓妇人哭丧调，只是撕诉对象今古有别。

这些禳辞有……怎么说？批评无差别杀害动物，这一行为后果——田野空旷，实际也断绝了人类自身供给。控诉战争，指认战争带来破坏和死亡是造成环境污染、瘟疫流行的根源，有几把火是人放的。站在遍地遗尸、骄阳赫赫战场，天有十日是深刻心理感受。在这一派末日景象下，幸存者思考也包括了血亲交媾和吃人积习，可说是更痛切道德追问：人何以为人？这问题应该不是第一次提出，这一次之所以特殊，因将上帝扯进来。祂的报复紧随人恶行展开，迅猛而无情，针对性之强，于某时某地，对特定人群近乎定点清除，很难不被视作一种基于义愤的终极回应。

由是，上天具有了一副道德面孔。也不是自此才有的啦，以其高高在上光芒万丈且具超大打击能力的样子，从来都给人很大压力，这压力促人怵惕，某种时刻直可换算为自律。

李鼻先生写道，道德是否作为一粒种子由上帝播在人类心中余不曾通神，余生也晚，余不能确定。以现有传说看，鸿蒙开辟，人生而无德，并无迹象显示干预存在，否则造物就要为很多过往负责，那也不公平，人走过的路要谁负责就是对谁不公平。路径设计在先，有预定而非即兴，脱责有困难，到底不英明。这也是余更倾向这世上有个野蛮演变而来始祖人，设若兽变人，或应称始祖兽。依孤雌繁殖序理，此兽必为母兽。有没有那么天真不重要，此兽孤独在地并不需要道德，尽可以赤身露体，满地打滚乃至——余也不知道她还能怎样散德行呵呵。她要活下去，必须不道德，侵犯其它动物。可谁在乎呢？到第二只同类兽——他，出现，天知道从何而来，感孕而生？追尾演进而来？余不得不大胆假设，演进过程与发生未必只攘括一只，而是影响一群。不管怎么说，多一位就好办。老两位生下第三位、第四位，形成一小群。无须任何外部势力介入，老几位之间也会发展出一种彼此约制分配关系，以利共同生活，姑枉叫自来德吧……

李鼻先生遇到坎儿，《绝》文写到一半感到脚下漂浮，立足不住，踩不稳人立场。自己下厨，焖了锅黄豆猪蹄，请卫绾先生来家吃席。与卫先生讲，我很痛苦，过往了解越多，愈觉人类罪恶。我们在干什么，还要怎么过瘾？你千万别告我这是一种获得应许生活方式，嫩么多，昂，万物——包括人自身付出代价，就为得一只会思考、能反省头脑？你千万别告我这是一种高级。

卫老说感到痛苦了，可以跟你聊灵魂了，你的灵醒了。

鼻老说欧，是吗？卫老说本来好好的，一切合情合意顺理成篇，忽然不合理了，也不为情所容，人还是这个人，也没另长一颗心，谁突然不安了，谁正在从里往外瞧？

鼻老抚摸着自己脑袋，仰天四望：我的灵魂啊。

卫老说当然你看这世界就不一样了。你对历史不满意，因为你接触都是政权史，成败史，书吏都是俗务家，书吏都是致用者，书吏都是半道虫，眼中所见只有得失，成大以为德，弥久以为道，机务缠心，不免往黑暗总结套路。看你书稿，真心为你捏汗，生恐下句惊现射帝王策“不自为大故能成其大”，着了令老祖一样的道儿，得亏你老噎这儿了。

鼻老说我为毛会噎这儿？卫老说立场限定了你的德操想。一帮人在沟里，走得快，走再远还是在沟里。你应当怎么样？停住脚，修正立场，蹦蹦高儿，争取爬到沟外边去。

鼻老说没听懂。卫老说还不明白么？人是什么，高级逐利动物，虽然你不同意高，还是高，高在哪儿？高在会把同种互利浑等于单方付出，母与子阿，个体与社会阿，发明一个词，叫利他。训曰无我，标举称义，使人言利而不自知，以为超出动物科属，乃一全新种类，有灵异，可逆本能而行，近于神，而实尽在本能中。这种立场立德——你讲话自来德，我替你把话说到头吧，为种群利益最大化而死，至矣尽哉。

鼻老说我请问我现在正在和谁谈话，咱们在哪儿说话呢？爬沟外去，脱离人立场，请问你老现在哪里，沟里沟外？

卫老说我，随时沟里随时沟外。你上来，您受累上回沟外，你瞧瞧，沟外风景好阿！沟外有你没见过大世面。鼻老说我瞧什么呀我瞧，我连自己是谁一会儿都不知道了。

卫老说从来没离开过沟是吧？根本无从想象是吧？在沟底呆长了都这个德性，以为沟底就是满天下。只是想一下，稍微挪挪屁股，放下你做人臭架子，——你现在想，马上想，放下猪蹄，想象自己是一头猪，一只狗，在这个世上生活很慌张，很恐怖，到处都是特么的人，个个没憋好屁，都惦记吃我肉，喝我的血，奴役我子孙。很难么，把自己放到其他动物一样境况设身处地去想？谈灵魂，就不能闷在沟底捂上盖子谈，就要敞开谈，扒皮抽筋数骨谈。不能人照人，照出来还不错。要从其他动物——老天呢儿借镜子，回头一照，嗬家伙！原形尽显。何愁无以立足老哥哥，沟外天大地大，沟外宽绰得很，就看你愿意不愿意，何处不是你老立足境？

鼻老放下手里凉猪蹄，拿手巾擦汗，说不好意思，刚才已经拧了，现在又拧回来。但是懂了，天——是天爷的意思吧？与天爷并立，不敢。立于尘，立于非人之境，与众生万物同气相和，可以考虑。但是，你对我打击太大了，你太过分了！你让我连做人的信心，——差点丧失。

卫老说想没想过人为什么需要神？鼻老说什么意思，我以为你是信神的，您不是一直摽着祂们，跟祂们有交情，我还说乃天请您来一段，今天不行，今天吃了猪蹄。卫老说什么交情，别信内个，都是吹牛啵，神跟谁也没特别的交情，祂多酷阿！我意思说我也不是不信，也不是像他们内个法子信，我情况比较特殊，家传会这门——怎么讲？——知识。

鼻老说不准确，还得说有这个根赋，这也不跟牵牛似的，鼻孔拴根绳就能领走。卫老说随便吧，并没有经过像您阿、炎帝阿、黄帝阿——你们这批先驱这种极揪扯、极挣巴诛心过程。鼻老说您抬举，您对我评价太高了，今晚睡不着了。

——祂就在了！卫老说。跟我们家一老街坊似的。所以，我这么说可能有点理性阿，神一定不需要人，这个用小脚趾头想都知道。说神需要人那是人虚妄，只可能是人需要神，人为需要什么造不出来？谁也别跟我扯灵界的事，比你们熟。有的神太像人，过日子什么都懂。我只能把话说到这儿。

鼻老说但是有些话，也不是人能说出来的。卫老说这也是我不排除所有可能的原因。我卫氏一门世代通神，老人素有家训：奇迹无有是处，神通全是幌张儿，灵界不理俗事！认识神，是眼界的提高，思想的解放，了俄这世界不是唯一，人生不是全部，因而心灵得自由。若倒叫人不敢想，不敢说，身心如负重轭，只求一个安稳，生活得到救济，生产力得到发展，凡此种种皆为左道。鼻老说是是，你们家教训深刻。

卫老说神学问题先搁下，紧迫现实摆在面前，黄帝六年，百颓待振，还不是人的权威得不到尊重，讲话没人听，大家乱搞，请出的神太多、太杂，包括精神错乱、分裂出内些嘎八人格，他那里以神口气说话，你怎么和他聊？所以一级上帝也必须动起来，不是你想不想的问题，只有这样才镇得住台面，这就是太昊祂老人家当年出面问事大背景，供您参考。

鼻老说老弟阿，兄长有个不情之请，可不可以你我携手，共同完成这个著作，你挂前边。卫老说呵呵，你行，兄长，不用我充数，故事就在你脑子里。鼻老说行什么行，行个鬼！我又不在现场，哪里有故事？材料不是从你这里摘一点，就是从伯益那里淘一点，你也不算多可靠，他那里送的货越多我越含糊，每天摘菜一样，一堆拣一棵，棵棵不满意。

卫老说信不信三生万物之后，万物就这么多了，不增不减，只是互相流转？鼻老说嗯，好像也没什么理由不信。

卫老说神创说同样支持这个观点，神创世之后就歇了，也就意味着再没有什么新鲜事物被制造出来了。鼻老说好吧，我信了，你要怎样？卫老说我不要怎样，只是告诉你，所有历史都是当代史，所有未来——人类末日，咱们也都将面对。古人不陌生，那里有个你，你就在现场，你比古籍丰富，每一当刻发生细节，历史没记载都记在你心里，用我们门内话说：凡发生的都不曾抹去。只是兄长您，打开的方法不对。

鼻老说我知道你要干什么，你小子一直惦记搞我，但是我告诉你，我不需要，我天生就有这个，有时你比如喝一点酒，熬夜熬得晚一点，会看到很多东西。卫老说两码事，两码事行吗？你现在特别像没做过爱的人在吹自己很会做爱。

鼻老说你算了吧，你才是只扒过女厕所就以为自己是妇科专家。卫老说哎哎鼻老，您踏踏实实的，没人惦记你，我早不那么想了。过去我以为天下人都一样，只是表面不同，虽然现实惨谬啪啪打我耳光，如今我还坚持天下人都一样，但是表面不同已足以造成人和人不通，因为对很多人来说表面就是一切。您，就属于内种特别不适合见真相，能被真相吓劈的人。鼻老不服气：我怎么不适合？我一点不怕！我不认为我有多看不开，人生大坑，性欲、食欲、功名欲我也都扛过来了，现在跟谁都不争。卫老笑说恭喜您，这都不挨边，一辈子活得小心奕奕是你吧？自我感觉挺好，能躲的都躲过去了，为自己一点小博闻、小睿敏、小卓尔惺惺自珍是你吧？

鼻老挺直腰板说是我，怎样？难道还要我像你一样奔走于、周旋于——我就不说你干过什么了，哪儿都有你。卫老说你瞧，小猫须子揪不得，这跟干过什么没毛关系，一辈子专注一件事才出强迫症，到时您爱惜寥的，一辈子安身托命这点事，忒儿——没了；跟那烟儿似的——散了；搂都搂不住，不是事儿虚，是你虚，你不存在，您还不得慌批了？

鼻老剔半天牙花子，呸呸说：我不存在，从来没在过？姆，这得慌一下。卫老说岂止是慌，搞不好疯圈了，就怕这种小事有成，成就喜人的，不敢招您。

鼻老说行吧，我们特么的倒成小事有成了——你为毛不直接管我叫事儿催？卫老说事儿不在大小，行行黄土埋人精，我还是这态度，敬重所有执拗者。但是就请您永远执拗下去，守着您内寸壤、内份念想千万别断了，这事儿不带一根筋玩。

鼻老说去你叔的吧！卫老说骂人，没意思阿。

鼻老说那这么遮，你是常去是吧，当年你也在场？

卫老说曾经受过的怎能忘得了？我现在一闭眼，内棵挂满咧枣的老树阿！不长草露出肋叉子的黄土崖阿！巨人走过一脚一脚踩得净是窟窿眼的旱塬阿！满河床热锡般滚沸的桑干水阿——就全到眼跟前。就知道坏了，时光又重演了。

鼻老笑说你瞧你内造性。

卫老说你收回你的话。鼻老说我收回我的话。卫老说当时是盛夏也是熟秋，果儿结得那密，树像喷了漆，草长得那深，那高密，跟草他妈家似的。响晴午后，山都缺了半砬，只有崖向阳，就像你现在蹲我跟前，比这还真！我蹲在河边，默默的，旁边还蹲着一圈人，都默默的，光着膀子，穿着草裙，女的应该是媿——飒！然后他们一齐抬头看我。

鼻老说您……是谁呀？卫老说不想说，难过。鼻老说那您再来只猪蹄。卫老说看着就够了，你们家这顿饭严重不骇。

鼻老说那没办法了，我们家就这个，下回给您蒸花馍。

卫老说我对绝地天通有责任呀，这件事就是我引起的。我当时姓孟，叫翼之，是颛顼他老人家侍卫。家世不记得了，我觉得我是海边人，因为我时俄梦中身处洋流，满眼金针，孤身立于滚开铜浆上摇橹，听煎饼二字就觉得齿颊生香。

鼻老说原来你好这口儿。卫老说也不是啦，听见咯吱咯吱，我也会腮帮子酸，想老排叉，可是不觉得香，我爱吃皮套的。鼻老说这又不知是乃辈子的事儿了。卫老说查阅史料，我能到颛顼身边工作，应是百泉休战，炎黄合军之后发生。

鼻老说这还能查史？卫老说嘿！查史很重要，读到某人某处忽然乱会意，画面大涌，此人便是你的前世，此处便是你的过往。鼻老说大涌常有，原来是这么回事。卫老说不一定是你当家主事，但是，你老在场，小心留意带入视角。

鼻老说姓孟——有姓，家世应该不坏，至少是个小头头。

卫老说偶闲乱翻姆家壁中书，眼前老出一景，跟着一后背往草木深丛、广大蓝天走，时而路绝，脚已探至崖边，有恐高，眼下是峡谷。几回想瞧后背脸，抬不起头，老是一后背，一扇大脊娘，两支肩胛片，一溜凸凸脊柱索环，和顺脊娘沟子往下淌油米亮粒小汗珠，此背大约母应是故人之背。

鼻老说这人够高的。卫老说不是他高，是我左右乱看，一会儿瞧见一人，一会儿瞧见一鹿，鹿闪了，根本没往高看，是警卫跟包视角。鼻老说跟包也有走前边的。卫老说是是，经常我也走前边，就不明白我为什么，在呢儿，乱看什么了。

卫老说画中也常有帮好兄弟，身前左右的，栽棱膀子露个脸，没事蹲一圈望天儿，赶上晴天有女的，穿都挺穷。

鼻老说能托你一事么，下回，万一后背回头，能替我问一句么，这能问吧？卫老说能问，但不是每回。鼻老说就一句，您是颛顼老大人么？你们老哥儿几个，到底怎么看上帝这档子事阿？卫老说你说你这个人，就想你自己内点事，不带这么功利的，不带你玩还一个重要原因，不能带着问题学。

27

夏五月，诏令叫各郡国推荐品德贤良，有文学才能的人。上至宣室殿，亲自出题面试，并没有发现什么人才。

秋七月，癸未，日蚀。《那什么》出了七卷，主要收录一个名叫孟翼之原炎帝部伍长口述《绝地天通亲历记》(异本作孟广危)。孟自言，他是响当当太昊派，起小就是，在家过着日出而作日落洗洗上炕耕渔生活闲来要个饭。跟太阳熟，每天睁眼是祂，也知道老人家厉害，能养物能害物。因为睡得早没见过太一，也不关心，只知是满天星最稳内颗，具体方位处南处北不清楚，夜里上茅房时候找过，没找着。

在他们老家，只有孩子走失被拍了花子的，经常出没山林劫道犯了事亡命他邦匪类，家属才在炕头偷偷拜太一，夜里上房刷一刷银河，祈盼孩子能自唧个找回来，老公兄弟走夜道别撞见鬼。在他们这些个老实人一贯心说，介都是邪教。

参军到了部队，天天走夜道，先找到了勺子，后找到内颗星，会了。也是抬眼得见，因其遥远小颗，厕身群星，虽晶璨可鉴，也远未至夺目。用小孟话说，也就拿祂当盏灯。用部队里内些文化人，上层内些女的、媿什么的话说：或有辨向之用，惜无慑人大能。都不太拿太一当回事。部队内些粗人，说的更难听，你要收我，先得拿住我，做不到让我怕，我怎么恁么好说话阿？实在不行您卖我点好儿，像人太阳，至少让我暖和，晒嘚儿能干。再不成您好看，招人稀罕，像个阔太太，给您当跟包，人前人后蜡么一张罗，跟着闪亮。一门不门！——这是炎帝部上下对太一基本看法在早那前儿。

百泉合军，孟翼之被编入拳击师，临去新单位，炎帝专门下来动员，给大家讲注意事项，要注意团结，尊重黄帝部风俗和生活习惯，不要一见羊就嚷膻，看到人家姑娘光膀子奶孩子就贼着瞧个没完。犯忌讳的话少说，别人不留意触犯到我们忌惮也不要太计较，要大度。特别讲到太一，在北地人民心中位置相当于我们太昊，不要乱议论，严禁就部族信仰与友方人员进行争论，讨论也不成，友方主动问及，就说我们没信仰。做到不打听，不传谣，谁出了问题个人负责。

小孟回忆，他们到了新部队，也没有发生炎帝担心内些事。涿鹿会战前期战斗很紧张，拳击师作为战役预备队调来调去，人员也变来变去，刚熟悉就走了，新装备——石斧、棍棒下来，手里有了武器的人往往立即补充到一线部队，告别都来不及。斧棍旅被歼后重新组建棍二师，抽走大批骨干，师缩编为旅。后又根据拳脚不同，把能使脚的人分出去，单成立一个散打总队，小孟就是这时进入散打总队警卫支队，因其个头大，嗓门尤大，被选调到炎帝身边作喝道警卫。

也就这么简短接触，小孟深感太一信仰在黄帝部战友中决非泛泛自然敬畏，而是有祝祷、唱颂、敬拜仪轨深植入日常生活相当规范的嗯，精神依赖体系。其教义——太一本质，人神关系，决非举凡新创之说辞不逮意、言不承物内副褴褛相，可说是言诠有序，自证自圆，操练得很熟的一套话术。也就是说这一套搞很久了。黄帝部人员成分也杂，有本部、别部、戎部和抓丁补入边地流民之分。本部还分上三部和下几部。人员精神状态、思想感情、习用方语乍闻之下无分别，接触多了分别甚大，小孟搞明白也调走了。据他观察，太一信仰愈近本部上部影响愈深——还不好用虔诚二字。在三河口驻防期间，他和一个名叫舟毛的老兵混挺熟，俩人虽不是一个伍，但睡觉挨着。拳击师紧急部署到三河口，随时准备投入战斗，保障跟不上，始终处于野营状态，白天陈兵布阵，晚上就地蹲下打盹。后来老下雨，部队都感冒了，当兵的包袱皮裙子都顶脑袋上，看着也不像话，上级同意以伍为单位打草帘子，支帐棚，什伍披厦相连，遂成大通铺。小孟他们伍挨着舟毛内个伍，两位伍长守着一头睡，就睡一块去了。

部队熄灯早，都是大小伙子，躺下也睡不着，净瞎逗的，叽叽咕咕说话，躺着开小会，营队干部查铺，骂一声，肃静一会儿，人一走，又跟伏天唧鸟一样一齐噪起来。小孟舟毛铺挨铺，一翻身脸对脸，俩人相视一笑，就聊上了，天南海北走过的地儿，吃过的好饭，处过的好村姑，打过的牛啵仗。

后半夜全营都睡了——他们一个营划一个防区，铺通铺，广义上全营一个大通铺——只剩说梦话的了，他们还在聊。他们以为他们是朋友，旁人也以为他们是朋友，铺挨铺搞基的他们附近就有，跟被窝里养蛤蟆似的，呱呱响。但他们俩不是，只是很纯洁地聊，最后困得不行，闭着眼睛聊，就嫩么头挨头睡了。就这么一层关系，铺友，不远不近，一起偷过几次东西，各自调班换到同一个时辰游动哨，各带一新兵，俩俩一组，一组走东，一组绕西，在北碰头，让新兵蛋子放风，哥儿俩去营首长小房偷酱肉。营首长睡柴垛上，絮一层厚草很撒呓，头枕半拉猪。要在营首长耳朵边摸黑割下一块，需要极好手感和上佳刀术才能全盲操作。肥腻大块自个当场无声咽了，这样逮着也是已遂，瘦渣儿捧手心里跑回去和新兵蛋子一起忒搂了，比真上席吃——香。

他们营长季禺是个新兵蛋子主要舟毛这么叫他，特拿自己当回事内种人，一直在警卫支队干，炎黄二帝从海坨转进涿鹿他走前边，路上打过狼。全军二次整编下到部队，把警卫支队内套作风带到部队，特别重视队列，军容姿态，晚上不睡觉，隔半个时辰吹一次紧急集合，把部队拉出去越野跑，回来渴得人人叫水。个人卫生抓得紧，早上开饭前废话特别多，挨个检查战士手心手背，抓起手指头闻，也不知闻什么呢。舟毛叫孟儿他们吃完猪肉先摸点屎再洗手现在知道为什么了。老舟自己不摸屎，季禺走到他面前也从不叫他伸手，很客气，叫他老伍长，有时假亲热还小拳头捶捶老舟胸脯，据说他小子早年入伍是老舟伍里的兵，也透出舟毛老资格。

此人每逢月圆行为乖张，必组织营部鼓手、口令员、匪哨手登高喊月亮，击鼓吹哨。内时没号，鼓只管向前，其余调动部队变阵、分进、后撤全靠匪哨、挥手和喊。考查军事指挥员先考嗓子，尤如下三代御夫多得晋身裂封。古谚云：厨子出相，吆喝出将；一言以蔽上古取士之道。——他本人又唱又跳，极尽骨折癫痫舞姿，有时痛哭，至天晓月隐方休，第二天跑操不起铺。

小孟那时对燕北方语吞字卷舌儿化还没听大习惯，营座唱的嘛玩意也听不清，只囫囵入耳无屎无无屎，捂钟五五钟，大滑翔，嗡你妈比哄什么的，跟骂人似的。就去问其他黄帝部老兵，这些兵一听营座开腔便各自肃然，得知唱的是《坠绳经》，很古老一部绳文经典，里面都是神对人说的话。

这时他的好基友舟毛也会叫上右营一个叫老蔫前营一个叫羊蛋的，也不避人，就盘腿坐在通铺上，三人相对，时而低语，时而默然。初，孟儿不知那是人家组织活动，还往上凑，献秋梨献栗子，跟人搭葛，你们原来是一单位的？人家哼哈笑对，咔咔啃梨，叭叭咬栗子。炎居——合同族弟，在师里当匪哨手，跟小孟好，都是郝家台子人，来找老乡玩，一拍小孟，走走，师长找恁。出了帐棚，小孟说师长这个鳖孙，平时想不起俺，这时找俺弄啥哩？炎居说这时也木有想起恁，恁个龟孙不长眼，人烦恁一个坑，恁啥都瞧不出来。

因为有纪律，组织活动啥的，孟儿也不能深问，日后羊蛋老蔫来了，打过招呼就假忙主动离了帐棚，把时间空间留给人家。偶尔简也过来兜两圈，参加小组会，一起咬栗子，发呆。简因在炎帝部生活过一段时间，炎帝部上下老人儿都认识她，又因为和合同的关系，私下管她叫嫂子，也知道她是黄帝跟前大女巫，现在对象是喾，既尊重又不拿她当外人，出来进去的，小孟这样的也敢跟她逗两句，扫听扫听你们这都叫干嘛呀，也不怎么说话，就一块呆着？简也是随和人，说嗐，可不就一块呆会儿么，家都不在，一块呆会儿塌实，你们就没几个能一块呆着不说话老乡么？孟儿说也有。

后来孟儿调警卫支队去了。又后来，发生了揪斗女魃事件，孟儿和二组几个人奉炎帝命去把她抢回来，冲撞中挨了嘴巴子和无影脚，脸花了，牙出血了，胡子头发揪掉几把，小孟打不还手，横入直出，扛着魃冲破人群，送到炎帝那里保护起来，得到炎帝欣赏，之后调整到炎帝身后当持杆侍卫。

小孟的转世卫老对我说，其实简还是跟我透露了很多关于太一信仰的事，不废话，用内种心对心方式，就那么一照面，四目交瞪，俩人心有所想就全端给对方了。我说懂。

卫老说你懂，别人——鼻老他们懂么？内些个老窑器，以为只有言说才是思想载体，竹册墨渍才是可靠心证，跟他们说我是一照面得的信息，还不以为我疯了？跟他们说不清。

我说我一直懂，您对历史从来采取非常严谨态度。这种勾连业内叫启示，俗语叫一见钟。忽然两个人两只不同回路同期在轨了，哐哐若敲进站钟，产生心识对流。当然一般人传递信息比较扼要，通常只一个字，特别对路的人能瞬时接收海量信息，改变头脑。有一种叫科学的宗教管这叫离子交换，夫妻相，一帮女的住一块经期越来越一致，都跟这有关。

卫老说噢是吗这也成宗教了？我说当然，把求知当信仰，路径当目的，形成一种庸俗意识形态：方法即真理；谁反对自己谁就是傻帽。有自己一套权力认证体系，小圈子——他们叫共同体；有近乎黑话术语符箓、神话人物和传说——他们叫假说；遇事一哄而起，具体问题可以讨论，证伪，整个体系不容置疑。个中狂热者也有各种成瘾、自闭、烈士症候群。理想图景兼具颠覆再造世界雄心，不是宗教是什么？

卫老说听上去你恨这个巫术我是不是说错了什么，噢噢宗教，你把我搞糊涂了，我一直以为你是赞成这些个，你多维新呀。我说没错，和咱们家巫术同父异母。跟恨没关系，只是简单烦无往不正确和各种自我神化，都别牛吹！自古而今人类所有发明闯造无一不是图利自身，仅止于改良自己生活，无一例外！于万物，害莫大焉。于宇宙，当然不曾撼动半分。多少茶嘬跟着招摇，其中有人分明是幌张儿。(《骨辞正义》：茶，痴呆、疲倦；嘬，嘬瘪，没赶上的意思。二者合一，倍之。传说茶原为神，嫉羡羿射九日建大功于世，立志将最后一日射下，遂下凡，颠倒流离至今。）说宗教言重了，还差一口，还需要回答一个问题，本宇宙为什么存在？

卫老说管他！由他们胡闹去。我说是是，还能怎样？走乃条路都不近，走到终点无人——宇宙本无目的也是一种答案。很有兴趣听听简都端给你什么了你俩乱敲钟时候。

卫老——孟儿说：从简那里得到的对流——或许我应该用传达

更恰当——太一信仰基本还是个祈佑体系。神的面目很模糊，尽管自古以来就得啵得啵说个没完，迄今无证据显示是对特定人、特定种群发言。其所言多为自我肯定，不能排除是对所有物种、乃至无生命界山川百物各种感知意会通行广播。对人说人话，对鸟说鸟语，对山川百物直播画面，谁能接收到算谁的，我们接收到属于我们的了。意图似纯炫耀或曰宣示主权。可能本人小人之心了，某这么想就是以人观神，把神降到人这个组别。况复人尚且有声销见独，默如雷，神不如人，某竟不知其何以为神了。舍此，惟有二可能，一太初有知，知就是录影仪、播览器，自无始来凡所见闻随机录播自动放音；二还是人僭越，有好事者、用心极深者借神威声抬己权。上古三大部有熊、大庭、九黧，掌握神语解释权和部族话事权实在也是同一伙人。再来——某实不愿做如是想——就是神果当如此，能力第一，野心、虚荣亦第一。换言之，从来没有谁拉低您，而是事事与人做范本。

我说你聊得有点飞。卫老说我所知也有限，也就大两千年前一寄名女巫捅给臣这点示相，两千年下来，臣也是死去活来，今日能记得、说得出口的也就这一点浮皮——勾连了。

我说仅凭直观，揣度神居心很危险，不准确是一定的。

卫老说是是，我不居灵界久矣，居其内，万有归一，灵在一中游，百无一问。瞠乎其外，万象森严，惟覩是问，隔着千万重境，好比鸟问云归处，不但隔着物种还隔着物态呢。

但是，我说，内话怎么说的，落呢儿像鸟，飞起来像鸟，下个蛋孵出来是鸟雏儿——那就是鸟！做得出来就别怕人说。

卫老说您是主张我猜呀还是不主张我猜，话都让您说了。

我说猜！我一向这么个观点，真理不怕猜！是凡属真理，从来都是把人往明白带，叫人解放而不是叫人作奴，叫人宽敞而不是往窄里钻赛着轴——不带托大装深藏个闷葫芦的。

卫老说我就不猜了，猜对了也没人有资格——配说你对。我心里一直有一疙瘩，不知当说不当说？我说别说了，我知你要说什么。卫老说您是太一派当今唯一传人，太一经典您私窑着，照说比我摸得到边，您是想看我到底有多荒谬么？

我说照说我也是不该回答你这问题。卫老说是是，照说我但分提这事您就该给我灭口。我说哎呀，也没嫩么恐怖。

卫老说我听说赵绾王臧就是因为涉教而不是言太后事获罪。我说胡说！我汉大臣向有死天下事，从无一人死信仰事。照你的说法，司马谈就要死多少回。卫老说是是，听说你们老聊。我说你也不要迷信经典，解经家从来都是出异端的窝子，外道有无上觉寤无关文字说，我深以为然，你想那上神本非人类，无始无无始，谅必也不是生命体——这么类比都是亵渎！太初有知也好，有沃德也好，其本尊就是话语，一条消息，也不应当是任何一种人类语言。你讲话，传给人，必遭转译，岂有不生歧义的？我们都知道翻译就是翻一大概其，你讲话跟猜也差不多。卫老说我啥时候说过这话了？

我说的行吗？接收什么意思阿？神学问题我俩就不讨论了，说深了不成异端也难。还是回到我太一正信之初，想听你说说教史，怎么就从普遍信仰变成只能我一人信了。

卫老说也很——不好意思我说这词儿有点臊得慌——孤独吧？我说哎呀……卫老说快别说了快别说了，眼泪都快下来了。我说还能不能好好聊天了，为什么你关注重点总是偏呢？卫老说我错了。我举头望天，天棚都是灰，我说……好比石马呢？一孩子活得好好的，忽一日有人告他，你不是这儿人，你是走丢的，这儿不是你家，你家在远方，你现在的爹也不是你爹，你有一亲爹，在哪儿不知道，也没人知道啥模样，你可以找也可以不找，找，一点线索没有，就这么一感脚。卫老说你就信了。我说我积了心，日子没法过了。问题在于不是人家说我才信，我也一直觉得我不属于这儿，从小到大都觉得怪怪的，这方天，这块土，这些人，老觉得自己是一个旁观者，在看他们生活。熟吧，是真熟，一掉脸，又觉得无比的生。起初以为是局地问题，可能是对这里的生活不满意，后来也走过一些地方，不多，足以代表远方了，发现处处隔路，都是一些不相干的人，过着不相干生活。

我说你怎么了，泪人似的？卫老抽噎：说、说出来您也许不信，我也是因为一直有这感脚，不满意，才在两千年前，惹出大事……

28

在炎帝身边工作的日子，孟翼之算见着真神了。那时正是乱的时候，黄帝已带部队出走，蚩尤大军克日渡河风声日甚一日，涿鹿大营只有颛顼风后留守部和炎帝内摊两个机关尚在维持。留守部内边天天有人来闹事，工作人员做解释做到哭，一次风后被一群伤残老兵带走，领到瀔水边，要把他沉河，颛顼亲找这伙人头头狗咂儿谈话，严令他放人，才把惊魂未定风后放回，留守部不敢呆，连夜转移到炎帝那里，安排在孟儿宿舍，内间发臭的，经常让人当茅房有一次女魌进来直接撩裙子就往地下蹲一脚踩到正睡大觉孟儿肚子上连声说对不起对不起——的地窨子，——暂避。

炎帝这边也不清静，总是有很多人来找他谈话，都是旧部，一些一直跟炎帝的老人儿，磨磨唧唧跟炎帝表忠心诉说苦衷。炎帝垮着脸说想走就走，不要跟我说这些大以巴狼的话，不想见你们。有将领哭着扒着门不肯离去，炎帝就命令小孟拿杆子打他们，撵他们出去。孟儿也不能真打，拿杆儿敲手，捅肚子，再三央个：您老给我个面儿，别叫我为难。

炎帝轰走人也难过，坐在铺上吧嗒吧嗒掉眼泪。孟儿说不来人吧，盼人，来了人又没好脸，做你朋友真心不容易。

炎帝说我不该这样是吧？孟儿说我们乡下有一种说法，世上人能跟你交，这都是几辈子建的梁子，分手不掰面儿，否则堵着一口浊气，下辈子这人换个模样还来找你，非把胸中这口气出了，内些你都不认识他，上来就没好脸儿，就对你下绊的，都是不知几辈子攒的浊气出不来，一见你就递葛。

炎帝说你们乡下环境到底有多恶劣，大家都这么小心做人。孟儿说乡下人么，一世不如意就盼下一世，世世不如意，就得从命上找原因了。帝说你们知道自己是世世不如意？

孟儿说您问着我了。帝说也许你们上世很折腾呢。孟儿说我，很折腾？没印象。帝说你好好想想。过了会儿又说，行，就按你说的，给下辈子留条路，还不定怎么倒霉呢。

明日，帝就装病，让小孟守着帐棚口，见来人就小咳嗽，他就赶紧躺下。帝说，孟儿阿，这辈子过得怎么样阿你脚着？

孟儿说不算忒好我脚着。帝说，按你们乡下本利和大生命观，下辈子你能大好，这辈子你就放弃吧，替我得罪点人。

孟儿说那咱俩下辈子怎么算阿？帝说算你的，下辈子你见了我就鼻子不是鼻子脸不是脸。孟儿说我还就不是那人。

再来人，孟儿就咳嗽，各种瞎话，说帝病了，招风了，偏头疼，睡了。来人说病了？我更得瞅瞅了。横着膀子愣往里闯，喊帝，帝，我来瞅你，哪儿不合适阿？孟儿一把没拕住，就扑进棚子，圪蹴在帝草铺旁，伸手摸帝脑门：不烧阿。帝只得睁开眼，枕上宛转，做痛不欲状，说头跟炸了似的。

帝说孟儿阿，不及格，把人放进来了，罚你少吃一顿饭。

下回，孟儿坐棚口，丧着脸说吐了，弄一身，正自个擦呢，不见人。还拦不住，有上赶的，说我给擦去。说又拉了，一直拉，拉一宿——正拉呢！都是脓，弄一身，要不你给他擦擦去。来人说要不我等等，不急。孟儿说我传染的。来人跑了，说下回，下回我再来看帝，给、我、带、好儿！

孟翼之名儿很快就在炎帝旧部这圈儿传开，很多老人儿恨得嘚儿疼，跟山戳说他是谁呀，弄丫的。山戳说弄谁呀，别别别，你们该干嘛干嘛去，这儿有我呢，孟儿不吃劲儿。

与之同时，机关夜夜开趴儿，昏天黑地。很多工作人员都是因病不能随队才留在留守处，身子骨就没全恢复，白天都是带病在岗，边喝药边坚持工作，来的也全是病人，聊得特别飞，领导亲自蹲墙角煎一个小锅子，要求健康人也必须服点，一是预防，不要互相传染，再就是怕不在一个地方，净剩互相岔了。这样一天下来，药底子蓄得巨厚——还是要保持醒，说人话，不允许上班时过分自我陶醉，到下班，自然，必须有个趴儿接着，班儿逼们讲话：抖落抖落药底子。

因为是内部趴儿，小局，全是熟人，大家都很撒吃，像天真嬉戏孩子，神也如遛弯大爷，不时溜进来，借着众人之口显现出来。《三坟》说：神爱孩子，总在小孩子们中间。

炎帝那时也像个孩子，蹦蹦跳跳，倏尔定在那里，呆若木狗。炎帝跟孟儿说洞中方一日世上已千年是立于本地说，实况是洞中几世都过去了，本地太阳还没落山呢。炎帝讲这个话时刚从听洞出来，孟儿正跪火塘前拿膝盖撅树杈添火，使石锅内羊骨小米粥保持咕嘟，火突然蹿起来，孟儿眼疾手快拣起盖扔一边，粥差点漕出来，摸着耳垂眨巴眼看炎帝。

帝吩咐过孟儿，谁都能玩，你不能玩，你看着点我，我说过什么，你都要记下来，回头我要问你，你不要像巫咸，听到什么都不告诉我，还拿他个人见解日哄我，是个沟就摆我往里带。孟儿说不会，我就没见解。帝说嗯，就看中你是碗白开水。帝说：总叫你们好也经过，惨也经过，才知道人间不值得。又说：我用严整的话说呢，你们当比喻听。我用比喻说，你们又当曾经发生的事儿听。又说住手吧！现象之间并不总存在因果。女媿坐到孟儿身边，说就爱听他说这些谁也不懂的话。孟儿说这是乃位天爷在说呢？媿说不知道。

孟儿望着帝被火点亮的眼说：太昊大人是您么？媿说叫个啥名不重要。孟儿说我有一老娘，死好些年，你能帮我捎个话么，说我都挺好，明年能回家。帝脑袋耷拉下来。孟儿说没用，啥事不顶。帝忽然抬头说：谁让你提你们家事了？

孟翼之说其实他是太昊信仰创立者。如果你们不怕臊着我，可以叫我导师。孟儿的转世卫老说。我说导师，为什么不叫先知呢，你完全有权这么叫，如果你真是教派创始人。

卫老臊逊说那不能，因为我不在里边——当年，实际教派是我和炎帝俩人创立，之一，这么叫准确。神通过炎帝嘴说话，我做口传，炎帝并不知神说了什么，用我们教内话说“那时上帝的灵覆盖了他的灵”。要没我，上帝说的话就全掉地上了，今人——你们，也无从得窥我太昊派教义堂奥。说起来令人怀念，那些与上帝同在的夜晚。若不是我厚着脸皮不知轻重再三发问，祂老人家也不会把祂对人类真实看法表露出来，我承认，有时祂很生我的气，觉得我不可理喻。

我说从炎帝口，到你耳，还是你第一个听到的，从字面意义上说，叫你先知合适。卫老说不不，我坚决不能接受，我是——您讲话——先知了，但没有觉，也许我管自己叫导师都有点不要脸。我说导师可以，并不是什么高得叫人下不来的台阶，只要你教导了一个人，我就从你那里所获甚多，——就成立。卫老说虽然我知道您没有一点拿我打岔意思，我还是更愿意称自己为传声筒，实际上我可能连一个好的、忠实传声筒都没做到。神的话是烈酒，喝着上头，我的话是白开水，当年话儿还热乎着经我嘴流出已然中和为低度，今日更不能够，做不到原厂原装不跑味儿，因为转世有挥发。又比如，神的话是一席盛宴，经多次回锅端上端下再放桌上，往好说是盆失去色香杂合菜，往不堪说，可能是一桶泔水。

我说顾虑太多了。卫老说只希望凡听我言者万不可以为本人所言绝对正确，设若上帝所言令人不安或使你惊骇，请不要归怨上帝，大可能非上帝愤世嫉俗，乃是我无知曲解，无能颠倒，请谴责我，我愿承担一切因此造成误会后果。

卫老噗通跪在地上，左手扪左乳突，闭眼擦一圈脸，擦完睁眼说：这叫扪胸抚脸，是已失传之我太昊正教聆听上帝之言时必需进行的敬拜仪式。——现在，我又闻到了羊蝎子小米香气，看到塘中烂旗般火苗和爬满泥墙忽高忽低影子。唉——，卫老长叹一声，只是不见我敬爱的炎帝台上。

卫老说，回忆千年往事，总是叫我不胜惘往悲欢系之。我们的上帝——请原谅我用这个粗暴的把您和其他很多人摘在外面的称呼。当年我们教内就是这样称呼上帝的，因为当年我们所处之世，上帝不止一位，对内些信奉别的上帝的好人来说，不加上“我们的”这一定语几乎就是对他们真挚信仰的冒犯，更别说会造成不知到底是指乃一位上帝的混乱。

我们的上帝，是个，怎么说呢？一股力量。当祂悄然降临时，总是先压黯火塘，边角却益加明亮，光着溜子能感到皮肤有压强，光影摇曳时间却像凝厚搅不动的羹，空间愈狭小，扩出愈显明，像陡然接通连窟洞厅，人瘫了一样连一只小指也无力翘动，意识却卜豁轻灵若一只嘤嘤待飞小鸟。不需要天兵天将，人类兵器在上帝面前没有一件能挥动起来，上帝攥着你的灵！把天上想成一座宫廷，神想成君王还自带军队馊畸形。我们的上帝永远是孤灵一粒，来如天崩，去若真空。祂是辞语，整批思想，像卸车，忽啦一下填满你。

我说你很大呀，完全不像醒着。卫老说是是，他们净把喝剩药渣儿泼火里，屋里烟跟晚霞似的，我可能有点二手。

卫老说，我们的上帝说：无论按天上的律法还是地上的律法，我都该灭了你们，以使你们不能继续为恶。我没有这样做，并不是你们中间有哪一个属义，值得我怜悯，难道我的义的标准是对我的礼拜和敬虔么？问问天上众神，谁曾因人得荣耀？净剩下丢人了！难道还有比用对神的敬服换取在人前为大，多多聚敛，多多生养，生生世世不遭报应——更低下的么？我没有这样做，乃是我也要遵从众神在这一切开端时立下的律法——你们叫规律的。——你们尽在规律里，大的终会变小，强的终会变弱，多的变少，热的变凉，在上的变成在下的，夸口的被打了脸，总叫你们最后上秤等于零。

卫老说我们的上帝说：你所见一切都不是为你们所造。那天上飞的，水里游的，地上长的，凡我照拂的，都是我喜爱的，在我看是美的。我照它们，也照你们。叫你们活，也叫它们活。搞搞清楚好不啦，这世上没有一样东西是特为你生，你得到的都是别人的厄运，你从哪里、凭什么得到平安？

我说暴脾气。卫老说神么，能力大脾气也大，也怪咱们搞得确实不好，招您老人家生气。我说怎么肥四，听这意思，有人因为替咱们说话，遭到嫌弃了在众神之间。卫老说听说阿——纯粹是听说，被误解为是人制造的神。我说哦哟！这可不得了，事情倒过来了。卫老说可不么，对任何神来说，没比这更大羞辱了，就好比说你是你儿子生的。我说是哈，比操你妈还厉害，我们还是不要议论神了，头皮发麻了，除了乱发火，你们的上帝还说什么了。卫老说主要还是先撇清和咱们关系，叫咱们别多想，不是为你一族存在，而是为普天下欣欣向荣一切生命而存在，不要因为和你建立了一点点联系就自己把自己摆到前面去。我说公义就公义在这里，否则叫什么公义？内外有别，二五八等，是人受限于地表逼仄，因然而设先后，由近及远，就是有人够得着有人够着困难么。神在天上巡航，哪里有内外，惟有上下——你们都平等地在下。若动垂悯之意，特别恩典予以扶助也必是那娇小柔弱的。好比老虎狮子在跑，小猫小狗也在跑，你更心疼乃一个？

卫老说这是你的神指示你的，还是您自个想的？我说我自个想的，神是什么，难道不应是那最宽大最有爱让人想起来就感动，就愧疚难当，就心向往之至善之源么？跟我一样，比我还狠，净赞助老虎了，我就不知是什么来路了。我听说有小地方神，教杀人并且亲自下来动手杀人，简直了！至今我也不晓得确有其事还是这些人自个杀人移过于神。这是公义么？这叫是非好不啦！一个神怎能如此卷入人间是非？我都不这么处理问题，一个村和一个村为一条田埂发生械斗，你问我管么？管也不是这么个管法，拉架么，劝和么，岂有帮着扫平人家的？乃个村幸福能大于邻村？这么想就严重不公义。卫老说尊重您朴素的感情，也拥护您有限行政，只是我在这里不得不指出，还是犯了以人度神的——骄慢。我说好吧，凡是交代不过去的你们都叫神意难测吧。

卫老说，他的神独往独来，一日三易颜，初如蛋，复如炬，终如炭。他家壁中书藏有经李鼻老鉴定为李耳师亲笔书刻太昊派古圣歌：神阿！你是如此浩大，独立不改，周行不殆……忘词儿了，卫老潸然泪下，当年天天唱的。卫老红着眼惨然指出：这不改不殆是相对于同样周行独立却有盈亏的月而言。卫老二度泪下，说想炎帝了。

我说歌比人寿长。卫老摆手说不是这回事，大家都转世了唯独没见到他。我说怎么回事，难道还有当年诸君今日改头换角苟活在我们中间？你认出谁了，李鼻老？姆，要说他转成谁——谁转成他，比别人有条件。卫老说他不是，我测过他，毫无反应，应该是摊薄了。

我说也是，灵魂大概还没庸俗到像长相只在子弟儿孙中传递。我听说有的教门就认为灵魂是一种同位素，多生孩子就意味着轧平丰度。所以古往圣人支嗣也多，都很一般，迷信说法，祖坟上内儿根蒿子都让他冒了烟了。卫老说您说的是补跌理论吧，先人玩得太大，都余贯满盈了，后人接盘就一路跌。我们家祖上也没出什么人，净出玩现的，才长出我这么根不长不短青蒿子，不像你们家，一直领涨到如今。

我说哎呀不要只看这几年，我们家还在建仓阶段，黄帝家怎么样，几只板块今天谁还在？你说的对，要给后市留量。

卫老说实际这个理论是我闯造的。我说你能告我乃个不是你闯造的吗？卫老说您要听着不舒服，叫抄袭行么？从你们家太一教义抄的，你们不是有内切糕理论么，灵像一块糕，生一个娃就切走一块，家族越大切得越碎，最后一堆人渣儿，灵也成了渣儿，黑化沉降为魂为精血，——您知道的比我多。

我说我什么也不知道，什么切糕？我今天只带耳朵来。

卫老说当时颛顼不也老跟我们一起玩么，他们留守部也有趴儿，每天下班，我们俩单位隔得也不远，一个巷子口一个巷子尾，起同时起，落各自找地儿落。下半宿就互相串，我们去他呢儿或者他们来我们这儿。他们呢儿宵夜羊肉氽浆特别好吃，颛顼做的你造么——颛顼特会做氽儿，每回简都给我们端一大碗。当时我跟炎帝正烦呢，我们内上帝老不跟我们好好说话，说就啵儿姆们。炎帝老跟我急每回汇报完。我说您想能是因为我么，我再不会聊天跟谁递葛也不能够跟上帝递葛，要不这么招，您口儿个话术提纲，我按您的说一句自己没有，您瞧上帝啥态度。炎帝说算了，谁也指不上，谁也指不上我还就跟你说！他不是不管咱们么，咱自个弄。

我说昂？你们自个弄，弄什么？卫老说教义阿，我们太昊派也不能老是一晕二傻，就知道求雨。要不说我是创始人呢，就我、炎帝，姆们俩人，弄！祂不是瞧不起咱人类把咱们当祸害么，非把祂拉下来，必须待见咱们！骂咱们，那叫恨土不成砖。我必须说有一句大俗话是我贡献的，我们当时不卡这儿了么，怎么能把这弯子转过来，臭骂变心疼，憋好几天，也是我心不在，往外走没瞧人跟简撞上了，一碗热氽浆都扣她腿上了，简说你瞎了！我抹回头跟炎帝说：骂是亲。

我说你喜欢简。卫老说让您说着了，就爱听她骂街，骂的越砢碜越美不滋儿，老跟她逗，让她发现了后来，说特么见过拣骂的。我说这是听着真不高兴了，你逮多不会聊天阿。

卫老说是哈，她们怎嫩么爱跟我翻脸阿？几千年下来，没一妞儿是聊顺的，回回见面挺好，一聊天，码了。所以我和炎帝说第一不许淫乱。昂，我说，你们很淫乱是么？卫老说有点乱，刚从母系社会过来，好多女的身上还带着母系社会习气，见男的俊点，二话不说就摁呢儿给轮了。我说昂？

卫老说你今天无法想象，桑干来水之后，隔不差五就漂起精尽男尸，都是部队小战士，晚上出去遛弯，就失踪了，晚上河边劫道全女的，一伙伙的，轮完扔河里，自己也无力游上来，很恶劣！像我这种长得很一般的男生都不敢走夜道。

我说就没人管管么？卫老说怎么管呀，风气所至晓得伐？母系社会她们就这么硬来，炎帝怎么样？走夜道也被截了，高喊我是揄罔！还是被人掏了两把扔沟里跑了。我跟炎帝说不就内帮女的么，明儿让她们全集合，你去认，跑不了，查出来细细打一顿，杀杀这股歪风。炎帝说认什么呀我，脸上都抹着泥呢，算了。当然我们也不是非要怎样，是个社会问题，也不是靠几条鞭子能解决的，要管住自己，还得靠观念，多早晚有人把忠解成贞……节，灌女的心坎上，才一了百了。

我说你提呀，我给你传去。卫老说我不提，别挨骂了，我其实无所谓。

卫老说其实他和炎帝一开始也不是把淫放在不许之首，也考虑过不许杀人，想来想去做不到，这是部队，不杀人，等于不让狼吃肉。他还提过不偷东西。炎帝说抢行啊？不许说瞎话。礼貌推辞善意恭维哪能办？大家都直来直去，见着姑娘说赶明儿老了没法看，见着老人问您什么时候弯回去呀？这样一个社会也不能说很宜居。只许进一家不许串门子，也不合适，信仰么，发乎于内，首先是精神上感召，强派命令，心里倒轻看了你，再生出反叛。搞来搞去就剩不让乱搞了。

我说也是多管闲事。卫老说你跟颛顼说的一样，他坐我们俩旁边，听我们俩捏咕，就乐，说你们俩姿势不对。

我说怎不对了？颛顼说造神是吧，逮有顶层设计，好比摩崖造像，画一人，有从脚开始画的么？逮从眉毛开始。戒律，怎么管人，这都是脚。权柄——权柄懂伐？你这个神有多大权柄，自个创世自主管理还是受命游方，这才是眉毛。

我跟炎帝说碰见明白人了。我说我觉得咱们可以请颛顼老师当咱们咨议，他这一张嘴，我就知道咱们哪儿弱了——理论。我，您讲话，白开水。炎帝说我理论也不行，目前还尽在感性沉沦中，体会一大把，满脑子现象，把象抽出来，还能用人话念出来，就老太太下河，不抓鱼，净抓虾了。

颛顼说圣女娟说：一个人，要么别出生，只要长大，总要面对四件事，什么在上，什么在下，什么在前，什么在后。

我说这不一件事么？炎帝说假装会抓主要矛盾是么？人家跟你讲方法，你在那里下结论。我们很多问题谈不下去，就是上来就有结论，结论和结论在那里顶牛。笨一点好不好？无知一点好不好？把自己泼地上，什么都不是，一苍二白，从眉毛开始，一笔笔描，讲这么多，就两个字：同意。

炎帝拍着颛顼说老弟呀，你也不要假矜贵了，小孟给你这个咨议头衔敢不敢接呀？

颛顼说各么……炎帝打断他客气话就不要说了，咱们也不听，就赖上你了。小孟，叫老师，以后老师家尿盆全归你倒了。颛顼说没嫩么些烂漆扒糟的阿。炎帝说就说这意思。

29

内夜炎帝飞得也不是太高，也就接近月亮轨道，孟儿赌咒发誓说他看见一刹那月蚀了。炎帝下来哇哇大哭，说什么也看不见，什么看不见，咱们搭内些窝棚，生内些火堆。孟儿安慰他：白天，白天兴许能看见，咱搭内窝棚多高阿。

颛顼老师说别招他，让他静静，这是喜事，放下——超越人立场必经的崩溃，想来也不是第一次了，只是这次记住了，像我，也是多少次，在里面超越了，出来就忘了，又陷入人间营营役役。颛顼老师说，你认为太阳是造物主么？

孟儿说不像，祂这样每天报到，兜一圈，有上下班时间，像上班族。而且嫩么易怒，很多事情不像在自己控制之内。

颛顼老师说嗯，权柄有时效，下了班——晚上就不见踪影。怒，失控应激反应——怕出事还是出事了。你观察得很细，还有么？孟儿说看上去最大，其实可能是离咱们最近。

颛顼说有过飞升经验？孟儿说薄丘会战受棒击昏迷，飞过树梢，见过躺在泥里的自己。

颛顼说可以告诉你一条宇宙约那什：凡可见物皆非最大。因其具边廓，必有尽头。最大者无边无尽，故不可见，因万物尽在其中。孟儿说是是，我们乡下说，最大的是空气。（马迁案：约那什，古夏语，又称约那是。有约定俗成、共识二义。汉称：约识。以下皆称约识。）

颛顼说太阳可见，故不可能最大，亦在最大中，嗖！祂不是造物主。依据宇宙第二约识：凡不能自我举证为造物主或举证不足采信者皆为受造物。嗖！太阳是受造物，同意么？

孟儿说同意，二级上帝呗，单管咱这一段。叫大拿也行。

颛顼说好啦，你们太昊派定位有了，级别低有级别低的好处，不能该祂管的甩手不管，说我还要抓大事，您没大事！

孟儿说懂，祂其实自己也说过“我也要遵从众神在这一切开端时立下的律法”，显见祂不是立法者，我把造物主等同立法者您没意见——吧？颛顼说没毛病，不能再同意了。

颛顼说下面谈谈太昊……我有个小建议，可不可以给太昊改个名，更切合祂本来地位？孟儿说您说。颛顼说二昊。

孟儿说过分了，您这么招，也别问我，先把太阳改个名，叫二阳，看能不能叫的开。颛顼说好吧，提议作废。你们的诉求是祂必须待见你们？孟儿说这个没商量。颛顼说能不能理解为你们将来所主张一切事由都要打着祂旗号？孟儿说可以这么理解，祂逮管姆们。颛顼说要不要格外高看你们？

孟儿说要。颛顼说那你看这样设计好不好，祂作父，你作子。炎帝在一旁忽然叫道：我就是这么觉得的！严父，祂像一个严父。说着又流下眼泪，我是内个不孝子。

颛顼转向炎帝，说，那就这么定了？炎帝说，我这么完美，你为什么反对我？孟儿说我？没有阿。颛顼拽孟儿：说话的不是他。炎帝怒视孟儿：我这么完美，为什么反对我？

颛顼跟孟儿说咱别在这儿说了再让祂听见。拉着孟儿往棚口转移。迎面撞见简端着碗余浆，说要不要进点？孟儿低头绕行，简拿脚绊他：跟你说话呢！孟儿一个踉跄，说我跟你——没话！

炎帝喊：为什么反对我！简喂他喝汆：因为你吹牛掰！

孟儿说我倒没觉蜡么亲，怪吓人的，有点像不好处的师，特别腻学生内种，而且怎么还没怎么呢上来就管人叫爹，会不会涉嫌不拿自己当外人？颛顼说人和人不一样，既然是众人的上帝，谁也别拉下，那就叫，……师父？意思都在了。

孟儿说那我们叫什么，徒儿，怎哪有点不逮劲？颛顼说你们教派的事你们自己定，只要大家觉得舒贴，我只是提议。

孟儿说怎么还能再想个更可心的称呼，噢我知道祂为什么显得吓人了，老爷子内口气还不能叫师，一副主子腔，完全克住你的气概，祂叫主，我们叫奴，该死的奴，怎么样？

颛顼说从来不觉得谄媚是尊敬的一种。拿人际关系比喻神总犯一忌，好像我们和神同一界门只是科属不同。那么问题来了，我们有权定义神的性质么？设若神性即宇宙本质，我们能说人性也近于宇宙本质么？我们还是不要预设立场了吧，不见外不撒娇，我以为这是人论及神起码应有的庄敬。

孟儿说那还叫师父吧，我们都叫徒儿，师父在上，徒儿这厢有礼了，您听着如何？颛顼说我觉着好，不中亦不远。

我说合着是你和颛顼攒的事儿？卫老说得到了友教大力支持。还是我们仨，我和颛顼老师拿方案，最后决定还是炎帝，我算拼缝儿。我跟炎帝汇报太昊降级的事儿，炎帝态度很明朗：尊重事实。炎帝经常星际旅行，每常都在地球低轨，早就发现飞得越高太阳越小，跟杏儿似的，特别害羞，随升随降，追得越快闪得愈勤，跟在地表观察完全不一样。炎帝说：你知道么，黑暗才是宇宙本来状态，明亮是例外。

当然这将带来两个问题，卫老跟我说，都很要命。太昊一旦降级，本教也将随之降级，变成一种非宇宙、地区性，也即地表性信仰。当然这也不重要，主要是心态问题，其他大型宗教也未听说有出了地区，传遍宇宙的。再来是对本教教义的伤害，虽然本教目前尚无教义。但是一旦太昊失去造物主资质，也即不参加创世，本教教义则更不知从何说起了。一般正经宗教必须回答的三个问题，从哪儿来，到哪儿去，为什么在这儿这个揍性。——怎么搞？编都没法编。祂是祂，我是我，谁也不认识谁，半道碰上的，因恐吓、畏惧结成搭子，本教成什么了？我说问过本人么？卫老说谁？噢，没有，如果您不参加创世也是受造的，有什么好问的，答案也不在您那儿，白惹一肚子气。我说可能知道的还是比人多点，毕竟是神，一单位的。卫老说这个问题我们没想到，应该问问，错过了。我说还是轻看人家了。卫老说没想那么多。

卫老说他跟炎帝俩人嘬牙花子：怎么搞？要不要坚持降级，降，还有一系列问题，怎么向广众解释？我们的上帝低人一头，广众能不能接受。炎帝说解释不好做就不做了，还是要像对一级上帝那样敬重您，到日子该怎么祭祀怎么祭祀，待遇不变——您也瞒着！谁都不告诉。卫老说谁都不告诉，就我俩知道，然后我俩死了，大家还跟傻子一样，我俩扑腾啥呢？炎帝说我俩不一样了。卫老说是死得更明白了还是活得更明白了？炎帝半天没嗳声，说你是真没自信自己创世？

谁？我？卫老说这是有自信没自信的事儿么？炎帝说有这么难么？我们又不是胡来，是为本教谋出路，天下教门也多，家家一本故事，只可能一家是真的，也许全不是。他们可以，我们为什么不可以？卫老说您给我派个别的活儿，我愿今晚单人渡河横扫蚩尤全军。炎帝说就让你创世！明天拿方案，不能少于三个，内个鸡蛋的和捏泥人的不许充数阿。

当夜，卫老追着简、娩几个女的央个：姐，摇摇我，摇摇我。简说见过现粘鸟现熬胶的。一迈腿坐卫老身上，抓住他俩手，十指紧扣，怪叫一声：——走你！

第二天，卫老两眼如猫，拿来三个方案。一是上帝是个熊孩子，正在玩过家家，万物——我们是祂的玩具，然后祂突然发狂了，乱跳乱踩一顿，我们就成现在这个混乱的样子。

一是上帝是个新郎，正在布置祂的新房——太空，万物是祂打算送给新娘的礼物，新娘是谁没想好，也许是时间姑娘？也许——能配得上上帝的只有宇宙本人了。

一是上帝是个老人，正在云上做梦，人类是他奇怪梦境，到祂梦醒，人类也就结束了。这个方案还有个备选，上帝是个疯子，人类是祂疯狂幻想和执念。这个备选缺憾是，上帝真是疯子，人类就没随之尬舞、停下来内天了。

炎帝说喜欢第三个，实际回避了硬创世可能带来的一切硬伤。稍微有点高级，只怕很难为内些活得很具体、非要见个结果的人接受。卫老说可以负责任地讲，普及不在创世者考虑之列。炎帝说嗯，但是，你这几个方案犯了所有创世故事同一个毛病。卫老说这话怎讲？炎帝说只顾一头，交代了时间怎么开始，人是从哪儿来的，没交代神是打哪儿来的。

时隔三千年，卫老提起这事还结巴：这、这、这不是不讲理么？从理论上讲，刨除内些野路子、不正经的创世，所有严肃创世只能是神讲给我们听，您是源头，一切从您开启，现在你问我源头——开启从哪儿来，这、这太犯规了。

我说你不是野路子？卫老说我是野路子，也要服从宇宙第三约识：不要问神从哪里来，一切追问到神为止。在神之前——不！存！

在！我说换言之，神也不存在。

卫老说上！不要逼我说渎神的话。

我说又或者说，只能是套娃理论，祂来自另一个神。

卫老说没有意义，如果只有一个神而没有宇宙，没有人，没有意义。

我说是对人没意义，还是没有人的神和宇宙都没意义？

卫老说我拒绝回答，我保持沉默。

我说您是永在的，没有时间负担的，只是因人，进入了时间，在人那里有了一个开端，亦将有终了。这开端，到终了，得而复失的心理过程，人称之为意义。所以，是人赋予了神意义。在这之后，人消失，神、宇宙又将陷入无意义。

卫老说神阿！保佑年轻的他，原谅他的无知，因为他不知自己在说什么。求你，让他免受慧智的诱惑，因为真理不在慧智中……卫老扪胸抚脸，沉浸在呢呢喃喃祷告中。

30

李鼻先生在《绝》文中，对更正派（鼻案：此为太昊派经孟翼之改教后区分新旧派专有学术名词。太昊中人并无这样的称呼，他们——无论新旧两派人士，均自称正教徒）的教义是这么描述的：……依旧尊奉太昊为惟一上帝。祂是那样一个神，生存状态不可描述，所有语言在祂面前失效，一想就是错的。目前已知祂正在做梦，梦到祂创造了一个宇宙，这宇宙群星灿烂，显得很真实。正如做梦者会潜入自己的梦，祂亦潜入宇宙，在其中一颗小星上扮演灯。因为太刻意，一会儿照照这面，一会儿烤烤内面，有时离得太近，还会烤糊星表面。这小星上有一种生物，渐渐察觉到祂的存在，开始向祂呼叫。这呼叫开始只是简单的感谢，感谢祂照亮了他们——和央歌（央个的复数），求祂别太近了，热得受不了。神沉默了亿万年，气得回应了——一帮人老喊你，也不是你的名，胡起一名，愣告你叫这个，昊哥什么的，见你晃过就乱喊，假装是你小弟，打着你名就在世间办事了，要求人这个，要求人那个，做不到就说你不答应，打群架也喊你，互相掐，选不出头儿也特么穷托付，还有比小人得志一通胖谢说全托您的福更可气的么？——这还不是最可气，最可气的是招来缺笔仰慕者，从东追到西，活活把自己渴死，也没追上，显得你倍儿刻毒。这，神都忍了。直到看到一更缺，假装有膂力，张一大弓，瞄着，嗖嗖放箭——不能忍！

于是神说：你够了。这不是一个友好的开端，依据教内传说，神痛骂人十亿年（鼻案：此为神话纪年，或可说灵界年，与人类年无可比性，大致纪年方法为：一念即一年），又臊着人十亿年——期间神在暗拧中。教内称这百年抑或千年——教内说辞也不统一，教内那时还在过旱雨季，并无年的概念——为“默示期”。默示不是默许哟，是沉默的示意，怎么领会全在领祷者，故巫觋作用在此期凸显，形成职业代言神这么个阶层。在此之前，神的灵没有拣选，突然覆盖到谁身上，这人就是代言人，教内叫“填陷”。（《骨辞正义》：填陷，又称填眩。原指路上发现一坑，随便找点浮土败草填进去找平，后转义为代人受过。）可能是正在玩泥的儿童，高烧不退的村姑，刚攮死人的强盗——也即对所有人讲。

有教内人称这一时期为“中保世代”，又称“别训世代”。言下不能将神直接说出的话和巫师默领所讲的话等视齐观。虽然多数巫觋所言并未偏离教义，而是深化或曰将深刻教义彰显出来。那也不能像神那样享有绝对正确不容置喙地位，应视为二等正确，也即相对正确。也即在大多数时候往往是有益的但不是每件事上。既然不是事事正确，应允许存疑。

神在第一个十亿年曾说：人阿！你们不是要说虚假的话，而是没有说实话的能力，因为你们禁忌也多。这不能不说是神对人的爱护和深刻同情。同时也在自己所言和中保阐释之间划下一条清晰的界沟。太昊史上重要兴教人、著名大巫师三世炎帝姜明亦有遗训：即使神的话有多重多种阐释，但任何一种阐释也无法取代其字面上的意思。——何况默示！

持这种观点的人学者称为“急要派”，也是借用，以区别旧派——传统派中主流和非主流。这一派信众多为炎帝部中下层军士，人数最多，但是非主流。主流是炎帝本人及其上层巫觋、国主、将帅，人数不多但是主流。这一派，嗯，就叫传统主流。在炎帝改宗更正派后，主要领导人是山戬。

急要派目前已知、留名于史重要领导人有合同、共工干儿子术器、炎帝之子炎居干儿子节并。这一派主要人格特质是急，不相信未来，一切许愿都要当场兑现，慢一点就催着索取。实诚，说什么信什么，越怪诞反常愈深信不疑，想叫他问一个为什么难死他。全部是文化盲（鼻案：那时尚无成熟文字，故无文盲一辞，文化盲为其近义辞，指只具有遗传能力，对人类精神发育全无认识者），把本能当正直，勇敢也是基于本能——紧急避险，一下空白了，法律用语叫激情杀人。在部队是好兵，乐于服从强者，尤乐为作风凶悍长官驱使并好为其吹牛啵，因为这套身体语言他惯熟。这样一级级压下来，一方面绝对服从，一方面绝对凶悍，是好部队。

对神，一腔热情，家里都遭过灾，承认你是内个力量最大、最恐怖的长官——你强你就是真理！每次骂得怪舒服的，俺们可不就这么糊不上墙么。天不怕地不怕，就怕你万一是真的。像捍卫本部队尊严内样捍卫信仰。从心里不认识神，只是把祂当胳膊肘，交付的是身体而不是心灵，即便口称顺服，竟日礼拜，呼喊神名，也是无神论者（卫绾先生语）。

卫绾先生说我以我夫人性命发誓，没说过这话。我说可是你说的是对的。卫绾说好吧。

唉内喂，第三个十亿年，神再度开口，就到了孟翼之世代，教内称“绝罚期”，因为这一期发生了绝地天通大事件，太昊全派受到镇压，法嗣断灭，从此作为一个教门荡然于世。

起初，一切迹象使人鼓舞，一切似乎都在朝着入轨、靠谱发展。

内个激动易怒的神此时变得温和坦率，愿意和人讲道理，通过祂忠实的仆人孟大师启示众人，给大家交底。

《那什么》收有一篇作者为上帝的布道文，经卫老本人确认，是上帝当年亲口口授，他的责编，行文有他组织调整过痕迹，也就是说意思是上帝的，语气是他的。现煌列如左：

大家好，我是上帝，近来——也不是近来啦，而是有史以来，只要碰到人，就会缠着我问一个问题，这世界为什么是这个样子，将来还会往什么方向发展？今天我就一总给各位一个回答：没错！你们当中可能有人猜到了，这世界是一个梦，我做的。也许你们乐意用另一个词：被造的。对我来说都一样，造就是做梦。无中生有，完全谈不上有什么目的，一定要追查动机，只能说就是想眯一会儿，一闪神，就来了。在这里我要向各位报告一下我的生存状态，各位知道我是在“无”里，什么都没有，没上没下，没前没后，没左没右，也就是说我只能呆在原地，或叫充满在那里。什么也看不到，什么也感受不到，因为什么也不存在。我大概最有资格称我的世界为空白，因为我的世界没光，故无色；无振动，故无声；无时空，亦无视界，你能想象一个处处充满自己——全是自己的地方么？我就呆在这么一个全是自己的地方，既无景观又满满登登，自有永有，无去无来。我全知，因为全是我。我全能，也是这原因。我都不能抱怨不逮劲，因为我的词典既没“抱怨”也没“逮劲”也没“不”这三个人的词。天知道我在这个地狱呆了多久。我意思是我也不知道，从我有，就这样——该死的自有！我倒希望被谁造出来，还能找您讨个说法。你们是不是有个词叫永恒？从前、此刻、未来，永远一个架势呆着。所以，你们能理解我为何做梦了吧？

各位！我们此刻就在梦里，我、你和你所看到的一切事物。尔等——人，山川万物都是我情感、心念投射的异象。不好意思我有情感，因为向无对象而格外深厚。包括我——你们看到的此刻的我，也不是我本来面目，而是我对万物万千想象中的一个。我试着至少在自己梦里表现出一点倾向性，而不是在全然虚无中无动于衷。我承认，我有点喜欢、迷上了自己的梦。你们晓得做梦者有时会和梦中人建立异乎寻常的关系，好像那是一段真实的亲密关系。我也是这样，毕竟你们是无始以来和我惟一互动——嗯，我有点闲，你们是不是叫寂寞，是念而起——的对象。我本来寄希望于恐龙，可是它们只顾自己往高长。你们很好，我等了你们很久，你们终于回应了，差一点我就选鹦鹉了。和自己的梦互动，比仅是冷漠的独居有意思。维持对你们的关切，于我，只是为了更深入梦，你们呢，是不是也觉得有点意思哦——意义阿？

各位亲！你们不会还幼稚地相信眼见为实吧？你们看不见自己做的梦么？触感是实有么？春梦了解一下。因果律，我要说内是三维动物思维规则也即思维局限你们能理解么？而梦，是不受限于维，因果并进乃至错置的，故而显得凌乱——说“显得”是因为事件并不凌乱，只是你们的理解凌乱。以后你们会懂的，你们所谓的井井有条是表象，而真相——底子是反直觉的。各位亲！如果有一天你们中有人能抵达底子，就会发现真相——我的心念之海，也即意识之海，反映到你们感官上是一片嘈嘈切切的辞语，你们的世界全然建立在我的辞语之上。我说得够明白么？听不懂也没关系，各位亲，我还特别给你们中内些特别坚信自己活得扎实、活得接地气、活得有奔头的好人，准备了一条简便的惊醒之路，也即死亡。到时叫醒你，同时遗憾地通知你，给你的时间不多，只够你醒，不够您再多说一个字。——我公平么？

31

我说你就这么跟人说的？卫老说不是我说的，上！是神说的，怎么成我说的了。我说没人炸阿？卫老说炸了——后来。炎帝没炸，当时没事，只是说这个，呃，先不要外传。

我说炎帝比较成熟。卫老说后来也拧了。我说拧都不是当场拧，而是越想越拧。卫老说接着说，您还有话，别憋着。

我说你这都是什么神阿，管自己住的地方叫地狱，叫人简直不敢往下想了。卫老说转译问题转译问题，神的话原意是尽管这地方好得不能再好了，感觉还是很糟糕。咱们不是没有这种左右为难词汇么。我说吊诡。卫老说呃，当时哪里有现在这么进步，当时都很质朴，直肠子，要么全对，要么全错，没商量！当然你是对的，应该译成“吊诡的地方”。

李鼻先生在他的名著《绝》文中谨慎节选或称阉割了（卫绾先生语）所谓上帝布道文中几句话：这世界是……被造的。真相是……一片嘈嘈切切的辞语，你们的世界全然建立我的辞语之上。并特别案于后：

作为人，我们应有严守之边界，即本分。有的事当知，有的事不当知。上帝的处境为何，活得好不好，属后者。当然我们也不能假定上帝是自满、无感的。也不能说祂的烦恼都是自找的。设若祂是自满的或者换个词儿自足的，就没必要创世。设若无感，则人亦不能感知到祂的存在。而我们恰恰是从祂的忿怒中了解了祂，晓得我们的神是一个感情丰富，易激动，急于寻求公义，不恰当比喻——性情中人。设若万物——含我们，尽属于祂归于祂，祂对我们的不满亦应视为对自己的不满。对我们的导正应视为对自己的导正。这样一个——不恰当比喻——有充分自省精神的神，对自己的境况有一些牢骚，有一些自嘲，难道不是祂老人家的权利或叫小爱好——么？在内些不做梦，嗯，永恒的岁月，除了自嘲还能做什么呢？神的主权决定了祂可以想说什么就说什么，即便祂老人家乱讲，只能说我们不配听，听了就构成论断。

卫老附案：严重同意！人既无权也不配议论神该说什么不说什么。宇宙第四约识：凡神说的都是对的，只有你理解和你不配理解之分。因祂即是宇宙。

当年不是这态度，当年年轻。卫老说。一面背诵布道文一面暗叫：太惨了！这样的日子我一天也过不了。跟炎帝聊：我原以为“无”是什么都没有，神挤在里面，还能叫“无”么？炎帝态度跟鼻老差不多，说你瞧，不叫你们论断神，怕的就是生出异端。卫老——孟儿说，我觉得吧，求知无禁区，人既是受造物，何其卑微，什么是人自有的呢，我们的灵、心识，难道不都是神赐予的么？神有隐私、有不可告人么？祂既降尊纡贵向人显示，赐予人惟一能与祂交通无比尊荣的地位，会怕我们瞎打听么？祂有内样的大能，什么样的发问不在祂计划之内呢？我理解的全知，即所有知识总和，知识最大的敌人是谁呢？一知半解。何谓好老师？善于引导学生发问者。不让问，不许问，不是敬虔而是小信，是人辜负神。

孟儿又说：守本分，有边界，是人辖制人，叫人放弃思索，人因思索得神，岂因得神后停止思索？

炎帝始终保持缄默。

这些言论散见于《那什么》卷十五所收当时各种骇言骇语，由卫老亲自勘鉴归于自己名下。

我说行阿卫老，够叛的，人因思索得神，你不是异端谁是异端？

卫老说年轻不知厉害，只知逞口舌之快，要不后来栽嫩么大跟头，断送了内样一个，嗯，蓬跃活泼的世代。

我说得出什么教训了么？

卫老说神这个事儿阿，归根到底还是人事。

鼻老写道，更正派分裂之初，也即只有炎帝和孟翼之俩人，就又分裂了。这里的分裂指的是以上帝布道文重新更正教义。因布道文未广而告之，传统主流派并不晓得自己被分裂了，但是事实上已经分裂。这里说的俩人亦不是字面上的两个人，还包括依附于他们的部属。上古人身依附关系包括精神服从，大抵头儿信什么属下就跟着信什么，这本是忠诚的一部分。不尽然，有例外，孟翼之自成一派就是个例子。

鼻老并未更多着笔新分两派之别，那不是他写这篇文章重点，只是简略提了一笔：两派之争在多大程度接受布道文。并称炎帝派为正统派，又称缄默派。孟翼之为喝问派。

鼻老写道，此两派及其同门急要派、传主派在上古众神嘈杂，教门丛立，大的信仰群划分上都属“有”派。神自有万有，有生有。与之相对另一大主流信仰为“无”派，即无生神，神生有。跳一步说，就是无生有。代表教门是太一教。

太一教认为，必须从字面上了解“无”这个字，否则就不要叫无了。自有，如果意思是自我育生，也要有过程，哪怕时间再短，一下子就有，也要有个开端。若是指自从前就有，从前到哪个从前？无远弗届，也要有个从前的之前，不好想象，可叫不可思议，不可言说，还是省不掉之前的之前。

无，字面意思就是什么都没有，干干净净，神也没有。没有火种可以生火么？温度升高即可。无自无始来，只要不那么平坦，终究会产生折返，也即走向自己的反面，产生有。

太一信仰与太昊信仰同样产生于古老年代如果不是更古老的话。其久远深邈考无可考非穷至人祖女妣时期不足以断其代。古太一教图腾为圆圈（见图一），女阴象形，符合女教特征。太昊图腾新石器时代始为十字和旋转万字，为男根不同状态象形（见图二）。泥河湾出土同一时期鸡骨白玉璧经鼻老伯益先生共同考证，断为蚩尤部南方古太昊派遗物。圆圈中心钻眼儿（见图三），同样带有女教烙记。目前所见女娲虫书、少昊氏鸾凤书、神农氏八穗书均可见此一图形（见图四），经李鼻老伯益先生共同勘定，判读为“日”，是拼音虫书少见的单音节词，读“阿”。当年侯岭今日伯益都是据此入手破译的虫书。据此可证二教同源，都是女的创的教。

教内传说太一当年向女妣显现也费了牛劲。因为祂来自无，显现出来也是一片无，妣以为自己瞎了，大哭喊叫：刚还好好的，咋一转眼啥也瞅不见了。太一无奈，只得给她思考能力，说你自己寻吧，世上最完美的形状就是我。神这样说的同时又赋予她观察万物的眼光，同时留下宇宙第五约识：不具备基本思考能力，神就是站在你面前，你也认不出来。

太一显现时为夜晚——当必如此。当祂隐去，一轮皓月出现在妣眼前，这是她恢复视力后看见的第一样东西，妣指月，大着舌头喊：盘的足的！盘的足的！（汉语：圆！圆！）

据李鼻先生考证，太一古称“太元”。改称太一则相当晚近，晚到什么时候捏，晚到上个月，太祝祠官谬忌上书请祭太一神。鼻老请托卫老，问我有没有这个事，我说有。

卫老说丫——凭什么给改了？我说嗐，我告诉他的，改是早改了，大整顿后就改了，颛顼改的，有些事不便跟你们多说，实际是我们教内的问题。卫老说出邪教了？我说什么也瞒不过你。卫老说我是知道过，但这么些年，又给忘了，你再告诉我一遍。我说忘了就不说了。卫老说我怕他们乱写。

我说乱写不怕，我们教就剩我一人了，也牵扯不到别人谁不高兴，我还就怕他们写对了。卫老说是……内帮女的？

我说性别复仇主义。卫老说我记得你们图腾改过一竖中间一点儿（见图五）。我说还改过一圆中间一竖。卫老说那跟中间一横有什么区别？我说没意思，给神搞一个性别，神要内个干什么？祂又不用这种方式繁殖，意念一起，就流溢了。卫老说你们到底是放弃言说创世了。我说你甭套我话。

李鼻先生写道，分裂，这大约是所有古老信仰共同困境或曰常情。任一教门创立之初便面临分裂，或说正是在这不断分裂、更正乃至互指异端激烈排异过程中，教义才逐渐变得整全周齐，至少自己可以自圆其说。看不到所谓共同信仰是一个历史进程，被一次次此昏彼明个人觉醒所连通，认为神的食粮落地就完好，就像熟的果子离枝掉到地上，拣起来就可吃，就甘甜，不存在一个淘洗、拣选过程，是天真，是对神和人都不了解。神说：谁说我给你们的是果实了？我给你们的是种子，还要你们培土、浇灌、剪枝、打虫、期盼，之后才有收获。我说这是乃个神说的？卫老说你们家神。

太元信仰是有言之教，是神给远古世界内些在黑暗中艰难求生既不会读也不会写，说话还不利落的女人特别的恩典。神从人刚会使用火就降临到她们中间，用通晓的语言教导她们，从做事到做人。可是有人就是重异象胜过语言教导。

起初，妣指月喊盘的足的，她妹嫫就错会意，以为月是神，于兹产生了以月神提亚命名的提亚派。这一派同时敬拜太元和提亚。在古褒世代，提亚既是主神太元的姊妹，又是女儿，又是妻子。太古人伦未分，这三种角色确也可以集于一身。到炎黄时代，太元几经改教，神媒——教内大巫也从全是女性转为男性主导（早年太元附体，多为老太太声儿，如今都是老头儿）。人们在世代迁徙中对神的信仰也进一步聚焦，如果你走到哪儿看到的一个点都在北，那么这个点就是你所在圆的圆心。教义亦不再承认多神，改为独尊太元。

这时的提亚派还被视为同门宗派，作为一种历史景观受到保护和包容。在一般男人眼里——也包括多数女的——是一种女人间姐妹般颇带互助色彩无害的性别特权。女生有的事不能跟老头儿（女的对太元私下腻称）说。但是受到越来越大的压力要她们归正。在北方，据传有过不止一次大规模归正运动。玄猿部与女累部合部时，嫘母便带领本部全体女生发誓弃绝提亚，独尊太元。后来早婚氏与黄帝部合部，婚夫人亦带领本部女生集体宣誓弃绝提亚，独尊太元。自此，北方女的都管太元信仰叫信老头儿。俗话说：叫女的信谁也容易，不理谁也容易。有多种风俗沿习显示女的确是信老头儿了，但是并没有弃绝提亚，只是把她从女神位置请下来，接家去，化她大能为一种秘术，求子阿，保胎阿，治痛经阿，下蛊阿，扎小人儿阿。因诸事多与女子经期有关，老头儿这边管不了也不爱管，也就听其胡闹，叫她们“月子教”。

颛顼客居大庭，岔口街心常见太阴庙，其中供奉提亚，竟不知提亚为何方神明。提亚在这里，不但保持女神地位，还有了自己一套创世造人神话。百泉合军，炎帝部随军家属多为提亚信徒，跟黄帝部家属月子教徒一过眼神就搭葛上了，两方迅速合流，集结成一个新的派别：重建派。有传言嫘母、婚夫人亦同时受信，嫘母为秘密教主，史称“月子教复兴”。

有另搞一套创生神话（详见《起初·鱼甜》第70节），教义中充满厌男内容，散布憎恨、歧视思想，且有黑秘术，这个性质就不一样了，大整顿中，颛顼将月子新教（官方用语）定为邪教。

“无”派也好，“有”派也好，诸教都还有一同源并立大教门：南宗。蚩尤部北上，带来百家百教。此百教多为地方信仰，崇拜对象多为本地名物，大榕树、虎猿狼鹰长虫什么的，教主自称某之子，多有弃儿经历，像野人那样在丛林中生活过，与兽为伴或为兽哺养，起的都不高，尽是经验产物，庶几可尽列为有派。太昊——南人叫“橘娃”（南音也纷繁，此读音为蚩尤本部正音）。该词为协和词，半表色半保留了日的原始音节。同为有派，地方信仰保留了更多原始面貌，即其所信各自然神，与人类起源没关系。用神学家话说：同为受造物。只是地位稍高于人，是人应当敬畏不能也无从归依的。后世智者所言“敬鬼神而远之”指的就是这一类，惹不起躲得起。反观地方信仰，直可见一模式，皆是坐地起，或叫地界创生。狭隘地域限制了她们洞见也未可知。在创生三重境：地表物、星宿、大象无形。——居其下。

南派百教惟一“无”派是莫加派。莫加，一的意思。蚩尤本部正音，没附加任何属文化东西，完整保留了古人类初试新啼动词代名词，动词名词化语言特点。莫加派亦称月亮为盘的足的缩写——盘足。白叫捏破。与月子教隐语类同。

这莫加派是太一或曰太元信仰古老一支，教内称南传太元。与食物在南方比北方烂得快相反，南传太元忠实持守古太元信仰二元神——也即太元和提亚二位一体教义。（鼻案：没有证据显示南人比北人更保守更泥常守则，其信仰更显原乡色彩只能从地域更接近发轫地理解。每世代有更多故地漂流迁徙来者。我们看到的保守更多可能是常履常新的插扦。）

这里要特别说明，莫加人没有零的概念，但有空、无的认识。空读突泼，无读拉，都是动词。空无本身不是静止态，死寂态，是有方向拉动的。元，没有这个词。有元始，读如“元 摸完走”。是组合词。元为华语音训同读。“摸完走”也并不是古人类语的“始”，古人类语“始”读“阿连砸”。“摸完走”是一个动作结束到下一个动作开始之前内个瞬间——内个态。靠！我也不知该叫什么，及物动词？爱谁谁吧。

嗖！对一般莫加人而言，元即是一，又是连词，连接空无和一内个——不能是真空态，要有矢量穿过——缝隙。

故而也是动词，有开启、开动的意思。我说清楚了么（李鼻先生自问），随便吧！言而总之一句话，古人类语是一种全由动词组成的语言。

乍看之下莫加人与一般南方原种人并无分别，都是黑黑的、煸实的、窄额仰鼻厚唇。处久便知莫加人有独特醒目信仰烙识：圆圈纹身。如同树年轮，以肚脐为圆心，每岁纹一圈，愈年长则越密集，跟螺丝转儿似的。每舞动肚皮，会形成急遽青色旋涡，似有无穷内吸力，久觑有晕动症表现。高级教士则穿耳环、鼻环、乳环——铜的。似乎部位愈敏感地位越高。据说——据说阿！还有在阴蒂穿环。是的，高级教士都是女生。莫加教义里有愈痛苦愈能见神、得神的说法。神是痛苦之光，是扶助者，而非贪欢者之福佑。所以她们的日常祝福语是一句警告：追求快乐的人有祸了！

伯益先生认为莫加派是提亚主义在南传太元中的坐大和僭越。李鼻先生同意他说法。二位一体是根与芽、瓤与皮、后脑勺与脸的关系。莫加派教士对外道普及她们教义时总爱这么类比。太元是那内在、灵性的一切。提亚是祂的器皿，面向世间内张脸。好比眼在看，眼珠后面内个意识在判断。所以提亚所说的一切，不能视为提亚单独意思的表达，应视为太元的主张。所以尊重提亚就是尊重太元，轻慢提亚就是轻慢太元。向太元献祭只能通过向提亚献祭实现，二者不可拆分。如果一个人宣称他只信仰太元而弃绝提亚，那就相当于一个男子对一个姑娘说我只爱你的气质而厌弃你的身体。那就意味着他什么也得不到，因为没有人能不拾柴点燃一堆火。呜呼！此论一出，世间只知有提亚而不知有太元。

太元无形，提亚有形。太元无性别，提亚是女生。莫加派降神都是踩脖子尖叫老太太声。教内规矩凡降老头儿者乱棍加身，必是天魔。女生造人，第一只人只能是女生，因为没有别只样本，而且根据最小作用量原理也即宇宙第六约识：简洁即完美。实际上提亚造其它动物也都叫它们从孤雌繁殖起步。男人为什么有乳头？因为他原本来自女人，至今亦然，胎儿头两月皆为女体，之后提亚从女体缝隙里扽出一估截儿和俩轱辘，创造了男性。女神在这儿留着后手呢，教内讲话“男生秘密藏在女生体内”。至于女神为什么要这么做，教内传说因为女性独行于世感到孤单，日夜向提亚哭求，提亚不胜其烦答应给找个伴儿，所以祂造出阴蒂就安歇了。

嗖！女生整全，男生变异在后。变种要服从整全者。这是莫加派最大戒律，到哪儿都要厉行的教规。用莫加男人牢骚话说：属猫的，不管你势力大势力小，她都瞧不起你。

从莫加教士所佩罕有天然铜饰可知这些女士来自上层。蚩尤老师嫩么显贵地位也只趁一铜帽圈，连半张脸都遮不住。

卫氏壁中书拣出一枚李耳师手迹残简，似是针对帽圈做注：此圈似非护额，或为异教王冠。余当年西行所见西膜诸王皆以圈为冠。非金不敷用，太元信仰旧物光化也未可知。

伯益先生依据这点认为蚩尤老师是莫加信徒。风后及众多南方女巫回忆，均指平夫人“铜鼻绣脐”，是莫加派高级教士无疑了。南军各将回忆也有大帝怕老婆说法。伯益先生斥此说法“恶俗鄙见”，蚩尤，旷世英雄，杀人如解手，谈笑天下摇撼，所畏不过天神，所谓惧内定是懒得跟她废话。

南武涝最新出土质疑了这一观点，内捆油腻黏手细嗅带醋味儿竹排记载了一次莫加派和北宗太元也即老头教正面冲突。具体时间地点不详，应是蚩尤渡河之后于某处，除蚩尤夫妇其他参与人物亦不详，全文只夫妇二人寥寥数语对话并无他人插话。大致过程是北宗骇出老头儿来了（亦是根据对话推断出前戏），平夫人高喊打打打老头！可能是真动手了，伤了北宗教士，蚩尤说搞么事吵？把人家总拐子剐的翘胯子。显见并不赞同夫人搞法，全无同门教友不问是非一致对外滥习。后面就都难以断句且字义不明，斑马日的那坛鬼腰子国掉得大风倒板什么的（原文见《那什么》卷廿七）。

伯益先生案：此当为莫加派咒语。后楚王刘道来长安述职，世子刘注随行，于客舍得此竹书，大约是作为文玩摆在案头做陈设。刘注走时把竹书交到前台，跟服务员说：你们怎么能把这种东西摆在客人房间，都是骂人话。服务员说不好意思我们以为是高仿做旧呢。遂交给大堂经理。大堂经理是王恢的人，王恢这时已以大行令领闽越征伐，人在建章前线主持军事。此书遂按组织层级上交，到了阿老手里。阿老跟我说伯益的话你也敢听？

我说依您老之见呢？阿老说蚩尤我也没见过，不知道。倒是见过苗人一些绣片，说是存在太一信仰也不错。只是他们那个信与不信也没什么区别，平常就像我们这里人一样过日子，该耙地耙地，该养猪养猪，也没什么特别的讲究，大约比我们这里人还散漫一些，只在过节、赶鬼时披上内些绣有太一图腾彩衣，跳一些较劲的罗圈舞，对山妖鬼魅起一些吓阻驱赶作用。人都很平和，我跟他们讲一些道德仁义，他们也都赞成，说讲得对，有道理，赶明儿你们都这么做了才好呢。你觉得他们是不是很宽容呢，对咱们这一套应该算异教的说辞？其实是无所谓。或者也许是蚩尤亡于北地，又经大整顿，说遏绝苗民于世是夸口了，你现在搞大屠杀一个跑不掉也很难做到，但是整个上层有修养内些巫都搞掉了是可能的，跑回来这些人就成了今天这个样子，知果然不知果因何然。本人更倾向另一种或也，无所谓是他们整个九黧国从来对信仰的基本态度包括上层政治人物。搞不懂，瞎信。原始太一内条蛇拧成的圆（见图一），还有内跟桩子似的八角星（见图二），麻将似的四方五位、八方九宫图（见图三），一般人见了只怕只有眼晕的份儿，你行吗？你是太一内部人。

我说嗐，什么内部人外部人，不行，拿算数算宇宙常数。

阿老说那你要古人怎样，刚会数数儿，文字还没有，都说上古信仰粗陋，我看不是粗陋，是没办法，只能画个表，走数学的路，要不你替他们想个便宜法子？我说没办法。

阿老说蚩尤，武人，老粗，什么特点？尊重应用知识。平夫人，应用人才，我以为这是他和太太真实关系。

32

阿老的说法受到卫老支持。卫老说我和蚩尤先生结识也晚，一见面觉得这个人很暧昧，跟谁都很客气，哪个教派的聚会都去，到哪儿都玩得很开，不把自己当外人的样子。

我说那不叫随和么。卫老说是阿，做人这叫随和，做教主，我要是他们教门小弟我会觉得也忒随和了。我说他是教主么？卫老说至少名义上是南方各教门总教主，就像炎帝是东方总教主，黄帝是北地扛坝子。我们上古，每个部族都有自己敬拜偏好，合部首先是合教，合不了就容教，你不做总教主，也做不成帝呀。我说是哈，所以他逮随和呀，对你们谁我都没意见。卫老说是哈，要不说理解呢，可是像我这种虔信徒——当年阿，当年就觉得你咋啥都没态度呢？啥都没态度不就等于啥、怎么都行、啥都不当真么？可以宽容，无限宽容，可你自己总要有个偏好吧，——我信这个！哼不能一个无神论爱谁谁者跑来当我们南北各大教门扛坝子吧？

《骨辞正义》：扛坝子，就字面内个意思。典出大禹之父鲧。当时天下洪水滔滔，无江湖河泽不决，也无雄厚人口可以动员筑坝，鲧就跳入各地决口以身作坝，效果可想而知。初为贬义词，喻自不量力，误己误事。后鲧法务死，百姓怜之，转义为褒，明知不可为而为，敢负责，渐为总负责代名词。原义自不量力为螳臂当车、蚍蜉撼树诸成辞所代。

我说他有么——偏好？卫老说我觉得他有，他喜欢老头儿，我们太昊派老头说讪他也坐呢儿听。我说他是玩呢。

卫老说他不是玩，他是真听进去了。自从姆哦给姆哦的上帝设计了内些套路，您猜怎么遮，发生了非常有趣变化，姆哦的上帝竟然越来越奔姆哦靠了，我意思是越来越实在，越像姆哦盼望祂成的内个样子，只关心姆哦，视姆哦为祂先得着的，处处向着姆哦。

我说你能别老姆哦姆哦的么，听着扎耳朵。卫老说我不是回到从前那恰儿了么。我说上帝也不是白给，也讲方式方法，喜欢吃糖给糖，把祂的苦药痕在里头，你们不是好咽么。

卫老说太不白给了，炎帝内时候不是老装病么，结果真病了，咳嗽。我说想什么来什么，上帝以为他打算病呢，千万别试探你的上帝。卫老说是是，当着上帝不能起脏心眼，谁知道您应内项阿——结果上帝讲话也老咳嗽。我说你瞧。

卫老说蚩尤老师连这咳嗽也喜欢，说听老头卡痰胜过听老太唱歌。我说看来老太真烦着他了。卫老说我们的上帝说：

若有人因了凌虐而死，这时有人站出来，替那死的出头，虐死那施暴的，这人不可称义。因他和那施暴的同样属恶，只是一恶还一恶，至多算必要的恶。咳！若有人因凌虐而死，有人在一旁看到，没嗳声，这人不可称义。因不嗳声便是纵容那施暴的。咳！若有人因凌虐而死，他处有人不知道故没态度，这人不可称义。因这是你的世界，罪恶毕竟发生，不知道能免责但不能称义。咳！若有人受凌虐而死，这死人不可称义，因他生前一定也有罪恶发生而他不知道，只在这时显得无辜。嗖！这世上所有人，连死带活没一个义人咳咳。

我说你们上帝真行，蚩尤老师听进去了？卫老说听进去了，表现状态就是奔溃，拉着我手——我不填陷的么——哗哗流泪，说从小到大没听过这么深刻的道理。我说他为什么假装无辜？卫老说人家不是松了一口气嘛，人家是因全人类都扯上关系糟心，你没这样的感受么，尽管我们，嗯，很不完美，一想到这世上还有好人、清白的人存在就好受点？

我说有有，想把主持正义为万物做高竿的责任都推他们身上去。不瞒你说我现在听到一只小狗受到善待都会掉泪。

卫老说你们提的蚩尤老师和媳妇码了，影响特别不好内次我也在，好像是首届巫代会招待代表的趴儿，不明白他们为什么不采访我。当时挺乱的，各种上帝跟——你知以后会有一种叫伞兵的兵种么，就那样式纷纷降落。一会儿就一人强直了，一会儿就一人不说人话了。当时各教已分流，大归堆，不问教门，只分老头派和老太派，教内叫千岁派，取凡聚会，座中人岁数相加皆上千意。不光颛顼背上有一老头，我背上一个，炎帝背上一个，还好几个不认识外道、野村教主身上一堆老头儿。平师母冲的不是乃一个特别的老头，是冲所有老头儿，拿一棍，乱抡，是凡老头派都勺上一两下子。我还记得有一也不知哪儿来外地小青年当场就撅过去了。

我说你背上还一老头？卫老说嗐，别提了，我不是传话的么，本来不该上老头，内天也不知怎么了，聊着聊着就觉得腰上坐劲，后脖颈子发紧，我们上帝烟酒嗓，忽然改公鸭嗓了，说的也不知哪儿跟哪儿的话：任一生物做那么多亏心事不产生忏悔意识才怪！后来分析，可能是跟旁边别的老头串了，都挨得特近，肘子接肘子，肩膀撞肩膀，顺竿儿爬了。

卫老说事儿不大，蚩尤老师和平师母争执，很快就被人拉开了。内帮女的把平师母拉她们圈里说你理他们呢，咱们玩咱们的。没听见有人说烂漆疤糟话，请神局都很讲究，没人爆粗口，都在形而玄，真的假的这么多上帝在场，孰敢？

卫老说记得蚩尤老师不开心，拉住炎帝问：就没一个义人？炎帝说你等会儿。刚才他也帮着拉架来着，神还在他身上，驮着不上不下，自己想出来，正往下抖落，单手当啷在腕子上蛇一样来回拧，一会儿翻白眼，又见青眼，说好了。

蚩尤老师说若有人挺身抗暴，死于暴虐，还不叫义么？

炎帝说：若有人抗暴，不动刀兵，用那胜于武力的言说，乃至替那将死的死了，又或者至死不出恶言，从心里放弃报复，宽饶那作恶的，是大爱，大于不等于义，义不可称他。

我说不是好了么？

蚩尤老师抱着我哭，说孟老师，没有这样的人，没这样的人哇！

我那时受上帝提点也久，对祂老行事也有了点了解，说会有的，现在没有，将来会有。上帝做事一竿子插到底，总是成全人，所有选择给你，最好的最坏的，你自己选要当什么人，尤其内些决心从善的，断不叫指望落空，反要大大超出尔等自许，从立锥地拽你再跨出一步，祂说过的都要实现。

我说感动，害怕。卫老说蚩尤老师和你的反应一样，害怕，说还要怎么善阿？别人要杀我，已经杀了我，我不报复，不怨他，还不够，还要再跨一步，这一步是哪儿啊？卫老说我是觉得够了，过了，上帝一定还有进一步要求，祂太深了，无论从乃个向度仰望，总在你不能、做不到的地方等你。

那时我们的上帝是比较火的一个上帝。卫老说。在我们整个老头派里属于比较爱聊的。传主派山戳，急要派几个头头合同、术器、节并，都来我们这儿听。他们比较可怜，跟上帝不熟，巩固信仰全靠从我们这儿听一句半口，回去互相传谣。颛顼本来就是我们咨议么，我们老头派有号召力核心成员组就是我的喝问派、炎帝的缄默派和颛顼代表的北太元主流。他们北宗太元自月子教复兴就——也不能叫衰落，冷清了。最能降神几个女的简什么的都跑千岁内边去了。他的几个肢体季禺——过去我们营长，营没了，也调我们特勤组来了。还老童淑士什么的，没事也跟颛顼来我们这儿蹭听。还内几个野村教自封教主禺强句芒什么的蹲这儿憋着趸货。我没说过我、蚩尤老师、揄罔老师、颛顼老师我们四个是一学习小组的吧？我说没，但是听出你们庸俗地互称老师了。

卫老说嘁，那叫职务阿，还有比职务更俗的么。我们在上帝面前都是小学生，都抱着学习态度来的，本来要互称同学，后来禺强术器他们提意见，说你们叫同学，我们叫什么阿，虽说不讲内个，别！别！咱们还是分开，否则张不开口。老师其实是他们叫起来的，急多少回都没用跟他们，见就喊。

我们的上帝说：讲卫生以不得病、身上没味儿为宜。过分洗洗涮涮、扫地擦灰是以邻为脏沟，灰尘能去哪里，还不是攘到别人家？过了发育期，就不要吃太多东西，好比小苗成树，还用天天浇水么？尤其是上了年纪的人，不建议天天吃肉，放屁臭，也消化不了，好比一棵烂了根的树，早晚躲不过枯朽，补也无益。调控食欲的方法之一可以把吃饭污名化，叫追肥。观念上厌恶了它，也就较易摆脱年轻时养成的没吃过的都想尝尝，少吃一口都亏的贪婪。人老了，少吃一口都叫积德。每天洗脚，吃饭洗手，吃鸡拔毛，喝奶拿碗……

我说这怎么天上一脚地上一脚，管到人家碗里来了？

卫老说这个情况我们也发现了，听众有很多议论，说揄罔老师身上有两个老头。我说是不是阿？卫老说开始猜不透，备不住是俩面孔，我们不是也经常这样嘛，当着人，背着人；远的人，近的人；粗人，较劲的人。我说有没有这种可能，你们推行上帝人格化，多少暗示了祂。卫老说您可别这么说，我们能暗示——上帝能受暗示么？我说哎呀，你也别把祂想得汤水不进，任何物体互相接近都会产生交换，祂就什么也不是，只是语言，语言和语言之间也会发生近义耦合、气口相切，我就看了谁的东西写东西就像谁，在接下来半天里。

卫老说应该不是你说的这种情况。我说让我们想想上帝的处境，祂能和谁有真正交流呢？就说天上还有其他小神、天使什么的，你会和你们家保姆、保镖、送快递的说太多自个事么？再说他们都是完美的，哦也许不是，但是离得近，想什么时候叨唠随时，估计也没少受上帝絮叨，耳朵眼都起膙子了，不逊未必，表面上应该都训调有素，让你没的挑。还剩下有谁，不就你们这些满地乱跑，到处撒欢野小子。

卫老说还是不太习惯你这么妄议上帝。我说嗐，也不用把自己弄得那么卑微，低贱到沟渠里，才叫顺服。小心眼是人，上帝没长这器官，十分不赞成把上帝想得跟你们一样小。

卫老说实际真有两个老头，一个是我们的上帝，一个是——你看我手上寒毛，都立了，我现在说这话背上还过电呢——祂的反面……还过呢还过呢。我说此话怎讲？卫老说啊呀！这就牵涉到宇宙第七和第八约识了，“绝对，不能或无法自我表达。”“本质就是类别。”不是说绝对需要条件才存在，而是绝对无需表达，绝对即隔离。如果要表达，对不起，得设置对象，没有条件创造条件。所以无限也即无条件存在在认知层面等于无意义，等于不存在——这是宇宙第九约识。

我说不划线则无形，没有对立面就显不出自己。好廉价的约识。卫老说要不说儒家了不起呢，能破了全宇宙约识，在尖锐二元环境中不站队，发明执两守中伟大观念，不知他们是否申请了第十约识。我说别提他们——提他们干吗呀？他们说的内都是能抹稀泥的事，咱们聊的是抹不成稀泥的事。是不是绝对真理？是，一点滑头不许有。不是，——甭装！

33

所以在喝问派教义里，上帝是个动词，有两个时态，过去完成时和现在进行时。当祂处于自足、自洽、缄默状态，是无形无限的，也即不可知的。当祂对人类说话，就从这无限中走了出来，至少搭乘了一种载体——辞语。也即变得可辨、可知了。我们都知道辞语的不确定、不达义和广义性，人之不可靠首先借由语言。上帝使用这一载体，则不可免受限于语言之境，整全思想变得碎份。比如过分亲人，有时显得感情用事，一时热心对一地风俗下达严肃要求，时去境迁风移俗易则显得落后，因而损害了祂的真理性。必须指出这一切全是因人造成，上帝本人对此毫无责任很可能完全不知情。有诸多记载显示，祂以为祂的本意都传达到人了。

喝问派将神从无限、不可分割中拉了出来。尽管小孟声言那就是神自带属性，全能之一能。他并没有做什么，只是根据神的启示——实际上是替神摆明了这一点。还是引起同门两大宗派急要派和传主派强烈质疑。此二派从来不去也无力问何为自有，自有何为，故只能在次要问题如神的绝对正确，其所言皆是真理且不证自明上——与喝问派纠缠争执。

小孟说内些话就是我说的，所有辞句类型祈使、设问都是我组织的。神的话原不是我们这国语咬字吐音，你问揄罔老师，他动过神的话没有，不动，不要说你们听不懂，根本连不成句，到你们耳里你们能听到的，已经是改过的了。

炎帝一如既往不作声，没态度。术器说那不管，你说了不算。节并犀利发问你说清楚，你这个碎嘴上帝是不是咱们太阳？合同说我就是一大老粗，谁说咱们太阳落后，不答应！

小孟一个劲解释：是咱们太阳，落后是因为咱们改了，父母小时候叮嘱咱们的话现在听着都落后，可是爱护咱们心没变。有一种粗人叫岔道的粗人，追逐他们生活中不熟且在世俗排序靠前的一切，辞语崇拜即是一种。常见文化盲呼吁保护文化，身着亵衣摭拾亡音，此等人执念之一就是辞语神圣，辞语即事实，名人辞语就更是事实了。可悲的是山戬这种受过辩诘训练的人，也这种观念，用他们传主派的话说：敬惜成语。倒是颛顼替小孟说了句公道话：这就沦为拜物了。

山戬也说了句扒肝扒肺的话：我们这样的人，不得机会与神交通，再对历史记载神说过的话不当真，没有一个绝对尺度拉绳，又拿什么量我们走过的路呢？是，古往上帝说的话都是人传，至少有个断代，不必现在又冒出个什么人说上帝又讲了什么，扰乱我们吧？简一屁股坐山戬旁边，头靠他肩笑眯眯说这就是怕走弯路怕说错话老实人的得篓子忘鱼。

小孟说哎，你怎么过来了，你们千岁内边怎么样？简说我们千岁内边很好，很平顺，不像你们这边打得热窑似的。

山戬说没你们那么强大阿。一直假骇睡旁边不嗳声句芒忽然睁眼说：所以划下一道明线，确定谁是最后一个先知很重要。颛顼说哟！这谁家孩子，话说得明白。简说你偷听的怎么样阿，够自个闯一教的么？句芒笑说：邪教，邪教。

因喝问派二元上帝论与南传太元二元一体上帝有阴合，故月子教，莫加派都对喝问派持开放态度。大家都有点把小孟当慕道者，有点糊涂，好好开导一番，可以吸收拉拢入伙。

简跟小孟说我们内千岁局请你阿，你不是对无变有感兴趣么，我们有非常完美解释，来不来来不来？

同一学习小组颛顼跟孟儿说祝贺你，从混沌奇迹神学走出理性一步，神赞赏你的理解力。孟眨巴眨巴眼。颛顼说神现在没劈死你，可以深刻体察神的第三属性了吧？孟说不知您指什么。颛顼说神除了全知全能还是全然无惧的。神赞赏你的勇气。孟说谢谢神。颛顼说如果现在再分拨儿，你可以和女的算一头儿，都是二元派。孟说你才和女的是一头的呢，你们都是太元，本人是太昊正教徒儿。颛顼说你还记得你向我承认过，你师父——太昊先生，是二级上帝，受造的？

孟说我改主意了，从我师父告诉我祂创世大事迹内天起，祂在我们心目中就永久、不可退转地恢复一级上帝位阶了。

颛顼说你改主意了？别以为我不知道你当时拿出过三个方案。孟说多少方案也是师父点亮我头脑命我说的，我不过是师父忠实器官，我其实是个哑巴在议论巨大事物时。

颛顼说抬头看看哑巴，假如天上群星每颗都有一片咱们这样的土地，甭管什么东西站在上面吧，都会看到你师父从天上过么？孟说会。颛顼说那祂什么时候去呢？孟说晚上，从咱们这儿下班后。——哦我终于明白祂为什么不早晚挂在天上，下班去哪儿了。颛顼说那么多星呢，每只都兜一圈？

孟说这对神来说，难吗？最多走轨快点。颛顼说好吧，这话先搁这儿。承认么，无生一？孟说承认。颛顼说你看，为什么说你和女的是一头的呢，首先你们都承认无和一，同意无和一是同一事物隐象和显象，是整体和溢出的关系，只是这溢出之——象，你们和月子教见解不同，你们看到的是太阳，她们看到的是月亮。其实这二者也没什么不可调和，你认为男女是同一物种么？孟说……不确定，是吧，应该是，没有生殖隔离么。颛顼说所以表面差异并不能改变实质相同。

孟说我也觉得这个事好说，我教相传宇宙诞生是一下俱全的，速度之快，在人看来就是同时，看似两个神一齐出现，实际已然是一生二了。我们没必要回过头再去争谁是一谁是二，都是一好不啦？我觉得我们应该摆脱内种凡事都有个先来后到二维思维，神之间没有问题，已经协调得很好了，一个早出，一个晚到。本人一直以为神是男是女，叫什么名字是个伪问题，神本无名，与人勾留便宜行事假名张三或寄名李四，与鸟交通可能自报阿翠，与羊交通托名八先生。

颛顼说胡说！这就是二元论者经常被绊倒的地方，能一生二，就会二生三，就会以奇数方式无限细分下去，最终把神淹没在一切未解之谜中，变成一股反自然力量。孟说既然宇宙是以这种方式幸存，神为什么不可以，难道不正是祂把自己属性赋予了宇宙——宇宙才成立么？颛顼说你看，听任自己思想跑驴就会在自得快意中兜偏，我们在谈本质，你却意淫现象。孟说你也赞成给思想设界了？颛顼说孟儿！二位一体也好，千万位一体也好，本质是一元，不要晃了自己。

34

卫老问我你觉得颛顼转世会投向何方？我说你发觉咱们周围谁像了？卫老说你不觉得你和他有油然亲，不言喻？

我说完全没有。自问不是他那样的人，可以理解他最后那么做自有情非得已，但决非上策。卫老说能说您心里还是个对以力屈人不以为然者么？我说也不是，只是从功利角度说，费力无果嘛。依据宇宙第十一约识：力对一个物体做功只能改变物体运动方向，既不能增多也不能减少物体质量，该物体所含能量则依宇宙第十约识变化。卫老说宇宙第十约识是什么来着，我忘了。我说从一个物体丧失的能量，必定会有另一物体得到等份能量，不多也不少。思想、辞语都是电能，神的话也许是光能，通过光电效应为人所知。古往，最无聊的思想，算命、风水，都在嘛，乃一句废话掉地上了？

时，我军马邑作战计划完全落空，我数十万部队在山里隐蔽设伏待机月余，匈奴军臣单于却率部原路退回，出了武州塞。司马迁来找我，说此事原拟记为马邑之战，如今战争没有发生，再用此说似不妥，他拟了两个叫法：马邑之谋，马邑之围。这两件事确实发生了。请我定夺。我说随便吧。

35

颛顼说能不能说你是你们上帝细作？孟儿说什么作？颛顼说专门打探人类弱点去向上帝打小报告这么一工作的人。孟说我有么？颛顼说我不知道你有没有，只是从现象找结论，你看阿，你们的上帝原来很沉默，总是显示大能在天上降善或降罚，给人印象很粗线条，并不针对特定物种，是全奖或全罚的态度。如今你把祂从沉默中拉了出来，在其间传话，态度越来越有针对性当然都是爱护人类良苦之心了。

孟儿说那是我干的事，我乐意承认，因为我，我们的上帝注意到了人类。细作，听上去像个小人，能不能叫联络员？

颛顼说随便你，反正干的都是上串下连这种活儿。

孟儿说协调员怎么样？

颛顼说都行，其实细作也是指工作琐细，不带褒贬。

孟儿说还是请换个名称，我以为我的工作责任重大且非常必要，并没有那么轻飘飘。颛顼说包打听怎么样？孟儿说哎，这个好，非常生动还原了我的行为也不带评价。颛顼说包酱，你是人里离上帝最近的可以这么说么？孟儿说可以。

颛顼说各么，就请你用简洁语言描述一下伊拉上帝，如果我是个才开始怀疑人生，刚抬头仰望星空，教内讲话属血气的，一个精神穷人，物质之奴，你怎么向我推荐你的神呢？

孟儿说伊……是我们世界光热之源。颛顼说不是重点，自己编的自己忘了？孟儿说噢噢，我们的神是世界的，怎么说呢，世界是祂做的一个梦，我们是祂的梦想，能这么说么？

颛顼说梦游，这么说比较准确。孟儿说我们在祂世界里梦游……我觉得说到这儿，大部分人就跑了。颛顼说太反直觉了吧，我们大部分人都觉得自己活得无比真实，梦和现实到底有什么不一样？孟儿说获得感不一样，梦里得的醒来就失去了，现实得的醒来还在。颛顼说如果现实之梦，神的大梦，梦醒定义是死呢？孟儿说那也还在呀，好比我盖一所房子，我死了，我儿子孙子住在里面。颛顼说做过连续的梦么？

孟儿说做过，有意思。颛顼说梦里一片街区，一个家，每次入梦都在，醒来算在么？孟儿说……颛顼说一个神，只带人做梦，不提供梦醒之后去处，只管起飞不管降落，能说是全能——负责的神么？孟儿说不需要去处阿，梦里生梦里死——醒了，还要去哪儿，再次入梦么？颛顼说谁醒了？你们的神既然提到醒，那就意味着在祂的梦之外有一种存在不管你们叫什么。孟儿说可以什么都不是，什么都没剩下，从无到无。颛顼说那你很牛吹，别人愿意接受这样解释么？一场大梦，还是被别人梦到，自己只是在其中胡乱走了一圈绺儿。孟儿说我的灵魂就是我的思想，就是我跟你说过的这些话，永不会消失，还会在空中飘荡，直到找到下家。颛顼说我就受不了你们这些废话，灵魂就是一些话、辞语。语言什么时候产生的？在那之前死的人有没有灵魂，如何保管？

北宗太元是那样一种一神观，他们承认无，但不作实体看。有算术零概念，但不允许有小数点。他们的时间从整数一开始，元即是整数一，不可分割，不是零点一和零点九、零点四和零点六的相加。因为这样一来就没完了，允许小数点存在，则意味着可以无穷位一体。故二位一体在此无容身之地。用莫加派大巫女淖的话说是“最古早的异端”，把神视作世间物，随着知识增涨不断重新定义神。从他们否定神的二位一体内刻起就已经弃绝了真神，亦被真神弃绝，只能听到他们自己想象、幻听的声音，或者更糟，天魔的声音。

我说什么意思，《神的花》《三坟》是幻听产物？卫老说我也不清楚，有这么一种说法由来已久。我说谁来下结论，判定的标准是什么，是以对人是否有利为标准么？卫老说这个嘛，只能问神了，没人有资格回答。我说是天魔的诡计？

卫老说神说天魔最大的诡计就是让你们互指为魔。我说这话也可能是天魔说的。卫老说这就没法聊了。我说魔是你提到过的内个——神的反面么？卫老说首先，我一无所知，经过这么多世代死去活来，我对自己的灵魂也不是很熟悉。

我说你是指你这个卫绾的人格对孟翼之灵魂——他内些思想和见闻——不熟？卫老说我也不知该不该命名为孟翼之灵魂，也许来自更早世代，姑妄称之，目前也只能追认到他了。我说依据宇宙第十二约识“人只能来回生肉体不能生灵魂”，所有灵魂依据宇宙第二假说都要追溯到宇宙创始者神或祂的反面——是不是叫魔单说。因为在太初，宇宙除了祂俩没别人，所有思想都出自祂俩，必须匹合太初给定环境，成对儿。卫老说什么是第一假说？我说神创造了宇宙。

卫老说呕！买！尬！这个为什么不是约识？我说因为所有约识都是神定，而神不能自定义，原因见宇宙第七约识。

卫老说你认为神会受限于自己定的约识？我说不然呢？我当然认为祂有能力推翻一切规则自由行动，你不觉得祂创造当下我们所处这个叫宇宙的所在正是打破——我不知该怎么说，外太宇宙？卫老说绝对无。我说呃呃，老忘，绝对无，——不正是打破绝对无之一切旧有约则最大的暴动么？

卫老说你一说我觉到了。我说这一次祂是立法者，祂的计划——立法原则是让一切自然走向终结。当祂踏入自创宇宙并向人类显现时就搁置了由着性子来的权柄。祂是自愿滴。

女淖，莫加派第二大宗派“雾里砸”派掌门。这一派很古早，甚至早于莫加本派。创始人女嫫，在太元信仰诞生当天就和她姐分了派，故教内有“先有雾里砸后有莫加”说。

李鼻先生考证“雾里砸”是古人类语“发问”的意思。又考证“嫫”古人类语读如“误差围”，与“魔”读音类同。

“围”，古人类语语气助词，作为动词后缀则为人称指代。如“雾里砸围”意思就是发问者。怀疑读啥卡，啥卡围，怀疑者。对话读马尊古木走，马尊古木走围，对话者。建议读马喷得科走，马喷得科走围，建议者。类似不等于思密达。

雾里砸派认为世间第一句话是设问：你是谁？古人类语读：围围尼 纳你？第二句才是真理：我是神！古人类语读：密密 尼 闷古。所以在雾里砸派看来，发问是真理必要前提，真理不会白白送上门，无发问无真理。教内传说（指雾里砸派。太元各派包括莫加主流均不认此说），起初，世上无人，只有神和万物，后来有了人，在树上，吃野果喝露水，揪着树梢荡秋千，并不认识神。传说是这样说的，时，嫫爬上猴面包树吃果实，被猴儿袭击，连续荡枝穿越大森林，一把落空掉落草原，又遭到猎豹追赶，狂跑四百步，眼看豹爪就要叨到脚后跟，猎豹急刹车——没电了。从来没踏入过草原的嫫第一步就迷路了，因为当时草很高，跟树差不多，只是细、密，跟帘子似的，走道扇脸，啥也瞧不见。她急切想回到森林另一棵猴面包树，因为她姐妣在上面，嫫攀枝荡过天空时看到一群猴儿正往树上蹿，姐蹬树杈正用面包奋勇砸猴儿。

传说没时没晌，只说嫫绕晕了，脚下一软，昏倒了。醒来天如玉钵，大地漆黑，周围一片吧唧声，原来趴在一处烂泥塘，周围都是渴疯了的动物在舔泥。然后她看到一颗星像装了滑轮似的向她驶来，而她，用属灵的话说：被充满了。

这种事从来没有经历的人无从体会，那是一种巨大的认从感，归安感，就像整个颅内被光点亮，看清了这世界深层真实结构。你不属于这儿，不属于此刻，你属于一个遥远的过去。此刻没有意义，既不能使你获得也不能使你失去。你的痛苦也没有意义，因为你的痛苦来自此刻，此刻转瞬即逝。也许这应当算一种觉醒，也是一种崩塌。在这觉醒面前，现实忽然有了石墙内样的质感，开始皲裂，掉皮儿，簌簌剥落。再迟钝的人也知道这不是自然现象，而是来自一股有意图的大力，即便是哑巴，也会在心里蹦出内句话：围围 尼 纳你?

剩下的问题全不是问题。第二天日落，嫫在裂谷断崖一处狒狒营地找到妣。姐正被一只大狒狒横颈拦腰揽在怀里，这只公狒狒正冲另一只红脸膛公狒狒呲牙示威，接着毫无征兆地扔下姐，小摩托似的冲向对方，在土崖上掀起帘帘烟尘。

莫加主流完全不承认有这么回事。她们自称“傲抽抖”，古人类语正统的意思，原指一种激烈忘我的佞神舞。简称抖派，又叫姐派，木塔咂摸卡腕砸派，——意思是神第一眼看到的人。这传说在莫加内部是个禁忌，如果你看到俩女的在奶孩子，突然扔下孩子撕巴起来，十有八九是碰了这根筋。

但是，莫加各派——整个太元教门都承认嫫是先知。在原始太元教义中，误差围是神因思考需要产生的对话者。是的，神有思考的习惯，祂有权利允许自己拥有这么一点小小爱好，这从祂讲过的话亦可看出，多有深虑熟思之轨迹。

所有宗派都同意神兜里揣着万事万物解药，惟独对人，这一自行脱序（各派叫法不一，有称演变，有称堕落）物种有时需要想一下。因神是善的（善的程度各派认识不一，因对善定义不一），故对恶的想象有限，人总是超出祂想象。

神不需要佞迎者，祂深知自己的伟大，逢迎对思考毫无助益，误差围就因这一念诞生了。他是建议者、怀疑者，这怀疑主要针对人，有时涉及神过分天真的想法，因神是善的。

姐派看法被认为代表太元正统：误差围只是神一个思辨工具，一种对神的思考产生积极回应，激发神做出正确判断往往截然相反的观念。当神停止思考，便归寂了，不具位格。所有认为误差围是实体的想法是人短见，动机可疑的寄兴。

妹派认为，神从不停止思考，至少在人还存在的世代。

所以讨论误差围是不是实体没有意义，只要人在他就在，他的位阶相当于神的助手，借用异教观念——包打听。认为他反对人就是反对神，是人险恶，挑拨、离间神和助教的关系。

第三派是分裂自妹派的一个古老派别，就叫魔派。该派同样自称最早教主是嫫，实际上根据可信口头记载，开山掌门是姐大娼，因教义极端当年——在古热带界即被宣布为异端，革出教门。大流离世代，姐大娼被泥岸得忑人吃掉，这一派被认为不复存在。大整顿查出这一派还在，人还不少，很多女巫秘密信仰，点传师是长相甜美的女月。这一派认为，魔就是神的另一面，创世必须动用的一种大能，辞语创世为真，同时也是一种修辞，神的意思是确实是我下的令，宇宙展开还要魔勤勤恳恳推动。该派给魔下的定义是：必要的暴力。非正式称呼：护法。可见宇宙告诉我们物质在时空分布永不均匀，故产生普遍运动，亦正亦反，亦开亦阖，有生有灭，解而复聚。其中规律即神与自己互动，左手搏右手，也即神魔互动。嗖！该派认为，所谓二位一体即神魔一体。该派思想混乱，流变过程亦杂收其他异教思想，《那什么》收有女月供词，其中有阴阳说源自该派教义，为大流离世代最后一位大点传师女娲点化伏戏所得云云。嗖！是异端无疑了。

该派极端派自称魔的女儿，礼魔不礼神。认为魔向为神贬抑，是神虚荣的牺牲者，否定神的公义性。旋又发展出一个相对温和的分支，认为善恶（这里指的是近乎自虐的教引和暴力导正的手段）是相对条件下神的属性。绝对——也即无条件存在的神，善恶亦无条件存在。故神，就绝对性质而言——不善不恶。此二分支亦为魔派不容，一体革出教门。

北宗太元放弃了二位一体观念，遂陷入一元困境，不得不对象外置，将误差围实体化，认为其非神造，而是宇宙自生的一股抵抗势力。在正统派看来，此说大大背离——实际颠覆了万物皆为神造、受神差遣的基本教义，是大异端。

36

大整顿期间还审查发现了很多隐藏在公开教派内的秘密结社。当年黎叔主持审理的一批以符号、图形、竹雕形式记录的秘社案件卷宗在南武涝被发现。经伯益先生勘译为汉言，手抄在《那什么》卅一至卅九卷上发表。其中一案所涉秘社名“恩主税”，古人类语“善”的意思，观社名可知是南方古老秘社。此案牵连甚广，从到案人供词看，其成员遍及各教门，其中不乏各教上层人士。我把卫老叫来，指着一个身插羽毛站盆上小人图形（见图一）问他：这是你吧？

卫老说是我，仙人形书孟翼之写法，我的曾用名怎么会出现在介里，你在看什么？我一手捂住竹简上其他字，指着两个圆圈图形，一个中立斗笠小人遍绕万字花纹，一个中伏炸须金龟子（见图二、图三）说：这两个圈圈是谁？

卫老说啊呀！这是炎帝蚩尤的花体签名，打仗的时候绣在牛毛旗上，当国旗使。我说人家揭发你们了，说你们都是恩主税会员。卫老说和谁睡？我、炎帝？这都什么和什么？

我说不是本朝的事。把手拿开：新出的《那什么》，你没收到么？卫老说快过冬了，家里天天送劈柴，没来及分类。

我说这个蜡烛认识么？检举你的人。卫老说烛光妹么，倒扣月牙是宵明姐（见图四、图五），朋友当时，老一块玩。

我说还想不起来么，姐姐妹妹的，恩主税！都叫黎叔一锅端了。

卫老说这个真是不记得了，“一大”时候全是局，各派都拉人，泥河湾整个是一大局，盛况阿！没日没夜，大家都把最好的自己拿出来，都像神一样高尚，也不分谁和谁了，全跟亲人似的，互相关心，我必须说，我看到了世界大同，帝能给奴摘虱子，莫加派能给急要派口儿……

我说昂？卫老说你这一声“昂”显得特别粗野。我说不是，不是很高尚么？卫老说怎不高尚了？你的高尚包含了多少你的偏见。我说是是是，有有有，我的心上了无数道锁，好像是防贼，其实贼都锁里边了。干得好！敞开弄，让特么道德都见鬼去吧！卫老说我觉得你一点都不了解道德是什么。

我说我已经什么都不吝了。卫老说我们上古就没道德这词，最糙的人都懂得尊重别人天性，撞上什么兹当没瞧见，不管瞅着多令人讶异。我说特别同意，如果我说这是一特牛啵的道德不会使你感到讶异吧？卫老说不想再跟你说这些事了，关注点老是偏得厉害，我觉得大同世界实现不了就是因为有你这样的人！我说我低恶趣味，我最没道德行了吧。

卷宗透露黎叔的注意力主要放在揪人，摸清组织脉络，教义不是重点。审讯笔录多处显示主审人员打断到案人狂热演讲（很多人到案明显还处于神入状态，标准程序是先浇七桶冰水），要她或他着重讲经常参加趴儿都有谁，还有谁。

“至善道”（伯益先生根据其教义对恩主税的化译）目前已知基本情况大都来自附于卷宗一个叫“二哥”的线人报告。此人除了二哥这一代号并无其他身份信息，从报告内容看，事件多集中在一大前后，此人入道时间应不早于蚩尤渡河。报告陈述有条理，用词古奥，能熟练使用各教惯语，对报告所涉重要人物持论多平抑，应是炎黄部中上层人士。

卫老进宫，我问他：你在你们家行几阿？卫老说行大呀，怎么了？我说你有没有印象认识的人里有叫二哥的？

卫老说有阿，伯益先生上面有一哥，是庶出，叫孟叔，在家他们街坊小哥儿们就叫他二哥。我说不是本朝，是前朝。

卫老说上古阿？我逮想想，有有，你还记得季禺么，当过我营长，后来都在特勤组，他就行二，组里人都叫他二哥。

我说那就对了。卫老说部队老二很多，老大在家继承家业，老二就出来混，我们特勤组就好几个老二。合同也是老二，还有老童、共工。我记有一次会餐，我们内一锅——当时都没桌么——互相一介绍，八个二哥，怎么了？我说没事。

二哥报告，南社（至善道别称）形成较晚，据其传道人宵明姐讲，她们在余姚老家还都是虔诚莫加信徒，说虔诚也是个人没想法的意思。家里——全族都是莫加派，小孩子生下来就跟着拜提亚，其实对提亚什么来历一无所知，别人讲她是女上帝，专门保护女的，就跟着信，说盲从也可以。

后来一夜之间水咸了，宵明姐说，老听见咔咔响，不知哪里响，明朝一看大陆垮塌了，我们余姚原来是内地你知道伐？宵明问二哥，二哥说不知道。宵明说阿拉余姚原来是四明深山里个边厢小村子，大家靠山吃山，爬树老结棍，明朝一推门成海滨大道了，街上拱的都是海豹，肥得嘞！下不去脚。二哥说各么不是也很好，好吃肉了，拿只棍子敲敲搞定。宵明说哪个能老吃肥肉炖肥肉？侬都不晓得屋里厢滑成哪能样，栏杆上全是油，筷子捉不住，蹲地上自个往前出溜，扶着楼梯上不去，抬腿就是一仰八交子，嘎急棍！杂嘎烦值了。

二哥说灾年就不要管蜡么多了，先保证活下来。宵明姐说的就是这个不能保证，水晴天煞暗窥不见肩胛头，以为将落雨，来的是浪，追着侬跑，刚上房同房子一道漂出去哉。

二哥报告，起初，南社就是一些在大洪水中失去家园亲人，因而对神产生怨恨情绪经常在一起论断神的妇女聚会。当时情况很混乱，大家亲眼看见陆沉——环东海低地平原像只年糕一块块掰下来泡在海里，显见来自超自然伟力，可没有一个教派女巫、点传师站出来说这是自嘎上帝做的，因为谁也无法回答祂为神马这么干。那些日子降下来的神对人们哀呼、求告全无反应。人对神不了解，对自己也不了解，觉得自己清白委屈，苦哈哈活在世上，搞一点东西吃一吃，摘两串树叶挡一挡雨，偶尔浑身发紧搞一下性交，从来也不是享受，而是躲不过去，内些可怕、龌龊的男人躲在树后，瞅个空子就像泰迪一样贴上来，蜜蜂一样叮一下就跑（跟二哥讲这话的烛光妹是性冷淡）。跟其他动物比一点不过分，还不如猫狗日子过得滋润，为什么？难道上帝是鱼的上帝么？

这些窃窃私语逐渐发酵成一种群情激愤，不信当今几位大神是上帝，不管太元还是太昊还是提亚，如果祂们是上帝就不该让这一切发生，既然这一切发生了，就说明权柄不在祂们手里。这股反上帝歇斯底里在南方灾民群疯狂传播，流布速度与所在地遭灾度成正比。南方灾民依来源地粗分四大杆子，最大杆子是云梦泽北岸蚩尤集团，余姚人叫“北岛舅舅”（南方已无成片陆地，只有一些山尖露出水面，故皆称岛。莫加派仍沿袭女主社会称谓，对男性尊贵长辈概称舅）。

其次是与余姚同属下江河姆渡－良渚团伙，团伙首领为型天，余姚人叫“下江舅舅”。再来就是云梦泽南各蛮族，多为女主部落，女淖女月都是内边出头露面的人，余姚人叫她们“阿乡姆嬷”。再就是“港泊宁”，指的是外洋漂来的登北氏内些热带人，独木舟一直停泊在港口，靠了岛也不上岸。

这四大杆子或漂或冲汇于凌家滩。凌家滩是后人定位，这里水退后泥沙淘澄出大批玉器和一支四斤多重石铲，被认为是新石器世代一处重要遗址。新石器世代南方最大事体各么就是蚩尤老师北伐了，伯益先生因之断为四大杆子锚定地。

宵明姐说内只石铲是她姆嬷传下来的，本来要做石锚的，没搞好做成石铲，在家主要用来铲粪，也用作治疗，腰酸背疼加热后铲筋，她姆嬷也是女巫。她们在水上撑了半年筏子，都严重转筋，什么都扔了没舍得扔铲子。玉器是全族姆嬷攒下的，看阿拉筏子结棍，装阿拉筏子上，各么到那里沉了。

宵明姐说谁知道哪里是哪里呀，遍地黄汤，长江、淮河、巢湖全没岸了。阿拉以为一直在长江主航道，看见北岛舅舅被冲下来，趴在筏子上打手语：你筏为何江心抛锚？我打手语：阿拉正在全速前进！北岛舅舅喊：勿要前进了！上不去的。阿拉四大杆子本来不约而同要去大别群岛滴，那里高么。北岛舅舅嫩么劝阿拉还较劲，脚下一蹬，筏子蹬散掉了。

可能是长江改道——也没什么道了，侬想想，东海南海大水都进来了，勿得了！原来江河统统成了暗流，在水下乱跑。我昵抱根毛竹喝了两天水遇到阿乡姆嬷筏子，一喊都是莫加门，捞我昵起来。可能南方也不知哪里雪山又化脱了，听说是黄山，水下又出现一股暗流，把人往北送。再见到北岛舅舅，已经同我昵下江舅舅筏连筏子搞成一片，像座浮岛了，港泊宁舰队泊在港里。宵明姐说，我昵四大杆子扛坝子商议，大别群岛是去不了啦，听说太行群岛很干燥，那里飞来雁灰扑扑，膀子落一层黄土。我昵准备向西北航行，才解开筏子，天目山化脱了，雪水下来冰煞人，长江淮河改道入黄河，就把我昵冲到你们这里厢来了。

反上帝初衷是寻得、求靠一位新上帝。二哥报告。职所接触南社积极成员都是强烈确信上帝存在。相当部分人有与上帝直接接触私人经验，共同表述为光的降临，立即瘫软心中顷刻激起巨大情感波涛，有心驰不欲归幸福感，有怕得要死，觉得自己马上化了；有悲恸，深达脏腑；有狂喜，形同此生将尽最后一刻得见真相，原来如彼（宵明姐语）。和所有人末了都会加上一句“我知道那就是祂”的人所共语。

所有人都反映这个“祂”不是我们已知内些神。这也不单是因为祂无形无迹，并无一个显赫高明公众形象昼夜行于上天，宣示祂的大能，而仅止于在某个幽暗私密时刻和祂“选中的人”——有此体验者莫不宠惊，故多持此说，也是真实意思表达——单独发生深刻思想交流，视你如己出。

南社聚会上女巫们讲到自己通神经历，无不痕泪，说就像小时候逃学回家，站在慈母面前，慈母什么还没说，自己就知道错了，再绷一会儿，就知道错在哪儿了。人这一生，怎么可能没过犯呢？揪花扑蝶，踩死小蚂蚁，想起这些年惨死在自己碗里的动物，就剩放声大哭了。那是无声的责备耶！慈母是代表万物——全体生命来讨公道的。尤特肚知慈母并不会把自己怎么样，当然是原谅了。万物亦不会把自己怎么样，当然是继续报效了。心里反而愈痛悔，愈加无地自容，愈觉此过难消，还有什么比犯过无从补付，且还要继续犯下去，永远背负在身，作为一个坏人了此一生更糟心的呢？

女巫们反映，这个神把人带到生命高处也即尽头，也不讲大道理，也不以恐怖手段威胁人，只是带你回顾你一生最要紧的时刻，内些失去而不是得到，孤单而不是热闹，伤痛而不是快乐，软弱而不是强大的日子。这时你才发觉伤痛软弱的你是好的、良善的。在你劣迹斑斑一生唯独那时是无害的。内些心碎、难过、眼泪于世界于你本人都是一份美好。

相当部分女巫自称由此获得一份特别提升，以自我为中心观照整个宇宙的能力。万象皆是你意念广延，拔丝成线，运粒造型，这域内的美因你而起，崩坏破灭亦因你而起，道上叫：神通观。借由出神获得的一种通观，也可称：观如神。

这时你会拥有神一样的心境，大悲凉，亦称无上感。脱口能言身在那样一个维度必然高桩远望、拔乎天外，凌极于岸谷沧桑之上绝壁道德正确的大话。走火入魔说的也是这种境界，很多人进去出不来，寤寐不忘，自比神，或神之子。

南社众巫得此境界者甚多。亦不乏个别人不为所动，虽得境界仍囿于形骸生受。憎恨眼泪，视之为软弱。狂热坚持人的需求第一，笃定人为己、为族人所做任何事自有天授之合法性，反添了所谓担当。这也是一种入魔，挟神观睥睨天地，生大妄念：此皆我围场。宵明姐讲话：各有各的魔心。

入得境界，干净出来，认归本心，即可获世人所谓同理心、共情心。此时观世则处处有我，尤特见不得同为生命小动物受苦。内些看似苍白浑噩生命所受每一次折磨如同我被折磨。内些被虐杀猪羊临死眼中透出恐惧、绝望无一不是自我眼中透出。此时之我看得很清楚，这世上每一次残忍都将产生后果，使这世界罪孽增添一分，消减一分这世界存在必要。没有什么真理可以建立在止使某一生物得利而使其他生物毁灭基础上。任一生命遭轻忽就意味着所有生命无意义，这世界无意义。这就是全然的善——至善神带给人的启示。

魔派亦有此境，称处处有我观。魔家认为信息不灭，安泰易逝，欢乐不再，哀心永传。得着生命，即为生命所锢，或曰永生——永不得归真。这是一漫长全过程，从菌丝在在至所有物种灭绝，今世为人，前世为禽兽，下世为虫，非历尽胎卵湿化诸生——一茬苦不吃，一轮罪不受，不得消磁。非遍尝其痛，到那最后一遭，方生处处有我观，起大不忍，得哈库拿祖 萨瓦——无上平等心。凡恬然无感反出大言，生造种种异说将生命差序化，视其他生命受苦为合情，乃至从中得趣者都是初学乍练，尚在运化中，魔家叫"半道虫"。

二哥报告中记有一些南社祝颂词，其中有"有物和成，先天地生"句。此句南武涝出土沤竹及卫氏壁中书均有发见，与二哥本有异，各作"有物天成""有物纷成"。表现形式为行歌体，歌辞还有"澹烂若涂，琼茕无改。勃回不陨，堕犹逆攻"；"涔涔泱泱，若孱若搅。至湛至澈，有灵在渊"句。伯益先生初判以为莫加派灵歌，今从二哥本改为至善道颂词。

伯益先生案曰：这位神——至善神，全无古往流行诸上帝言传洋溢之拟人性（之所以这样说因为无人能断这是诸上帝自带属性还是人横加于彼。都成立，乃一头没这意思，这对关系也建立不起来），也即无人格，不说人话（这句亦颇令人踌躇，鉴于已知古往接收者、传播者全是人，不说人话，却又能被人理解，吾辈只能谨慎将其定义为"思想"，是简直思想对思想交流路径。然俄无法排除妄想）。南社众巫直呼其为"物"。应是意在区隔于内些过分人格化上帝。并避免有道友误会这位神是除人类之外另一等智能生命体。认为生命是物质高级形态，交换分辨信息能力叫智慧，只有生命体才具备，物质则无此能力，只是一堆无知无感大分子，是人类古早以来自说自话最大迷思。

南社中人亦有相当部分认为自己不属物质，将心识意念单摆浮搁，夸为"魂""灵"，并在此立意上呼召、织造起与诸神之传奇关系，使神之所为、所言亦不出生命观。好像祂也是个生命体，只是具有超能力。以神之大能，要存在，一定也是最简洁方式。站在神的立场上讲，这都叫亵渎。

二哥在报告中引宵明话作正解：“有物和成”言下之意是我们也不确定祂到底是什么，以其广大宏邈微小如我辈永不能尽知其详。或可想见其容括只大不小于宇宙，往少说是宇内所有物质能量总和，祂全占了，故称全能。再往深说物能之外还有什么和什么，真不知道！想想就晕，故曰不可说。

故南社颂词有“吾不知其名，惟其可见辐凑之光，强名之曰路”。卫氏壁中书此句有刮蹭，改“路”为“道”，并錾去“惟可见光”句。经判为耳师手工活儿，由之可见耳师是光派，一元论者，认为道即本体，本体并不存在路径之分。

光派，南社两大主流宗派之一。虽不可说，强为之说，以光喻神，保留在南社亡竹中词篇有“常无常有，以观妙敫。冲！挫其锐，解其纷。和其纤，同其尘。用之久，不盈！”

又有“持而盈之，逆而锐之。聚引燎野，涤除玄览。无疵！”

又有“视之不见，听之不闻，搏之不得。上不皎，下不昧。迎之不见其首，随之不见其尾。莹莹不可名，复归于无。”

又有“致虚极，守静笃。万物并作，各受其秩。夫物芸芸，各归其本。归本曰静，是谓宿命。宿命曰常，常曰大白。”

又有“无状之状，无象之象，是谓惚恍。惚兮恍兮，其中有象。恍兮惚兮，其中有物。窈兮冥兮，其中有响。其响甚大，其中有信。自古及今，其信不去。”

又有“无辙迹，无暇谪。无关键而不可开，无绳约而不可解。是谓袭明。常善救物，故无弃物。常善救人，故多弃人。”又有“将欲拧之，必先大顺。将欲昧之，必先丕显。将欲愚之，必先信焉。是谓叠缠。是谓相干。香不过竟日，华不可度季。人之大欲尤张弓，止于射……”云云。

据二哥侦查，这一派“瓦酥米”为港泊宁扛坝子母祖贝大叔，道上叫“母叔”。（马迁案：此道指至善道门内，与江湖道无涉。又：瓦酥米，古人类语学者的意思，也有文献译作大法师。）

二哥报告，南社成员庞杂，且多为各古教世传神媒，对神自有认识，道上叫“习见甚深”。她们因“谁是上帝，何谓上帝”这一共同大问走到一起，又因各怀成见在此问上格外较真、执拗、互不相让。故至善道始终未成一壁教门，至全道覆灭也止勉强够上一会道门。道上组织松散，各派平行，不设掌门、扛坝子，只以“瓦酥米”称呼各派教养醇酽，深谙教理之带头大哥或姐大。

母叔是全道公认大瓦酥米，首先提出三基则为入道门槛，凡我同道必当接受，否则对不起，您请另外组团。

一、吾等信仰之无上意志，无形无名。超生命，超物质。乃是本宇宙之恩主，万物窍汩之源、之根基、之所归。在其流域，万物平等，各自求生，人亦无得专宠。为免智者强赋人格，假挟欺物，与己张目，不得使用母恩古——神；老 母恩古 完古——上帝；这些能联想到生命位格的名词。亦不得使用第三代指：祂。权且命之曰：巴拉巴拉——道。

二、巴拉巴拉——道，是全善的，其大能不包括恶之能。这里的恶定义为暴力，不可理解为虽备其能因存善念而不忍用，就是如雌株不能授粉般不具功能。遇恶则听其兴起（异本作听其吞噬），如羊舍身饲虎。恶最大的力量就是把你化约成它而不自知。巴拉巴拉惟一武器就是“无不锐”（古人类语：虚无），那是任何恶也无以脱逃的宿命。

三、巴拉巴拉从来都是不言之教，从不曾说过一字人可达译之

“无可为例”（古人类语：真理）。凡借由巴拉巴拉传扬之话语都不是绝对无误，只是人片面之解，而吾等也只能在这重重片面中探求巴拉巴拉之本义。故本道门乐见异端，提倡辩驳、诘难，追到天边问到底。无难诘无“无可为例”。

本还有四：宇宙之大，生灭有常，在人这微管环流生物看来就是无常、善恶率仆了（这里善定义为生，恶定义为灭）。巴拉巴拉，恒善，不生不灭。故非宇内之物，亦不服从宇宙诸约识，也就是说其本质是反宇宙的，故曰先天地生。

当时水派——另一主流宗就不干了。水派大瓦酥米，四大杆子之一阿乡杆子姐大雨师妾，道上叫妾姐，又叫妈姐。跟母叔瓦酥米争起来。

《骨辞正义》：妾，戴斗笠而立女子。古人类语读如“妈拉卡亚”，古女帝专称。仙人形书中与“帝”同部首（见图一），为帝同源字，阴性词格。在更古老八穗书中“帝”字“立”下无巾，为卞，泥河湾出土陶作省笔多啄为“卞”（见图二），读“开砸锐”。更古老鸾凤书则只有“妾”无“卞”，由中可见男女地位消长之历史源演。后“妾”为男主社会贬抑为站着服侍人女仆，始读“怯”。

妈姐瓦酥米说你这个四是多余的，善恶率仆还是人观，不是道观。生灭有常不出本宇宙，就宇宙总量而言可说无得无失。换言之，宇宙本无善恶，不恶就是恒善了。又或者说宇宙至今还在这儿，可见，就说明各种碰碰壶之后还多出一丢丢，这一丢丢即是天地、万物、生命。在人这有丝分裂生物看来就是全得尽藏，凡我日用生计，一饮一啄皆取自于彼，而彼多生厚养，无不利我，可说是尽善了。无论乃一种情况，都无需借重宇外一股积极力量来反制、抗衡本宇宙。

母叔瓦酥米说不是需不需要，而是开宇宙以来最大事实：道非本宇宙自生。我们什么时候能摆脱站在人、生命、自我立场想问题阿！若以我为念，生命为得，厚生为善，利我为尽善，那和其他惟人为大教门有什么区别？呜呼！明善恶则无是非，于兹信矣。大伙相劝：保留，保留，毕竟大伙来是求生不是找灭，给我们留点上进空间，还不许人进步咋滴。母叔说谁保留，我保留？好好好我保留，许你们进步。

水派，又称水宗，南社第一大宗。女的差不多都入了这宗。母叔外来户，是南社接受第一位男士，要开除不附和自己的女生，等于开除自己。母叔忍了，说：就当我没说。

妈姐瓦酥米，上古第一女词人。卫氏壁中书今存李耳师亲工刀刻水宗颂词数则，旁案作者妈大拿，学界称水词儿。现煌列如左：渊兮，似万物之淙。湛兮，似或不存。吾不知谁之女，似诸上帝母（异本作诸天地之母）。

又有：夫道，若水，善利万物，不避天地之众恶。遇污，混兮其若浊。遇腻，解兮其若兰汤。遇毒，涣兮其若冰之将释。孰能浊以净之，腻以解之，毒以释之，而皆清？惟道也！

又有：道汜兮，澹兮其若海。飙兮若无止。之于万物，犹川谷之于湖海，天长水阔以降惭悔。来者不拒，往者不追。衣养百善而不为主，众恶归焉而不自宾。其容忒大，曰大道。

时谚曰：灾异现，有危言，大疠之年多卜啼。卜啼，古人类语鸮、也就是猫头鹰的音译。因鸮号啼夜行，天晓乃止，有值更鸟之称。在普遍养鸡前，亦有报晓之用。上古成语“静鸮舞桩”说的是黄帝少时有志于天下，经常鸮叫一停就起来锻炼身体，有时可能起猛了。且鸮善辨死亡气息，常栖于沉疴倒卧之人枝头发出笑声，之后不治。被认为是神鸟，能断生死，通阴阳。后转义为先知。加敬语那一位的

“那”，称那卜啼、拿卜啼。阴性词格：拿比，女先知，民间俗谓大拿。

妈姐瓦酥米，更为人广知叫号，在大整顿一案到案人问讯卷宗中记为：妈大拿。在主审法官黎叔看来，正是妈大拿，破了各教共识：神是完全超越世俗的。也即“道不言得”。将玩味诸神起源这一风行于巫与巫之间纯形而玄心灵游历，变成一种与民生挂钩，所谓“事道同于道，道亦得之。失道同于失，得亦失之……”（全文见卫氏壁中书版南社颂词《得一歌》）极重得失、注重当下结果（黎叔在结案判词中指出所有来世说、永世说都是当下说）的功利主张。谓之曰：道得（异本作道德）。伯益先生考证，“道德”一词，始见于南社颂词《日损歌》：为道日损，损之又损，以至于无道。为德日进，进之又进，以至于德扑。道德易持莫能守云云。

黎叔在军事法庭上跟妈大拿讲：讲神就讲神，传道就传道，和道德瞎连连干嘛？神就是个老虎，摆在天上吓吓人就好，你把他请下来到处咬人，出这么大乱子，看你怎么收场。

大拿说谁请老虎了，谁和道德瞎连连了？我从来不讲道德，我连道德俩字怎么写都不知道。

黎叔说你们那个日损歌不是你作的，一天到晚挂嘴边。

大拿说不知道！

黎叔说我在和你讲道理，道德是什么？无外乎禁忌，本义是约制。强调道德就意味着收紧约制，势必要将一些本于道德之内人推出去、弃于道德之外。道德口号拔得越高，堕落者越众，你这个社会不乱也显得乱这不给自己添乱嘛。

大拿说听不懂！

黎叔大怒，一拍地：我看你这个大拿一点水平没有，什么都拿不起来。

37

卷宗记载，妈大拿是史上第一个公然自称是拿比的人。在此之前，拿比、拿卜啼都是死而后已所得追认。如史上著名女娲拿比，女娲拿比，伏戏拿卜啼。先知，得神明示预言宇宙现象、历史进程者。跟巫摆两根草，烤块牛胛骨，断你明儿出门会不会掉坑里，您这一辈子是超级不招人待见还是能碰上一坏人跟着混几年，还是自己就能混成一大坏人，想犯的坏都能得逞生孩子有没有屁眼儿——完全不是一码事。

都是大事，拿卜啼聊的。神是存在的。宇宙不是无理的——是转的！大地怎么隆起又将怎么塌陷。我们不是偶然出现的，是幸运又是悲灰的，蹦得多高摔得就有多狠。对一般活在当下、认知不过经历，记忆不过当代，三岁看老的广众而言，无异扯犊子，故道上有“无有先知不受人民嘲笑”说。

娲拿比说：将来要有洪水。姐儿个正在干裂泥塘玩土，沙尘暴已经持续很多年，姐们儿记忆早已没了草原、雨水、泛滥、绿这样的景晒儿。森林和火一个词，叫“冒头”，因为面包树都跟火炬似的，老蹿着一个个火头。渴死的乳齿象跟芝麻酥似的，看着一大驮，一碰哗啦一地渣儿，一滴血没有。成千上万角马卧在迁徙路上，干成木乃伊，都出膘膘了。同为干尸鬣狗，牙床还卡在角马肋八叉子上，牙都锈了。

嫫拿比说咱们孩子都会淹死。姐们儿说你真逗。说完就渴死了。嫫拿比也处于脱水状态，跟着去了。但话传下来了。

不知多少世代过去，日子又过回来了。大地冻成一整块冰砖，扭脸又化了，到处是水和草塘。一只剑齿虎在狩猎，狂扑一群人。女娲带着姐几个一边吆喝一边挥舞树杈，然后是赛跑，紧后尾儿一老太眼瞅落了单，回身冷对虎，被虎拖走，大伙才立住。娲拿比喘得跟小火车似的，说：将、将来虎要灭绝……再将、将来，这些走兽都会被咱、咱姐们儿吃光。大伙擦着汗说借您的吉言。后来拿比自己被泥人吃了。

伏戏活着的时候，从没承认过自己是先知，说我不是卜啼，我见日光下凡物皆有影子，知道万物都有明暗面（当时词汇量比较少，伏戏自己从未讲过阴阳这个话）。又见昼夜交替，四季轮还，估摸天道是循回的。于是就用明暗分别去加地之四极东、北、西、南。——我连乘法都不会！我的八卦是加出来的，只为简单推算一下穷通兴废周期。我先知道什么了？既没神托我给大伙捎话，也不知人死后是否有知。天地万物摆在那儿，你们也都瞧见了，我只是嘴快，抢了个话头儿，你们可以叫我：先说。当时大伙拿石头准备砸死他，因为很多人按他的算法，算到自己该起点儿了，亲朋好友一齐梭哈出去，结果背得脚后跟都转前边来，想什么不来什么。

伏戏只能跟大伙赔不是，说你们原谅我，我瞎说呢，天道怎么可能让我蒙出来？各大星体转成这样，谁跟谁都没撞上，一定比我内八件套精密。有替他圆的，说尺度——尺度问题，八卦推的是天地点儿背点儿兴，以宇宙年为单位，现在是整个人类起点儿，地球点儿背的时候。他算的是这个。

伏戏说这可是你说的，不是我说的。他老人家活了很长岁数，到死还铁嘴钢牙，说我石马也不知道。由此也立下一规矩，或说传下一禁忌，拿卜啼的预言，不带催着应验的。也就是从那时起，有了个新词：皮斯乌都卜啼；意即伪先知。

这些事记录在禹惟一传世著作《文命谭》里，被认为是史上第一部笔记小说。说他是小说也非讲他皆虚，意思是不见得句句为实。伯益先生认为应系采自史前传说敷陈成篇。

宵明作为污点证人在军事法庭秘密作证说，妈姐是好大姐，原来在家就厚道，是村里产婆，村里一半人是她接到这个世上，出来混杆子也是以嘴笨心热著称，所以大家拥戴她。后来是在一次误食蘑菇之后被道充满，开始预言。当时大家闲的，煮了锅蓖麻蘑菇汤，十多个人喝，剩了点汤根儿，妈姐不愿意糟践，全给忒搂了，十多人不同程度中毒，恶心，想吐——吐不出来，妈姐吐了，吐完大了，看什么都在长毛，岩藓在开花，树干在增高，头顶斜飞去雨燕、脚下嗖一下蹿过野兔都在向她递眼神。妈姐脚步沉重，远山如屏风件件移来，联排而去。天上云如生鲜奶油一掼掼抟起，内雕透镂出门、廊、柱、厅。妈姐说一位“目击乌姆贝”——使者，在飞翔。又说这位使者是“母帕受 目击乌姆贝”，也即报喜使者。接着妈姐俩胳膊上出现小字，宵明说，一片连一片，密密麻麻，像起疹子，全都萤火虫内样闪着荧光，刷刷过。

出庭支持公诉军事检控官重叔说你瞧见了，还是只有大拿一人得见？宵明说都瞧见了，大家——我，身上也都出字儿，只是很模糊，像膘㯹一样。黎叔命人端来只沙盆和一根树棍，说你写一下，内些字什么样儿。宵明说：并不识字。

黎叔说画一下么，凭记忆，画画儿总会吧。宵明说好吧，可不保证像。重叔说大概其。宵明拿起树棍，支下巴想了想，说想不起来。

黎叔说你这样，从地上捡起一树棍，将两支木棍绑成丁字，一端垂直，两端衡平，叫法庭速记员侯冈：侯儿，你配合一下她，你们俩都用食指端着，都别使劲阿。

重叔说我来，侯儿识字，不准。我文盲，我准。黎叔说现在请放空自己，什么都不要想，闭眼，放慢呼吸……

只见垂直棍抖了一下，然后活了，像个小瘸子，在沙上磕磕绊绊划拉出连串鬼画符。黎叔问是这个字么？宵明说是。

黎叔问侯冈这什么字？侯冈说鸾凤书。黎叔说讲了个啥？侯冈说嗯，三魂非灵。重叔说啥意思？侯儿说你心里内份见识、判断、记忆，不是灵。宵明说差不多这个意思，妈姐用的词儿是你心里内个小人儿。重叔说大拿胳膊上字儿也是这几个？宵明说这个我不确认，我说了，一片一片的，看哪儿——哪儿出字儿，脸上背上还胸脯大腿，大拿人都绿了。开口是内种砖头砬子敲缸声儿，当当当的，说我，来自彼岸的母帕受 目击乌姆贝——报喜使者，又称吐空纳 目击乌姆贝——正见使者，有要紧事告知尔等，不是喜讯，是警告：三魂非灵。切记切记。同时字随当当声而出。我们都趴下了，惊得不敢抬头。我说过么，大拿也是文盲，不识字，还挠着自己胸脯问我们：这都写的啥呀？——你们有三魂概念么？

重叔说有有，岐伯老师总结过，叫胎光、爽灵、幽精。胎光：太清阳和之气。爽灵：阴气之变。幽精：阴气之杂。若阴气制阳，则人心不净。阴杂之气则神气阙少，肾气不续，脾胃五脉不通。宵明说瞧病阿？重叔说就说这意思，魂儿，附所气之神者也。用物精多，则三魂强，所谓精神性识渐有所知，都是可以离开肉体存在的精神现象——我在说什么？

黎叔说我也不知你在说什么，你还是让人目击乌姆贝说吧。宵明说我们的三魂是智性、德性和记性。正见使者说，这都是习得，也即经验，也即成见。成见可建立亦可推翻，酒徒常言断篇儿断的是什么？断的就是成见。梦游、衰年失智亦复如是。故可知其无内禀，无实相，亦不得入本能，可技术性扫除。生尚不可久附，形销气绝安在？故其名曰魂，实同魄，你们有魄的概念吧？

重叔拇、食、中三指捏一块儿说七魄，一名尸狗，一名臭肺、一名吞贼……宵明说行行，不用说了，都是附体而生，用正见使者话说，都是属血气的。或死后不散，关心的也都是生前内点破事，小冤家，白死一场，一点见识不长。何以故？盖其情感经验不出生前，或可证都是亏心生暗鬼……卷宗此处有阙补，不能确定接下来是同一时间同一场对话，人物亦有出入。（伯益先生案曰：南武涝书原为一窖沤竹，本无次序。村人狼夯起出，野蛮装筐，故多蹿乱。且符图暗昧，所谓多解，余亦不得全豹，故只得参酌旨趣，间顾左右文，强辍之。骈指妖笔尤不得免，诚非欺世。怯以告。）

妈姐复言：我老实告诉你们，灵不是魂，人不可自生，非父母所孕，教习所得。虽习俗有时并称二者：灵魂。今日我在这里所说的灵，乃是指种子，全然出乎那在我之上不可思议、不可名状、沛然冲括于宇宙之大道。说它是种子，亦是跛喻。单指其得乎道，出自道，乃道洋洋洒洒所播。非实粒需藏家定持宝护，世间观浇养，方得萌破，翕翕然。灵是先天俱全的，或可喻明珠暗投，忽一日尘褪光被，道体自见，借藏家气口，得为人识。藏家、受体，或可叫属灵的。

我老实告诉你们：灵非世间物，非光、非气、非异能。不可求，不可修，属灵在道不在人。兀立姆斯哈吉——得道，在道不在人。灵归本体，与受体无涉。若有人见素抱朴，少私寡欲，一生谨慎，若寒冬涉冰川。矜慢，若处子畏四邻。敦厚得如一块顽石，超脱得似一座空谷。一生无过犯，若来世间作一回访客。亦不可称兀立姆斯哈吉——得道。止可说此人善独善。若有人不自为大，不贵难得之货，处下流不争，日减一奢，减之又减以至于无求。知荣辱而不进取，有棱角而不伤人。日平一念，平之又平以至于无益。绝圣弃学，报怨以相忘。日废一言，废之又废以至于无语。夫不为，非期有所为，是真什么也不干。亦不可称兀立姆斯哈吉。止可说惟上德……卷宗到这儿又残了，跟着是一份过时情报，内容是停战前南军各部态势及军力评估，密级很高，应该是有关部门提供给炎黄部帝级人物传阅，否则不应形成文字。

其中讲到，四大杆子经长年水上漂，漂到北方陆生资材已全然耗尽，基本部队军力下降到鱼类水平，所持无非鱼牙鱼刺。且因长期偏食，糖分摄取主要靠光合作用，部队普遍水肿、尿血、骨质疏松，走道罗圈，举重辄骨折。晕陆地，看山晃，听林涛则下意识岔立，或紧急扶墙或猝失平衡倒地。

其中阿乡杆子状况尤惨虐，成年男丁几无一人可以直立行走，皆患严重风湿。手若爪，背若弓，乘排筏行于水尚能下钓打捞，上得陆地，佝偻蹒跚若猿。可横移，跑则两脚拌蒜。遇坎寸挪，连滚带撑可越，遇沟下去就上不来。入冀地以来，未尝与我一战，丁减十之七八，皆因掉队被走兽拖走。该杆子目前实力最弱，在蚩尤部战斗序列多作为侧翼掩护部队使用，遇我包抄可惊叫报警。最新侦察显示，该部正向西移动，作为南军左翼进驻北临桑干一道土梁，当地人叫小长梁。此地遍布精心打磨细小石核，被认为是上一地质期另一古人类——毛人遗弃兵工场。尖锐石核，板砖发明前一种投掷器，亦可作军刺使用，由中可见毛人手掌娇小。此工场大量完成军器未及使用即遭遗弃，可能是菱齿象群冲上来遂一哄而散。据当地人讲，百年前这里象牙俯拾皆是，小孩挑水用象牙扁担。东湖林人强盛时部队中配备象牙兵。蚩尤大君将该部部署在小长梁，亦有令该部重新武装之意。

时，停战令已下达。港泊宁改称登北氏，驻地在东谷坨，与小长梁隔冲沟相望。两部来往频密，母祖贝大叔多次看望妈姐，起初谈的还是划分防区，共同组织防御，后来就搞到一起去了。蚩尤北渡后，河左最大降神场当属小长梁，是另一精神病中心（黎叔语）。孟翼之就是在那时接触到至善道。

卷宗记录，炎帝去后，孟翼之为华师旧部也即急要派、传主派不容，排挤出涿鹿老营，遂率其部，也即喝问派，避往河左。一说是追随炎帝同往矾山，途中与炎帝因神学问题多出龃龉，屡借神口贬抑炎帝，有僭望心，遭媿等严码，为驱离，流落河左。一说受千岁局之邀，赴河左入局，受妈姐教诲，自称开窟，遂留小长梁，为大拿挎刀。

卫绾案：于定中，或某一话头机锋，致心中成见顿刻一扫而空，得一全新世界观，曰开窟。与得道不是一回事。黄帝曰：开窟是明白道终不可得。黄帝于昆仑之墟开窟，有开窟诗传世：天地大养恩近梏，世上路多忘回头。心中有翼通域外，鸿庐无罩堙中途。信知有路不见路，梦醒尤在梦中游。

黄帝虽窟，不见来路，悲夫！得道，古有两解，皆曰归。一曰归正，世之所养皆在一途，独人走了岔道，放下我独特执念，回归众养所归，曰上道。二曰大醒，得见域外来时路径（异本作宇外）。此间区别全在根器，若道上言：属灵与否。

卷宗记，孟翼之往见大拿，问：属灵者何以知自己属灵？

大拿曰：遭人嫌弃，嫌弃日甚乃至千夫所指万口唾骂举目滔滔无一针可落脚无一叶可遮羞光巴出溜灰黯黯如过街鼠，你可以考虑自己是否属灵了。因为灵属道，不属世界。

孟翼言下大寤，说我终于明白别人为什么那么讨厌我了。

大拿说你还是要检讨是不是真做了什么让人讨厌的事。

孟翼说不管不管，反正特么我属灵了，明儿我就出去跟人说，大拿说我属灵了。大拿说这个，我说的是只是一种观察方法，嗯，反衬法。不绝对，也不是说所有招人讨厌不待见的人都属灵。孟翼说但是可人疼的，大受欢迎的，见谁都跟亲爹亲闺女似的，肯定不算？大拿说嗯，生前就大受欢迎，招所有人喜欢，可说是属世界。孟翼一拍大腿，说我就猜着了！能求你一事么？大拿有点哆嗦，说：你说。孟翼说我跟你干得了，你行，我发脚了。大拿说——大拿还没开口，孟又说：你知你是一什么人么？大拿说咱们谈话不把个人评价搁进来。孟说也许你自己都不知道，都不愿意承认！但是我——看出来了。大拿说我我我。孟说你是道！本！人！

大拿说你可别这么说。孟说你让大伙说！——各位姐姐，你们说，她是不是道本人？众千岁说：谁？大拿，——像。

大拿说停，别闹，我很知道我是谁，怎么回事。孟说怎么肥四，道成肉身了您内。

卫绾案：道成肉身，或曰下凡，乃古往信仰极重要一环或曰根基。人民叛乱军队哗变亦多借重，是获得合法性最省便办法。一般为本主自诩——自己先要当真，余众才会不疑。亦有本主无意，近者居叵，察兆骇然，张扬挑事，事儿大后本主不得不就范风头一时无俩或沦为笑谈。妈大拿案属后者。

38

起初，孟鬼子（急要派给孟翼之起的外号）讲了这个话自己也没太当真，奏是话赶话恶捧了妈姐一道。回到涿鹿老营，只顾卖弄，跟他喝问派几个小兄弟祖状、据比、奢比、黄姖说：哥儿们属灵被证实了。遂径去炎帝那里值班。到了所在，发现一地埋汰，人去寮空，只一向在营区捡破烂吴回一人蹲地上抖落撕成片麻袋摇晃裂了纹的甑。因问：左爷！人呐？（卫缩案：与重黎之弟不是同一人。此吴回原为斧棍旅什长，观汀峡保卫战遭登北氏部队咬伤右手被俘，被俘期间得不到治疗，右手坏疽最后连臂摘了，停战释回只得独臂，走道左倾，故得尊称：左爷。）吴回说你没跟上走阿，一早就走了，媿、季禺都跟上走了，以为你也走了。孟儿说没人跟我说呀，上哪儿去了都？吴回说你不知道我更不知道了。忽拾起一团未燃尽还剩多半部分草花蒂根捧手里吹掸。孟儿说能换碗粥么？吴回说不止。

时，老营已成万国村。陆续北渡不属任何武装组织南方流民扶老携雏见空寮棚就钻，住下就不走，过起日子。一排排旧营棚隔出廿家卅户，竖荆插枝圈占空地，开出小菜园种瓜种豆，挂晾粉条鱼鲞、风兔肴肉。第一代大洪水婴儿已呱呱落地，蹲在寮棚口捣虾酱小姑娘背上咂儿上都吊着娃。

黄部留守处已关张，几个头儿颛顼风后都去了泥河湾。炎部还保留一个灶，每天熬蛤肉蟹腿荇菜粟米羹，去喝羹的都是走不了的，有残，或没家，合同炎居术器节并这些人。

炎帝在时，特勤组——孟儿他们这些人，有时当班没赶上饭，或想换换口儿，也去灶上喝羹，都是老乡——熟。有时灶上听了什么闲言碎语回去给炎帝吹吹，炎帝也爱听。

饭后这些人也不散，蹲一圈传个草，闲逼淡侃，也算一局。村里蛮子娘儿们管他们叫干葱局。(《骨辞正义》：干葱，拔下来搁时间比较长没呛锅失去水分的葱。借喻老头。寒水方语：苍孙。一个局全是苍孙，没果儿，骇语曰：干。）干葱们坐呢儿瞎聊，有老干葱说听说了么千岁内边出拿比了。大伙说谁呀？老干葱说至善道门妈姐瓦酥米。大伙说嗐！妈大拿呀，她不早拿比了么。老干葱说你们知道阿。大伙说太知道了，哭骇掌门人，回回大了抱着人哭，说你造么人心只会越来越坏，现在说啥都晚了，大洪水必定再来，天必定更热，人必定死，你应该关心死而不是怎么活。我们都被她拧巴过，正在天上直落地核，看人都是鬼。老干葱说可是你们知道么，昨儿晚上，她显灵了。大伙说显出谁了？老干葱说道本人，——道成肉身了。大伙说嗐，这也是事儿？道本人也太多了，有没有别成肉身的，就内一绺烟儿还能开口说话。

这时孟儿来了，拿着一碗，一路拿袄袖蹭着碗底，到灶口，碗一伸：多搁蛤肉不要蟹腿！老干葱说不信问他，他在。

炎居说鬼子，昨儿你去小长梁了？孟儿说昂，怎么了？端一稠碗羹蹲合同身边转圈忒搂。炎居说妈大拿怎么回事阿，又摆你聊晕了？孟儿说把我聊晕？那人还没生出来。她自己晕着，被我一点，当下大瘖。合同一抬肘——咣！孟儿手里碗飞出去，瓴地上。合同指骂：我特么就不爱听你吹！

孟儿后脑勺杵给合同：瞧不惯，你弄死我！合同举起手中碗：我特么……被干葱夺下连劝带拉开：都是华师的。

孟儿跳着脚说：诶诶，合同，我不就上辈子拿过你们家一根草、踹过你们家一回门么，至于的么你，记到这辈子。

合同气得，满地走柳儿，找砖头：今儿我非……

吴回单手抱住他：同！让人笑话。你是老同志了，他一新兵……

当晚，局就一直别扭着。同不时拿眼球嗖睖孟儿，孟儿一直不看他。末了天快亮了，孟、同之间隔的人都走了，孟儿忽扭脸，说哥，我不对。同一愣，没嗳声，耷拉眼皮走了。

二日，炎部勾留人员和同村蛮子街坊起了场群架。起因是宏爷让人欺负了。宏爷——大名张宏，原华师左军赤澜部营正，整编后在拳击师做扫堂腿教习。宗族是有鱼国渔霸，家中号称有艇百艘，网千张，钓竿无数，在当地就当水师使。百泉会战曾中砖砲，伤在左腿。拳击师布防三河口，夜间带学兵巡逻觉察草里有伏，伸腿一扫正闷顽石上，左脚五个趾头骨折了俩。从此整个左腿不好使了，走道微微右倾，步幅不能太跨，跨则趔趄。赤澜拉队伍回山东，半道掉了队，队伍冲南军卡子，都过去了，他叫人摁了，又遭一顿暴打，两条腿都打蛇了，遣送回营由当地派两个民佚用筐挑着。部队不在了，也没人管，就跟左爷一起天天墙根蹲着晒太阳。有时各处串串，见什么别人用不着的，当废品扔了，还能对付使，捡回来换口抽的、嚼巴的。跟他们一伙蹲墙根的还有两位不同原因致残华师老人儿，王亥、王子夜，都叫王爷。

卫绾案：考查上古三大部，惟炎帝部得姓者最多。由兹可甄神农诸邦世系古老。两氏帝室，前后十四帝，上下千年，国姓勋戚裂封也多。子孙不肖，夺爵除国，时去运蹇，吃光舔净也多。大庭有旧有俗言：当街泼水，一回泼不上，三回准泼中一帝孙。亦有民谚：不过南四湖不知家业小，不到大汶口谁也别夸家世老。南四湖，有仍国故地，古称鱼奶乡，有丰富驯养业。种植也很广泛，有“四湖熟半壁足”嘉声。

那日，宏爷照常蹲南街北墙晒太阳，正经一上午没挪窝，眯着了。接壁儿一蛮子老妇女，下河赶鸭子拾鸭蛋，家里煲着一鬲老鸭松茸栗子汤，准备下晚一家子贴秋膘，回来给老鸭翻身少了只膀子，出来蹦着高骂街。街上当时没别人，晒太阳的也就宏爷一人，别人还没起呢。妇女直接骂到宏爷头上：当兵的都是贼。宏爷回了句你骂谁呢，没当兵的能有你么？妇女就坐地上了，扭脸把草裙脱了，用蛮子话不知喊什么，过来一帮小蛮子就把宏爷打了。左爷王爷正往这儿走，见宏爷满脸血，就把孩子打了。孩子回家喊爹，爹拿着棍子出来，追着几位爷满街跑。孟儿提着板砖出来，把爹拍在当街。孩子他叔端着石镐赶到，照祖状背上就刨，旁边站着奢比，一脚踹叔腰上，叔身子一斜，一镐刨地上。祖状回头一步背挎把刚出门二大爷背地上。二大妈尖叫着冲出来，一罐尿全泼孟儿脸上。叔再次举镐，奢比又给他一脚，还是在腰上，叔再次刨地。跟着孩子他舅、他三舅、他四舅拎着木锨草叉纷纷赶到，这边合同术器节并炎居也拎着殳杆戈把儿赶到，双方在只容俩人错身小胡同里支支丫丫杈起来。

杈一会儿，蛇了几条棍，双方都有人手上肩上破了皮儿，但是阵脚稳住了，你过不来，我也过不去，就站呢儿骂，互相带他妈的。骂累了，到饭点儿了，也就散了。事后经查，并没比乃次杈架更严重，爹有点脑震荡，叔腰彻底闪了，宏爷流的是鼻血，也没出人命。内根失踪鸭膀子找着了，炖时候太长，化了，骨骼还在。妇女老公是个懂事的，批评了妇女，从自个屋里抓了两只老鸭，代表妇女上双方有伤人员寮棚宣慰道歉，进行赔偿，好话说了一篓子，把事儿平了。

这之后，老营渐渐见不着孟儿和他内帮人，合同还是听左爷说，上小长梁了。带话给左爷宏爷，让叫上王爷，一同去，说内边东西好，女的也多，净熟人。一大的时候，分配给炎部几个代表名额，炎部驻泥河湾总代表山戬回老营找人，只见到合同，住老营紧东头原砲营料场一口废窑里，晒得黢黑，天都不热了，身上还只跨着一根带。山戬看看旁边三条腿只剩一条腿冷鬲，说你平时都怎么吃阿？合同说嗐，赶上什么是什么，也没饿着过。山戬说要不你跟我上泥河湾吧，就别这儿忍着了。合同说不去，不凑内份热闹。山戬说炎帝走时你去送了，说什么了没有？合同说去了，也没说什么，就说保重。山戬说你呢，打算回去么？合同说还是打算。

山戬说要不你等等我，我回去把内头事交代一下，立等折回来，咱们一道走。合同说行。

山戬回到泥河湾，赶上蚩尤病故，大办后事，他作为炎方代表，也要跟着射干侯、蹴鞠、食醢。就耽搁了下来。于是叫跟着他的伯龄去跟合同说一声，晚几日到。伯龄也忙，安排两个儿子鼓、延跟巫相学击缶，想在磬的基础上发明钟，试了几种材料石、木、陶——借了几只缸，都击碎了。蚩尤酱制得内天，食堂午饭贴饼子，都必须在食堂用餐，不去以大不敬坐论，第二天吃你的酱。伯龄领了饼子抹上酱蹲在一边吃，抬头看见山戬也蹲在一边闷头吃——才想起托付之事。

当晚投河，骑根漂木，一顿饭工夫下了涿鹿，趁月色入营，合同和他内帮人已不知去向。

卫绾案：漂木，指竹、松、槐、杨等速生林材，其木质疏松，易砍伐，浮性好，多用于结筏或刻舟，故称漂木。时，泥河湾与涿鹿之间交通分水陆两途。泥河湾居修水上，去涿鹿曰下。行人多走水路，水盛时乘筏须臾便至。夜间事急，通水性，等不及白日艄公开筏，自个游，也成。夹根漂木助浮，高兴还能翻上翻下，跨着坐会儿，穿流破浪，曰骑。

39

一大，应该说是人最齐的时候。南北名巫，大小教门，各宗各派，都到了。棘垕安排得也很周到，腾出最好寮棚给代表住。按南、北、东三地不同饮食口味调配食材，带厨子的可以自己开小灶。空手来的永远有仨火塘等着他们，一个架着整羊，皮酥骨烂，隔天换鹿；一个成排支着鬲，鬲鬲煨着鸡肝小米粥；一个也支着鬲，成排，菜色繁多，有虎骨白果、老鸭鹿血、鱼头苍耳、山药猪肺、蛇羹、依度西。

每摊旁边都有各种酱，想吃随便用。棘垕说吃好玩好，这就是咱们对代表的要求。山戬取酱时遇到孟儿，完全蛮子打扮，长发散下来披在腰上，上身赤裸，纹了俩套袖；下身粗麻包臀筒裙，绣着乱草、蝴蝶、飞鸟——跟一特高女生似的，还纹了面，所以没认出来。跟女生还客气：您先。

女生说山老，您不认识我了？山戬望着眉眼青紫肿得像发糕内张脸，说大姐您是？大姐笑：孟翼之。山戬受惊：孟儿阿你都这样了，你这脸刺的是蜘蛛么？孟儿说哦，是太元，近处看到的太元，跟太阳一样，也是放着光的，不过是冷光。我现在改宗太元了。山戬说噢噢，快阿！你也是来参加会的？

孟儿说没占咱们炎部名额，算阿乡杆子内边代表，非选我。山戬说好好好，来了就好，一会儿聊一会儿聊。

起初，颊扅邀约颛顼共同发起巫代会，初心很现实，情况很混乱，不能这么乱下去，要把各门各派有代表性人物请来，大家一起坐一坐，聊一聊，先建立个共识，把不入流、钻空子、骇身体的打下去。初步判断大家都是巫门中人，假定都有一个共同假定，相信这世界决非人造，人出现万物即已完备，这之前一定有个开辟者，不管祂叫什么，神、规律。祂是来源，人之所知、所能皆来自祂，也将归于祂。故，就让我们继续按各自习惯方式赞美祂，接受祂的教诲。没有争论，争论很肤表，经常落入二级问题：谁是神的真正代言？打成热窑。我们都是有神论者。所谓无神论，只是不相信神那么直接，像人那样行事，换言之，不相信神话（神话确实很露怯，基本把盼望当真理了）。除非你连规律都不讲了，才可称无畏（无神论别称）。本意很简单，和气兴巫，交流产生融汇。话没明说但有蜡么个意思，把巫事从“术”提高到“学”“道”这个层面。

大会发言主要采取分组，于定中一对一或一对几，掏心窝子。这也是与会巫者共同愿望，要谈就摘下人格面具谈。

大会头几天气氛很好，也是恰逢大君下世，大家沉浸于集体舞中，思量都在彼岸，此岸顿现虚无，酒饭都剩了很多。

真正分组后——当然是自由组合，问题来了，本来同门同派巫之间产生剧烈争论。（案：因大会记录很不完整，且出于维持大会平顺计，录者对事不对人，故只记“或曰”不记或曰者谁。以下是会上最夹缠、一望可知难有确论只会徒增歧分，最后必招致严码几只问诘。又：这只案评亦无名，度测为当年与会者或其子孙年代不远者。南武涝文献历世也久，多无名评注者，余卷案注皆径直括出，不再说明。伯益补案。）

或曰：人何以归……歧分从未完成宾语处显现。有认为应该叫

“天”——归天。有认为应该叫“真”——真相所在。此问前提即是人生若寄，我们生活世界为虚。有认为应该叫“光”，言下此世为暗黑。有认为应该叫“乡”，因为我之所归便是来处。都是将此生视作过程，此世视作浮云，人在这里好也罢、苦也罢，都是短暂一瞬，将来——立下就要各寻各门，各归其本。正如莫加派古歌所唱：云是为雨预备，雨是为河预备，河是为海预备，生是为死预备。

偕与归？我的什么归？在这里主语又产生歧分。天派认为没毛病，就是人，完整的人，连灵魂带肉身全须全尾的人。

天派这么说自有他的道理，因为天派所见之神便是像人一样有眉有眼，带四肢，活生生的……神（这里不知是哪位神，因为天派纵跨所有教门，各宗皆有持此论者，横括太昊太元提亚诸神）。真派认为这是不通的，此间虚妄，第一虚妄的就是人。此间苦，苦的便是五欲——肉身凡胎。此番苦还不够，还要带肉身同去真在（真相所在缩语），莫非是去享乐么？这可是……你们生活很不好么？天派说你不懂，我们说的不是你以为的人间阔佬享受，是永远不愁吃不愁喝不工作还心情愉快——内种乐。真派说好吧，我不懂，反正咱们去的也不是一地方，祝你们常乐。此时大家还很客气。

光派说你们是不是有什么误会，把形象和身体混为一谈了。我们都知道神是万能的，向人示现经常变换形象，取的是方便，易为接受。天派说不是，我们中有人还拉过神的手，看见祂在那里吃东西，真实不虚。光派说那你们就以为你们的神在天上也是有身体的了，所以你们也要带着身体去与你们的神同住？天上肯定是不能饲养牲畜了，至少也要种一些果蔬——把植物搬到天上去，还有衣裳梳子，差不多也可以说是整个人间了，这样真的好么？天派说神是无所不能的。

除了天派，其余各派都认为“人”居主语确似不妥，人涵盖太广，应改为“灵”——灵何以归。这里灵又产生歧分，包不包括“魂”。这很重要，因为灵只为少数人所具，而魂，人皆得有。这里有个拣选问题。灵归，则指这是少数人特权。魂归，则为普遍福利。大家比较倾向这不是一个福利。

有不知乃派人忿而言之：没那么便宜的事，一辈子一门心思过日子，除了老婆孩子挣钱置地什么也不想，这么属世界，归，还有你？天派亦深以为然。

那么问题来了，除了在座各位都属灵，这个不用讲，那是当然滴！世上诸人，芸芸众生，也不时冒出自称属灵者招摇过市，如何分辨，是不是乖悖时俗，引人侧目便是？由兹催出第二问，或曰：属灵到底指什么？

有认为是一种自觉性，一种穿透平凡庸满能力，每于不经意间被戳中，什么都有了忽然心里空了，都是灵在叫。

有说完全不是这么回事，此说只可称泛灵。灵非能力，而是客体。灵，属道，是道在大移涌时的溅落，如大河奔流浪花之飞溅，落入此岸，为肉身沾惹，看上去为肌肤所吸收。可是不！灵虽无象，决不属人。道上人言：皮是皮，灵是灵。此不可说若硬要说，人就是灵披的一件衣裳，可穿可弃。

但是，灵为凡胎裹覆，若宝深埋入山，靠自己无法得见天日，看着就是一俗人，须有采矿人荷锄入山，寻着晶点岩隙，一锄下去，道光乃现。或曰唤醒。灵为五欲包藏，若聋若哑若盲，若囚徒蒙头大睡，于梦中眼明手快，拈花惹草，好不快活，此时须有探狱者入内，一把掀去被头，拖他下地。这掀被人、寻矿人就是各教中人口中常说的神，以男女百兽飞龙大力金刚诸象示人，叫人知天外有洞，洞中有日月，觉昨是而今非。人尊之为神，其实都是使者，道的使者（此为至善道说法无疑了）。灵在此岸遭际，就俩字：遗忘。忘了自己是灵，以为自己只是人心头一个念想，一抹悲灰，时不常涌上心头的绝望和去而复返、摁捺不住的愤世嫉俗。什么风景也撩不到你，什么美人也留不住你，看什么都叫没劲！明明本地人，父母双全，亲兄热弟，一街筒子故雨熟张儿，老情儿新知，就是觉得生分，跟社会隔着，宅在家里犯乡愁。

泛灵派冲上来与击掌是是是，我就是这样。

完全不是派说：也不是说犯乡愁都属灵，还得看你这病能不能解了。天涯海岛，深山人家，陌巷风柳，小桥穿舸，要是你到了这些个地方，脚着八错，是我寐寤思之，财务自由就想落户地方。对不起，不属灵，属情调。泛灵派说好吧，怎么都没我事是吧？不是派说你逮有知识，否则掀被货的来了，你也不认识您，还跟您急，坏了你好梦。泛灵派说我愿意学，你愿意教我么？不是派说道里带来的，教不了。

另一派，自命当选派——说：也没那么玄啦，属灵就是一种生活方式，顺服神，安守在自己本分里，过敬虔有信的生活，也即灵性的生活——相对混吃等死而言。生时通过神的拣选（一说炼净），生命结束，神自然施以援引，提你归住祂的居所——天上。什么道不道的，无影无踪，玄之又玄。

这就回到第一问正问“何以归”——人将借由什么路径或曰程序得以归？或曰谁有资格进入名单，决定权在谁？

当然不是人决定，由筑路者或引路者——大家都同意，上路须接引，路很窄，入口、途中多关隘，也不是谁胆肥就能闯得过去——也即彼岸大能者决定。这个没什么争议。

谁有资格，在完全不是派完全不是问题。因为属不属灵盖由前定，与后天作为无关。什么修为、持戒、积德、养元，老老实实做人，本本分分做事概称乐小善者。因为世界属牢笼，乐小善几等于服从监规，不打算出去。也确有很多人二进宫，凭记忆还能找到原来坐过牢房，死亡并没有释放他们，而是把他们打得更黑。重回旧监大家都很高兴，祈盼能多住些日子，老犯人特别受到尊敬，因为不愿出去也不重视改造。

该派主张：此间无我，惟灵与皮囊。灵不属世，皮囊贪欢。看起来是两个态度，一个弃绝世界，一个拥抱世界，相互抵牾，实则都是一回事：没态度。

选派同意尺子在天上，不在人心，但路还要人自己一步一个脚印走。不同意人生如坐监，因这世界是神造的，神看这一切都是好的，是祂待见的，人亦如此，为神所待见。故人，既不可弃绝自己，也不可弃绝世界。若弃，罪同弃神。

该派主张：起初，这世界是善的，并无恶容身之地，因神没有造恶。后来有了人们口中的恶，也并不是具有客观实在性的实体，而只是善的错误配置。谁能指着不包含关系的物说这是一个“恶”呢？譬如铜，譬如石。抑或我们可以指着一碗水、一捧粮说这是善，因为可以使我们活命。把水送到焦渴人口中曰：行善。把碗打掉或夺来自己喝了而自己才从水里上来叫：恶。因为错误配置了，你并不渴。同理：铜淬炼成刀，可以切萝卜。石敲打成斧，可以砍藤萝。手拿它砍同类，错误配置了。也许有人会说水、斧都是中性，没手端举就不发生善恶。同意！善是需要行的。这就是人在神的计划中重要且必须给予特殊地位的大事缘由：神要人替祂去处处行善。有毁谤神的人说神提拔人只是为人有口，可以赞美自己，夸自己的名，而人存在的意义也就在赞美神，夸祂的名。错！再没甚么话比这话更伤神的心了。神说：我使你们有眼，你们紧盯着别人妻女。我使你们有耳，你们去听虚妄的谎言。我使你们有嘴，你们争说别人不好。我使你们有手，你们去刨别人墙脚。我使你们有心，你们互相憎恶。我使你们有头脑，你们算天算地还算计我。顽劣的人阿！你们还要怎样错会我的美意，错配你们的位置？人阿……（此处有脱简，原文见《三坟》。）

该派传说：神造物，不是用手，乃是用辞语（《三坟》记载，此咒短促有力，就俩字：要有）。起初，神还警醒，不使其灵借辞语渗透偶联至造物。人是后造的，在天地万物之后，神有些懈怠，语调拉长，灵就顺着尾音流溢到人身上去了。

不多，只是神的大能之一，表述能力。于是人就有了语言，在有嘴的百兽中独一份。不是恩典，是闪失。神也即刻发现了这个无意偶联，觉得问题严重，因为语能背后是思考之能，也即判断能，也即选择之能。——选派在此开始歧分。

主流多数意见：神给予的神收回，神未收回就意味着应许。神料到——显见这世上存在差序，生命通过差序占有资源，获取能量。有差序的世界是不稳定的世界，在下的总要向上移动，以使自己有机会多获能量而不是总被抽取能量。这个机会过程，就是运用选择过程。嗖！选择能力毋宁说是生存充分条件之一。故，神慷慨让渡了这个能力是让人可以体面生活尽管出于闪失。神认这个账。同时神也显示了愿对让渡选择权可能产生的后果，即人用这权能不是行善而是造恶，承当连带责任，相当高姿态：造恶必罚。同时为了显示仁慈，又设置了一条免责条款：忧悔必赦。毕竟人是造物先天不全。至于神为什么不造一无差序世界，使一切物大小方寸质地皆同等，像一窑烧的砖，首在审美，谁也不需要一世界砖，造一块砖好了。其次是个奥秘。这一奥秘记录在《三坟》中，其深奥即使读过《三坟》的人也不能理解。原文如下：起初，人是平等的，因为我们都来自一个细胞，该细胞的能量来自跨膜质子梯度，即细胞膜两侧质子浓度不等，因此形成电压差，驱使质子从浓度高一侧向低侧转移，因此产生能量，或曰获得能量；这个过程叫渗透偶联。神的灵就是这么转移到人的身上去的。随着人群形成，复制再复制，细胞数亦增至天量，每一细胞内无时不发生质子转移，而神的灵并未均匀地随着每一份复制离散，只在祂选中的细胞内涨落或曰出没。至于祂出于什么考虑选他不选你，这是个奥秘。而由于这个奥秘的存在，细胞组与细胞组也即人与人之间产生了灵上的不平等，也即属灵和属血气的（也即属世界的）。

这是个事实。神从来没说祂造人性情体貌智一毛一样，所谓平等从来指的都是权利平等，也即机会平等。——也即上路资质平等。这也是选派坚持灵性生活惟其重要之缘故。有太多见证显示，恶人过上灵性生活，本来属世界的最后数他属灵。属灵解释：跃迁。这也间接回答了神出于什么考虑选人奥秘。而属灵的不过灵性生活，灵将堕落（此说引出日后大分裂——门内称“根本分裂”的一问：神会堕落么）。

主流少数意见：神就不可能闪失，这么做必有其目的。说神高姿态，言下神预见到可能发生结果并放任这一结果的发生，尽管预置了救济措施，而救济永远不能抵消损害，只能使损害加倍——同时坑了两个人。实为不善。言下神不善。

设若人无选择，只能依本能行动，本能为善么？这里的善定义为无亲利他，不包括大我之内母爱子，同种群内互利等项。故，人因有了选择而作恶，这里的恶定义为利己，罪亦不在选择。而无亲利他在人群中从未发生。故，人并不知何为善。不知何为善，则如人无眼。

思考如眼，故，神给人选择意在使人睁眼。其目的只能、也必然是全然出于善，给人一个可能机会向善。效果好坏则不能以向善者众寡论，只要有一人向善，做到无亲利他，神就没白费心。

这一论断其中也隐含着一个日后聚讼不已的推问：既然人为神造，神为什么将人设计为有缺陷动物而不是一开始就将无亲利他设为人本能？比较粗暴的回答：这是个奥秘。

比较流行的回答是神就是这么造人的，使他无知无觉无有自我，后因偶联知觉产生，自我产生，乃是一种低级自我，只知温饱，要达到无亲利他这样高级阶段尚需次第时日。故灵性的生活是必要的——这是主多派说法无疑了。

另一比较粗暴回答是神必须这么设计生命，若生命全无缺陷就成神了，就不是神造人而是神造神了。

完全不是派亦介入到这场争论，称无亲利他简称忘我，我等就是达到这样高级阶段的一些人。完不派称，其实我们两家门户隔阂没那么深，你们是他力本愿，我们是自力本愿，是同一辗转增上运动不同次第，你们是生起次第，我们是行续次第，并无正邪，只有前后。先不说神的次第，先说人，——你们，提次第很容易，只要放下神独爱人包袱即入广大境界。实际敢自问神为什么把人造的有缺陷，就已经是开始怀疑这个说法了。你给我一理由，神为什么要独爱人？天上缺人么？您缺观众么？你们想搬天上住，到底是发自内心要过高尚生活非如此就过不去——还是就想永远活着？然后呢，想过没有？宇宙可有寿命，到时空散摊儿内天，你们怎么办？是让你们神把你们带外宇宙去还是怎么处置你？外宇宙可不一定您说了算，您要归于无呢？太给神添麻烦了吧！

主多派驳斥完不派：你拿一概念就胡使！我们的无亲利他和你

的不知道自己是谁是一码事么？自力本愿，好不要脸！你也不是谁下凡，天上一点不熟，完全无知，从来都是在地上——黑暗中自骇。自力，是蹬着两腿崩屁——崩上天么？

完不派说呵呵，这就是次第不同，低年级同学阿，以为知识只是通过课堂传播。听说过蹲班生么？外地转来的，本来比你们高一年级，因为学制不同，半工半读，傻大黑粗，到你们这儿蹲一班，老师讲过的都听过了。又或者叫自费生，工作好几年了，到这儿混文凭，年龄看着比老师都大，都当领导了，都给人开课了，社会经验比老师还多……

主多派说你快拉倒吧，说特么什么呢？

完不派说同学！你真的以为自我是实体么？能穿过此世到彼世，进入永恒并与之实在么？你连一根头发都不舍，都要带上走，见过实体大的！若此事为实，灵的概念对你们就是多余。永恒很热闹么？难道不该是超越一切物乃至时空结束——独在时空岛之外才可称永恒么？你指给我看，现有世间物乃件可以出离时空岛？蓝宝、红宝、金刚钻能揣在兜里带过去么？凡夸说永恒之城纯金铺地，起七宝楼，树悬璎珞、华果，散种种花皆为身见（我见我所见）、边见（起于身见，或计度为死后常住不灭之一边）、时空内见！因为无知所以信，说什么信什么，就摆脱无知了么？信念——以为是事实即予坚持，不接受反驳。真理——世界由然之因。——信念是真理么？（此数问由完不派提出，与前数问合称“完全不是十问”。也有说七问的，也有说十三问的，端看论者觉得乃几问重要。）

主多派说鬼子！你无实体，我也无实体，咱们俩只是两个……你们叫什么？鬼子说一切无、看似有。主多说好吧，看似有。我现在一砖拍死你个看似有，能说没杀人，只是破了个晃张儿而不负行为后果么？鬼子说行为后果嘛，只能说造成原有叠加态的离散，在这一层面，没人要你负责。至于你这个看似有在你所处环境中是否有禁止性规定，不许任意改变其他看似有叠加态，那是你环境的事儿，问他们。

主多还未说话，完不派有人插话：鬼子哥鬼子哥，不是一切无，还是有极微，极微汇成看似有，否则看都看不见。

之后一切就尽在洗泥去腻，辨形添笔整理中了。从目前已修复数枚残简获得零星信息综合其他消息来源，我们只能度测孟翼之——这是惟一确定身份的辩手，受到道德追问。好像他涉嫌在会内会外组织了一连串蒙大裸，或者既没组织也没参加，只是为这种古老群趴方式辩护而成众矢之的。指控质询俱已失考，只留下孟鬼子空洞略嫌无耻的声称：

并不觉得内些道德垂训属于不知道的不知道。严格说还是旨在调整人与人关系，最基础的东西，不用人教我也会说。活在地上长眼睛就看得到，只是我不关心人类只关心自己这是我不如他的地方。你们感到难得只能说明你们沉沦丑恶到何等程度。要说难得，难得在史上第一次有人替在下群氓说话——是不是第一次，有人讲有争论，不管他！影响最大是肯定的——并指出在下者道德位阶、受选排序总是优于在上者及内些标榜灵性生活自义者。这个话对不对，可以讨论，本人持开放态度。今天我们讨论道德，就要极而言之，给道德家排一下位子，能言者最下，能行者最上。道德亦是时务之学，践行最要大勇。依凡可能性必至穷逮万事通理——没这个通理？现在有了，叫孟氏通理。——可以预言：今日无人，日后必有人，为人类牺牲。为人类牺牲当然很伟大，是至高境界，你们做不到，我也做不到，乃至无从入手。也曾得见伟大烈士高喊为全人类牺牲，结果只是造福了本地区广众。至高是不是就无上了呢？非也！过去兄弟也以为至高就顶天，无以复加后已。后来听闻，至矣尽哉还可以再广大一些，超越人族观，为世间所有生命体付出。你们不知道我知道，已然有人于往昔阿僧祇——具体说是十的一百四十次方年前——发愿：愿生生世世舍一切身家包括身命血肉布施穷人、禽兽乃至蚊蚋。是不是做到了不知道，其愿仍在践行途中，我们现在是黄帝六年吧，还在做。但是，能想到已然是又进了一步。而且人家不吹牛，讲的很老实，我这么做不是无私，只求贡献众生，是利他自利，既利众生也利自我，我要因此成就一段觉寤。到那觉寤成时方可叫无我，到那时方叫无上。为众生舍一切是不是无上了呢？于众生界，然也！是不是就没有进步空间了？非也！再下一步就是冲出生命界。如何为无机物舍一切，兄弟思来想去，也只有默默自裁以谢万物了。

是的，道无所不在，肆氾于本宇宙却不限于本宇宙。我们这些流溢将来是要回到时空外的。怎么回去？当然是卸尽本宇宙过载，出离物态达至虚无也即人们常说的空境，才能避免打破虚空叠加态，产生新时空，才能向无界之外跃迁。为什么说虚无重要呢？那是我们打开时空岛大门的钥匙。（时空岛采用极先进门禁系统，即在有无之界设置虚空，其间有、无叠加，充满涨落，虚粒子瞬间产生又瞬间消失。实粒子——任一物质形态一旦现身，即打破叠加，有——产生，时空随之广延，跟着你视野跑，你就是虚如光亦无法逃逸。）你们当然无所谓，你们最大愿望也无非呆在本宇宙最高层。

过载，这里指渗透偶联产生的能量。在你们看来就是泄欲了。这事儿咱们还怎么聊阿？空乐不二听说过么？乐极生悲总听说过吧？大乐之中有大空，近似不等于圣者心境。行行，你们说叫要流氓就要流氓吧。

40

分组进行到第二天，老童来向颛顼报告，各组发言热烈，尤以至善道点传师孟翼之活跃，颇受各组欢迎，凡组内空气沉闷，各人装厚道，一地没嘴葫芦，便请此人去，摇舌鼓唇烂吹一气，在各组留下无解问，至群起喧纷热掐以为乐。目前热掐榜第一是：比光还虚是什么？第二神是否会堕落？

颛顼说这个人我知道，有接触。看山戬：不是炎帝身边的人么——过去？山戬说这个人哪里热闹往哪里钻，外号醒药。麪垔说神是否堕落，正确的提问方式应该是：什么是神？

老童说这两问也未必无解，之所以上热掐，只是因为执念过深每个人都有份，容谬只在表面，谁都不能接受揭底刨根去势说，正解也就烩于一盆你来我往较劲曲解中泼将出去。

颛顼说我觉得这样好，我于吃饭见客也最怕碰上无嘴葫芦，相对尴尬，惟闻时偶吐出某言掉地砰砰声，每每沤得我多说很多不当说的话，回家后悔，终席无话为什么要见面？

山戬说比光虚的不是绝对黑么？颛顼说这恐怕还不是照度问题，是有无问题，光代表最轻便的有，或称似有若有。

山戬说无还分层阿？颛顼说好像有人这么说，无是碗粥，在搅和，从虚到极虚，彼此纠缠，今天说不清的就是谁最虚。

山戬说彻底虚行么？绝对虚行么？颛顼说我接受你这种说法，在我这儿行。可是要碰上较劲的还会问你，彻底虚怎么画，到底有多虚？据说还有暗物质，也就是你说内绝对黑，一旦现身该场域能量忽然全部丧失，所有物质湮灭（这是什么毁灭力量阿），有大光，似乎有物跃迁退激（魔、大魔，是你么），能隔皮骨摧人肝胆。真让你说着了还！搞不好光下面真分层儿。我觉得咱们老哥儿们就别往这里绕了，这是一无限循环问题，每一答即是下一问，要不说缺德呢。

什么是神，我记得谁说过奭邑看颛顼：你吧？颛顼摇头：我，从来没有。其实也不是什么新问题啦，外道争来争去，互指渎神，就是这个问题无终解。奭邑说你其实也没那么信。

颛顼说我其实也不能这么说，再看，再看，大家怎么说。

山戬说全知全能自有永有不是答案？颛顼说内是偷懒说法，等于摸不清、猜不透全叫神。好处是省了所有不明现象解释之难，坏处是自然灾害往往不能解释也全归了神。你看神学家一天到晚在呢儿干嘛呢，就在呢儿缝，东缝西缝，替神遮，咱们这儿叫“移过”，把罪过移人身上去。

奭邑说这也是不能深聊，深聊——打出脑浆子也无果。神什么样，只有神自己了俄，解释在天上，怎么描都是错。

颛顼说所以说神的真理性不能往不证自明那儿一推了事。我敢肯定神对包圆说不满意。神古往兴起人，世代兴起人，所为何来？都是神设法自证，希望人少些绮想，多些对神的了解。据以，所有追求真理并有所发现的人都是神兴起，其发现都是见证神。拘泥古说是辜负神，陷神于浮陋粗浅。

奭邑说您这也算自证自说吧？你这也算妄度神意吧？

颛顼说两条路，一条是看着神受委屈，百口莫辩，不搀和；一条是替神想，维护神，哪怕不在点儿上。你选乃条？窃为神考虑，正确打开方式拟为：你们觉得我该什么样？因为神可具任何相，若人对虫豸，可仁慈可凶恶，端看彼时情状，小环境需要什么。虫豸不能言，虫豸若能言，高高抬起这只脚就有可能踩不下去。要把心里话对神讲出来，不能一副您什么样我都接得住的架势，那叫刁慢！告诉神，你心里最初不受已知刻板印象、畏惧报复心态影响的——猜想。设若真有神，应当具备什么，不当有什么，——才配叫神。

棘垔说你这是要给神画像阿还是打分？这还叫维护？

颛顼说这是起码义务我以为，在尽可能范围导正人对神的印象，也是殷盼。舍此我们还能做什么？如果不猜，想都不敢想，真相永远得不到彰显，就算神站出来说老子就不是这样，就跟你盼的不一样。呕尅！嗖喔！也只能尊重您。

老童说您是想逼偲出来表态么？

颛顼说没这意思。棘垔说你殷盼偲什么样呢？颛顼说那我逮回去想想，立下等刻哪里说得出来，可聊的太多了。棘垔说还是要考虑需求。山戳说还是人的立场。颛顼说还是。

第三天，老童回来报告：我把您老意见做了传达。颛顼勃俄：谁叫你把我话捅出去的，这是我们几个人私下议论不负责的话，传出去，首先影响别人意见畅快表达……

老童说正想向您老汇报，并没有影响任何人畅快表达，各组讨论早已偏题，回到自己感兴趣话题。甲组（并不清楚甲组情况，都是谁跟谁）争的还是古老一元二元问，并在下午达成初步共识：自古一元二元不分，人在定中，自我与宇宙合一，浑然一元。出来又深陷现实与灵界——物质与精神二元对立中，故不得不接受二元现象。实际是认识随认识对象变化而变，即识由境迁。迁的是人心，客观真理岿然不动。

颛顼说哦，好好好，有共识就好。终于得见一种共识，哪怕不是真理亦足堪慰。

老童说要不说初步呢，共识甫成顿刻分裂。裂出这拨认为话说反了，未得圆满了义，认识是第一位的，先有观看，而后境象乃成、沓至。也即境由识变。也即识外无境——无人观看，客观真理不！存！在！

山戬说哎呀！对不起各位，我就是这么想的，世界存在于人心，我思世界在。颛顼说听上去也蛮符合直觉。

樊垕说你二位意思是咱们出世前，世界不存在？

老童说不瞒各位，我当时也被刻下说服。和山戬颛顼热泪握手：咱真是一头的。然俄！此论甫立我正要放心离群，右腿才迈，左腿将拔，就在一步之内，此论遭破。樊垕说嚯！

老童说有甚深定中人忽起开口，说我于甚深定中所见，虚空粉碎乃是物与物干涉，并无人参与作用。所谓“我”在一旁观看，初我也以为是我参与——识介入，乃有发生。而后恍俄，在下是谁？目如光，触如电，身如渣，亦是物。所谓“识”“我”无非是巨观假想，既然不能自外于物，在不在又有什么重要呢？在在发生，不在亦发生，故我站唯物。

颛顼说此人是谁？老童说说出来也不是外人，孟鬼子。颛顼说想不到这才几日，竟叫他得甚深定见。——说乙组。

老童说乙组（乙组情况亦不明，不知谁和谁）一直在议论人。山戬说乙组很多女的是吧？老童说全是男的。我去几趟，都在聊谁是天启，谁是声闻，谁一手，谁二手，谁太狂，谁其实是个笨蛋。颛顼说不要提名儿。老童说现在议论人谁还说名。山戬说这有什么好说的，自古就有天启声闻之分，声闻——二传手，无非钩沉拿卜啼所言，以儆效颦，故重师传，尤重解经，自甘卑小。一手——天启，直接面对神本人，有卜啼之位，所传亦多未闻之言，在二传看来就是狂悖了。

樊垕说我突然想知道谁是笨蛋。老童说我，他们说我呢。

樊垕说我看就这一条你就不笨。老童说真的也是没有针对具体人，说的是某一类人，暴力倾向，怎么还没怎么先瞪眼，看似性格问题，其实是笨，脑子里缺根弦儿，人家三弦儿他单弦儿，碰到事儿唯一内根弦儿，呲儿——就断了。

山戬说谁最狂呢？老童说还是我，几位大哥，咱们这么聊会不会显得我这人太是非，把人背后讲的话乱传。

颛顼说不会，你是听会，回来汇报，我们要求你说，在座的乃个也不是嚼舌头根子人，都有自己判断，也不会你说什么就信什么，——不算。

老童说我猜啊——因为他们也没提名，只是根据事在谁身上推断——是妈大拿。他们说过分了，道成肉身是乱来的么？一个人坐在地上，掸掸土站起来宣布：姐姐我——道成肉身了。要有异象，异象在哪啦？颛顼说大拿自己宣布的？不是被人塔儿哄——哄上去的么？这跟我听传的可不一样。

老童说我听传的跟您一样，乙组说还是自己有想法，杆子里人才哄起来。樊垕说那她自己呢，内幕到底是什么？

老童说不知道，大拿不是分在三组么，也没露面。三组聊的很家常，净是谁跟谁好了，谁跟谁又掰了，谁跟谁正撕着。颛顼说我听说大拿跟孟鬼子好了，俩人都住块儿堆了。

樊垕说我也听说了，说怎么遮，俩人还准备要孩子，这不是有病么？老童说真不知道，真没内幕，您别逼我说了，要孩子？我这还真是头一回从你们俩这儿听说。颛顼说好好，我们两个是非了，我们两个给人造谣了。

四日头午，麸屋颛顼山戬正在吃瓜，狗血青豆丝瓜煲。听说打起来了，头也没抬继续捞丝瓜吃。山戬对跑得直奋拉舌头老童说：你先别开口，我猜，——鬼子，让人打了。

老童喘匀了说您猜得出一，猜不出二，让谁打了？

山戬说还能有谁，被他拧巴的内些人呗。老童说大拿！让大拿打了。昂？麸屋颛顼一齐抬头，说：还有这事！又埋头下深水捞，这时煲里青的翠的已被捞尽，只剩狗血了。

41

起初，大拿尚在定中，见一异象心中疑惑，大地奔走，迅不及插足，星空螺旋西坠，俄而拔丝；地表山川草木皆倒悬，若虹吸，若栽绒，海为之一空，世间城、堡、帐、棚载浮载沉忽现忽灭，是充盈于、冲刷于宇宙之大道本体无疑了。（此无疑不可理解为客观事实，或可曰潜心见：以日郁夜虑为基，曲杂以种种得失欲念、恐惧绮想，陡然外显，悬于幕幕，思惟此最胜妙者。或曰妙有见：于心思生起观照，思之最妙，亦有妙解，然彼妙解，即自障碍。）然俄，这宇宙洪流之端，忽见一黯淡冲和所在，非岸非谷，非烟非气，若说是光，无色无芒。若说是水，无声无波。若说实，不见纹地质壁。若说虚，疾视不可穿。若说大，似尤可见漠漠。若说小，宇宙至此断灭！不可说，有思想。那思想说：你回来了。大拿说我我我。忽听人说：你是道！本！人！大拿顿刻醒药，眼前是孟鬼子嬉皮笑脸。大拿心中大腻，半边身子还在定中，双眸尚未完全对焦，只是敷衍说我很知道我是怎么回事。

孟鬼子说道成肉身了您内……迳自而去。大拿这边心里倒咯噔一下，犯了嘀咕，还记得境中内句话：你回来了。这时现实感如四面铁闸缓缓落地——哐！将她框在铁壁之中。

据宵明到案后供述：大拿还行，没觉得被恍了范儿，有一阵大家也挺爱拿这事跟她逗，给她起了个爱称，叫身身。身身长身身短的，身身也乐，说比大拿好听多了。又说开这种玩笑罪过呀，醒药真不是东西。二天醒药来了，也喊身身。

大拿说滚！醒药说怎么样阿身身，对人类生活还习惯？必须吃饭很麻烦吧？还有一事也很麻烦，躲不开，说着臭吃着香，得空儿我带带你。大拿说边儿呆着去！醒药说不合适阿，对崇拜者这态度，给我们透一底儿，人类到底应该往乃边儿去，宇宙啥时候黑灯？我们这盼你，来了不能不嗳嗳阿。

我们说醒药太不要脸，太欠了。醒药说那没办法，当着身身我就傲不起来，你们将来都会后悔，没对身身更好点。

黎叔说这么弄确实也是谁都不好弄。宵明说也听身身她妹九阴说，有回身身望天儿望了半天，把九阴叫过去，说哎你帮我看看，我有点拿不准，天上内朵云是不是在冲我点头。

黎叔说也有点着了道阿。宵明说也有点被哄得起燥。有时也说，我现在不能随便说话，别人都看着我呢。人变得正经，过去很爱开玩笑，现在爱沉思。过去很多不是事的事现在看不惯，经常不分场合说扫人兴的话，一帮人正美着呢，她说快乐即餍足，所欲皆敉平，产生不了向度。痛苦是损失，暗中有溃洞，探底至少见深度。你们不要骇皮，要骇心灵！

黎叔说也成醒药了。宵明说快了。黎叔说会不会是……咱也不说肉身什么的，一根脉打通了，道心通了人心，责任感出来了，我指渴望恢复世界或曰自然应有秩序的激情。

宵明说并不认为责任感需要外设，从乃个层面讲都是多余。就是本能，软弱自私伴生物。见过不负责任的，也无非自私压倒责任，并不是说责任感就不存在。否则何来道德，就是基于普遍内疚共同拥戴的约制——把责任公共品化。再不成法律见。黎叔说对对，法律也不过评估损害追究责任。

宵明说按内醒药的说，动物中存在的公义一点不比人少，差不多每个食草动物都是高尚的这你怎么说？黎叔说只能说神格外眷顾它们，使其无识无染。宵明说是阿，这就看出神真心对谁好了。大拿说人是需要灵魂的。醒药说再也不能更正确了！否则道德就失去压舱石，成为无本之木，成为人们一时兴起随意伸缩掌握——原话有点糙阿——的嘚儿。

黎叔说俩醒药凑一块了？宵明说凑一块了。大拿说现在也就醒药懂我。一段时间俩人没事就相约入定，于定中聊一些形而飞的话头：道在讲述它的心灵中流转，一些人被充满，一些被倒空。离岛旅程有知，无情无外慈观。入听洞反观父母所生之身，犹虚空中吹一微尘，若巨洋流一浮沤。造物神面目可从祂的造物逆推。属灵的和属世界的交配意味着灵的消散，三世之下只余哀悯而无记忆，五世之后尽成顽愚。

黎叔说这个我听懂了，就是说只能他们属灵的和属灵的互相办事儿，生出来的娃才百分之百属灵，这个圈子有点越混越小阿。宵明说纯灵其实鸿蒙初开——有交配以来已经不纯了。如今的灵或多或少受到污染，所以你看力量都不是很大，特别属灵和特别胡说八道经常并举。几代单传的纯一点，孩子多的肯定不是了。黎叔说有鸿蒙以来一直单身纯而又纯的么？宵明说你说呢？黎叔说这就是大拿要和醒药生孩子说之源？我怎么那么不信醒药属灵阿。宵明说谣传之源。我都在，确实没事。醒药之乱，即便属灵也早在当代散尽了。

宵明说这种谣言多一半也是醒药自己散的。醒药流窜各组与人作对，净给大拿得罪人，号称遍破外道（至善道外各教门），外道不承认，说破特么谁了，姆们只是不爱搭理他。并送醒药新外号“职杠”，职业扳杠的。识外无境，意识决定存在，本是我道门基本教义。醒药在甲组生将人扳作物，用大拿话说“破没破外道不知道，确实破了本道”。大拿说愿意考虑修正你的说法么？醒药说我内是定中所见。大拿说什么所见也只是现象，评断才出结论。醒药说提出你的观点，简单驳倒我即可。大拿说你认为意识是什么？醒药说觉知，将我从现象汪洋大海一把拎出伶俐抓手。大拿说来自哪？

醒药说经验，从小屡受环境痛击趋利避害反照所得，一定要追溯可穷至遗传链中生生世世避闪不及惨遭横死已写入本能之教训。大拿说你说的是下愚吧？意识等于本能，就俩字：求生。醒药……大拿说承认灵是意识么？醒药说不承认！大拿说阿？你连灵都不承认了。醒药说灵是知识大姐。

大拿说知识立足于哪儿？好吧，就用你的定义，意识是世故，生命教训。灵是先天知识，非生命经验，就像飞鸟，来自天外，瞅见你这棵老歪树，长的有年头，搭窝在你高岔——意识上。所以谈论鸟，就要连窝带岔一起谈，你不能把鸟驱离窝——意识之外。这么说你同意么？醒药说你一下把我说难过了，太初天空，空空荡荡，只见一只孤雁在单飞。

大拿说飞鸟尽是寂寞灵，那些找不到可以栖之枝只能独自离去的灵（二人谈话于定中，故有异象应声迭出）。

大拿说世界是极微和合而成，你看到是极微影响极微和合过程，是事实。可别忘了，灵是知识，以编码方式渡世，在辞语之先是思想，一份份的，信一样，投递不能行于真空，势必借助介质，也即极微，故灵创极微在先。极微在无尽时间里反复耦合，所有偶然凑一块，形成这个波澜汹涌现象界。

醒药说我太大了。大拿说你在哪啦？醒药说在海里。盲挥前爪作拨浮上喘状：暂时被说服咻咻，既然谈到无尽时间，偶然尽成必然，需不需要灵介入还要考虑。大拿说先要有个开始，在一切开始前糊涂弟弟！你怎么又落入时空内见。

时空内见确是大杀招儿，一句掷下，千百熟见俱成废言——醒药讲话。

大拿和醒药又骇聊几次，交谈比较广泛，卷宗有缺，详内失考，以下数句据信是法庭书记员侯冈以军谣行歌体（即古队列行进曲）速记粗要聊备隔窥：绝壁之上兮啾啾雏鸣，养螺听海兮见井疑影。日出东极兮百川下流，荆棘长锐兮凤鸟绝翎。称义行凶兮神不配位，空行万古兮道何夸盈？通而不用兮爰生两隔，身死同销兮精尽骨轻。远鸿杳杳兮胡宁惟是？洞境非境兮怯而复惊。劈山见山兮登桥桥塌大哭而还！

好像还是有不通。好像越聊越往下。宵明说（卷宗这又接上了）醒药又拿出职杠精神，跟大拿杠上了，说并不是针对你，也不是出于狭隘教派立场，就说这事！你说的对，时空岛一定不是内燃（一定不是吗？）而是由时空岛外某股力量创造或叫给定，不管这股力量叫什么。也正是这股力量持续注入造就了当下你我。身体意识、魂是属世界的。心，这一摊总和最敏端，属灵。示众界面、发言者叫“我”。因了这一属性，我将复归岛外不管真假至少我们是这样传说、自努、往那儿奔并且我们也通晓离岛操作。当我乘湮灭之光到达时空边界，虚无至可以凌时空岛一跃——停！我的问题是，谁在那儿跃？我连个基本粒子都不确定是，思考这个问题还有意义么？如果是我在思考，是不是必须我在场？答案是爱谁谁。故我别无选择，只能选站属世界你懂我意思么？

大拿说我懂你意思，思考至你世界属性湮灭也即肉身灭失为止，此后一切无意义。也即只要你还在——你内个“我”还在，只能考虑属世界问题，属灵这事儿根本与你无关。

醒药说我这算觉瘠么？大拿说你这算断见，见识生于己身止于己身，不信因果流转及生死之外有信常住，身死则万古与之同断灭，算唯我主义吧。醒药说与之相对之见为何？

大拿说常见，认为神、我常有，天上站着造世主，时间的累积就是永恒。醒药说姆们俩谁靠谱？大拿说都是邪见。

醒药说大道不息，时空岛外常住。不是邪见？

大拿说大道满盈，时空岛外寂静，不生不灭，不涨不落，不实不虚，不迁亦不——不不迁，不住亦不——不不住。

醒药说姐、身身、大拿、大拿姐，到底是我姐！这话说得周全，兄弟杠断了，容兄弟回去磨杠，待接上再与尔杠。

大拿说职杠！你怎如此不知好歹？明明杠断了，满地找牙，还嘴硬，还要接上再杠，为什么就不能羞坦坦承认：我蛇了！接受别人道理，从你嘴里说一个信字就嫩么难么？

职杠说还真是想，如您所说，算了，较什么劲阿，胡乱信一个，跟大家一样，又怎么了？可是，职杠眼泪下来：兄弟做不到阿，兄弟怎能不较真？说起来哪家也是比古老还老，何止是二手，千百手不止，有没有以讹传讹阿？我哪里是不信神，我信不过的是人！别以为我们什么都没听说过，什么都不知道，都跟傻缺似的叫你们数着脑袋拍花子，拍进去一个算一个。身家交出去容易，命交出去一闭眼，也成！灵魂交出去，不扫听个门儿清，抄个底儿撂，信则灵，成什么了？

大拿刚要张口，职杠横手一拦：行啦大姐，啥也甭说了，我信也不是让你说信的，起码我知道你是真信自个的。我呀，就这秧儿了，只能接受信仰的道德部分，不接受神话部分。

大拿说你很有道德么？职杠说我尽我责任，为天下除害。你知我怎么想的？菜刀常使才会钝，锄头老刨才会秃。肉身是恶债主，欲望是套路贷。人不把自己各器官用至衰竭这个坏逼不会放你走，临死捯最后一口气还要蹿逗你：再喘，还能喘，多疼也要活下去，你看生活多美好。哪里是你要活，是坏逼要活。内话怎么说的：纵有半文钱没还清，你断不能从这里出来。所以你晓得伐？禁欲和纵欲是一回事，用的招儿不一样，一个渴死它，一个是掏干它，都是死磕的路子。

然后起来丑舞。然后突然一猫腰蹿回大拿身边跟大拿说哎哎，你说我这么爱世界是不是因为女的呀，我太爱女的。

黎叔说这特么醒药是真够醒的。宵明说可不，生把我们这圈人全闹醒了，我们跟大拿说坏逼逗你呢，甭搭理王八蛋。

大拿也是让他给杠急了，拦都拦不住，蹦着高说你可以谁都瞧不上，全世界就你最了不起。但是我要送你一首歌，是我小时候我妈妈哄我睡不着唱的，摇篮曲，《不够歌》……

我们说您就别唱了，您怎么也成杠头了？

不介，非唱，嗓子出来就是劈的：只爱自己是不够的，只爱自己人是不够的，只爱人类是不够的，只爱生命是不够的，只爱世界嘶嘶……最后音道彻底撕了。

醒药仰脖抱拳说：上帝阿！愿我世界无闻女人及其声音。

我们一帮女的说：去死！上去拧他。

黎叔说合着是你们动的手？

宵明说我自我检举，我蹬了坏逼一脚。大拿找水喝去了，回来坏逼已经是茄子色儿，抱肩扭腰喊哎哟哟杀人啦。大拿已就发不出话，捧着水碗抖腿默喜。

42

孟翼之自此下落不明，止于百代之下南武涝出土沤竹得一句话：帝使太子长琴杀翼之于池。此话应是《全夏书》残句，具体是哪一卷，无从考。帝应是颛顼。太子长琴异本作大子长琴，非颛顼帝储，有旧籍指为老童之子或其部属小子所认干儿子，疑似大个子，当时也没太子这么个职称。池，低于地平线，爰有积液。无确指。有后世旅行家托古之作记曰：大荒西，皆日月所入之山。有山名玄丹之山，有五色鸟，人面有发（疑似鹦鹉）……有池，名孟翼之攻颛顼之池。也就是说此人经停此山时当地还流传孟翼之挑战颛顼发生恶斗故事，有景点。

有证据显示该旅行家是东北人，从辽河一带出发，应该是面向西行，故所见之山皆日月所入，范围大似西山一带。玄丹，黑透闪石或煤矸石。今西山诸峰三要素兼备：小煤窑、鹦鹉、山泉潴留。可说没有。主要是没鹦鹉。门头沟有煤，海坨峰有热泉，旅行家从门头沟拣了煤，到海坨洗了手，沿途或见野雉惊飞于丛也是有的。

李鼻老雄文《绝地天通——史上第一次百家争鸣》、伯益老雄文《女魃之死——古北极端天候引发的惨案》、卫绾老与伯益老合编史上最强上古佚文杂说巨献《那什么》均记：

时，会上各组龃龉不断，口舌相侵，代表之间互别苗头，为反对而反对，激变至蹄脚并上，齿爪相加。三老（赪垕、颛顼、山戬）不能禁，遂仓皇宣布散会。代表各归本山，亦将不睦歧分种子携归本宗本杆子，致各山头继发内讧、火并。各派重新划割信民，肃正门庭，秘祷本门上帝，降祸异教。颇有生刳活人献牺牲，燎人煙天，尸臭十里骨灰如雪事。老三部蚩尤大君、黄帝、炎帝亲口诅誓缔结同盟关系不能维持，和平局面亦不复得，天下大乱（此天下指西迄泥河湾、南至灵山、北望军都太行诸峰、东达津塘湾狭方地带）。颛顼避往百泉旧营，入温泉沟，秘密召集军队。

再什么雄文巨献，提多少耆宿名家，口径这么一致也兹能证明来料同一，与前述大整顿案卷宗同出自南武涝溲坑。

卷宗记载：黎叔命将宵明还押，径去食堂吃饭。食堂午饭开过了，炊事员正将各座火锅余味折箩，见黎叔背手独来，说正好，颛顼老师也才吃，你与他一个锅子。黎叔就近至杏树撅了两根树杈，蹲到颛顼旁边，说你怎么也才吃。颛顼说哎呀，布置清乡，甄别俘虏，重点人都要亲自看，很多原来炎帝部的人都叫他们一股脑抓了来，忙了一上午也没忙完。

黎叔说正好有个人问你，原来炎帝勤务组有个叫孟翼之的你熟不熟？颛顼说知道。黎叔说听说你是最后一个见过此人的。颛顼说是不是最后一个不知道，见确实见了，在温泉沟。这个人惹了不少乱子，到哪里都混不下去，跑来见我，什么意图搞不清，初以为是找我安排一下，说说发觉不像，脑子完全是乱的，基本状况不在线。当时已经开始乱打乱杀，大家各自抓武装，有办法的人都往远跑。老童去找你们，大概还在路上，你们回不来，我这里只有淑士、大子长琴、三面、罐头几个人，周围情况也很乱，南军溃兵爬得哪个山头都是，夜里下来杀人越货，一夕三惊，我睡觉都要枕把斧子。这位老兄可好，见面跟我谈宇宙秩序，丛林法则。谈神的有限性，道德究竟属神圣秩序还是仅止于利益瓜分。我不客气批评了他，告诉他，你的观念很完整，但我不喜欢，看不到希望，当你把一切神圣东西都抽掉，在我看就出现一个巨大空缺，需要一个同样巨大东西填充，我不知叫什么，应该是巨大的善。没有这个，任何世界不值得存在。同时我也警告他，不要太自信！宇宙黑暗，今日诸上帝所传无外相对可见世界作筏。我看贵道门对此问题估计也不足，什么时空内见时空外见，岛内情况没有完全搞清，就吹。求知无止境是对的，但要警惕不要入魔，魔有不可知、不可思议大力量，求神问道问出魔来还真不是善良愿望所能左右，找谁都没用！因果流转也好，有信常住也好，什么识境统统失效，万古或真刹那断灭。

黎叔说孩子听进去了？颛顼说不知道听进去没有，态度还好，说我其实清醒得很，保证不搞邪教。说着说着又不对了。我说你这个头发是不是也该梳一梳，多少天没有洗澡了？这么大味儿走林子不安全，招大动物。孩子说我觉得最光荣的死法就是被动物吃了，我们欠动物多少回死阿！老师你也应该少洗脸，我们叫不动因果，不要因你导致环境变化。最讲卫生的人换个角度——从自然的角度看，其实是最不讲卫生、最恶心内位，干净的河水都让他给弄脏了。其实我们与河中每一滴水、地上每一颗土坷垃、石头籽儿都是平等的。

我说听说你在搞万物平等，看来有进展。孩子说你不觉得么，今天我们是人，可以随便踢土坷垃，扔石头籽，拿水洗脚，好像高万物一等，明天我们就是土坷垃石头籽洗脚水，就是万物，有什么理由不从现在就开始互相敬重呢？

我说觉得了，道理很充分，尊重每一滴水，少添麻烦。

孩子说要从心里真的尊重。我说尊重，你怎么样，要不要在我这里吃个便饭，也没有什么可以招待的，我们都在等，罐头昨天进山找饭，今天还没回来。孩子说不等了，我就随便路边摘点什么揪点什么对付对付就行了。我说欢迎你常来，和你聊天很有趣，你是今天这个乱世一股清流，保重身体。

黎叔说完了这就？颛顼说完了，还要怎样？天都快黑了，他也不住这儿，我就让小琴给他送出去了。黎叔说小琴？

颛顼说就是长琴，你见过，个很高，我们都叫他小琴，从小看他长大的。哦，你也听说了，有人传小琴把他吃了。

黎叔说吃了？这我还真没听说，只说人从你们这儿出去就不见了，失踪了。颛顼说内个谣言很恶毒，说我们吃人，来温泉沟的人只见进来不见出去。妈的！我都不想解释，我们是很困难刚进温泉沟，很饿，吃了上顿没下顿，但是吃人，无稽之谈嘛。黎叔说有没有可能……颛顼说没可能！吃人肉嘴是腥的，狼窝味儿，狗都会冲这人叫，咱们都吃过，小琴背着我吃人我能闻出来。他只是送走了这个孟翼之，至于是不是路上叫人截了，叫动物拖走了，我要吃了我会承认！

信史《全夏书补》（这里这个“补”指的是虽同出南武涝但与伯益不同源乃卫子所遗李耳亲笔所谓卫氏壁中书旧藏。业内叫“老窑”，以区别新旧。本子经卫绾老对勘誊出，因《那什么》名声太坏，恐伯益老索取，一直秘而不宣，只给李鼻老看过枝节。后结为《全夏书补》，还是不给伯益看，只偷摸给我送来一册，嘱我匿读，不要声张。此次刊出即是这个本子，其中案注皆属卫老，不特注明，马迁案。）记曰：

时，天下甫乱，人神杂糅，烝享无度，民渎诅盟，无有严威。延及于士卒，罔不寇贼，鸱义奸宄，夺攘矫虔，上下弗用命。槧垔不能禁，惟作五虐之刑曰法，爰始淫为劓刵椓黥迟，越兹五刑并制，杀戮无辜，罔差有辞。炎黄部旧人亦被祸及，虐威庶戮，方上告于颛顼。帝哀矜庶戮之无辜，乃避往百泉，秘召重黎军，报虐以威，遏绝苗部，无世在下。

此为绝地天通事件最早最正式文本。周人所作《吕刑》《国语》所涉章句盖由此出，然多谬混乃生歧解令人遗憾。

大意是当时社会开始动荡，人们无节制请神降神，乃有群神咸至，药去神不去，寄托附体妄言人事（亦可能是寄主精神分裂）频出，亦不乏自命为神者，致部族首领权威受到藐视，人民不尊重部族间缔结盟约现象屡有发生。这股风气影响到部队，当兵的都变得像土匪一样胡作非为，联手作乱，强取诈夺，上上下下都不听命令。南军大首领蚩虿不能禁止，只得作酷虐的五刑代替法律（也是乱世用重典思想滥觞）。执行过程又加了码，于是削鼻尖变成割鼻子，去半月板变成砍断双脚，夹碎睾丸变成连嘚儿一齐剁了，剃发纹额变成满脸纹饕餮，斫刑——拿石头砸死变成凌迟。有时五刑一起上，也不管你有罪无罪，也不听解释，受刑人最后面目全非，委尸于地像座肉墩。炎黄部一些退伍老兵，老实芭蕉，也被牵连进去，受了刑，缺了鼻子少了嘚儿，流血不止伤口感染死了也就死了，活下来的就拖着残缺身体向老长官颛顼告状。颛顼非常同情这些旧部属无辜受害，此时颛顼手下也无兵，止几个贴身卫士，当时气氛恐怖亦使他处于不能说话不敢说话境地，于是趁一天天儿好，佯作去修水洗沐，什么也没拿，空着手，下了水，一猛子扎到涿鹿。还不放心，恐蚩虿闻讯追赶，复入灅水，二猛子扎到百泉，才湿淋淋水漉漉甩着蛋子上岸。上岸即嘱老童连夜走，去坝上找部队。

老童拣直向北，穿熊瞎子沟，出虎碗口，经东猴顶、大六八岔子山，在大滩草原遇到正顶风放羊的黎叔。黎叔黑了，脑门油亮，眯着眼，长发飞扬像炸开的墩布，扭脸全糊脸上像戴着头套。老童认不出他，以为是条草原汉子，隔着几步摊开双手迟疑地围着他走柳，说赛怒？呕咦日的赛那白奴？

黎叔也眯觑着瞅他半天，说老童！我，黎叔，什么眼神？

老童还围着他走柳儿，说哎妈呀，你咋变了呢？黎叔说你咋老围着我转捏？老童说我不知哪旮是你脸阿，看着都跟后脑勺似的。黎叔两手把头发扒开，说这儿，这儿是脸。老童说还真是你，快！快给我点奶喝。一头栽地上昏死过去。

老童醒来，几只羊腾地散开，脸上都是哈喇子，像被腌过，火辣辣疼，一舔自个，咸的。老童说你都对我干了什么？

黎叔正把一只不乐意母羊生拉硬拽揪过来，逼羊站呢儿，说我把宝贵的盐抹在你脸上，让羊舔，我们在草原上抢救不明原因昏倒客人都这么干。老童说奶呢？为什么我觉得更渴了？黎叔说刻下。拿俩大粗指头捏紧羊奶头瞄准老童滋过去。

老童张嘴接奶把事讲了。黎叔说是这样阿。老童说部队还在么？黎叔说在——在放羊。老童看着辽阔、空无一人大草原，说你们怎么联系？黎叔说山和山碰不到一起，羊和羊总能碰到一起。老童说我想向黄帝当面汇报，你能告我他在哪儿么？黎叔说可能在天边，可能在眼前，可能明儿就撞上，可能一辈子再也见不着。老童说那我能再喝一口奶么？黎叔说能，但你要自己挤。黎叔抖着手腕子说我这手指头太酸了。

老童说羊会踢我么？黎叔说会踩你脸。老童说你会为我杀只羊么，我饿了。黎叔说不能，因为我和这些羊都有了感情而且我吃！顶！着！了！

白海子不闻着腥不知是一片水。月色下只见簇簇件件白色的翎和闪亮的喙。飞禽落满海子，云云亭亭，挤挤挨挨，趾蹼都蹬到岸上。羊就在浮鹅游鸭翅翼下凑合着伸脖子喝水。

老童在海子边见到重叔，也赶着几只羊，紧张望向黑处一对绿眼，说这只狼跟他一天了，现在又叫来几只狼，不知憋什么坏呢。狼也挤到水边伸舌舔水，忽俄一只天鹅立起，大大扑翅，狼溅一身水，瑟缩撤步。草原居民——驼驴牛鹿亚洲狮亚洲猎豹（今已灭种）都到岸边饮水，暗处如入大群感冒上呼吸道不畅患者，充耳尽是醒鼻子清嗓子呼哧带喘。

黎叔跟周围动物托付：各位哺乳纲兽类同事，上天所爱，拜托，有见到兄弟这样两脚兽，在其他群，放个羊没着没落的，说我找他，让他到海子来，日后相遇必不加害先撤为敬。

老童说管用么？重叔说管用，试几次了，话都带到了。也是到草原真没人说话才知道动物听得懂人话，要不怎么都恨咱们呢。养过牲口小猫小狗的都知道，不理你是不爱理你装听不懂。人在动物界名声坏呀，本来也是出自草原，最初大家都能交流，用同一种语言，后来人搞大了，狂了，发展出自己语言，不跟动物聊了，这种古老语言就失传了。回到草原，一个人扔在这旮儿，这种语言能力就自动恢复了。

老童说是一头野驴跑过来跟你说闷儿，人，你哥儿们找你……么？重叔说一听你就是刚从人群来，笨蛋！当然是身体语言了。一群野驴正在奔跑，突然冲你来了，到跟前突然又转向了；一只狮子正要扑角鹿，忽然看见你，盯你半天，这都说明什么呀？老童说看见人了呗。重叔说你要这么想，那你什么信息也接收不到，你就得憋死。草原大阿！牧人苦阿！长日无聊，独与白云同游，就盼着有点事，没的都往有的想，眼熟是吧？噢，我是它今天看到第二个人，我朋友在附近，我朋友想我了，——我也想他了。老童说还是靠想？

重叔说不聊了，给你单钵儿搁草原仨月你就领会了。

老童说但是太复杂的聊不了，只能是简单的，吃了么？今天好？怎不理人阿？答不答应都无所谓的，要商量点事，谁谁又说你了，跟谁在哪儿说的，谁又添了把柴火，不行？

重叔说我现在真受不了人，就够了！不需要那么复杂。

旁边一守着群羊的沉默汉子，刚才重叔问候他摇头似听不懂夏言，此时绷不住一乐，说我是新四师的，但是已经不干了，不用靠兽类传话，告你们一消息，明天日出，舟毛毛娶媳妇，你们归拢人可以上呢儿去找，还在的应该都会到。

43

重黎带领三个营老兵外加一营戎兵星夜赶到温泉沟与颛顼会合。戎兵头儿即是苗龙，说起来也不是外人，当年公孙部出大马群山向西发展，与世居大草滩苗龙所在戎部盟于白海子。当时该部还是女主当家，少年公孙依草原礼于盟誓当夜入女主帐幕。苗龙是下一辈人，故对黄帝行父执之礼，见面双手加额，称阿乌，戎语父亲的意思。苗龙比黄帝没小几岁，也是老爷子了，听说口内（这个口指虎碗口，海坨出军都隘口）吃人了，吃的还是黄帝阿乌的人，遂兴义兵同来。

颛顼亲切接见老战士，不少人是老二师的兵，还叫得上名，尽管分别只二三月，形势发生了这么大变化，大家都有点激动。颛顼讲了最近情况，讲到一些大家熟悉战友身上发生的令人发指事，还流下眼泪。战士情绪用部队惯语讲“嗷嗷叫”。之后点名，依老兵们手中家伙重新编队，还保有武器殳戈弓斧一营，抛石器一营，放羊鞭一营。戎人已经开始驯养驴马，主要是驴——套驴杆一营。

之后召开作战会议，确定首战目标和攻击顺序。集中全部力量四个营，先打泥河湾，争取一战打掉四大杆子实力最强之蚩尤——如今叫麸垦集团。再回头解决柳河川之型天集团。肃清河右之后分兵打小长梁，解决阿乡杆子。登北氏目前无聚居地，人员呈游蹿态，分散在灅水两岸高山密林至津塘湾出海口广大地带为匪，可待三大杆子解决后，逐山剿灭。

会上决定，褫夺僰垕大君尊号，今后不再称九黧国，亦不再承认南军旧有番号及各部自封名位爵称。此次随蚩尤北来者，无论尊卑良贱，一概称苗民。

会上还决定：敢犯我军兵锋者，死。曾参与残害我部人员，致死致残，无论主从，死。参与人牲祭、燎人诸恶祀，无论主从，死。无分缘究，无分生取死取，吃人者，死。无分愚众推举、邪神附体、精神错乱，自命为帝、神者，死。

会上还决定：即刻起，在泥河湾、柳河川、小长梁、㶟水桑干修水三河东西延长线及未来我军可能到达地区实行紧急状态。废止本命令颁布前上述地区旧有一切法令、村规及约定俗成，实行军法管治。停止上述地区一切公私祭祀、夜场及三人以上聚会活动（含吃饭）。取缔上述地区内一切主流非主流教派、道门、社团及辩经小组。勒令各教各宗派、会道门扛坝子、瓦酥米、点传师指定时间指定地点向本军报到，听候处置。本命令为临时禁令，何时解除俟日后通告。

会上还决定：对僰垕、型天、妈大拿等各杆子、各教门头面人物重点追捕，务使其尽快到案。一般情况，未发生激烈反抗，不宜就地处决。到案后，生活上予以一定优待。

一般苗民，未实行积极抵抗，主动向我请降者，准予投降，就地收容，集中圈禁。俟甄别查实确无血债、无民愤者，可予释放，令归本土，不得滞留北境。可考虑集中递解。

会上还研究了可能牵涉炎部人员处理情况。未组织邪教，无有昭彰恶行且对我军行动予以协助积极配合者，仍视为友方，不得歧视侮辱，以我部人员待遇优待之。愿参加我军者，可视具体人具体情况由营一级长官决否。有前述犯行，除罪大恶极人人皆曰可杀者（一般以不公开处决为宜），余皆降罪一等。有认罪悔罪情形，皆予宽大，依本人意愿去留。

颛顼在会上讲，还是要慎杀、少杀。杀人，情势不得已之最后手段，是动人因果的事，果报在自身。各人自有天命，当绝之人有一万条理由叫他死而无一条理由叫他活。各位仔细，得饶人处且饶人，就是顺天承命了。另外特别恩准戎兵抄掠三日，子女玉帛归戎部，陶石粮肉及其它……其它也没什么值得留意的了。

会上还研究了部队行进路线。为达成突然性，决定还是走春天二帝转进涿鹿路线，即三海坨、松山、长安岭、茨儿山、水口山至修水右岸山间小路。安排了行军顺序，黎叔带一营走在前面，黎叔走过这条路，路况有认知。颛顼带二营，重叔带三营紧随其后。苗龙殿后。估计要走两天，部队从草原过来带有奶酪干肉，省着点可坚持到战役发起。之后部队就扎巴扎巴杀紧皮袄绑牢套靴扛着鞭杆出发了。

战役——正史无一字交代。也许有，亡佚了。《全夏书补》接着讲的是战后各种措施：乃命南正重司天以属神，命火正黎司地以属民。使复旧常，无相侵渎，人神不扰，各得其序。

南正，署理南方事务衙门总办。当时主要任务是清理南方各教团及枝蔓邪教，取缔降神，对存量巫觋进行全面摸排，有称神称帝犯行者，该杀的杀，该关的关，故曰属神司天。

火正，总办涉军事务。对目标区实行军管，绥靖地面，维持治安，处理战场缴获及各杆子被俘、自首人员监管审讯甄别事宜。因杆子不被承认为正式军事组织，其被俘人员一律不以战斗人员对待，即无战俘身份，故曰属民司地。

两件事在当时就是一件事，故二衙门对外挂一块牌子：战地临时军事法庭。二总办亦合署办公，一个主持审判，一个出庭支持公诉。

民间还是有传说，对战斗过程。老百姓从来也是历史注脚。如刑天舞干戚（型天拒捕死，依例污名化，贬斥为“刑”）。又：蚩尤力战被缚，体不能伸，臂不能展，不屈触石死。这里的蚩尤应为樊垕，老百姓不认识，只知是南蛮最大的官。被缚应是亲眼所见，符合被套杆套住，越挣巴越紧。此次平蛮，套杆营出力最大，据说跟套驴似的，不管蛮子是冲还是跑，杆子一抡，套脖领子肩上，然后就跟着跑，任他挣巴，嘴里喊着吁吁，最后皮索勒进肉里，自己蹲地上，揪着耳朵提回来——很多人套住脖根，当刻即遭勒毙。据说耳师当年曾访修水村耆野老，遗有笔谈数则，讲泥河湾之战，不知无心疏漏还是拟觉不可信，继笔卫子只字未载入涿绝卷。卫绾老作《全夏书补》，亦不采信，态度很奇怪，说不能信。我说怎么叫不能信哪？卫老说要不您给断断，下次，我把东西带来。

我说我瞅瞅，能没边到哪儿去，神话都信了。下次，卫老来了，我看了，说还行阿。卫老说昂，您觉得这能叫行？

一下把我也说虚了。当时马迁也在座，我把文稿递给马迁，说迁儿，你不正修五帝纪呢么，他不用，你用，多好哇，从来没人用过。马迁似笑非笑，说不采不雅驯。

据老百姓讲，黄帝（这里指颛顼）一伙，蚩尤一伙，就站泥河湾内河滩地上，开头还说话，说着说着都扔下兵器，以为好了，结果一个抱一个摔跤，滚得哪儿哪儿都是。黄帝单薄，弄不过蚩尤，叫蚩尤儿个得合勒扔一溜跟头，起来又趴下，脸都磕青了，满头包，跟菜花似的，看着就不灵了。

黄帝这帮人就跑，蚩尤内帮人就追。黄帝已经让人摁呢儿裙袄都扒了，这时东边过来一帮戎戎，手里都端着套杆，嗬这家伙，厉害！跟赶牲口似的，嘴里喊着哟喝喝，东一杆，西一杆，跟套小鸡子似的，就嫩么一眨眼，蛮子全擒地上。尤其是内软套，皮绳接的，挽儿圈在手里，抛出去一根直线，蛮子快的，已经跑出十步开外，这头甩钩似的呢么一甩，立马钓回来——准！都不用你手上使劲，蛮子主动朝你跑。姆村老人亲眼得见有把脖子勒断的，脑瓜子在地上骨碌碌滚，身子两腿还往这边跑呢。说是触石而死蚩尤，哪儿阿！河滩上鹅卵最大也不过拳头嫩么大，抡圆了搡人也得几下才趴下，拿头撞，顶多一大包。那是被套住了，往回收杆儿，人在石头棱儿上一溜连剐带蹭，就是棵木头檩子也剐花了，蚩尤满身血，裙袄半道全撕成绺儿，秃噜净了，光着，蹲呢儿，翻着白眼瞧人。姆村老人都去看了，回来说这人活不了，肩膀肋叉子都见骨了。那年月，没医没药的，凡见骨，十个十二个活不了。蚩尤后来又活三天。姆们这一带乡亲天天上河滩瞧他，见他可怜，还给他舀水喝。头两天还能喝水，说谢谢。后来水也不能进了，蹲也蹲不住，只能躺着，都长蛆了腰上，那味儿！苍蝇全奔他呢儿落，轰都轰不开。三天头上，黄帝来了，黄帝人不错，蹲跟前跟他说话，还给他拣蛆。把姆们都轰开，远远站着不让听。俩人说什么知不道，就见黄帝在呢儿吧嗒吧嗒掉泪，再三点头。最后黄帝合上蚩尤眼皮，把自个身上虎皮袄褪下来盖蚩尤脸上。要不说人家是哥儿们呢。

事实上，临时军事法庭正式下达的死刑判决也就二人（再次声明法庭卷宗不全，若有新发现，可随时更正此说）：

禺强，罪名：自命阴间之神玄冥。判决：斫立决（石刑）。此人虽归附阿乡杆子，出身灵山西砬子沟山老掌东沟，北人。

句芒，罪名：自命春神，继而妄称东方青帝。判决：斫立决。此人本是大马群山流民，北人。

检索临时军事法庭判词，可以发现一些民间传说已亡之人尚在判决中。如刑天，一份判决显示，此人获流刑，流放地：东灵山十八盘岭辛岔村（异本作常羊之山）。有不同代古籍显示，三代以下十八盘岭犹有刑天冢，可证死葬于此。

欻扈集团大将夏耕，民间传说为颛顼所斫，死而不倒，无首，操戈盾立，到处乱走（民间传说想象力也有限）。判决显示，此人亦获判流刑，放灅水北尖草顶（异本作金门之山）。同案一起流放还有一个叫黄姖的，史上无名，据查乃孟翼之团伙收容南方流民。两个人在当地干的不错，有乡望，死后均晋格山神。山民并立小庙为祀，一曰黄姖之尸；一曰夏耕之尸。尸向有二解：一曰庙祭神主牌；一曰活死人。夏耕黄姖，南人也，黑且骨骼清奇，又遭此巨变，没死也脱层皮，妇孺良民月黑风高乍逢于山林，惊为鬼魅也是有的。

大批的判决是流放，也不限于南人，也有不少原炎部人员，如孟翼之团队成员奢比、据比，一个放于修水北烂石山（异本作凶犁土丘）；一个放于桑干南五鹰洼。都在当地留有小庙。有后世旅行家曾探访据比庙，据说庙中塑有据比像，折颈披发，缺一手。可能是泥胎风化可能当年争斗负伤致残。

还有一些罪轻免于起诉交由当地严管的。如左吴回，令去大片尖顶子杏树茬沟监视居住。异本作盖山之国。又曰国皆一臂民。这就不是遗传现象了，大可能是署理南方事务衙门和涉军事务衙门两家合手对伤残病俘进行了集中安置。

调阅全案卷宗，发现安置伤残人员地点不止杏树茬沟一处。欻扈集团大将贰负之臣危，就是内个杀害全地表唯一淡水儒艮窫窳的家伙，激烈反抗我军，论罪当死，判斫监候。考虑到当时死人太多，尸体得不到及时掩埋，冀地哀歌唱“刑发闻惟腥兮秋桂罔有馨香（空气中只有死人臭味儿，连秋天桂花都不香了）”，担心引起新的瘟疫，就将其临时羁押在杏树茬沟东十里八伯山（异本作疏属之山），反缚两手与发，桎其右足，系之山上木——绑在山中一棵树下，准备入冬没味儿了再执行，或直接喂了动物也行。——距此山南四里，有条沟叫蚂蝗沟，异本也称一臂国，民皆一目一手，不但独臂还是独眼龙，身纹黄马虎，又曰有文字，曰黄马虎文。象形文作纹身，应该是很古老域外蛮俗，可以考虑登北氏。

又有三苗国，在赤水东。这个确实不知是哪儿了，只知泥河湾东二里，有个胸外伤集中营（异本作贯胸国在其东，其为人胸有窍）。

修水北安固里淖南岸（异本作北海之内）有个更大的集中营，关押的都是趁乱打砸抢现行犯，所谓反缚盗贼，带戈常倍之佐——有带戈军士严加看守。各曰相顾之尸——犯人都说咱们真是只能大眼瞪小眼的活死人。

法庭文件显示，亦有无罪释放者。原炎部离散人员张宏，经查，符合五项决定之五：未组织邪教，无有昭彰恶行且对我军行动予以协助积极配合。故判决当庭释放。此人后来去海上捕鱼为生，听说在一个小岛上组建了家庭，子孙繁衍，俨然成国。

另有王子夜，因伤太重，两手、两股、胸、首、齿皆断，免于起诉，当庭释放。

妈大拿宵明及南社、至善道众千岁法庭无有判决记录。查南方事务衙门有向涉军事务衙门递送公文抗议“未经审决迳解女犯”事。涉军衙门回文称“管不了”。卫老研判，此事恐与戎戎有关，温泉会议有决议：子女玉帛归戎戎。可能都叫苗龙领草原去了。

唉内喂，死没死人？死了。是不是自上而下对某一族群系统实施灭绝？不是事实。后人产生误解，全在一个字，文件写的是“遏绝苗部，无世在下”，是针对组织，铲除组织的意思。尚书蹿为“苗民”，成了针对人，致错会曲见远播。

44

《全夏书补》记，大整顿后，冀地不复闻巫鼓骇曲，歌舞通宵亦在禁绝之列。军管期间一度规定，夜半不得举火，人民煮肉所生火堆最晚只能燃至日夕即酉时刻尽，过时则有纠察队提桶前来泼水浇灭。时天已大凉，地寒上升，不生火则难以安卧，夜深辄见全家披袄溜达牙关嘚嘚抱娃跑步者，此禁方才稍弛。柳河川、泥河湾几个大的南人社区，连片寮棚、干栏脚楼、神庙皆遭纵火捣毁，人不知去向，白日可见野狗狞立啮尸蹿行断苇乱柴间。部队尤在渡口设卡盘查搜捕漏网巫觋，逢人欲渡便令说朝阳门。一时灅水两岸闻南音色变，时有口齿不清舌头捋不直不能发儿化音者遭扭送南方衙门。

时，在押案犯全部审结，临时军事法庭宣告闭庭。河右蛮部已完全肃清，紧急状态、军管亦告同日解除。两大衙门撤销。恢复一般人民随地生火、探亲访友请客吃饭和平团聚权利。烝享祭祀、厌劾妖祥、占卜打卦、摸骨算命等涉巫事不在开禁之列。有人去新成立署理民政事务衙门打听，说我就是赶鬼，家里小孩魂儿丢了喊魂——成不成阿？民政衙门人说目前不行，什么时候行，你问我我也不知道，等通知。

颛顼遂过河左，在矾山之脚三豹村（因此地曾一次猎杀三只豹子得名）召开座谈会，主要谈今后巫的发展和面向，史称“二大”。因来的都是部队巫（见24节首次出土巫代会名册），民间又称“军巫会”。颛顼在会上首先提议为此次清巫行动死难者默哀。颛顼讲，活的不见得是好人，死的不见得是坏人。此次行动很多死者我们都熟悉，在巫这个事业里是同事，也是朋友，互相很了解。棘䍃老师，大家都知道我和他的关系，我视他为兄长，就个人品质——为人来说，我看要超过我们在座多数人，至少比我强，友好、诚恳。刑天先生，勇敢、刚强。妈大拿女士，博闻多学。孟翼之，咹，我也很喜欢他，聪明、执着。这些优秀的人，好人，令我们钦佩的人，没有死于意外，死于突如其来的天灾，而是死于我们这些自称是他们朋友的同事手里，同类相残，悲剧阿！为什么？为什么我们要和这些好人、我们曾经的同事做坚决不留情的斗争？因为他们过界了，他们滥用了他们的才华和权限。与神交通，是殊胜荣耀的使命，是神特别给予的恩典。是能力，别人两只眼，你三只眼。别人只有一个世界，你两个世界。也是责任，别人在黑暗中，你手里捧着火，既可以照亮别人，温暖生活，也可以到处放野火，不但自己头脑发热，还要别人跟你一起发烧，毁掉自己也毁掉别人。我们的朋友不幸走了后一条路。相信那不是他们本意，初衷纯然出乎美善，要众人得真理。那都不重要，我们是动机效果一致论者，酿成后果就要对后果负责。教训阿！求真得伪，求知得妄，求善造大恶。这几样做到了，你那些好、优秀、诚恳、聪明都可以一笔勾销了。请在座各位想想，你们比前面提到的几位老师，认知上、能力上可与比肩呢还是不及？真做到那个位子，有那样的影响力，能不能做的比他们更好？

底下嗡一片交头接耳。

颛顼说也不要讨论了，我看你们连人家一个小手指头也比不上——小琴你在说什么？

大子长琴说服气。我们都是小巫，爱好者，哪里比得了人家？在部队也就是切个草药，捣捣鬼，给伤员胡念几句咒，鼓励他靠自己好起来，连驱邪都不敢随便搞，生怕生出妄诞，影响部队稳定。与神交通我们岂止是不敢，压根儿不会。

部队巫一片笑声，纷纷说：也没人教过呀。

颛顼说不会最好，省得犯错误。巫术，广众还是有需要，没有不行，太多、太泛、到处都搞也不行。所以本人决定，从今日起划一条杠，巫，就限于你们内个水平，不要再高了。

底下叫起来：我们这水平，档次也太低了点吧。

颛顼说首先本着一条，无害。其次再说是否有益……

重叔喊底下不要开小会，听讲！

颛顼说小巫也不要看不起自己，在座各位虽然只懂皮毛末技，就巫界现存状况看，也是聊胜于无，也是精英了。从这点讲，我们都是幸存者。将来巫团再建，巫统传续，法术重光，还要靠你们。你们要到下面去，进老百姓家里去，老百姓总是要祭这个拜那个，老是不许人家搞也不现实，要教他们正确的祭祀方法——你们也不会？不会没关系，可以搞一个学习班，教你们一些速成简易的祭法，跟吃饭摆桌差不多，态度恭敬些，动作放大些，立正左右转交代得清楚些，这个都是平时部队也这么要求的，你们这些当过兵的还用学么？主要是规矩，也叫规格。祭鬼、祭贤可以，祭山川鸟兽树精花妖都可以，就是不可以祭天，不得祭上神，那跟你们没关系嘛！徒生自闭嘛！人阿，就怕错认自己，把自己不当自己，当烂漆疤糟。兵与匪，民与贼，只差一个字的距离。

中�说嗐，管那么多，就把部队精神带过去，跟老百姓讲，不管你祭谁，你以为谁在保佑你，对你，就一个要求：服从。

颛顼说哎，这个事不能这么不讲究。道理是这么个道理，话不能这么说。你讲的很对，服从，是军人美德。没有这两个字，人再多，武器再好，也不能叫部队。你过去是二师的吧，在座还有几个是二师的？

底下忽啦啦站起七八个人。

颛顼说请你们一齐回答我，我们老二师师训是什么？

几个人说：忠……效。

颛顼说：没听清。

几个人放声喊：忠效！

颛顼感慨地说：忠效，这两个字的本义就是服从。这是二师在寒水刚成立时，黄帝为二师亲自定下来的师魂。二师就凭着这两个字，几次打光了，又组建起来，师魂不灭，作风不减，始终是我夏主力，放到哪里哪里放心。有人问了，天下哪个部队不讲服从？我说错！把服从升华到灵魂，升华到——刚才这位小同志讲的，昂——精神，惟我二师！

重叔说是是，颛顼老师对二师有感情，我们也在二师工作过，都有感情。我看可不可以这样，就把二师精神当作一种，怎么讲，社会精神？公共精神？推广到一般老百姓中间去，以填补清巫行动后人们信仰缺失留下的呃，心灵空白。

黎叔说把老百姓当部队管起来？我们部队管理得好，不光是讲精神，还是有配套手段，还是有纪律，有强制措施。

颛顼说这个么，执行层面未必不可以，拿不出新东西，临时讲一讲，比进了老百姓家讲不出道理，张口钳舌强。当然了，不能像部队对待当兵的那样，做不到打军棍，杀头。重叔，你刚才内个词用得好，心灵空白。这个心灵空白阿，纪律对它效果最小。老百姓鬼得很，傻都是装的，日哄起人来也是没谁了，你靠纪律，强制他向北，他一定向北，心里怎么想就不知道了。还得有更高级的东西，能充塞——这个词不好，——充满他的心灵。用心灵呼唤心灵，叫他往北，他就乐呵呵往北，往南拽也不回头。所以《圣女娼兵法》讲：求其上，得其中；求其中，得其下，其下必败。纪律属于中下，得一时，越搞越松懈。不急，你们回去想，我也回去想，看能不能想出个具有心灵、精神一体感召力的……东西。

黎叔说我们北宗太元不是现成一套体系？还用另想？

颛顼说哦，这个事忘了说了，北宗太元今后还是我们的唯一信仰，大家还可以信，但是祭太元，就不要参加了，不好意思重叔黎叔，也包括你们——什么都不要讲了，二位叔，我已经定了。过去我们祭太元就是太公开，太讲求教内平等，人人有份，什么话都说，什么人都能进，什么神也都敢请，太元来没来不知道，来的净是妖孽，教训不谓不深刻。今后，祭天、祭太元这个事我考虑私密一点，本来神也只跟他喜爱的人讲话，不需要人旁听，只要内个神专门授记的、配听神指示的人，和神两个，静静的，把该说的、该听的工作完成。没有助场，不带观众。所以我把这个人限制在帝级。

黎叔说你考虑得很周到，但是一个端盘子打铃的都不带么，光带耳朵不带嘴的？

颛顼说一个都不带！我也不祭，黄帝在，黄帝祭。黄帝不在，新帝祭。自个洗盘子，自个端盘子，一耳朵不许听。以后咱们北宗太元就一脉单传，一可保教门清净，二可保教义纯正——帝说什么是什么，实际上也不用跟任何人说了，自己知道就行了。两个人就要打架，三个人就是一锅粥。

黎叔说也就是说不带所有人玩了？

颛顼说在大家管不住自己，还想借着与神交通捞取好处，神这个东西还跟权力有关——当下，不带！

《全夏书补》记，座谈还持续了几天，琐碎事，其他人的发言就不收了，止收录颛顼随后两篇讲话，传者以为重要。

一、还是讲服从：我回去想了想，又和重叔黎叔碰了碰，觉得关于二师的经验没讲透，理解不深，有必要再总结，也许我们需要的内个对心灵、思想产生感召的东西就在里面。我在这里抛土坯引玉璧，讲得到不到，请大家批评、补充。我的思路大致是这样的，服从这个东西到底是我们军队一家讲，还是个普遍需要？是德性，还是天性？属不属于天理？不错！忠效两个字是黄帝首先提出来的，发明权归不归他呢？我们看事实，一个老百姓、一个流民，有很多臭毛病，自由散漫惯了的人，到部队当兵，他是不晓得忠效两个字怎么写，但是一入伍，就知道服从他的伍长、什长、营队等以上长官，老兵叫他倒洗脚水他也得去。是，他会有很多怨言，很多跟不上，要经过呵斥、训诫乃至打骂，就会越来越好，越来越像个兵。他这个服从性从哪里来的？一个老百姓在家，一个流民在社会上，是不是已经学会了服从？服从家长，服从强者——内个态度虽然粗暴教他懂规矩实际对他混下去有助益的人。这是不是就能证明服从是天性？还缺一步，在此之前——极而言之，当他刚生下来，还是个卑鄙，他是不需要服从谁的，他可以无法无天，不懂事嘛！绝对无知嘛！但是，服从是不是就不存在呢？不是的。他还要服从自己的饥渴冷暖，少吃一口就要闹么，看似是个不服从例子，实际是服从更基本生理需求，还是有服从。他一闹妈就要给奶，不是服从么？只是服从对象掉了个个儿，大的服从小的。服从无处不在！之后、成年长大后难道不需要服从么？说什么天性桀骜，你跑去野外一个人生活，饿了不吃东西么？天冷，下雪，是不是要钻个洞，生个火？还是要服从自然规律，叫顺应也行，一个意思。不服从结果只有一个：立即灭亡！与进入人群守规矩，有何两样？忠，就是顺应一切自然、非自然叫规律、规定都成的东西，定下来就要照办，就要遵守。效，就是自己不会可以看别人，向别人看齐。在黄帝这里强调的是纪律，是荣誉，是精神，抽象出来站在更高处看——也许黄帝本人都没意识到——就是天理哇！天理谁制定的？谁有权制定？——神。所以我们讲服从，不是我要让你这么做，部队要你这样做，黄帝要你这样做，是神，太元，要你这样做。

《全夏书补》记：依鬼神制义。

二、老问题，神的应然：几天前，还没有开展这个清巫行动以前，我和麸垕在一起，老童在场，老童可以作证明。麸垕当时问我一个问题，你希望神什么样？当时我没有回答，因为我没有答案，说还要想一想，现在可说有了个粗略框架，可惜麸垕已经不在了，听不到我的框架——哦对了！还有山戳，怎么把他忘了，山戳去哪里了，怎么没有他的消息？

黎叔说一直在找，各圈禁地、戎戎那里也都去看过，没有。有炎部人员反映，我们进攻泥河湾内晚，山戳和他们在一起，情况很混乱，也不知道什么人打了进来，有谣言，说草原戎戎杀进来，见东西就抢，见人就杀，山戳就跟他们一起跑到山上躲避，后来大家在林子里走散，再没见过他。

颛顼说继续找，必须有下落，活要见人，死要见尸，要有交代。

黎叔说是。

颛顼说必须承认，我不认识神，神从来没跟我讲过话，我跟大家一样，对祂谈不上了解，所谓见证无非传言。只知祂完全不受控，既是创造者又是毁灭者，创造毁灭只在一动念，自己家东西自己砸，第一印象不太好。完全不同意神的行为有不可思议只能诿以奥秘来作诠解。这么说的人实际是辞穷，或者和我一样，根本不认识神。神有什么可遮掩的？神面向任何事物都是完全敞亮、正大光明的。你不得而知，那是你不够格知道，或说正午之阳不得见全貌只因光芒太盛。神是应人所求而显现，你所知永远万不及一，就像古歌所唱：你的美尽人所知，最美却在所知之外。没人可代神宣称：神的全部尽皆在此了。神乐见人求，因人多求而真实。见晗光而期日出曰希望。所以我希望太元，我的神，首先是至纯至善的，如老坑白璧，无有丁点瑕疵。当恶来临不是以更凶恶报之，而是以更高能，可变其质可解其貌犹如酸之于铜，盐卤之于生腥，之手段——化之。我相信祂有此能度，人做不到的祂能做，人不能忍的祂能忍，否则何以为神？仅更嚣张、更狂暴、更受不得一点气么？这点我承认受了至善道启发。

其次，要求人做到的，你也要做到，不要自己定的戒律自己带头违反。平等待一切人，好人和罪人，信你的不信你的。可以有偏好，有你格外喜爱的人，但请克制，不要太露骨，以偏好划线区隔，否则何以言公平？失去公平，义将何往？神！不要以为这是苛求，若你所行如人间一族一姓帝王，而不比他们更宽大，要你何益？又怎能证你是全宇宙之主呢？神！在此我向你呼吁，不要抛下一个人！当你带着你收获你喜爱的人群转身离去，请停一下，听一听身后哭叫，不信你以此为乐，为荣。尽管他们罪有应得。不信残忍是你的本质。

复次，超越历史，超越时空局限。你是真相，你是真理，我们知道的你知道，我们不知道的你都知道。神！若人无知，限于所处世代，说些不符合自然发育、露怯的话，凡借了你口，无论隔多少年，也请修正。否则严重影响对真理的评价。

再来，请重新定义善。现世间善恶标准极大混乱，人人为己、族族逐利竟成天经地义最为称道的善。神！我必须说，你有责任。你的两面性使作恶的人、行凶的人有了口实。余生也晚，余逗留世间也短，余从未见如今日这般丑恶以善名义声张于世，如此公然，如此气壮，皆因夸说是你的精兵。

再来，神！你确曾许诺过更好的世界么？我于种种传言中听闻彼岸奢华更像穷苦人的垂涎而非你当处场域，故严重质疑此说出自你。希望不由谎言织就，现世凄惨从未因慷慨许诺削减半分。当千千万万人怀揣谎言告别此岸——人总是要死的——一脚踏空，我都不知说什么好了。你没有什么要说的么？神！在这个问题上你无权保持沉默，你要出来告诉内些——主要是信你的人，你的国是否竟如人间，有大城，有果园，有黑牢。人依然竟如生前，有吃喝，有悲喜，有九天之上，有九天之下。有就说有，没有就说没有。有，其实什么样，入其中怎样行在。不要再让这些人瞎传了，就因为你的国被传成泼天富贵，惹动多少好汉起了将你的国落地执念。被你喜爱的人又有多少是奔着消费你而去的呢？

太元，我的神！在你回答这些问题之前，我对你是否存在保持暧昧，既不信有，也不信无。不好意思确实没什么事求你，做不到因生活困难称义。遥祝宇安。微芥颛顼恭上。

重叔说你嘛介是勒索神、逼迫神阿！

颛顼说哦是吗没注意，说着说着就这样了，等着祂劈我。

《全夏书补》记，会上颛顼还安排了国防建设，在南迄矾山，北迄军都、太行诸岭关隘险要处，依山堆石筑起高矗卫台，上伏强弩长弓军士，周遭百步设为军事禁区，立有“卫兵神圣不容侵犯”桩。两卫之内为有熊国核心地区，南人不得居住（所谓“苗民无世在下”，指的就是这一地区）。境内人民行逾关隘，亦不得擅入禁区，违者不经警告即予射杀。或有山野之民不知厉害，追踪走鹿跳兔趋近于此，张弓搭箭转圈瞎瞄，东南西——北！卫台一阵急矢射来，与兔鹿偕亡。

自此北境猎户皆望卫台觳觫。其实也没有单独规定北不能瞄，哪儿都不行！其他方向摸上来突遭冷箭送命者也不少。只是卫台不给解释，老百姓惧而瞎猜，阴传此台常有黄帝英灵驻在，坐北朝南，瞄北依干犯天颜论。故称卫台：轩辕台。

恐惧入骨化作迷信。数世之下，卫台倾圮，弩士不知何处去，人民游猎至此，射天射地尤不敢瞄北。爰有乡俗：凡至轩辕台，射夫不敢北射。这时的不敢射，已转义为敬重。

黎叔于矾山会做最后总结发言，卫绾老挪于《全夏书补》终篇做跋，其跋曰：混芒邃古至咱们大帝轩辕，民神杂糅一向是个麻烦，对宇宙和我们所处世代基本认识造成很大混乱，不管什么人都可以在家请神，巫这个职业多为女子把持，不得要领。人民不能正确理解请神精义，神真请到家又感到惧怕，搞不清是福是祸，故此一请再请，把生产生活用牲畜都杀光吃光。日子过不下去就自命为神，骗吃骗喝，搞得乡下民约通俗统统失效，帝讲的话、颁布的法令也没有权威，说好的事都不办了，自下而上开始胡来。这些招摇撞骗的神棍也很猥琐，吃人家的喝人家的还睡人家老婆——什么玩意！搞得真神生了气，连降洪水大旱，庄稼不能生长，吃的用的都很匮乏，死了那么多人仍不见上天有一点息怒的迹象，所以上天才命令颛顼老师对此乱象进行整顿，这个任务也就落到了我和我哥手里。经过前一段时间的集中整顿，我在这里向大家欣喜地报告：情况得到极大扭转，在我军实际控制三河两山之间（指矾山、军都），天地绝交、民神永隔格局已基本形成。巫一网打尽，神棍一网打尽，都叫我们关到山旮旮里去了。只要我们决心不变，策略不变，把这些人关到死，可以断言，当代——我们这一世听洞观、雕塑见、灵璧照、本心觉等降神功课巫家知识尽皆归密，人民不复与闻，二世之后，即成绝响；三世之后，尽成虚妄。叫他们搞也不敢搞，不会搞，搞即入魔，其次作妖。都不用看那么长远，来之前，我派罐头阿厘去曾经降神跳巫夜场最盛、显灵人次最多泥河湾地区进行入户调查。罐头，你把调查到的情况讲一讲。

罐头说嗯，我们在泥河湾依农、渔、猎、樵、流五类成分，随机各取五户进行了神学知识问答，并随户进行三同一日游，通过深入民众生活摸查巫术影响及一般人民对巫术认知。五类分子中流民一般不开伙，日用饮食全靠诈取巧夺获得，五户皆如此，时有装疯卖傻，乐于显示比别人见识广，表现为信口开河，听说过太元、灵魂、美。太昊也即风靡一时的太阳崇拜今时只在民口空留一句自勉：人心都是向阳的。是对生活的乐观，这个我们认为还应允其保有。其中一主儿主动向调查组表示自己会巫术，能隔空取物，调查组许以鸡腿即当场表演隔麻袋取核桃和隔阿厘袄取羊酪。经调查组判别此为戏法和不折不扣的扒窃。其他各类分子，俱是巨实在之人，生火就是烧饭，唱歌就是调情，跳舞即散荡，祈愿惟一炷香，癫痫就是羊角风。各依所业有不同敬拜对象，农人敬雨神，渔民畏鱼精，猎户祀山神，樵夫拜大树。祭法亦不过摆饭插箸，口称保佑。不过自己填忽自己，求个阖宅平安。

黎叔说去前不过半旬，民复淳朴。我们大可对未来做一乐观估计。鄙人在这里胡诌长歌数句，丑献诸位以博一粲：

大整顿兮海晏河清，神之精爽兮灵不携贰。人神异业兮敬而不渎，齐肃衷正兮民有忠效。神降嘉生兮民以物享，祸灾不至兮求用不匮。

不好意思不懂律韵，献丑献丑。

卫绾案：《全夏书》言尽于此。野史所传颛顼为使太元独享上帝之尊，还曾干预天庭诸神册废，废去大昊日神之位，擅立好朋友揄罔代行日神声威，又荐举祖父伯父外军战斗英雄乃至大整顿处分人员一杆人入天庭为神，至天庭人满，神失其格，争谄人间帝王事。经查，均无实据。大整顿期间颛顼所言并无一字涉天庭神职安排，所为不过禁绝人神私相授受，所愿无非天人两安。前述诸人死后封神皆是民众愚莽所为，天庭不知，本人亦不知，惟民众狎神自娱，也算亲亲尊者。

又：战后关押众巫地点至今成疑，合理推断应在军都太行诸卫台左近。百代之下，有行者过军都，或曰：东望燕羽云蒙（异本作恒山）诸岭，绝谷之内，浃瀑之下，有穷鬼居之，各在一搏——为生存拼命。爰有哀歌：无岸之水，载不动沉冤；无根之脚，登不上绝壁；信不过的神，把我抛弃。

大约是古巫后人吧，到了没走出大山。此行脚者姓聂名壹，世居雁门马邑，自称峙屿人之后，混芒邃古即流浪到此，在黄河两岸讨生活，出则牧，入则猎。黄帝当年北狩河套，还接待过黄帝，送奶送羊。黄帝十三子崩耳封于河套，他家也很配合崩耳工作，带他熟悉这一带环境，特别是适应草原生活，挑最茁实闺女嫁他，生下孩子男的娶，女的嫁，皆不出其宗族，实际是把崩耳之后化在他家了。渐成大部、强部。

商末随武王伐纣，是七十二家西方诸侯之首，楼烦戎。周动员全国只得兵车三百乘，他一家就出了五百乘，把家里驮牧草拉毡幕牛车全卸了套、换马驾辕钉个箱子拉出来。

家里孩子还问为什么呀，咱骑着马去不就完了，干嘛还钉个箱子，这不多余么？老人回答他们这中原蛮，骑不了光背马，只能一边赶车，一边站箱子里射箭，咱们入境随俗哈。

之后参加了孟津誓、牧野誓。战斗开始，姜子牙招募敢死队，百名勇士报名，他家孩子占了七十一，一家伙冲垮了帝辛七十万兵。战后论功封子爵，部改国，称楼烦国。得姓聂。本来武王意思要赐国姓姬，因他本族姓聂脱耳秃孛斤罗，不愿意改，说我还是姓自个的姓吧，就别嫩么老长了，就一个字，行吗？武王说行，不勉强，就跟我这姓送不出去似的。

后为我周世代镇守朔方。有周八百年，边患主要来自西，绝无北。犬戎那时窥伺中原，绕远也从西边走，因为北有老聂。幽王三年，烽火戏诸侯。北路烽火台头一回点，把老聂也戏了。老聂见狼烟紧着收拢牧民，没顾上拴车，就骑着光背马一窝蜂去了。因为道远，到了骊山，笑都没听见，褒姒幽王回宫了。烽火台烟儿也熄了，诸侯的兵也都回客了。农民在田里，忙着把兵车碾烂谷子地翻耕，抢种一茬芋头，见老聂他们一齐拦着不让马过，说我们这儿刚弄好你们又来糟践。老聂说不是，我是友邦，我是楼烦的，不是有事么，我来勤王。农民说没事，有什么事阿，你就是事儿，楼不烦，——你烦。老聂说跟你们这帮农民说不清楚。策马来到镐京城下，问城上：诶诶，城上的，是不是出事了你们？城上说没呀，都挺好，出什么事了？老聂说你是不是官小不知道阿？你赶紧去问问，问你们管事的，出事了！我可听说出事了，要不我为什么来呀？城上说真什么也没发生，我就是管事的，你为什么来问你自己呀。老聂说真的真的，没工夫跟你啰嗦，要不你让我进去，我去见王，就瞧一眼，没事我转身就走。

城上说不能让你进，你去见王，王认识你是谁呀？老聂说我特么是诸侯！城上说诶哟喂！你是诸侯，我就是王。瞧见了吧，没事！

老聂说你大爷！城上说你大爷！当当敲梆子，喊快快快关城门戎戎来了。跟着城头撕开一串弓，还有举着油锅的。老聂说得！得！得！惹不起你，我走——走还不成么？

回去路上烽火台又全着了，白天是狼烟，晚上是大火。老聂心说这怎么回事阿，没事没事又来了事。正准备掉头，晋国兵车迎面而来塞了车。两国接壤，平时有接触，上下都熟，会车时互相开玩笑，楼烦这边孩子说哟喝，见过起得早的，我们这儿回走，您才刚到。晋国兵说哟喝，行阿，一回不成两回，答应了没有阿，继续跟他们弄阿，别回去呀。

晋国带队将军公子伯，一见老聂也满脸紧张，说为什么呀，什么话不能好好说还值当这样？你这样让我们很难做，王的面儿也不能不给，咱们又是好朋友。老聂说我干嘛了，噢不让我进还不许我发两句牢骚了？哎你给评评这理，你们家着火喊街坊来救火，街坊来了，你告没事，还恬着脸问街坊谁让你来的不说谢连个好脸都没有有这秧儿的么对不对。

公子伯也听晕了，说你是救火的不是放火的？老聂说不是你什么意思？我就奇了怪了我这头脚走还没到家怎么你就知道了，谁传的呀怎这快风也没这么快我怎就成放火了？

当时造父七世孙叔带刚从周搬家到晋，还干老本行，给公子伯赶车，跟聂家是世交（事见穆天子西征），接话说世伯，你先别急，我们也不太了解情况，周王不靠谱咱们都知道，起先一次放狼烟我们就没动，二次见狼烟，镐京方面又放了信鸽，再不动就不合适了。我相信这里可能有误会，公子也是为你好，我们当然不可能断你后路真打你伏击，其实找个机会说开了也就没事了。老聂这时倒很冷静了，说鸽子说什么了？叔带说嗯……看公子伯。公子伯说：你要攻城。

老聂说我，什么都不说了，你们自己去，到镐京周围去问老百姓，我聂……脱耳秃孛斤罗，要在镐京城下放过一箭……我什么都不说了，我不是人，我回家了，对不起再见！

当时确实是这么传的，点烽火是有原因的，不是因宫中顽耍而是楼烦戎确实有来威胁京城，一是我守城部队抵抗意志坚决；二是畏诸侯大兵将至，乃退。不战退人之兵不挺好么？大家只是跑了些路费了些轱辘和草鞋，没死人也是周王打心眼里许盼的。周王在宫中设宴请各国留京质子和部分勤王部队将领吃饭，自己喝了开场酒就进去了，由伯服代为周旋，向各国代表祝酒：愿天下武备常修而兵不血刃。这也是我周列祖列宗设置常备军和封建子侄本义。今天我们实践了，有效。并对出兵国大行犒赏，赐老玉、布料和宫女。特别表扬了晋国，道那么远还是出动了，多赏了公子伯十个宫女。

叔带因为祖上自造父始一直是周王御驾，父亲奄父在千亩之战中还超速赶车所谓迅如流星矢不能及，使宣王脱离姜戎骑兵追赶，立有救驾大功，向为王室近宠，这次到了镐京反倒不敢进城了。公子伯说一起去呗。叔带说算算，我还是不去了，碰见熟人，再看见我和你在一起，我说什么呀？

公子伯说他们不知道你现在我这儿？叔带说没说那么清楚，就说父亲病故扶柩回赵城老家，守制捎带侍奉老妈，老妈也没多少年了，身体一年不如一年，可能就不回来了。他们都不知道我会赶车，当初我学车也是偷学，我爸不让我学，说咱家就别世代干这个了，也是个奔波命，听说的太多也不得好活。当时我爸刚从千亩回来，手全秃噜皮了，右胳贝脱环也不知他老人家怎么把车赶回来的，到家才发现抬不起来。多年老痔疮也犯了，撅炕上动不了窝，躺下就是一屁股血。宣王出车还叫他，我妈只能给他缝个袋里面絮上草木灰当垫儿裆里夹着。痔疮是我们车手职业病你知道么？一坐坐一天，为什么好车手都爱站着？公子伯说我不是车手我也有。我比较关心你爸听说了什么，你爸都跟你说过什么呀？

叔带说不能说。公子伯说只说一条，怕什么的？你要不说我一会儿去宫里见人就说叔带认识吧，现在我呢儿干呢，也来了。叔带说没你这么损的，就一条阿。公子伯说就一条。

叔带说姜子牙是戎戎。公子伯嗐！这还是秘密，天下人都知道，当初我们两家在甘肃同为戎，我家叫周戎他家就叫姜水戎。早年谁不是戎？中国，那是神国代指，可不敢乱叫。

叔带说我爸说千亩之战姜戎部队一出现，宣王说我的妈呀！这不齐师么？听说姜戎内边头领也说了句差不多的话：哟！这不我老叔么？听说姜戎内边至今都尊称太公为老叔。

公子伯说不奇怪，《太公兵法》很多兵种设置，步车合成军编成、布阵，尤其是骑兵的运用，都是借重了他们老姜家经验，除了戎戎中原部队哪儿有独立骑兵单位阿那会儿。

叔带说所以宣王为什么后来不听谏阻，偏要到太原统计人口，仲山甫这些人不明白，宣王就是想调查多少人会骑马，太原不是戎戎多么，好多原来就是放牲口的，宣王想组一个全骑兵师。太公兵法过时了，骑兵已经不是打外围，军之斥候，绝粮路、击便寇、追溃师的干活，千亩之战败就败在遭遇姜戎骑兵集群侧翼突击，咱们内车全掉不过头来，战后检查死者创伤，都在一侧。宣王说败就败在军事思想落后。

公子伯说好像召公还是谁也搞过骑兵旅，好多代前了，忘了，效果不好。叔带说效果不好就是没用好。不聊了，你还去不去吃饭？再不走来不及了。公子伯说你真不去？叔带说真不去，宫里饭也就那么回事，过去太油腻现在太清淡，部队马上开饭，我都闻见饭香了，我就吃部队大锅饭挺好。

公子伯走了——另找了一赶车的。叔带去伙房打了小米饭大烩菜，吃美了。二天头晌，部队就撤了。回到翼城，军队就解散了，当兵的回家种地，士回家歇着。叔带说我也得回家看看了，真的假的老妈身体不好是真的。公子伯说行，替我问伯母好，我这儿有一新车你开着，顺便试试越野能力。还有，我家厨子今年新摘的枣儿，新黄米舂的面，做的枣泥黄米面烤饼，给伯母带上，倍儿酥，最适合牙口不好的人吃。

叔带说你不能对我这么好，回头想走都不好意思提了。

公子伯说呵呵。叔带赶上新车，一路奔北，到赵城看了眼老妈，放下枣泥饼，然后经太古、原平出雁门，入了马邑。

老聂没在家，在家门口树上。叔带站在树下喊：你在树上干嘛呢？老聂扒开树叶问谁呀？噢噢等会儿。抱着树干出溜下来，说这棵树要死，你没瞧树叶都黄了，我上去看看是虫阿还是啥弄的，断一下是枝儿枯阿还是根儿腐，得救它。

叔带说您先别弄树了我有点事儿跟您说。把在镐京听到的传闻这么这么嫩么嫩么说了一遍。说世伯您得有态度。老聂说爱怎么传怎么传吧，我能怎么遮？嘴长在人家鼻子底下。

叔带说世伯您不能老是这副无所谓样子，您不说话没人替你说话。是，我们这些人都知道是怎么回事，可等咱们这茬人死绝了，就没人知道了。历史可不长眼睛，耳朵也有点背，声儿不大听不见，屎盆子就结结实实扣你老脑袋上了。

老聂说咱也不认识人阿，咱一个戎戎说话谁听阿？

叔带说路上我替您想了，您还记得一叫李耳的么，也是咱们西征老人，现在历史所工作，具体奈个组不太清楚，总之是内部人，找他。咱当然不能干找王当廷申辩内傻事了。

老聂说要是麻烦就算了，我不在乎头上再多俩屎盆子。

叔带说世伯您甭管了，我知道您弄这个也不行，我跟他孩子熟，家里也算有点老交情，从我太爷，几代人给他出过车，小时候来过我们家，给过我枣吃，跟他提应该能想起来。

老聂说要不要带点什么东西去阿世侄？求人空着手总是差点意思。叔带说金珠玉帛用不着，礼太贵重再惊着他，羊皮干酪能预备点最好，再需要什么到时候我再跟您说。

叔带拉着一车羊皮从马邑走了。没几天托人捎话，说妥了，找了当代史的人，说能办，正在办。又过了些日子，马邑发往翼城一车羊皮，车夫带回骊山之变和幽王死讯，说晋国正在动员军队，动向不明，可能是要勤王。叔带亦在军中，穿甲戴盔，收了羊皮刚说了句我心里有数，就被喊走了。

老聂大骂特么的不听我的闹成这样，守城吏第一个该死！

之后听说晋军没动，又立了新王，国都迁至洛邑，丰镐旧人都散了。又发了车羊皮给赵城，指名送到叔带家。车夫回来说叔带家里正在办丧事，叔带儿子背带披麻戴孝出来接的车，对聂老伯吊唁表示感谢——叔带死了，跟最近发生所有大事无关，是从翼城回赵城过旬末路上超速翻车死的。

马谈案：旬末，旧周独有习俗，逢十日小憩。有周，礼治天下，祭日繁多，日祭，月祀，时享，岁烝。日常生活也颇多礼，生老病死，红白喜事，尤以丧，老百姓讲话“那是要把家里翻个底朝上的”。不搞不行，省事也不行，礼治的本义就是把应酬制度化，你是哪个级别就要按那个级别的规制来，不合规，还不是同事们闻风而来不好看——同事不来也不行，到了一定级别，同级或上级有事都得去站台——你慢待了谁，谁要讲你闲话，那是要请王法、问罪的。轻则贬官，重则削爵除籍，再重掉脑袋。故一班有一定社会地位、在公家挂了名的衣冠男，几无一日不在礼中或去别人家随礼道上。大家搞得很疲劳，驻丰镐老六师率先在内部悄悄试行军官旬末轮休制。部队平时训练就很紧张，中下级军官不能回家，要在部队看着兵，逢年过节又要参加各种祭礼，随这个随内个再不让喘口气老婆就要打到部队来了。遂特别规定，逢十，什么都不要干，回家陪老婆。十有重大祭典或战备值班，顺延一天补休。后成六师殷八师也学了去，这个临时解渴的办法就在全军推广开来，就从部队搞到官僚系统，凡是坐班单位都有这么一日闲。宣王继位，深感人浮于礼，礼重弊积，公卿多擅太庙事而缺乏——全无劬劳劲直豪迈蹈实如昭穆之前人物上马使军下马役民开阔气度。遂推行礼法改制，首先废除天子每年孟春兴师动众表演扶犁耕地籍礼。接着又颁布一系列简化礼仪诏令，将旬末正式定为法定休憩日，明定此日诸礼不行，但随人便，曰假日；假一日之闲。后天子籍田千亩闲置，姜戎把羊赶进来，引发千亩之战，王师败绩，朝议腾沸，礼改被叫停，旬假却留了下来，还是需要。

唉内喂，叔带出车祸，虽符合善水者常溺善爬者多坠一般出意外规律，老聂还是有点拧，世侄虽非为我而死他这个赶车快，是不是也多少有点我内事急老得公余之外跑有关呀。觉得老送羊皮是催了人家了。我为什么急阿？又不存在真实侵害只恐名声受损，又一桩为全私誉害了实在人命案例。我怎么成中原人了？这不是我们戎戎作风阿！觉得愧疚，连带把前事也扛了，就是因我点的烽火又怎样？王都死了，娘娘叫人抱走了，我还计较那个干嘛？对不起我周！于是装了十车羊皮，遣使去洛邑，一是祝贺平王践祚；二是正式向王室道歉，说怪我，我没轻没重，惹出塌天大祸，请王处分。

平王听了来使的话摸不着头脑，问左右他怎么了？左右说不知道怎么了，老聂这个人一向说话做事不在谱上，戎戎的心摸不透，您只要嗯哼应着，啥也别说就成了。

使归来，老聂问王说什么了，有没有什么不高兴？使说王什么也没说，收下羊皮显得挺高兴。老聂说还得说我周肚量大，吹了一辈子牛叉还是没人家心宽，他能原谅我，我不原谅自己。遂出河南地，自放于阴山，终身不入周，无颜。

后来老聂也死了——他必须死，到岁数了。临死还作恨语：我这一辈子，谁都对的起，就俩人对不起，幽王、褒妃。

终世不知叔带事儿办成了，点烽火没记他头上，名与身俱陨。

45

又二百年，阴山之草喂肥了楼烦马羊，老聂之后小老聂在蛮汉山之阳诸闻泽称汗，自称安克鲁汗，楼烦语英明的意思。中国称楼烦王。楼烦人重入雁门，羊一直放到太原以南汾河谷地的灵石，饮马交口河，距晋都绛城不过二百里。

这时是晋景公在位，叔带子孙也发展成晋国三大家族之一，老赵家。老赵家孩子都会赶车，几代人都在公廷服务，晋侯指名坐他家车，到叔带之下五代终于熬出个将军，赵夙。

晋献公十六年讨伐霍、魏、耿三个小国，赵夙被指派为攻打霍国的将军。赵夙出色完成了任务，先灭了霍国又根据献公旨意，把逃往齐国的霍国国君请回来，使他重建霍国。

献公很满意，就把耿国的土地赏赐给了赵夙，封他做大夫，地方不大，不出一县，老赵家有了入晋后第一块封地。赵夙内枝儿就离开汾水之上的赵城，迁到黄河之右的耿。

赵夙儿子叫共孟，共孟老实孩子，一生平淡。儿子赵衰，鬼机灵，是赵氏发迹史上重要人物。当时献公闹家务事，跟两个儿子翻车，大夫们也要跟着站队，赵衰把三方都卜了，献公和公子夷吾不吉，公子重耳吉。就跟上重耳跑到翟人地盘去了。这个翟也是狄的意思，有些晋人这么称呼楼烦。英明汗此时闲的攻打一个叫廧咎如莫名其妙山地戎，战果不大，捕了俩女的，姐儿俩，都挺蛮的，就作顺水人情妹妹发给重耳，姐姐发给赵衰，衰就跟公子成了担儿挑。到重耳回国就任晋文公，就把原邑赐给了担儿挑，任命衰为原邑大夫，住在原邑，工作在朝廷，参政议政。老赵家有了第二块封地。

衰原来在国内有太太，生过三个儿子叫赵同、赵括（跟长平之战搞砸了内个赵括不是同一人，内个孙子不知道是乃一枝，如果为了纪念这个隔了十几代的爷爷，下场同样不好）和赵婴齐。隔了十九年不见，孩子都大了，结婚了，分家单过，在耿生活得挺好，同、括都生了孩子，都是奶奶帮着带，现在婴齐媳妇也有了，说话就生，奶奶正准备收拾收拾剪几块褯子搬婴齐家伺候月子，没成想——你回来了。

衰说怎么遮，我回来碍你们事了？奶奶说不是这意思原大夫，十九年，也跟一辈子差不多就咱们目前这平均寿命来说。咱们也跟不认识了差不多，有几个十九年阿人一生？你就别让孩子、我再搬原邑跟你过了，你不在外边也没闲着么，有一娃对不？你就把娃和他妈叫回来你们仨一块过不挺好么？原大夫说我觉得吧，这事有商量么？奶奶说没商量！

于是衰只好又恬着脸去灵石，找到安克鲁汗说大王，我媳妇呢，我想把她接回去苟富贵不相忘。汗说想通了？这就对咧，我就说你这人，靠得住！媳妇在娃也在，没逼她改嫁。

头前儿衰回晋前跟人女方装大伊巴狼来着，说我这回去还不定怎么招呢，晋国人没你们这儿人实诚，说又翻脸，给我捕了，给我烹了我也没话。而且我们呢儿还有一特别不好的习俗，大太太欺负后进门的，你跟了我这么些年，我不忍见你受委屈。再者说，你吃惯了羊肉我怕你不爱吃小米饭。

廧咎如太太说行啦，哥，你也不用说嫩么多，看你我就了解你们那儿人什么样了。我也不攀扯你，我妹子跟公子回去我也不羡慕，我有娃，你就记着在楼烦有你一家就行了。

这次回来一进山洞就抱娃，说妥了，我安排好了，她们过她们的，还照原样儿，在耿不动。你跟我，和娃，咱们原邑一道过。太太不嗳语。赵衰说你咋不嗳语呢，高兴傻了？

太太脸一酸，蹲下抱住同去的英明汗腿说：大，救偶，他要害偶。赵衰说你这你，说的啥话么？汗也扒拉太太，说起来起来，没出息。太太坐地下不松手，死不起来，一口咬定：他要害偶，还要害娃，把偶们娘儿俩日哄去，寻个崖，推下去，埋了，没人知道，他好和他前面内口子一心过活。

汗说赵衰：你说你给人留下个啥印象么。又宣慰太太：不会滴，他不敢，有大哩。他心里没你还有娃尼嘛，既然你叫了偶一声大，日后偶就是你大，啥事替你做主，管你。

又说赵衰：衰衰，咱们也不是一辈儿了，多少辈的交情，不管你今日是个啥，日后弄上个啥，侯也好，公也好，哪么坐南称了王呢，在世伯眼里你就是个侄儿——你服不服么？

赵衰说服么，是事实么。大王您看着我日哄起来的么。

汗说那你叫声世伯。赵衰说也别世了，去了内字——伯！

汗说得嘞！有这句话什么全有了，从今往后伯有的就是你有的，有锅有仇，锅——伯替你背；仇——伯替你报。有灾有难，不来伯这儿不报伯，伯跟你急。但是你记着，伯永远不会找你办一件事，让你作一次难。赵衰说这点我不同意！

汗说你不同意，由不得你！伯就是要你知道，天底下有伯这样的人，但为人想不为己求，帮了人家一次就跟人家该你多少似的，有事没事找人家，人家到不到的自己这儿先积了心，回头百般挑人家的不是，到处讲人家，伯不是那人。

赵衰说我家主公其实跟我说多次了，什么时候把伯请到绛城，好好隆重、谢一次伯。因为忙，刚复国，好多事……

伯说你瞧，就怕你提这事，你还就提了，显得伯刚才内些话是为自己垫话似的。你把伯看小咧，你把伯看成你咧。索性伯今儿在这儿把话挑明了，为什么你们就是三请，八请，十里锣鼓，伯也不会去？伯没事求你们，伯就盼着你们好，都塌塌实实的，你们没事，伯最省心。伯什么事自己办不了阿？办不了，就不办！

赵衰说聂伯牛笔！聂伯说牛笔也谈不上，还是本着多一事不如少一事，托人办事各种后账受不了。

赵衰说伯您以后有事就找我，托我们主公，保证麻利儿带跑还没后账还感谢您让我们办。

俩大男人在呢儿争说仗义话，太太从地上爬起来，掸掸土说这儿要没我什么事，我先走了，娃还要吃奶。

诶！诶！俩人一起扯住太太，别走哇。聂伯说这件事我必须托你了，我闺女，还我内外孙，都给我带好了，吃不用好，吃饱。穿不用厚，别露腿。行为不端跟你干仗，骂可以，罚可以，打——不许抄家伙。——不许不把娘儿俩当人！但分让伯知道，你知道你聂伯能耐有多大么？当年幽王怎么招了天下不待见，千里烽火怎么点燃的？聂伯能让你成万人嫌。

赵衰没太听懂聂伯这话，也懒得问，眼睛净往媳妇怀里内孩子呢儿瞟，嘴里哼哈应着：那是那是，还得说我聂伯。

聂伯跟太太说你可都听见了，还有啥不放心的？去！抱上孩子，洞里内点破烂别要了，跟这拘狭的享福去吧。（马谈案：拘狭的，北狄通行戏语，情儿、爱人腻称。今晋地尤闻。）

赵衰把翟狄媳妇带回原邑，做了妾。但是立她生的儿子做了自己继承人，这就是赵盾。族里人都知道赵盾有楼烦骨血，因为楼烦王隔不差五就往原邑送羊，还送活鹰、虎、白马给赵盾玩。晋本是狄方，唐叔虞封在黄河、汾水之东，起初不过百里，带去的周民也不过他一族一姓，后来打下的地盘都是人家狄人旧地，人民非翟即狄，故时有晋人皆狄之说。若言齐鲁皆夷，吴楚尽蛮。秦不用讲了，一直处于鄙视链最底端，洗不白戎戎身份，东夷君子去都不要去。故人民与翟狄通婚就是与自己通婚。公室巨族搞政治联姻，一般都给子弟诸侯里选一个夫人，翟狄再娶一个小。文公母亲也是狄。天子怎么样？后宫不是翟就是狄，还立过翟后。那时翟狄莫不争与我周和亲，一般人不以为意，觉得正常。

到赵盾长大，当了赵氏大家长，在晋国也是数一数二重臣，把持国政，已经是晋襄公时代。又二年，襄公染疴，药石无效，卒了。又出现家天下老问题，国君两手一撒什么都不知道了，太子夷皋还抱在怀里吃着奶呢，蜡全留给赵盾和当朝几位大夫坐去了。赵盾就和另一位也不是省油灯的狐射姑狐大夫干上了。首先大家都同意国家几次出现动乱都乱在这个新君废立上，这次我们要汲取教训，别老在一地儿翻车，新君首要条件应该是成年，身体好，别过几年就聊这事，都少活几年。接着谈几位成年公子状况。赵盾先发言，说我觉得先君长弟雍合适，岁数在那儿，这几年在秦国做大使（其实是人质，也叫质子）得到历练，人成熟，最大优势是和秦国上下关系处得好，受秦公信任，秦国太可怕了！搞得定秦国，我国基本没急着。狐大夫说不如他弟弟公子乐，乐他妈辰嬴曾受两位先君怀公、文公宠爱，群众基础好，立她儿子为君，可同时得到两位先君人脉，争取最广大拥戴。赵盾说辰嬴贱！地位排文公九位太太老九，而且先后上过两位国君床，这叫淫乱！母亲贱而淫，儿子有什么威望，能镇得住谁？

赵盾这番话说的是掷地有声，却让人一下想起他的出身。当时晋国狄风还是蛮盛的，比较尊重女性，后世厉兴之人伦大防尚未洗脑一般人民，大夫也多为军功新贵，不懂也不太理会内一套，先襄公曾有力推男女无别壮举（其实不过部分恢复女主社会遗风，允许女性自主择偶择业，详说见《起初 · 鱼甜》第 37 节），虽被传为淫乱，以无下文收场，但赵盾这种公然贬损侮辱女性的话，大家乍听之下还是反感，什么叫上过两个国君床？国君不叫她，她上的去么？根本就是拿话压人。

狐大夫当场嘴给堵住了，心里并不服气，赵盾派先蔑、士会两个会聊的去秦国迎公子雍，狐大夫就派本家狐射叔去陈国迎公子乐，心说谁先到算谁的。可是被赵盾料到了，派刺客到晋陈边境郫地候着，乐得知父卒，生怕国家把他忘了，自个赶回来，入境正碰上刺客，以为是欢迎他，被做了。

狐射叔不知，到了陈国差点叫愤怒陈侯当第二拨刺客给做了，抱头狐窜而归。狐大夫在家摔了一面玉璧，说算你狠！一怒之下把阳处父阳大夫杀了。阳大夫没招谁没惹谁，只不过在去年春季阅兵调整了中军指挥系统，把本来是正帅的狐射姑调整为副帅，本来是副帅的赵盾调整成正帅，狐大夫隔了一年爆发了。事后也觉得晋国没法呆，自个跑到狄地去了。

先蔑士会到了秦国，对在那里做质子表面很快乐心里很郁闷的雍灌了顿米汤，说您怎还在这儿呆着呀，咱们大伙盼你盼得什么似的，国不能一日无君，赶紧的赶紧的。雍说大伙都很盼我是么，没我不行是么，都求着我？先蔑说盼星星盼太阳似的，没您不行！都求着您。雍说好好好，那我就受累当一回这国君去。你们说我要不跟秦公说一声就这么自己颠儿了不合适吧？先蔑说那不合适。于是就去告别。

秦康公多油阿，说世侄儿，你先别高兴太早，这事我可有经验，打我这儿欢送归国的贵国国君可不止一位，贵国说了不算算了不说内劲，寡人领教多回，回回把养恩的事办成结仇。你这么招，我给你多派点人，他们跟你掉腰子你也别干看着。雍还问先蔑：会么？先蔑也老实，说：说不好。

果不其然，内边先蔑头脚走，这边太子夷皋的娘穆嬴就抱着孩子上朝堂哭天抹泪，说我们孩子怎么了，死去的国君有什么罪，凭什么这儿有合法继承人还要再找一个？这孩子你们打算怎么处置，摔死阿还是喂狗？赵盾躲回家，夫人抱着孩子追到家，给他磕响头，嚷嚷：先君死的时候我可在，先君强撑着起来，把这孩子双手托付给你——双手阿！说太子将来要是成材，我感激你的大德；要是不成材，我怨恨你。言犹在耳，你却把太子当垃圾一样倒掉啦，你说怎么办吧？

赵盾也疯了，这要嚷嚷到满大街去。二天上班看到街边闲人交头过耳都觉得是在议论自己。这时盾就显出面来了，也是怕出事，听说夫人娘家兄弟在家磨刀，跟国中几个跟他不对付的大姓串门子，还假装遛弯，在他上下班路上转悠。

隔日夫人再来朝堂撒泼，还没开口，盾就应了，说那还是你吧。就立了夷皋为君，是为晋灵公。同时麻利儿的，亲率三军，到秦晋口岸去堵雍。走到董阴，雍和送他的秦军正好也到了这里，一见赵盾还挺不高兴，说你怎么来了，国内形势现在需要你在中枢坐盘，迎接我事儿大么？还要带这么多人，开这么多车，以后这些不必要排场通通撤除，把钱花到该花的地方去，心思花在国家政务上，少搞花架子！

盾也没理他，回头对部队说：如果我们欢迎面前这个人，秦兵就是外宾，如果不欢迎，秦兵就是寇，既然我们已决定不欢迎——冲阿！部队几百辆战车一下子冲过去，毫无防备的秦国步兵被冲得稀里哗啦，边战边护卫着雍向西撤，撤到令狐，部队彻底崩溃了，撒丫子往回跑。晋军兵车一直追到刳首轱辘全方了才停下来。一路都听到雍在颠簸马车上疯了似的喊：说好的都盼着我呢？说好的没我不行呢？

这一年，赵同赵括的妈还活着，八十多了，跟儿子说你瞧，快出事了吧，把国君当他们家孩子拨愣来拨愣去，为什么当年不让你们出这个头现在懂了吧？可能也是落瞒怨了。

小孩子懂什么事阿？小孩子哪有不胡闹的？问题是这个胡闹小孩坐在国君位子。自从灵公继位，赵盾就成了保姆，孩子淘气，赵盾深不是浅不是，每天跟在后边干擦屁股事。

赵盾跟穆嬴说你这个当妈是不是也管管呀。穆嬴说哎哟，他现在是国君了，一举一动都是国事，我要管成插手国事了，只能拜托您这个卿代劳了。盾说那我可真管了阿。

穆嬴说我代先君宗室谢你先。灵公也是真讨厌，盾也是真不喜欢他，几次背着人跟他瞪眼，扬着巴掌咬牙说破孩子！再闹抽你。破孩子立马老实了。灵公后来跟鉏麑讲盾真踹过他一脚。经常当着人拧他耳朵，提溜他，让他动他不动时候。有效么？有效。灵公谁都不怕就怕赵大爷，一听赵大爷来了，满地打滚麻利儿起来溜溜站好，看着规矩，成两面派了。

十四年，灵公长大，完全不像样，给老百姓加税装修墙壁，彩绘浮雕，描金嵌松石，弄得宫跟庙似的。趴高台上拿弹弓崩人，看人狼狈的样子乐。厨子蒸熊掌欠了火候，咬一口艮着虫牙，大痛，把厨子杀了，分尸，尸块装畚箕里让厨娘顶在头上穿过朝庭。赵盾、士会看见畚箕耷拉出一只手，惊问，厨娘说了。盾说这不说也不行阿，虽然他现在一见我就烦。士会说我去，回头再把您啵儿回来就没人再能说他了。

士会进院、入庭、登台阶，到屋檐下了，灵公才把眼睛睁开，说我知道错了，改。士会说那太好了，我为主公高兴，衣裳哪有不破的，补了就还能穿，就不用老换新扔破的了。

士会走了，灵公跟鉏麑说你听见他们都怎么说我了吧？

鉏麑说听见了。公说你知老王八蛋给我起的外号叫什么吗起小？麑说不知。公说破孩子。麑不敢接茬。公扭脸看麑：你不愤怒么？麑说愤怒。公说主人受了侮辱，臣子应该怎么办呀？麑说比主人还愤怒。公说我问的是应该怎么办？麑说当自己的事儿办。公说对喽，还用我提醒，去吧，办去吧。

麑出来回家，跟媳妇说后悔没听你的。媳妇说怎么了？

麑摇头：没法说，把我搁里头了。媳妇说你跟我说说怎么了，你搁啥里头了，咱还出的来么？麑说不说了，你给我做顿好的吧，家里还有酒么？麑吃了饭喝了酒搂着媳妇细看半天，说把你耽误了。媳妇说啥意思阿？麑说没意思。接着睡觉。睡到半宿忽然坐起来，下炕趿拉鞋，一抹身出去了。

外头天色将晓，房屋街巷越走越白。麑顺着大街走走停停，来到赵府。赵府门已大开，人都起来了，正在吹灯，马夫在套车，把马从厩里牵出来。从大门能一直看到二进院紧里边北房，门也敞着，赵盾穿着上朝命服，端坐在门廊上打瞌睡，影影钞钞一小人儿，一会儿一栽危。卫士长示眯明挎剑叉腰在院里做摇颈动作，一会儿溜达过去，一会儿溜达过来，还往大门口这头瞄了两眼。

麑缩回头，小快步绕府兜了一圈，墙挺高，临墙无树，残留一截截锯断露白茬树根。自从赵盾主国，准知道会得罪人，赵府就加强了警卫。灵公见壮，赵府警卫更严了，门加了顶门杠，墙头埋了蒺藜，中庭摆了拒马，家臣配了戈，备的是一个营的兵，打进来能抵挡一阵子。晚上有人巡更，把狗全放院里。摸进去，入室行刺，那叫瞎说。

麑心说我算是给自己下了一个巨深的套，我怎么想起干这个了？原来在家当贼挺好，天不管地不管，为什么要冒充侠呢？为什么要托人引荐给国君当臣呢？弄得现在还是贼。

赵府占了半条街，麑这一圈兜下来，天已经亮得能瞧清眉眼，就见轿车停在大门口，赵盾出来站在高台阶上左右这么一展眼，哈腰进了轿厢，两匹马就夸哒夸哒并肩走起来。

麑心里一急，恨不得嘴里出了声：哎！迎着马就去了。车夫内边也是刚松了缰，马正在提速，眼见车右示眯明立起抽剑，车夫嘴张成O型，俩人都往后仰，马胸如墙，马蹄如碗，还沾着隔夜草，嗵一声闷响，麑就跳到半空中去了，心话：坏了！还惊了车了，幸亏我这轻功还行，从来没跟他们露过。周围空气很有弹性，跟踩着浪似的，麑想升得高点，紧蹬两下，果真又高了点，能看到两边房脊、远近树梢和宫里高台。底下人全低着头，围在马前发呆，一个满头银发头顶晶烁石块的人在说什么。这时麑看到太阳，刚从地平线透彩，满载霞光——美！空气也不是空无、什么都没有，而是充满的、活跃的、纷纷扰扰的，像所有物被提纯，所有体抽乍形，化作妖娆精灵在奔跑、在拥抱、在交颈，你变成我，我变成你。而且是和他——本人相关，是自己所有情感、梦想寄放根源，是唯一的——自己是这宇宙唯一的思想，这宇宙是自己的，这时他已与万物合一。

赵盾说什么都不要说，就说这个人是自己撞树死的，我们不知道他是谁，挖个坑，把他埋了。

46

秋九月，灵公请赵盾喝酒赏菊，在帷幕后面埋伏了甲士。卫士长示眯明于爵盏酬酢中听到甲胄噌锵声，快步登上殿堂说臣侍君宴，过三爵非礼也！扯起赵盾就走。灵公在后面发出嗾嗾声，一条大獒蹿出扑向盾，眯明搏而杀之。盾说公：你呀你！放着人不用，用狗，再凶猛又怎样？一边往外跑，接过车夫扔过来的剑与两面扑出甲士格斗。甲士手持长戟，几下就将眯明捅死在地。盾眼瞅着车，脚捯不过来，身后一名甲士忽然倒戟挑开劈向盾的白刃，与他背靠背抵抗，嘴里还喊：二傻！你可别过来，咱们老乡扎着你不合适。三愣！你知道我身手，你欠我钱不要了。二傻三愣内边动作一慢，盾就滚上了车。车夫早提着缰，此刻一放，马就奔踏出去。甲士尤在车尘中左支右架，阻挡追兵。候在宫外赵盾卫队这时也冲了上来，与禁卒斗作一团，将他们堵在宫内。

赵盾命车夫缓缰，探头问奔跑而来甲士：为什么帮我？看你眼熟，是不是吃过我饭？甲士呲牙一笑，说聂伯问你好。说罢扔了戟，扒下甲胄，露出两条花臂，解散头发追风一样往北跑去。

九月二十六，破孩子在桃园吃桃。赵盾有个同族弟弟，叫赵穿，是襄公的姑爷，为人鲁莽轻率，又有宋襄公之仁，曾在羁马之战中不听指挥，单独出战，破坏了晋军拖而不打战役意图，又阻止晋军追击已见颓势秦师，使羁马之战打成烂尾。但是一直受赵盾喜爱，凡事回护，跟盾哥感情深过其他兄弟。听说灵公在桃园玩，带领几个家臣闯进来，隔着几层禁卒，一箭把灵公射穿。

此时赵盾已经到了新建塬，登至塬顶，只要再迈一步，下坡，就算出国，入楼烦地——脚都抬了起来，听说灵公卒了，扭脸返回都邑，重登朝堂主持国政。太史董狐在单位写“赵盾弑其君”，拿到朝堂给大家看。赵盾说不我干的，是赵穿干的。董狐说子为正卿，逃亡不出境，返回不讨贼，不是你是谁？盾仰天长叹：呜呼！诗曰“我之怀矣，自诒伊戚”，说的就是我呀。我就是太爱国了，所以给自己带来忧伤。

回家赵穿跟家等着他呢，眼巴巴望着他说哥，我是不是得自杀阿？盾说名声已然坏了，死也不能挽回，我给你想个办法吧。于是派赵穿去洛邑迎接住在那里的公子黑臀（马谈案：这个名字起的没道理）回来做晋国国君，是为成公。

黑臀是文公幼子，妈是周室公主，一直依傍母家住在洛邑，去国已久，国内人都不熟。献公时驱逐所有公子，致晋室无公族，成公即位后，笼络各位卿大夫，将众卿视为同族，专设官职：公族。授田地予卿嫡长子，任命其做公族，也是大族长的意思。同时又增设两种专为卿设计的官职：馀子、公行。分别授予卿的其他儿子和庶子。做到皆大欢喜。

授到赵盾家，赵盾请求立赵括担任公族。同朝为卿的韩厥惊诧说职位是授给儿子的，赵括是你的兄长，这就不对了。

盾说贤弟有所不知，我这是从老太太呢儿论的，老太太是文公爱女，当年要不是她老人家把我和我妈从楼烦接来，让我当了赵氏继承人，我今儿就是个狄人。如今老太太已经登仙，我觉得是时候把赵氏族长名分归还给应得的人了。

韩厥说昂？文公的女儿，那令尊成季大人与文公岂不是不光担儿挑还是翁婿？盾深深点头。厥说我怎么一直都不知道呢，怪不得怪不得。盾说为什么要让你知道，还嫌不够乱么？只要天知、地知、我们家兄弟知道，君上知道，就够了。

成公说我知道，君姬氏是我姐姐，我们一直有联系。同意！就任命赵括为赵氏公族，管君姬氏内一脉赵氏子孙。

冬天，任命赵盾为馀子，管他自己的亲族，又叫牦车之族。这个任命是从赵衰呢儿论的，所以没赵盾子赵朔什么事。

成公七年，身体不好，请神吃药均无效，自知不起，把赵盾叫到榻前，说我呢，做了七年国君，自我评价，无功无过，对得起饭碗。今日只有一件事放不下，还要拜托你。盾说您说。公说我还有个老姐姐，待字闺中，我就是放不下心她，是不是请你设法，让我看到她有个归宿。盾说一定办到。

后个公就昏迷了，醒来不能说话只拿眼睛直勾勾瞅着盾，公交代这事成了急茬儿，盾交游再广，一时也想不出谁家孩子合适。诗曰：君命如砥，其直如矢（见壁中书本）。意思是君命不能打折扣，冒死也要完成。于是就把自家孩子赵朔领到成公榻前，说你看这小伙子怎么样？公嘴唇嗫嚅，近侍女宠贴近听，回：我看行。接着公手一丢，就什么都不管了。

成公卒，子景公姬据立。二年，赵盾卒，谥：宣孟。赵朔继承了他的爵职，继续参与国政。

三年，朔与成公老姐庄姬成婚。夏六月，出任下军正帅。赵同、赵括、赵婴齐同在军中任大夫。绛有童谣：里外里，亲上亲。姬家军，一门赵。同月，晋军在援郑之战中被楚军打得大败，士卒争渡扒住小船不松手，船上兵砍断的手指掉落船中，多得可以捧起来。故又称断指之战。

十二年，晋设六军，赵穿、赵括、赵旃各领一军，都被封为卿。六军中赵氏占三。

十三年，赵婴齐通于赵庄姬。这个通是指铺盖通了。

十四年，赵同、赵括找婴齐谈话，说你这叫什么玩意，谁家婆姨不好搞，搞到侄媳妇头上，这么大岁数了，还要不要脸？婴齐说他俩没共同语言。赵括说老弟，咱们这岁数不说内些没用的，我们跟你丢不起内人，你赶紧的，到你老丈杆子齐国呢儿住些日子，不叫你别回来。婴齐说跟她断。

括说这话你自己都不信，侄媳妇也正是虎狼之年，你咔擦一断再惹毛了她，要不让你远远的呢，就是让她够不着。

婴齐说我非走阿？可是，栾氏就怕我，我怕我一走……

括说是怕你个人么？是怕咱们老赵家，团结的老赵家！

十七年，庄姬因婴齐一声没吭蔫不出溜去了齐国，而且住下再也不回来，给他捎信也不回，活活素了三年（马谈案：不知赵朔都在干什么），怨恨婴齐，说特么不带这样的，好不好你倒是说一声阿，跟我玩失踪，好像谁多赖着他似的。

婴齐太太替她老公讲话——这俩女的也不知什么时候走近了——不是婴齐玩失踪，是他内俩哥，逼他，不走不行。

于是庄姬就改怨恨同、括。跟她侄儿——景公说赵家兄弟坏话：赵同赵括打算叛乱。晋国两大家族栾氏和郤氏立刻站出来作证：有这事。司寇屠岸贾曾经是灵公重用的人，也加入进来，提出当年赵盾、赵穿弑君没有受到追究旧案。没有更多证据显示其他重臣参与了这场诽谤运动。

夏六月，景公下达诛杀令。《晋书》与《左传》记载相同，被杀的有赵同、赵括及其族人。《赵书》所列死者多一些，有赵朔及其亲族和婴齐。婴齐是正好回来探家还是被召回受诛没有记载。《晋书》《左传》均记载就在灭门令下达不久，韩厥就向景公进言，为赵氏讲话，提到赵衰赵盾历史上的功绩，成季之勋，宣孟之忠，而无后，为善者其惧矣。这样的人绝了后，会使善良人寒心。引用了《周书》“不敢侮鳏寡”不能欺负光棍寡妇的名句。景公幡然醒悟，在当月，至迟不过秋，就重新任命赵武为赵氏公族大夫，继承赵朔正卿爵位，将已经没收赏给祁奚的赵括、赵朔两族土地收回，全部发还给赵武。也就是说赵氏两大枝的土地合二为一了。也就是说祁奚白高兴一场，派去接收赵氏庄园土地的人刚下车又得上车。赵武其人《晋书》只提到他是赵氏庶子，没提他是谁的孩子，若是赵朔嫡子，也应是馀子——其他儿子，而不是庶子。《左传》称赵武跟着庄姬住在景公宫里“武从姬氏畜于宫”。言下已经出生，多大岁数不知道。

《赵书》所言赵武为庄姬遗腹子，庄姬怀着他逃到宫中，在宫中足月所生，屠岸贾进宫搜查，藏在裤裆里幸免于难，恐难成立。且不说屠岸贾能不能、敢不敢进宫搜查，即便景公批准，景公二五眼，不知道他姑怀着孕呢，那也瞒不住！才血里胡茬生了一孩子，孩子藏了，奶瓶呢？褯子呢？满屋子奶尿骚动物园味儿，这么写的人一看就没伺候过月子。尔况内时晋人还没裤子，胡服骑射还且呢，男的都穿连衣裙，底下什么都不穿，放绔里等于放地上。又或者说祸就是因她而起，这么损一孕妇，心机这么深，她还没个准备，没想过自己这个德性，还要现托着肚子逃？她是宫里长大，又不是小户人家没谱姑娘，不知厉害。再说就不像话了，奸夫三年断线儿，丈夫没有一样，她怎么揣上的，还有别人？当然这都是当时街谈巷议，老百姓绘影绘淫，我们不予重视。

所谓义仆救孤，李代桃僵，一看就是抄袭国人暴动召公旧事。藏于深山十五年，景公有疾，卜之乃知大业之后不遂者为祟——大业功臣之后在晋绝了香火鬼魂得不到祭祀作祟。太假了！《赵书》都不敢这么写。灭赵之后两年，景公十九年，他老人家就掉茅坑里卒了。十五年，中间过去一厉公，悼公都干了七年，祁奚都退休了，赵武已经打酱油，跟着悼公参加外事活动长樗盟、鸡泽盟，观礼过两三回了。

这个故事的谬起、乖演我还是比较清楚的。起初是旧晋之地侯马一首民谣，叫浍水河小调，唱的是晋地羊倌女儿庄姬，与砍柴少年婴齐汲水相识，因而相爱，勾搭成双，可恨父兄棒打鸳鸯，逼她嫁给又老又丑商人韩厥，到这儿还没姓赵的什么事。庄姬誓死不从，被扭上花轿，婴齐半路拦轿，哭诉衷肠，遭暴打，昏死路旁。庄姬以为婴齐死，过浍水河，悲而投河，众皆以为溺亡，父兄始悔。婴齐醒，闻庄姬已死，继而投河。庄姬获救，闻婴齐死，复投河。婴齐获救，闻庄姬死，再投河……此曲可根据唱者心情和铺排能力生生死死反复循环，流传各地，曲名不一，有称《三投》，有称《十三投》，最长是曲沃《八十一投》，当中多为谐噱。

流传到故赵邯郸，始姓赵。曲调改为梆子。庄姬为周公主，婴齐易名为括，赵公子。打横炮的改为秦王嬴政。周天子招婿，秦王公子同去应召。廷前公子百问百答，赢得公主芳心。秦王只是摆阔气，耍威风，遭到公主嫌弃。天子有意选公子，公主有意嫁赵括，这时程婴出场，叫程莺儿，女的，公主侍女，闺阁客舍穿针引线，使公主赵括一夜风流。天子宣布他的决定，把闺女嫁给公子。惹怒秦王，提兵灭周，掳走公主。赵公子兴师击秦，誓救爱人，遂有长平之恨。秦王狡诈，令司马错愚弄公子，阵前告知公主已玉碎。赵括心亦碎，遂单骑蹈阵，殁于阵中。赵师失帅，四十万赵国子弟同日被坑。其实公主还活着，单独关在咸阳深宫，怀着身子，是赵括的。秦王几次起腻，均被冷对臊回。秦王也不是硬来的人，说我知你盼什么呢，过几天给你好消息。过几天，给庄姬送来一匣子，打开看，是赵括人头。公主这时已经有了妊娠反应，没事就吐。秦王还气公主，生下儿子姓嬴。公主换作笑脸，说行，等我生下这孩子的，咱俩好好过。等到孩子生了，秦王挑了一天，宜婚媾，吃了壮阳药，摸进公主屋，说我跟你好好过来了。公主解怀说来呀，抽出一小刀。秦王白天刚处理完荆轲事，这会儿又见到刀，大拧，说没我这么倒霉的，一天见两回刀。就听公主说了声：接着。一低头，细脖子往白刃上一卧，整颗人头掉秦王怀里。这时莺儿已离了咸阳，抱着孩子奔走于荒郊野岭中。因为怕秦王追赶，没走东渡黄河近道，绕道江淮，讨饭横跨大半个中国，十五年，才到邯郸，孩儿都比莺儿高了，孩儿都能扛麻包了。莺儿把孩儿交给赵王，说这是赵括骨血，叫赵朔。赵王还在生赵括的气，也没太重视，说爱是不是吧……梆子有点长，梆子有点戏剧雏形了，把国恨家仇和情事接一块堆儿，打不过你也不服你，誓不共你戴天。赵人听了莫不发指，头发根儿缸硬。这时赵已亡国，梆子起了拉仇恨作用，在将后发生流民及六国勋旧联合大起义中，赵地群起响应，传檄千里定。

我跟马迁说这里提到你们家先人了。马迁这才注意到这个唱本，还说唱本有误，跟白起一块打长平的内个叫司马靳，差着辈儿呢，是马错的孙子。我说你还和民间传说较劲阿。

梆子传到渔阳，改鼓书了。书名《大报国》。把梆子没有的下文续上。赵朔子赵葱复为赵将，在抵抗秦军最后一战邯郸保卫战中军破殉国。接着国破，嬴政亲赴邯郸点名要赵庄姬后人。赵葱夫人并全家老少抗旨不出，举火自焚。遗腹子赵武为老仆程莺密携至老家陈州阳城避祸。十九年后，赵武长大，以武为姓，名臣。自称宋武公之后，以谥为姓，程老太是他家世仆。是年，发闾左戍渔阳。武家贫，住闾巷左边，孩子都被拉走。（马迁案：旧秦至汉，皆依周俗，城巷居民建房富户居右，贫弱居左。秦役戍多征富户，尽发之，兼取贫弱而发，故贫富皆怨。）街坊有个发小叫陈胜，一起去了新兵连。新兵连还有个阳夏乡下人叫吴广，三个人玩的很好，内两个都钦佩武臣，因为识字，叫他大哥。九个新兵连合编一营，共九百人，向北进发。走到蕲县大泽乡，会逢大雨，路皆为汤，复如江，好几个会水的都游走了。老营长说别走了，走也到不了啦，到呢儿也是死。新兵说不怪我们。老营长说没说怪你们呀，这就是你们的命。歇两天，多活两天，我也只能帮你们到这儿了。武臣跟陈胜吴广商量：完了，只能死了，操他妈秦朝！你们说怎么办？陈胜吴广说听大哥的。武臣说那好，我把老营长找来。武臣去找老营长，说跟您汇报个事，有人要暴动。老营长说哪个？武臣说你把大伙召集起来我指给你看。九百人召集起来，冒着大雨瞅着他们几个。武臣说就是我。陈胜在后面用胳膊箍住老营长脖子，二头肌暴起来，慢慢把瘫软的他放到地上。陈胜指着武臣问大伙：你们知道他是谁么？他是公子扶苏。又指新兵连做饭老头说你们知他是谁么？楚将军项燕。大伙说他俩是谁？武臣说别说嫩么多了，说正经的。陈胜说你教我内几句怎么说来着？武臣又跟胜说了一遍，胜就说出内番名垂史册催励了千万鸡贼黑了心往上爬，客观上强化了王侯将相都特令人羡慕这种傻笔观念错会了牛叉二字的大话：牛叉人不死则已，死也要出个大名。王侯将相哪一个也不是天生的！

之后胜自立将军，广为都尉，请大哥就秦帝位，都说了么大哥是扶苏有这个继承权。大哥说别闹！我志不在此。三人遂率新兵营，攻打大泽乡，拔之。攻蕲县，县下。往攻铚、酂、苦、柘、谯诸县，皆下。一路打回陈州，入城，胜最后一次让大哥，王做不做？大哥说不做。胜遂自立王，号张楚。大家还叫他陈王。乃命吴叔为假王，督军西击荥阳。对大哥说：您爱怎么招怎么招吧，能打下哪儿哪儿就归您。

武白马渡河（马迁案：是从白马津渡过黄河，并不是骑个白马游过去），入故赵地，恢复祖姓，每至一城，皆仰城吼：我是赵武，赵葱是我爸，赵朔是我爷，就是内个著名的赵氏孤儿，简称赵王孙。守城秦吏说我去……后面脏字还没出口就被身后赵人推下城。城中父老开城迎入赵武，摸着他脸哭泣，说你就是内个孤儿，可怜的娃，你咋才打回来？

武就凭着一路吼，连下五十城，赵地收取近半，遂自封武信君。八月，在邯郸称王。至太庙祭祖，告曰：我赵光复。

鼓书就唱到这儿了。渔阳郡守韩安国笑了。安国将军是识字知史的人，知道真实故事什么情况，武臣根本不是赵王之后，成也侥幸败也倏忽，到底是苦孩子根儿，称了王就天天搓大饭，把一家子接来享这口福，见人爱搭不理，连他姐出门都弄一百多碎催跟着，醉眼饱嗝儿中没瞧见立在路边长揖问候的前方归来将领李良，叫讲究人李良怒而抄斩满门，武臣死时候嘴里还痕着一口饭，没反应过来出了什么事。正经赵王孙赵歇接班做了赵王，也是个傀儡，叫张耳陈馀调来调去，还做几日代王，井陉之战后，叫韩信这个有谋无德之人顺手剪除。汉初封的赵王是张耳，跟姓赵的没半枚铜板关系。六国之赵，内个英雄辈出强赵，从未当真复国。

但是没关系，安国将军从中听出两个字，一个“忠”，一个“义”。忠，忠于职，笃于行，让干什么干什么，没二话。义，牺牲个人追求，拿别人事当自己事，一干就是一辈子。这两样看似小实则优秀的品质集中在一女的身上，就是故事中小角色程莺儿，而这品质或曰精神恰恰又是当前部队缺乏的。渔阳，燕山与华北平原交接地，寒温带季风南吹和暖温带季风横吹相持中匀处，副高压中心，女累氏故地，黄帝龙兴地，夏族人民与东胡人民共同摇篮。绝地天通后，共工被派到这里负责有熊国东北境域管治，在此筑城，与矾山黄帝城并称神州首批邑。唐虞时设幽陵，仍为政治副中心。新一代共工在中央犯了错误，对他的处理就是让他回老家。尧在中原不顺心了，也常回这里住上几天思考得失。舜就很少来了，主要精力放在南巡。后政权中心南移，主要是这里气候有点趋冷，从亚热带雨林变成大陆性半干半湿全长草了。

禹治水曾经来过这里，这里已经没水。禹还跟随行人员发脾气，谁跟我说潮白河是天下第一害河，治水要先从这里开始，河呢？随行人员不敢暖语，分头去找，最后在顺义李遂口找到一股水，只有箭杆那么细。跟禹说：别看现在细，稍微下雨，这一带、四周就都淹了。禹看了看四周，都是荒土，草长一人多深，一个人影儿见不着，说：淹特么就淹吧。

夏晚，这里已成东胡人民牧场。当时的贤人长宁担心帝履癸也即夏桀把帝位传给他（马迁案：他想多了，没听说有这么件事），跑到这里，想在我夏祖祥地追寻黄帝遗风，走他走过的路，做他那样入世出世都很自如的人。结果发现此地人尽操胡语，根本有不知黄帝这回事，把他带为牧羊人。

有商，势力不过漳。这一带成了北狄东胡南下大通道，冀州尽成胡地，夏人遗民亦全部胡化，中原以化外之地视之。

入周，召公封于北燕，因为工作忙，只是遥领，子姬克是实际到岗第一代燕侯。姬克动手清理羶腥扑鼻胡氛，深入西山早已胡化之有熊女部，通过殷勤细致工作将她们重新归化为温驯知礼特别重视祭祀和丧葬家庭妇女，而把该部男子整饬为重名节轻生死衣冠战士，纳入国家武装力量。故春秋有假知道说礼，上古黄帝所制，其民不守，变夏为夷。我周再造，复化夷为夏。故夷夏之辨，在礼不在民。

话说的自然有十分道理，不能再同意了。但确实不是事实，黄帝所行乃自然礼，与周人再造之人伦之别相较，涵括而不限于。燕国变得强大，出击驱逐周回狄胡部落。并利用当年共工治燕所留卫台墟（民间称共工台），重夯土堡，屯兵其上，将宽阔平原变成筑垒地带，各卫堡之间弩衔矢接，相互支撑，封闭了北南通道。后又将土堡间堆石成墙，以迟滞北骑，形成最早的燕长城。渔阳亦被称为“燕咽锁钥”。

后燕胡互有进退。战国年间渔阳复沦为胡地。经检讨，是裤子问题。燕王哙打算改宽袍大袖换裤子，受到群臣阻挠，鹿毛寿说国家兴衰不在裤子而在德行，当年尧为什么令世人称贤，就是因为曾让天下于许由，许由不受，使尧有了禅让天下美名而并未失去天下。你也可以呀，假装把国家礼让给相国子之，他一定不敢接受，这样大王就与尧有了同样的德行。燕王还就听了！把国家让给子之，子之还就受了！南面行王事。燕哙也玩真的，北面以臣事之。引起国家动乱，太子党与子之党相互攻伐。孟子对齐王说嘿！现在正是当年武王灭殷形势，不能错过。煽动齐国合众来攻。燕人闭城不战，燕哙在围城期间死去，齐师号称得胜，就回去了。

昭王立，对群臣说：今日始知孔子游列国没一国敢用其说的道理，都给我闭嘴！于是效法赵武灵王，下诏全国换裤子，任用秦开为将，北击东胡，辟地千里，收复了渔阳。

秦至我汉，渔阳一直属边地，汉胡军事斗争最前线。边民种族混杂，几百年下来，你化我，我化你。秦末内地人民大批外逃，入匈奴地避乱。韩王信、赵王卢绾叛汉时都曾带整支队伍出走。后来队伍失败，很多军士流落长城两侧，入赘民户，出入长城，倒腾小买卖，汉强则依汉，匈奴强则依匈奴，当地人叫“两头翘”。韩安国守渔阳，干部自己带，士卒从当地招募，部队成分亦复杂，半为降卒流民，半为汉化胡人，半为纯胡人——因其部内附故整部征发充役。这些人拿着军饷当差，只知有家不知有国，不知有天子，他们的君父。还是没解决为谁而战问题。胜则掠民，败则争先保命，毫无军纪军德可言，老百姓深受其害，称之为官匪。

故《大报国》传到当地，安国将军首先想到可用以教育部队。给当兵的训话：你们这些坏枣，成天家想的都是多吃少干，就下三路的事儿起劲，听个曲儿裆都能立起来，从没想过学学人家的担当，少点鬼混，净让我这个长官跟着现眼。

于是请来长安两大司马才子，相如马迁，请他们受累改编《大报国》。说先不要谈报国这么大的事，先从做人最基本人性开始。相如说我的笔墨，写柔肠行，写做人，就别误人子弟了。迁儿说还是我来吧。与韩议定，将程莺拎出，易名程婴，就别女的了，女子总不免使人作多情想，为家务事也常豁得出去，再跑了咱们想要突出主题宏旨。舍己为人难阿！恻隐之心不忍之心多表现为小惠济人不损己，偶有不可收拾搭上自己皆是意外。战场勇敢打红眼不要命完蛋就完蛋亦属自保，你不打他他就打你当下立见你死我活。谁不顾惜生命？灵知是否永在聚讼纷纷，再来亦不知复为何人，眼下这条命比什么都宝贵，丢了万事皆休，这是最大人性。

迁儿说咱们这个主角，是深思之后，基于价值梯向冲决了人性，这价值梯向是什么呢？君君臣臣父父子子。世上物皆有轻重，二者不可兼得，舍轻取重，世界得以幸存，人类得以幸存，放在个人身上是残酷，放到整体是必由。这也避免了必须有很高德行才能做到而是谁赶上都只能接受——的命运。省了矫情，我赶上了，你赶上了，也一样，你说呢？

韩安国说道理我不懂，讲深了没有一样。但是我同意一点，不归于德行。作为一个臣，一个仆，一个兵，上有君，下有父，中间有制度，这就是你的义务，叫你上哪儿就上哪儿，讲价钱，只能显出你人格低下。我必须说，想不去也不可能，咱们有手段，叫你生不如死，一百个不乐意，最后还得去，为什么不主动一点给大家、给百代留个效仿标范呢？

迁儿说对对，我要加上一笔，写一个君子特去问程婴你怎么不去死？周围一定要有个氛围，想苟且偷生都有人不干。

二人问相如：你听我们这儿聊的怎么样？相如说人性单薄阿！人性不如一尺帛阿！我能不能提炼你们这唱篇儿主题是：你的人性不属于你。马迁愣了会儿说姆，你提炼的好。

三人议定战争场面不要了，就围绕下宫之难写，人物有彰隐，大事不出史实，具体情节调整务求死无对证。迁儿说真叫我完全胡编我还真不会。新鼓书名就叫《赵氏孤儿》。

迁儿手快，几天拿出一稿，拿到部队征求意见，带了一套鼓迁儿自己唱，部队反应冷淡，战士说全是男的，没劲！

韩安国说不能听他们的。拿到越骑校尉属下飞骑营唱，反应奇怪，曲中正在生离死别，听众喃喃大笑。迁儿出来严拧，说我写的有那么可笑么？越骑校尉安排和战士座谈，战士说人物不可信。迁儿说怎么不可信了，都是根据史料写的。

战士说史料不可信，赵氏不忠不义，他内个王都是偷人家的，门客又何谈忠义？迁儿汗下来了。听战士口音因问：你是晋人？战士说偶们是楼烦人，偶楼烦可汗当年有大恩于赵氏，裤子都是偶们教他穿滴，赵氏称王，首先攻打偶们楼烦，你今天却来给偶们唱他一门忠烈，你说，偶们该不该笑？

战士也是只知其一不知其二。聂壹说。这个情况最好问我，我比史书熟。程婴是我们楼烦人，本姓成勃撒林散，是我楼烦大姓，下宫之难时正作为我们家使者去给赵家请安，我们两家当时往来不断，天天都有对方使团住在家里，都当一家人对待，吃饭不单开桌，进屋不敲门，走也不说一声。晋侯的兵举着大令进来时，赵氏一家没有反抗，都跪呢儿任人宰割，血从大门一直流到中堂。我们这位老成叔哪儿见过这个呀，高喊我非晋人，不奉旨！拔刀砍翻两个兵，问赵氏族人：你们都不走是吧？一地人全摇头。老成叔说那我走了。赵朔说劳您驾带走我一孩子，使我赵氏不绝祀，朔死不恨。屋里炕上、摇篮卧一片孩子，在哭。老成叔随手抄一小的，能揣怀里的，扭脸杀出条血路，翻身跃出后院山墙——跑了。

聂壹说是在我们国呆了十五年，说藏于深山也没错，我国之半在山地，最好风景在山里。你们史书打架，是赵书把晋侯名字记混了，赵氏平反是悼公七年。我们不会错，因为内年我国兵发新绛，飞骑屯于浍上，跟悼公说：要么恢复赵氏爵职，发还土地，要么飞骑渡河。这样的事晋书是不会记载的，赵书为什么不记，想来也是有苦衷，我国谅解他。

定公十五年，赵氏二次蒙难。范氏、中行氏围攻晋阳，晋侯又下了屠赵令。还是我国屯骑浍上，解了晋阳之围，使定公收回成命。晋出公十七年，赵襄子立。这个孩儿的母亲是当年我国送给赵简子做婢女专门给他孩子做楼烦风味羊油小米粥的，喝了这种粥的孩儿身体都壮，不得病。赵简子给人办了，生了襄子，小名叫毋恤。为使毋恤能被立为赵氏继承人，我国还特派大巫师姑布子卿冒充相师去给简子其他儿子相面，说这些孩子都不灵，见到毋恤，赶紧站起来，说此真将军矣！演了出戏。因为我国与赵氏相约世为外公家。

简子对这个儿子评价是能忍。能忍者最狠，襄子刚即位，为他爸服丧斩衰之服都没脱，前后披着两片麻布，相当于开叉到腋下，腰、肋叉都露着，一走道半边身子整条大腿都甩出来，就跑到夏屋山，请我国藩王代王——他姐夫，吃饭。我们翟狄多实诚阿！自个小舅子，什么都没拿，几乎是光着，爹刚死，心情惨痛，请我吃饭，我不能不去阿。去了，互相吊慰一番，坐呢儿等着上羹，厨子来了，手拿大长铜勺，羹都在鼎里，热乎的，得拿铜勺扻，厨子铜勺一抡，把姐夫开了，头盖骨全掀了，里边脑浆子也热乎着呢，直咕嘟。接着喊里咔擦，一帮厨子一人拿一铜勺，把跟姐夫的人全削了。接着发兵，兵都跟山脚等着，一绷子把代地平了，归他了。

你们说合适么？他姐都觉得不合适，把头上发笄拔下来磨尖了给自己颈总动脉一下，喷血而死。代地人都觉得太惨了，她弟太缺德了。为了纪念这件事，管夏屋山叫摩笄之山。

我国诸王也很愤怒，要弄赵襄子。还是我们家把事儿摁下来，说算了，谁让咱们非要做人家外公呢？老人吃点亏吧，许孩子胡闹不许咱们跟孩子一样。自个掏铜抚恤了死难家属。

哀公四年，赵书又记错了，记成出公，旋又记为懿公。你们对晋国到底有多不熟？赵氏三次蒙难。智伯联合韩、魏两家军队攻赵，赵襄子跑回晋阳固守。家臣原过跟襄子逃跑，没襄子跑得快，落在后边，过汾水遇到我国三位使者正在游泳，我国人民过河从来都是游泳或拽着马尾泅渡，使者踩水露出上半身，扔给原过一个防水竹筒，说把这个给赵毋恤看。

原过逃入晋阳，把竹筒交给襄子，襄子撬开一看，里面写：我们是霍太山山阳侯使者，三月丙戌，助你反灭智氏。

襄子懂，霍太山是我国神山，山阳侯是我家神前封号。至于赵国史官在这封密札后又添了些文字，预言武灵王出世，我只能说是多年之后武灵王自个为称王进行的舆论准备。

当时已经是四月，三月丙戌就是来年三月初八。襄子苦守晋阳一年。秋天，智伯引汾水灌城，城墙露出水面只有三尺，底下都攉泥了，站在城上跟站田埂上似的。智氏不攻城，是想等着结冰，滑着冰进城。结果没入冬，水全渗地底下去了，墙又那么老高了，山西还是太旱。城里已经吃孩子了。

三月初七夜，韩魏两家军队悄悄撤离阵地，由换了韩魏旗甲我军接防。初八天明，我军飞骑突然对智军发起进攻，城内赵军杀出，大破之，斩智伯，尽收智氏土地，赵、魏、韩三家分之。我军一口饭没吃一口水没喝，一抹身，回马邑。

三家后来都成了国了。各家史书一句没提我们的事，韩魏赵结盟是他们自己谈的，仗是他们自己打的，理解。

七十年后，三家分晋，赵国成立。之后的成、肃侯都是武侯，东征西讨，三年一小打，五年一大打，中间还把邯郸打丢过。几次大仗都有我楼烦飞骑助战。到武灵王，裤子内事你知道吧？燕昭王最先跟我们提，想派裁缝到我们这儿留学，他不知道裆呢儿得留布，老把俩裤筒子直接接一块，蛋没地儿放，上马就撕了，全成开裆裤，下来没一块好皮。没同意，不教！武灵王打听来了，您说恁么办？外家兄弟，只能手把手教了。回去，南伐故晋，西取林胡，北击黑姑，嗬！

都跟燕连上了。把我们挤兑得都背靠黄河了，再差一步就迈出去了。约我们家黄河边谈话，我们心说知道不好意思了？您猜怎么招？要我们部队指挥权，让我们家把飞骑全送他部队服役，归他调遣。说给钱，以后你们也别放羊了，坐家吃现成的。把我们当雇佣军了，你能想到么？看着长大的孩子，跟外公张嘴了，您说恁么办？还能怎么办？答应呗。

聂壹说嗬我们家在国内这受埋怨，好好的给人充什么大辈儿阿，这回叫人拿住了吧？国内这反应这大！军队都叫人拿走了，还叫个国么？可汗也没法当了，从我太太爷内辈儿就退了，别家都上河套了，我们家也没脸去，就在马邑当小市民了。聂壹指周边遛马战士说：你瞧这人，走道横着，跟裆里扒一垫板似的，都是我们楼烦的，佣兵。从战国到而今，要说一支部队没楼烦兵那都不叫部队。听说过军界传内话么：无楼烦不成军。我楼烦飞骑不是吹的，在裙子时代，打遍天下无敌手，草原上兹凡放牲口的，听到我楼烦飞骑蹄子响没不哆嗦的。要不是世受周恩，又和老赵家搞这么些年，眼框子浅了，只盯着中国，深度汉化，也爱吃蒜黄炒肉丝了，早征服世界去了，哪还有如今匈奴和后来内爱谁谁什么事阿？

王恢说你们家就匈奴了。聂壹说是是，我们家就匈奴王了，那咱们之间什么谈不成阿，还用打么？我都娶公主了。

就这么一块料，真的假的，确实在马邑住了很多代，两头翘，出长城卖丝帛盐醋，入长城贩皮草牛羊，都卖到茏城单于太太阏氏毡房里去了。长城专家，曾自费从上郡走到渔阳，考查沿途长城，知道乃段是秦长城，乃段是赵长城，乃段是燕长城。军迷，略知史上部分著名战例，脑子里经常有宏大战争构想，十分乐意把自己代入当年我若指挥如何如何。

王恢长期在边境经营情报站，向匈奴派遣人员，建立各种社会关系，曾利用聂壹驼队作掩护多次送阿老出境又接回来，后来把他发展成外围，提供资金让他把生意做大。聂壹就利用这个身份在外面吹，跟这个认识跟内个认识，最后跑到太学开班典礼上露了一脸，回去说跟我认识。

